Bibliothek
Arabischer Erzähler

Wie sah es vor achthundert Jahren – als Deutschland von Kaiser Friedrich Barbarossa regiert wurde, im Jahrhundert der Kreuzzüge – in den berühmten Zentren der arabischen Welt aus? Auskunft hierüber gibt Ibn Dschubair in dieser wohl berühmtesten Reisebeschreibung des arabischen Mittelalters.

Ibn Dschubairs Pilgerreise gegen Ende des 12. Jahrhunderts war ein gefährliches Unterfangen. Sein beschwerlicher Weg führte ihn von Granada in Spanien über Alexandria und Kairo nach Mekka, dem ersehnten Ziel seiner Wallfahrt. Nach achtmonatigem Aufenthalt an den heiligen Stätten schloß er sich einer Karawane nach Bagdad an, der Hauptstadt des abbasidischen Kalifats. Auf der Rückreise kam er durch Gebiete, die von Kreuzfahrern besetzt waren, erlitt Schiffbruch vor der sizilianischen Küste, wurde gerettet und lebte einige Monate auf der vom Normannenkönig Wilhelm beherrschten Insel. Am 25. April 1185 kehrte er – nach mehr als zweijähriger Fahrt – in seine Heimatstadt Granada zurück. Detaillierte Schilderungen von Land und Leuten zeichnen diesen Bericht aus: vom Leben der Menschen, der Ausstattung der Karawanen, dem Schmuck der Gebäude, den islamischen Riten – eine fremde Kultur in ihrer Lebendigkeit und Vielfalt!

Herausgeberin und Übersetzerin

Regina Günther, geb 1950, studierte Orientalistik in Göttingen, Hamburg und Beirut. Sie lebt heute als freie Übersetzerin und Dozentin für Arabisch in Hamburg.

Die »Bibliothek Arabischer Erzähler« besteht aus zehn Bänden.
Außer dem vorliegenden Band sind
als Goldmann-Taschenbücher lieferbar:

Ibn Ishâq, Das Leben des Propheten (8773)
Abu l-Faradsch, Und der Kalif beschenkte ihn reichlich (8774)
Al-Masʿûdî, Bis zu den Grenzen der Erde (8775)
Usâma ibn Munquidh,
Ein Leben im Kampf gegen Kreuzritterheere (8776)
Al-Hamadhânî, Vernunft ist nichts als Narretei (8777)
Löwe und Schakal – Altarabische Fabeln (8778)
Ibn Challikân, Die Söhne der Zeit (8779)
Al-Qazwînî, Die Wunder des Himmels und der Erde (8781)
Ibn Iyâs, Alltagsnotizen eines ägyptischen Bürgers (8782)

Ibn Dschubair

TAGEBUCH EINES MEKKAPILGERS

Aus dem Arabischen übertragen
und bearbeitet von
Regina Günther

Goldmann Verlag

Bibliothek Arabischer Erzähler
herausgegeben von Gernot Rotter

Umschlagbild: Mullah Nasruddin, ein populärer türkischer Sufi-Meister und Spaßmacher des 14. Jahrhunderts. Zeitgenössische Miniatur.

Der Goldmann Verlag
ist ein Unternehmen der Verlagsgruppe Bertelsmann

Made in Germany · 11/88 · 1. Auflage
Genehmigte Taschenbuchausgabe

Umschlaggestaltung: Design Team München
Umschlagfoto: Archiv für Kunst und Geschichte, Berlin
Druck: Elsnerdruck, Berlin
Verlagsnummer: 8780
Au · Herstellung: Heidrun Nawrot
ISBN 3-442-08780-5

Inhalt

Bibliographische Hinweise
Seite 292

»Das erste Bethaus für die Menschen ist dasjenige in Bakka (Mekka), zum Segen und für die Rechtleitung der Menschen in aller Welt. In ihm liegen deutliche Zeichen. Es ist die Stätte (Maqâm) Abrahams. Wer sie betritt, ist in Sicherheit. Und die Menschen sind Gott gegenüber verpflichtet, die Pilgerfahrt nach dem Haus zu machen, wenn es ihnen möglich ist.« (Kor. 3, 96 f.)

Aus diesem Gebot leitet sich die Pflicht des Muslims zur Pilgerfahrt (haddsch) nach Mekka ab, die jeder Muslim mindestens einmal im Leben verrichten sollte. Wenn er die Reise eines anderen zahlt, darf er sich auch vertreten lassen. Die Anerkennung dieses Unterfangens vor Gott ist an die Erfüllung genauer Vorschriften gebunden. So findet der haddsch nur an den festgelegten Tagen im arabischen Monat Dhû l-hiddscha statt. An den anderen Tagen des Jahres kann lediglich die sogenannte kleine Pilgerfahrt, ‘umra, durchgeführt werden.

Die Riten, die bei diesen Zeremonien befolgt werden müssen, werden von Ibn Dschubair ausführlich geschildert, denn die Erfüllung seiner Pflicht als Muslim steht im Mittelpunkt der achthundert Jahre alten Reisebeschreibung.

Abû l-Husain Muhammad ibn Ahmad ibn Dschubair al-Kinânî wurde im Jahre 1145 in Valencia geboren. Er entstammte einer dort schon seit dem Jahre 740 ansässigen Familie, die ihren Ursprung auf den Stamm Kinâna aus der Gegend von Mekka zurückführt. Ibn Dschubair wurde in den traditionellen Fächern Theologie, Rechtswissenschaft und Literatur unterwiesen; er selbst zeigte dabei einige dichterische Fähigkeiten. Bei dem Gouverneur Granadas, einem Prinzen aus der damals in Spanien herrschenden Dynastie der Almohaden, trat er als Sekretär in Dienst. Es heißt, dieser Mann habe ihn zum Weintrinken verführt und ihn gezwungen, sieben Becher dieses verbotenen Getränks zu leeren. Weil ihm anschließend die Verzweiflung seines Beamten leid tat, füllte er für ihn sieben Becher mit Goldstücken. Um seine Sünde zu büßen, trat Ibn Dschubair zusammen mit Ahmad ibn Hassân, einem befreundeten Arzt, die Pilgerfahrt nach Mekka an. In Anbetracht der ihm geschenkten

Reichtümer brauchte er dabei offenbar keine finanziellen Nöte zu erleiden.

Die Reise dauerte vom 3. Februar 1183 bis zum 25. April 1185 und bildet den Inhalt der vorliegenden Übertragung; berühmt geworden ist sie unter dem Titel »rihla« (Reise).

Zunächst führt sie Ibn Dschubair auf dem Seewege nach Alexandria und Kairo. Die Dimensionen der beiden großen Städte und ihrer Gebäude faszinieren den Reisenden immer wieder aufs neue. Auf seiner Weiterreise, per Schiff den Nil hinauf, dann quer durch die Wüste und über das Rote Meer, dringt er allmählich in eine ihm völlig unbekannte Welt vor, die ihm mit ihrer Lebensweise und ihren Bedürfnissen beinahe so fremd erscheint wie uns heute, achthundert Jahre später. Der Einzug in Mekka ist einer der Höhepunkte der Reise. Sehr detailliert schildert Ibn Dschubair die heiligen Stätten, die er bei seinem achtmonatigen Aufenthalt besucht, ebenso die Feste der Mekkaner, ihre Lebensbedingungen und die anderer Pilger. Seine Rückreise führt ihn in zwei weitere bedeutende Städte der islamischen Welt: Bagdad und Damaskus. Die Bauten dieser Kalifenstädte mit ihrem Gepränge veranlassen ihn zu Schilderungen im Superlativ. Hier sieht er sich den vom Sufismus beeinflußten Gelehrten gegenüber, deren geistige Fähigkeiten ihn tief beeindrucken. Bei der Darstellung seiner Beobachtungen in den christlichen Kreuzfahrerstädten Akka und Tyros sowie während seines Aufenthalts auf Sizilien mischt sich eine gewisse Offenheit für die Christen und ihre Toleranz mit widersprüchlichen Äußerungen und Verdammungen. Nach mehr als zwei Jahren kehrt er nach Granada zurück.

Vier Jahre nach seiner Rückkehr brach Ibn Dschubair erneut auf und kehrte nach zwei Jahren nach Hause zurück. Von dieser zweiten Reise gibt es keinen Bericht. 1217 trat er eine letzte Reise an, um in Alexandria zu lehren. Dort starb er am 17. November 1217.

Die Reisebeschreibung Ibn Dschubairs hat vielen späteren arabischen Autoren als Vorlage oder Muster gedient, manche Verfasser haben gar ganze Passagen daraus kopiert. Bekannt wurde sie in Europa in der Mitte des 19. Jahrhunderts durch auszugsweise Übersetzungen und Editionen. Die erste vollständige Textausgabe legte William Wright 1852 in Leiden vor. Michael Jan de Goeje überarbeitete sie noch einmal und veröffentlichte 1907 den Text, der die

Grundlage dieser Übersetzung bildet. Bisher gibt es von dem Werk drei Übersetzungen: 1906 von C. Schiaparelli ins Italienische, 1952 von R. J. C. Broadhurst ins Englische und eine vierbändige französische Übersetzung von Maurice Gaudefroy-Demombynes, 1949–1965.

Obwohl der Reisebericht in der arabischen Literatur ein recht hohes Ansehen genießt und die erwähnten Übersetzungen in europäische Sprachen vorliegen, scheint das Werk bis auf die Beschreibung Bagdads nicht allzu bekannt geworden zu sein. Das mag auch am Stil des Autors liegen; die »rihla« ist zum Teil in schwer verständlicher Reimprosa gehalten, zudem voller Hendiadyoin. Gelegentlich sind die Beschreibungen von Gebäuden und religiösen Einrichtungen so langatmig, daß sie die unterhaltenden Stellen überdecken. Ich habe mir deshalb im Einvernehmen mit dem Verlag die Freiheit genommen, etliche Kürzungen und Auslassungen vorzunehmen, wodurch der Inhalt hoffentlich leichter zugänglich wird. Gekürzt wurden vor allem die Textpassagen, in denen Ibn Dschubair sich in allzu ausführlichen Beschreibungen der Ka'ba, der Moschee in Mekka und anderer Heiligtümer ergeht. Kunsthistorisch interessierte Leser möchte ich deshalb auf die französische oder englische Übersetzung hinweisen, ebenfalls auf die Arbeit von Emel Esin.

Ausgelassen habe ich darüber hinaus viele lange Tiraden über die Vorzüge der in Spanien herrschenden Almohaden. Zum Zeitpunkt der Reise Ibn Dschubairs hatten diese durch eine politische Einigung der Länder des Maghrib – der ersten in der Geschichte des Islams – einen Höhepunkt ihrer territorialen Ausdehnung erreicht. Erst in der Mitte des 12. Jahrhunderts hatte die von Bergbewohnern des Atlas abstammende Dynastie die Almorawiden in Spanien abgelöst. Der Bestand ihres Reiches war nur von kurzer Dauer. Die christliche Rückeroberung Spaniens setzte von neuem im Jahre 1212 ein und führte zu einer dynastischen Krise, die in der zweiten Hälfte des 13. Jahrhunderts in einer Zersplitterung des Reiches endete.

Ebenso habe ich auf die Wiedergabe der Lobeshymnen auf Sultan Saladin verzichtet. Nach der Ablösung der schiitischen Fatimiden hatte Saladin zunächst die Rückführung Ägyptens zur Sunna vorangetrieben, sich dann nach dem Tode seines Onkels Nûr ad-dîn Damaskus', Aleppos und Syriens bemächtigt. Nach der Festigung seines Reiches konnte Saladin sich in den 80er Jahren des 12. Jahrhunderts dem Kampf gegen die christlichen Kreuzritter widmen. Zwei Jahre nach der Rückkehr Ibn Dschubairs, 1187, erzielte er seinen größten Erfolg: die Eroberung Jerusalems. Damit waren die christlichen Kreuzritter zurückgedrängt und konnten auch später nicht mehr langfristig an ihre Eroberungen anknüpfen.

Ob die Lobpreisungen der Almohaden und Saladins tatsächlich der Überzeugung des Autors entsprachen oder ein Zugeständnis an die damaligen Machthaber waren, möchte ich dahingestellt sein lassen. In der vorliegenden Bearbeitung fehlen ferner die meisten Eulogien und Einschübe, die zwar ein wesentlicher Bestandteil des arabischen Sprachgebrauchs sind, für uns jedoch fremd, wenn nicht gar übersteigert klingen.

* * *

Zum besseren Verständnis des Textes seien noch einige Anmerkungen hinzugefügt.

Die Gliederung der »rihla« erfolgte nach den muslimischen Monaten. Ibn Dschubair hat regelmäßig, zum Teil täglich, mindestens jedoch monatlich, Buch geführt. Da die arabischen Monate von den christlichen abweichen und für das Verständnis des Textes keine unmittelbare Bedeutung haben, habe ich mich von der ursprünglichen Kapiteleinteilung nach den muslimischen Monaten gelöst und Reiseziele oder -abschnitte als Überschriften gewählt. Für den des Arabischen kundigen Leser habe ich am Ende des Buches eine Gegenüberstellung der arabischen Monate und der christlichen Entsprechungen angefügt, um die Benutzung des arabischen Textes zu erleichtern. Die Schwierigkeiten bei der Umrechnung der arabischen Zeitrechnung nach dem Mondjahr, das etwa elf Tage kürzer ist als unser Sonnenjahr, zeigen sich in einigen Abschnitten des Buches. Da auch für einen Muslim ohne Umrechnung nicht ersichtlich ist, in welche Jahreszeit die arabischen Monate des Jahres 1184 fielen, nennt Ibn Dschubair die christlichen Monate, wenn er etwa die Reifezeiten von Getreide u. ä. angeben möchte. Ibn Dschubair trug die christlichen Daten an vielen Stellen in seinen Bericht ein, allerdings nicht immer korrekt. Da man bei solchen Umrechnungen stets davon ausgehen darf, daß der Wochentag eher zutrifft als das Datum, habe ich mir erlaubt, diese Fehler zu berichtigen.

Die zahlreichen Maße von Wegstrecken, Gebäuden usw., die Ibn Dschubair mit der ihm eigenen Gründlichkeit nennt, habe ich, soweit möglich, auf deutsche mittelalterliche Maße zu übertragen versucht. So kann man die Meile wohl mit etwas gutem Willen für das arabische »mîl« verwenden, wobei die arabische Meile allerdings 1,99 km mißt. Da aber selbst innerhalb Deutschlands große Schwankungen bei den Maßangaben, z. B. beim Klafter, zu finden sind, halte ich eine gewisse Toleranz für unerläßlich.

Weitere Sachbegriffe (beim ersten Mal kursiv) sind mit kurzen Erläuterungen in einem Verzeichnis am Ende des Buches zu finden.

Leider kann man keine Angaben zur damaligen Kaufkraft der im Text erwähnten Währungen machen, da es dafür in der arabischen Literatur des Mittelalters kaum Hinweise gibt.

Sehr häufig finden sich in der Reisebeschreibung Äußerungen, die die Verzückung und Begeisterung Ibn Dschubairs über Koranrezitationen und Vorträge wiedergeben. Dabei ist es vielleicht wichtig zu wissen, daß der Koran als offenbarte Botschaft Gottes für den Muslim einen anderen Stellenwert besitzt als die Bibel für den Christen und die Lesung eines Abschnitts daraus im sonntäglichen Gottesdienst. Die Koranübersetzungen von Rudi Paret, dessen Zählung ich bei der Angabe von Koranversen zugrunde gelegt habe und die der amtlichen in Ägypten entspricht, oder von Ludwig Ullmann sind kaum dazu angetan, einen über den Inhalt hinausgehenden Eindruck zu geben. Die sprachliche Form wird am ehesten in der auszugsweisen Übersetzung von Friedrich Rückert getroffen; bei ihrer Lektüre kann man die Wirkung der Verse auf den Muslim etwa nachvollziehen.

Die beschriebenen Gebete und ihre genau festgelegten Bewegungsabläufe – sie sind entfernt der Haltung der christlichen Gläubigen bei der Sonntagsmesse vergleichbar – spielen für den Muslim eine große Rolle. Denn im Unterschied zur christlichen Religion sollte das Gebet nicht an jedem beliebigen Ort zu jedem beliebigen Zeitpunkt verrichtet werden; wohl ein zusätzliches (du'â'), nicht aber das Pflichtgebet (salât). Die genaue Befolgung der Regeln soll dazu dienen, sich völlig auf Gott zu konzentrieren, damit die Gedanken nicht durch andere Dinge abgelenkt werden.

Gewiß weist meine Form der Übertragung bei wissenschaftlicher Betrachtungweise manche Mängel und Unzulänglichkeiten auf. So habe ich die Kürzungen nicht besonders gekennzeichnet; ich habe darauf verzichtet, weil es den Tagebuchcharakter meines Erachtens beeinträchtigt und die Lesbarkeit vermindert hätte. Vielmehr sollte die Bearbeitung als ein Versuch betrachtet werden, das Werk leichter zugänglich zu machen.

Manches Mal könnte bei der Lektüre fast der Eindruck entstehen, Ibn Dschubair habe vorgehabt, einen Reiseführer à la Baedeker für seine maurischen Landsleute zu schreiben, da er mit großer Sorgfalt alle Stationen seiner Reise und sogar die Unterkünfte beschreibt. Dem Leser wird gewiß gelegentlich auffallen, daß auch Ibn Dschubair in eine ihm fremde Welt reiste, die durch erst kürzlich erfolgte Machtwechsel in den arabischen Ländern und durch die Kreuzzüge geprägt war. Auf die politischen Verhältnisse der damaligen Zeit möchte ich an dieser Stelle nicht eingehen. Im Verzeichnis der Personen- und Ortsnamen finden sich unter den entsprechenden Namen kurze Hinweise, die dem Leser helfen, die jeweiligen Personen historisch einzuordnen.

Bei der Umschrift der arabischen Namen und Fachbegriffe habe ich mich im wesentlichen an Professor Gernot Rotters Darstellungsweise gehalten und verweise deshalb auf den Band I der Reihe BIBLIOTHEK ARABISCHER KLASSIKER, Seite 18. Im Unterschied dazu habe ich mir erlaubt, das ʿain, den in der Kehle gebildeten Reibelaut, auch am Wortanfang zu kennzeichnen. Meines Erachtens sind die Namen so auch für den deutschsprachigen Laien einigermaßen lesbar. Arabische Sachbegriffe habe ich durch Kleinschreibung hervorzuheben versucht, wobei ich den Plural durch Apostroph und »s« gebildet habe. Eingedeutschte Wörter wie beispielsweise Medrese, Basar, Imam benutze ich in der Schreibweise, wie sie auch im Duden zu finden ist. Für den Propheten habe ich das bei uns übliche »Mohammed« verwendet, sonst die Form »Muhammed« vorgezogen.

Bei der Schreibung der Ortsnamen taten sich zuweilen Schwierigkeiten auf. Um der besseren Lesbarkeit willen habe ich vorwiegend die bei uns bekannteren Namen verwendet, also Alexandria statt al-Iskandarîja, Aleppo statt Halab; es stehen aber auch die arabischen Namen wie Hims statt Emessa.

* * *

Zum Schluß möchte ich noch meinen ausdrücklichen Dank an Herrn Professor Spuler richten, dem ich die Anregung zu dieser Übertragung verdanke. Durch seine unermüdliche Geduld bei meinen vielen Fragen und seine hilfreichen Ratschläge vom Anfang bis zum Ende hat er mir die Verwirklichung dieser reizvollen Aufgabenstellung sehr erleichtert.

Hamburg, im November 1984

Regina Günther
(geb. Wehmeyer)

Ibn Dschubair

TAGEBUCH EINES MEKKAPILGERS

IM NAMEN DES BARMHERZIGEN
UND GÜTIGEN GOTTES
TAGEBUCH UNSERER REISEERLEBNISSE

Reise nach Alexandria

3. FEBRUAR BIS 26. MÄRZ 1183

Am Freitag, dem 25. Februar des Jahres 1183, als wir uns auf See in Höhe des Berges Sulayr befanden, habe ich mit der Niederschrift dieses Tagebuches begonnen.

Ahmad ibn Hassân und ich, Muhammad ibn Dschubair, waren am Donnerstag, dem 3. Februar, in der Frühe von Granada nach dem gesegneten *Hedschâz* aufgebrochen. Aus allerlei Gründen reisten wir über Jaén und von dort am 14. Februar weiter.

Unser erster Reiseabschnitt führte uns zu der Festung Alcaudete, von da weiter zur Burg Cabra, in die Stadt Écija, zu der Feste Osuna, nach Jeliver, zur Burg Arcos, dann in ein Dorf namens Casma, das zu der Stadt Sidonia gehört, von dort schließlich zu der Insel Tarifa. Dort kamen wir am 21. Februar an. Am Mittag darauf, am Dienstag, konnten wir das Meer zur Festung Alcázar aufs angenehmste überqueren, denn Gott stand uns bei. Am frühen Mittwochmorgen, dem 23. Februar, reisten wir nach Ceuta; dort fanden wir ein genuesisches Schiff der *Rûm*, das im Begriff stand, nach Alexandria in See zu stechen. Wir bekamen einen Platz an Bord, und so legten wir am Donnerstagmorgen, dem 24. Februar, ab.

Unsere Route führte uns an Andalusien entlang; am Donnerstag, dem 3. März, als wir uns in Höhe von Dénia befanden, drehten wir ab. Am Freitagmorgen, dem 4. März, glitten wir an der Insel Ibiza vorbei, am Sonnabend an Mallorca und am Sonntag an Menorca. Von Ceuta bis dort sind es etwa acht *madschrâ*, ein madschrâ beträgt 100 Meilen *(mîl)*. Wir ließen die Küste dieser Insel hinter uns; früh in der Nacht zum Dienstag, dem 8. März, tauchte plötzlich eine Meile oder gar weniger von uns entfernt die Küste der Insel Sardinien vor uns auf. Die Entfernung zwischen Menorca und Sardinien beträgt etwa 400 Meilen; es war also eine bemerkenswert schnelle Fahrt.

Doch in der Nacht brach von der Landseite her ein gewaltiger Wind über uns herein, gerade in dem Augenblick, als wir die Küste erreichten. Wir danken Gott für seinen Schutz! Am Morgen des Dienstags erhob sich ein neuer Sturm, der das Meer toben ließ. So mußten wir vor der sardinischen Küste verweilen bis zum Mittwoch. Als wir in eine trostlose Stimmung gefallen waren und wir den Osten nicht vom Westen zu unterscheiden vermochten, enthüllte Gott vor uns ein Schiff der Rûm, das sich uns näherte. Als es neben uns lag, fragten wir nach seinem Ziel und erfuhren, daß es nach Sizilien wolle und daß es aus Cartagena in der Provinz Murcia komme. Ohne es zu ahnen, waren wir auf derselben Route gesegelt. Nun beeilten wir uns, dem Schiff zu folgen. Eine Spitze der sardinischen Küste tauchte vor uns auf, und wir unternahmen erneut den Versuch, an Land zu gelangen, bei einem Landzipfel, der Cap San Marco heißt. Das ist unter Seeleuten ein bekannter Hafen. Mittwochnachmittag gingen wir dort zusammen mit dem anderen Schiff vor Anker.

In diesem Ort befindet sich die Ruine eines alten Gebäudes, das früher von Juden bewohnt gewesen sein soll.

Am Sonntagvormittag, dem 13. März, stachen wir wieder in See. Während unseres Aufenthalts in Cap San Marco wurden unsere Wasser-, Brennholz- und Lebensmittelvorräte aufgefrischt. Ein Muslim, der die Sprache der Rûm beherrschte, war mit einer Gruppe von ihnen in den nächsten bewohnten Ort gegangen und erzählte uns, daß er dort etwa achtzig muslimische Gefangene gesehen habe, Männer und Frauen, die auf dem Markt verkauft werden sollten. Unsere Feinde – Gott möge sie vernichten! – waren nämlich gerade mit ihnen von den muslimischen Küsten zurückgekehrt. Am Freitag, dem dritten Tag unserer Ankunft, kam der Herrscher der Insel mit einer Gruppe von Kavalleristen in den Hafen. Die Ältesten der Rûm auf dem Schiff stiegen aus, sammelten sich bei ihm und blieben lange in seiner Nähe. Dann verabschiedeten sie sich von ihm, und er kehrte in seine Residenz zurück.

Das erwähnte Schiff ließen wir an seinem Ankerplatz zurück, weil einige Passagiere sich in die Stadt begeben hatten, als in der Nacht zum Dienstag, dem 15. März, ein günstiger Wind aufkam.[1]

Im letzten Viertel der Nacht trennten wir uns von der sardinischen Küste. Sie ist sehr lang; wir waren zuvor etwa 200 Meilen an ihr entlanggesegelt. Soweit wir gehört haben, beträgt der Umfang der Insel mehr als 500 Meilen. Gott half uns, den rechten Weg aus den Küstengewässern heraus zu finden, denn der Weg durch sie ist ein ungemein schwieriger Teil der Reise und meistens ganz und gar unmöglich.

In der folgenden Nacht brach ein Sturm über uns herein, der das Meer in Unruhe versetzte. Gleichzeitig kam Regen auf, den der Sturm peitschen ließ, als ginge ein Pfeilregen nieder. Die Lage wurde immer bedenklicher; unsere Angst nahm zu. Von allen Seiten rollten Wellen hoch wie Berge heran. Die ganze Nacht über verblieben wir in diesem Zustand; Verzeiflung bemächtigte sich unser, und wir richteten all unsere Hoffnung auf den Morgen, daß er unsere Lage etwas bessern möge. Der Morgen kam, es war Mittwoch, der 16. März, doch mit ihm kamen noch größere Schrecken und schlimmere Qual. Das Meer wurde immer unruhiger, der Himmel färbte sich tiefschwarz, Wind und Regen tobten mit solcher Kraft, daß die Segel nicht standhalten konnten. Man setzte kleinere Segel, doch der Wind erfaßte eines davon, zerfetzte es und zerschmetterte den Balken, an dem die Segel befestigt werden. Diesen Balken nennen die Seeleute Mast. Verzweiflung überkam uns da, und die Hände der Muslime erhoben sich zum Gebet. Den ganzen Tag über verharrten wir in dieser Lage. Als die Nacht hereinbrach, trat ein wenig Beruhigung ein, und wir wurden mit den bloßen Masten im Wind schnell vorangetrieben. An jenem Tag segelten wir an der Insel Sizilien entlang; die Nacht zum Donnerstag verbrachten wir ständig hin- und hergerissen zwischen Hoffnung und Verzweiflung. Doch als der Morgen sich zeigte, wurden die Wellen glatter, der Wind legte sich, die Sonne strahlte, und das Meer wurde still. Die Leute freuten sich, das Gefühl der Gemeinsamkeit kehrte zurück, und die Verzweiflung schwand dahin.

An diesem Morgen tauchte Sizilien vor uns auf. Als wir bereits an dem größten Teil der Insel entlanggesegelt waren und nur noch ein kleines Stück übrigblieb, kamen die Kapitäne der Rûm und die seekundigen Muslime überein, daß sie niemals zuvor ein solches Unwetter erlebt hatten. Keine Beschreibung vermag die Wirklichkeit auch nur annähernd zu schildern.

Zwischen den Küsten Sardiniens und Siziliens liegen etwa 400 Meilen. Mehr als 200 Meilen fuhren wir an der sizilianischen Küste entlang. Dann mußten wir wegen der Windstille vor der Küste verweilen. Am Freitagnachmittag, dem 18. März, verließen wir den Platz, an dem wir vor Anker gegangen waren, und zu Beginn der Nacht drehten wir ab. Am Sonnabendmorgen, als wir schon weit von Sizilien entfernt waren, erblickten wir den Berg, in dem sich ein Vulkan befindet. Es ist eine gewaltige Erhebung, die weit in den Himmel hinaufragt, mit Schnee bedeckt. Man erzählte uns, daß man den Berg bei klarem Wetter aus einer Entfernung von mehr als 100 Meilen sehen kann.

Wir segelten aufs offene Meer hinaus und hofften, als nächstes die Insel Kreta zu erreichen. Sie gehört zu den Inseln der Rûm und untersteht dem Herrscher von Konstantinopel. Zwischen Kreta und Sizilien liegen 700 Meilen. Kreta ist etwa 300 Meilen lang. In der Nacht zum 22. März segelten wir nach unserer Berechnung an der Insel entlang; am Morgen verließen wir ihre Gewässer und wandten uns unserem Ziel zu. Zwischen Kreta und Alexandria (al-Iskandarîja) liegen etwa 600 Meilen.

Am Morgen des 23. März, am Mittwoch, tauchte vor uns die Küste auf, die bis nach Alexandria führt. Sie wird Barr al-Gharb (Land des Westens) genannt. Wir segelten an ihr entlang bis zu einer Stelle namens Dschazâ'ir al-hamâm (Taubeninseln). Uns wurde gesagt, daß die Taubeninseln 400 Meilen von Alexandria entfernt seien. Wir segelten weiter, das Land zur Rechten. Am Sonnabendmorgen, dem 26. März, erhielten wir die gute Nachricht, daß der Leuchtturm von Alexandria etwa 20 Meilen vor uns aufgetaucht sei. Gott vollendete das Übermaß seiner Güte! Gegen Mittag desselben Tages gingen wir im Hafen der Stadt vor Anker und stiegen sofort aus. Wir hatten uns dreißig Tage lang auf See befunden, am einunddreißigsten Tag waren wir angekommen. Denn unsere Reise hatten wir am Donnerstag, dem 24. Februar, angetreten; wir waren am Sonnabend, dem 26. März, gelandet.

Wir stiegen in Alexandria in einer Herberge mit dem Namen »Gasthaus der Kupferschmiede« ab. Sie liegt in der Nähe der Seifensiederei.

Das erste, was wir am Tag unserer Landung in Alexandria erlebten, war, daß Beamte des Gouverneurs unser Boot bestiegen, um die gesamte Fracht zu registrieren. Auch alle Muslime wurden einer nach dem anderen geholt, und ihre Namen, Kennzeichen und die Namen ihrer Herkunftsländer wurden zu Papier gebracht. Jeder einzelne wurde gefragt, was er an Waren und Geld mit sich führe, damit er die Almosensteuer *(zakât)* entrichte. Das geschah aber, ohne daß nachgeprüft wurde, ob das Mitgebrachte schon ein volles Jahr in seinem Besitz war oder nicht. Die meisten Muslime waren im Begriff, eine religiöse Pflicht zu erfüllen, und hatten nichts bei sich außer dem Betrag, der ihre Reisekosten decken sollte. Man zwang sie dennoch, die Almosensteuer zu entrichten.

Von uns zweien wurde Ahmad ibn Hassân hinuntergerufen und nach neuen Entwicklungen im Westen sowie nach der Ladung des Schiffes befragt. Unter Bewachung wurde er erst vor den Gouverneur, dann vor den *Qadi,* anschließend vor die Zollbeamten und schließlich vor einen Beraterstab des Gouverneurs geführt und über alles befragt. Seine Antworten wurden protokolliert, und er wurde entlassen. Endlich wurde allen Muslimen befohlen, ihre Sachen und den noch übriggebliebenen Proviant von Bord zu bringen. Diener standen dort zur Verfügung, alles an Land und zum Zoll zu schaffen. Dann wurde einer nach dem anderen aufgerufen, und die Stücke eines jeden wurden zum Zoll transportiert. Dort herrschte schon ein wildes Getümmel. Alle Gepäckstücke, ob groß, ob klein, wurden durchsucht und völlig durcheinandergeworfen. Bei der Vernehmung schob man die Hände sogar unter die Gürtel der Reisenden. Dann mußten die Eigentümer unter Eid erklären, ob sie noch andere Sachen dabeihätten, außer denen, die schon offen dalagen. Während dieser Zeit verschwanden viele Dinge in dem Durcheinander der Hände und dem ständig wachsenden Gedränge. Schließlich wurden wir nach dieser entsetzlichen Szene der Erniedrigung und Schande entlassen.

Dies ist ganz gewiß eine Angelegenheit, die vor dem großen Sultan, der unter dem Namen *Saladin* bekannt ist, verborgen bleibt. Denn wenn er davon wüßte, er, über dessen Gerechtigkeitssinn und Güte berichtet wird, so würde er es sofort unterbinden. In dem Land des Sultans fanden wir nichts Schlechtes, das man erwähnen könnte, außer dieser Behandlung, die auf das Verhalten der Zollbeamten zurückzuführen ist.

Alexandria und seine Bauwerke

26. März bis 6. April 1183

An allererster Stelle ist hier die wunderschöne Lage der Stadt zu nennen und die eindrucksvollen Ausmaße der Gebäude. Nie zuvor haben wir eine Stadt mit breiteren Straßen gesehen, mit höheren, hübscheren und gleichzeitig belebteren Bauten. Auch die Basare sind überwältigend. Doch das Wunderbare an der Bauweise der Stadt ist, daß die Bauten unter der Erde genauso großartig sind wie die überirdischen, wenn nicht gar edler und solider; denn das Wasser des Nils fließt unter den Häusern und Straßen hindurch. Die Brunnen sind dicht beieinander und stehen in Verbindung.

In Alexandria sahen wir auch Säulen und Verblendungen aus Marmor von geradezu unvorstellbarer Höhe, Weite und Schönheit: so unbeschreiblich, daß man sich in einigen Straßen dieser Stadt vor Säulen wiederfindet, die bis in den Himmel reichen, Säulen, deren Sinn man nicht errät, noch den Grund ihrer Errichtung.

Uns wurde erzählt, daß in alter Zeit darauf Gebäude errichtet waren für die Philosophen und geistigen Führer jener Zeit. Gott ist allwissend, doch es scheint, als hätten sie als Sternwarten gedient.

Eines der größten Wunder, das wir vor Augen bekamen, ist der Leuchtturm, den Gott durch die Hände derer errichten ließ, die zur Fron gezwungen waren, zugunsten derjenigen, die sich auf der Suche nach dem richtigen Wege befinden, und auch als einen Wegweiser für die Reisenden. Er ist aus einer Entfernung von mehr als 70 Meilen zu sehen. Außerordentlich schön und solide ist er. Was seine Höhe und Breite anbelangt, versagen die Worte eine Beschreibung. Die Wirklichkeit übersteigt alle Vorstellungskraft. Wir haben festgestellt, daß eine der vier Seiten mehr als 50 Klafter *(bâʿ)* mißt, und es heißt, der Turm sei mehr als 150 Klafter *(qâma)* hoch.

Das Innere des Leuchtturms bietet wegen seiner Weitläufigkeit, seiner Stufen, Hallen und der zahlreichen Kammern einen überwältigenden Anblick, so daß jemand, der hineintritt und in ihm herumwandert, sich leicht verirren könnte. Kurzgesagt, Worte vermögen keinen Eindruck davon zu geben. Auf der Spitze befindet sich eine Art Moschee, ein gesegneter Ort, denn die Menschen sind durch ihr Gebet an eben dieser Stelle gesegnet.

Am Donnerstag, dem 1. April, bestiegen wir den Leuchtturm und verrichteten unser Gebet in dieser gelobten Moschee. Dabei erblickten wir solche Wunder der Architektur, daß man sie nicht in Worte zu kleiden vermag.

Zu den weiteren herausragenden Sehenswürdigkeiten dieser Stadt, die in Wahrheit dem Sultan zum Ruhme gereichen, gehören die *Medresen* und Unterkünfte *(mahrasa's)*, die für Menschen der Wissenschaft und fromme Leute aus fernen Landen gebaut wurden. Dort findet jeder einen Ort, an den er sich zurückziehen kann, einen Lehrer, der ihn in dem von ihm gewünschten Wissensbereich unterweist, sowie eine finanzielle Zuwendung, mit der er seine Bedürfnisse zu decken vermag.

Die Sorge des Sultans um die Fremden, die von weither kommen, geht so weit, daß er Bäder für sie errichten ließ, in denen sie sich pflegen können, wenn es ihr Wunsch ist. Darüber hinaus ließ er Hospitäler bauen und ernannte Ärzte, die sich im Krankheitsfalle um sie kümmern sollen. Jenen stehen Diener zur Seite, die ihnen je nachdem ärztliche Behandlung oder angemessene Verpflegung zukommen lassen. Der Sultan hat sogar Leute eingesetzt, die diejenigen Kranken aufsuchen, die das Hospital meiden. Sie schildern den Ärzten die Beschwerden der Erkrankten. Diese sind dann wiederum für die Behandlung verantwortlich.

Zu den Ruhmestaten des Sultans zählt ferner die Zuteilung von zwei Laiben Brot täglich an jeden Fremden, der sich auf den Straßen des Landes bewegt, gleich wie groß die Zahl dieser Leute sein mag. Für die Überwachung dieser täglichen Zuteilung ernannte er einen Mann seines Vertrauens. Jeden Tag wurden zweitausend Laibe oder gar mehr verteilt, je nachdem wie groß die Zahl derer war, die unterstützt werden sollten.

Diese Einrichtung besteht noch heute. Die Mittel für die Zuteilungen fließen aus einer Stiftung, die vom Sultan ins Leben gerufen wurde, von dem Teil, der durch Einkünfte aus der Almosensteuer *(zakât al-'ain)* bestritten wird. Der Sultan hat die Verantwortlichen angewiesen, auf sein eigenes Vermögen zurückzugreifen, falls ein Defizit entsteht.

Die Bewohner dieser Stadt leben also in höchstem Komfort und großer Bequemlichkeit. Sie müssen weder Steuern zahlen, noch werden ihnen sonstige Abgaben abverlangt, von den Stiftungen abgesehen, die vom Sultan ausschließlich für solcherlei Zwecke verwendet werden. Daneben fallen nur noch die Sondersteuern für Christen und Juden an. Von den Einkünften aus der erwähnten Almosensteuer fließen dem Sultan nur drei Achtel zu, die restlichen fünf Achtel gehen an die schon erwähnten Einrichtungen. Der Sultan, der diese hochlöblichen Institutionen schuf und diese edlen Gesetze einsetzte, die lange Zeit mißachtet wurden, ist Saladin – Gott sei ihm gnädig!

Da wäre noch ein merkwürdiger Zwischenfall zu schildern, der die Fremden betrifft. Einer der Männer, die sich durch die Erteilung von Ratschlägen die Gunst des Sultans erwerben wollten, berichtete ihm, daß die meisten Leute, die die tägliche Brotration erhalten, ihrer gar nicht bedürften, da sie mit ausreichender Verpflegung gekommen seien. Dieser Hinweis hätte beinahe seine Wirkung erzielt. Doch eines Tages, als der Sultan zu einer Inspektion außerhalb der Stadt unterwegs war, stieß er auf eine Gruppe von Fremden, die die Wüste nahe Tripolis durchquert hatten. Ihre Körper waren von Hunger und Durst völlig ausgemergelt. Er fragte sie nach dem Ziel ihrer Reise und begehrte zu wissen, was sie bei sich hätten. Darauf antworteten sie ihm, daß sie sich auf dem Wege zum Heiligen Hause Gottes befänden, daß sie zu Lande gekommen seien und auf ihrem Wege die Entbehrungen der Wüste erlitten hätten. Da sprach Saladin zu ihnen: »Selbst wenn jeder dieser Männer, die solch unbekanntes Gebiet durchquerten und bei dem Umherirren so viele Beschwerlichkeiten durchmachen mußten, das eigene Gewicht in Gold und Silber in Händen hielte, so sollten auch diese Menschen an der Gewohnheit teilhaben, die wir zugunsten der Fremden eingeführt haben. Wie eigenartig ist es doch, daß Menschen uns raten abzuschaffen, was Gott uns zur Pflicht gemacht hat.« Kurz und gut: Die denkwürdigen Handlungen des Sultans, seine Mühewaltung im Sinne der Gerechtigkeit, seine ständigen Anstrengungen, Schlechtes vom islamischen Glauben abzuwenden, sind allzu zahlreich, um aufgezählt zu werden.

Eine besondere Eigentümlichkeit der Stadt Alexandria ist es auch, daß ihre Bewohner des Nachts ihren Geschäften ebenso eifrig nachgehen wie bei Tage.

Sie ist die Stadt Gottes, in der es die meisten Moscheen gibt: so viele, daß die Schätzungen schwanken. Einige nennen größere, andere kleinere Zahlen. Die ersteren kommen auf zwölftausend Moscheen, die letzteren kommen auf eine geringere Zahl, ohne sich jedoch genau festzulegen. Unter ihnen sprechen manche von achttausend, wieder andere schließen sich dieser Zahl nicht an. Kurzum, es gibt sehr viele, vier oder fünf befinden sich zuweilen an einem Ort, und manche sind gar miteinander verbunden. Jede hat ihren eigenen Imam, der vom Sultan entlohnt wird. Unter den Imamen erhalten manche fünf ägyptische *Dinar* im Monat, das entspricht zehn *mu'minî.* Einige bekommen mehr, andere weniger. Dies ist eines der unzählbaren Verdienste des Sultans.

Am Sonntag, dem 3. April, fuhren wir mit Gottes Hilfe von Alexandria ab. Unsere Reise führte uns zunächst in einen Ort namens Damanhûr. Diese Stadt ist von einer Mauer umschlossen und liegt in einer weit ausgedehnten Ebene, die sich von Alexandria bis nach Kairo erstreckt. Die ganze Ebene wird landwirtschaftlich genutzt; bei Hochwasser wird sie vom Nil überschwemmt. Zur rechten und linken Seite liegen unzählige Dörfer.

Am Montag überquerten wir den Nil bei einer Ortschaft namens Sâ in einer Fähre und kamen nach Birma. Dort übernachteten wir. Birma ist ein großes Dorf mit einem Basar und allen Annehmlichkeiten. Am Dienstag machten wir uns frühmorgens auf; es war der Tag des Opferfestes *('îd an-nahr)* des Jahres 1183. Wir verrichteten unser Gebet in Tandata (Tanta), einem weiträumigen Dorf mit vielen Bewohnern. In der Moschee trafen wir eine große Gemeinde an: Der Prediger *(chatîb)* hielt eine geschickte, gut gegliederte und eingehende Predigt *(chutba).* Unmittelbar darauf setzten wir unsere Reise fort nach Subk und verbrachten dort die Nacht. An jenem Tag kamen wir durch einen hübschen Ort namens Malîdsch. Das Land ist hier überall bestellt und genutzt; auf unserer ganzen Reiseroute sahen wir blühende, ordentliche Dörfer.

Am Mittwoch reisten wir frühmorgens weiter und gelangten in das bisher schönste Dorf auf unserem Wege: Qaljûb. Es liegt etwa sechs Meilen von Kairo entfernt, man findet dort herrliche Basare und eine große, wunderschöne Hauptmoschee.

Auf Qaljûb folgte al-Munja, ebenfalls ein hübscher Ort. Von dort gelangten wir nach Kairo *(al-Qâhira),* in die überwältigende, riesige Stadt des Sultans, weiter in die gesegnete Altstadt.[2]

Dort kamen wir am Mittwoch, dem 6. April, nach dem Nachmittagsgebet an, nachdem wir in der Mittagszeit mit einer Fähre den zweiten Arm des Nils bei Dadschwa überquert hatten.

Wir stiegen in der Herberge von Abû ath-Thanâ' in der Straße der Lampen nahe der Moschee von *'Amr ibn al-'Âs* ab und bekamen ein großes Zimmer nahe der Tür der Herberge.

Kairo und allerlei überwältigende Gebäude

6. April bis 1. Mai 1183

An erster Stelle möchten wir hier die Bauwerke und gottesgesegneten Mausoleen nennen. Dazu zählt das große Mausoleum in Kairo, in dem das Haupt von *Husain ibn 'Alî ibn abî Tâlib* ruht. Es befindet sich in einem silbernen Kasten, eingebettet in die Erde. Über ihm wurde ein kolossales Gebäude errichtet, so schön, daß man es kaum zu fassen vermag. Es ist ausgekleidet mit verschiedenen Arten von Seidenbrokat, umsäumt von Kerzen aus weißem Wachs, dic wie große Säulen wirken, die meisten von ihnen stecken in rein silbernen oder goldenen Kerzenhaltern. Silberne Leuchter hängen von oben herab, und der gesamte obere Bereich ist mit einer Art Äpfel in einer hervorragenden Ausführung ausgeschmückt. Dadurch entsteht der Eindruck eines Gartens, dessen Anblick uns durch seine Schönheit und Anmut fesselte. Innen wurden verschiedene Sorten von Marmor verwendet, der völlig unterschiedlich bearbeitet und zu verschiedenfarbigen Mosaiken zusammengesetzt wurde. Das Ganze ist so herrlich ausgelegt, daß das Vorstellungsvermögen versagt. Wer es zu beschreiben versucht, dem verschließen sich die Fähigkeiten einer auch nur schwachen Wiedergabe. Der Eingangsbereich zu diesem Garten führt durch eine Moschee, die dem benachbarten Mausoleum an Schönheit und Einzigartigkeit gleicht. Alle ihre Wände sind mit ähnlichem Marmor bedeckt. Rechts und links von dem Garten finden sich zwei Kammern in demselben Stil. Sie haben beide Zugänge dorthin. Seidenbrokat von hervorragender Machart bedeckt alles. Zu den Seltsamkeiten, die wir beim Betreten dieser Moschee entdeckten, gehört ein Stein, der in die Wand eingelassen wurde. Er sticht dem Eintretenden sofort ins Auge. Der Stein ist tiefschwarz und glänzend. Die davor stehende Person wird darin reflektiert, als sei der Stein ein frisch-polierter indischer Spiegel. Wir beobachteten Menschen, die das gesegnete Grab küßten, einen Ring darum bildeten, sich darüber beugten und mit den Händen die darüber liegende Hülle glattstrichen. Sie gingen rundherum, drängten sich, beteten und weinten, flehten Gott an, daß er den heiligen Staub segnen möge. Ihr Gebet war so demütig, daß es das Herz erweichte und dem Körper Schmerzen verursachte.

Indessen – all dies gibt nur einen Bruchteil, einen Schimmer dessen wieder, was wir sahen; selbst ein Weiser vermag sich mit der Beschreibung nicht in angemessener Form zu beschäftigen. Auch er würde nur seiner Unfähigkeit und seiner Grenzen gewahr werden. Kurz gesagt: Ich glaube nicht, daß es irgendetwas gibt, was feiner gearbeitet ist; ich kann mir kein erstaunlicheres, kein schöneres Bauwerk vorstellen. Möge Gott die edlen Gebeine, die darin ruhen, durch seine Gnade und Güte segnen.

Die Nacht dieses Tages verbrachten wir auf dem Friedhof, der al-Qarâfa genannt wird. Er zählt zu den Wundern dieser Erde, befinden sich doch auf diesem Friedhof die Grabstätten der Propheten, der Familie Mohammeds, seiner Gefährten, Gefolgsleute, von Gelehrten und Asketen sowie Heiligen, die sich durch ihre Wundertaten und die Überbringung wundersamer Botschaften Gottes auszeichneten. Wir besuchten zahlreiche Gräber. Über viele von ihnen wurden einzigartige Bauwerke, architektonische Monumente errichtet. Viele werden von Leuten bewacht, die darin wohnen und sie pflegen. Dafür erhalten sie eine Art Gehalt.

Auf manchen Gräbern fanden wir die Namen derjenigen, denen diese gesegneten Stätten gewidmet sind. Sie stehen auf Tafeln, die durch die ununterbrochene Überlieferung die Echtheit bezeugen.

Zu den überragendsten Mausoleen zählt das Grab des Imams *asch-Schâfi'î.* Davor wurde eine Medrese gebaut, die in unserem Lande ihresgleichen an Größe und Schönheit sucht. Wenn man darin umhergeht, meint man, sich in einer kleinen Stadt zu bewegen. Hier findet man Bäder und andere der Bequemlichkeit dienende Einrichtungen. Der Ausbau der Moschee dauert bis zur Stunde an. Der Scheich, Imam und berühmte Gelehrte *Nadschm ad-dîn al-Chabûschânî* überwacht die Bautätigkeit selbst. Der

Sultan dieses Landes, Saladin, läßt dafür Gelder fließen und sagt: »Mehre die Schönheit und Eleganz, es ist an uns, die Mittel zur Verfügung zu stellen.« Lob sei Gott, der ihn zum Wohl der Religion tätig sein läßt.

Wir suchten diesen Mann al-Chabûschânî auf, um durch sein Gebet Segen zu empfangen; denn wir hatten bereits in Spanien von ihm gehört. Wir fanden ihn in seiner Moschee in Kairo in dem engen Kämmerchen, das er dort bewohnt. Er betete um unseretwillen; darauf verließen wir ihn. Unter allen ägyptischen Männern sahen wir keinen ihm ebenbürtigen.

Südlich von al-Qarâfa erstreckt sich eine weite Ebene, die unter dem Namen »Märtyrer-Gräber« bekannt ist. Dort liegen diejenigen begraben, die den Märtyrertod erlitten. Dieses Feld scheint für das Auge wie Höcker von Kamelen gewölbt zu sein. Hier stehen keine Gebäude.

Das Erstaunliche an al-Qarâfa ist, daß überall Moscheen und Mausoleen errichtet wurden, die den Fremden, Gelehrten, Frommen und Armen als Zufluchtsstätte dienen. Für jedes Gebäude steht monatlich ein Betrag zur Verfügung, der vom Sultan festgesetzt wird. Die Medresen in Kairo werden ebenso behandelt. Uns wurde versichert, daß die gesamten Unterhaltungskosten 2000 ägyptische Dinar im Monat noch übersteigen, das sind mehr als 4000 mu'minî. Darüber hinaus erfuhren wir, daß die Moschee von 'Amr ibn al-'Âs in Kairo einen täglichen Ertrag von etwa 30 ägyptischen Dinar hat, die für die Moschee selbst sowie die Gehälter der Verwalter, der Wächter, Imame sowie Leser des Korans ausgegeben werden.

In Kairo haben wir vier Hauptmoscheen besucht; alle waren wunderschön gebaut und elegant ausgestattet. In einer von ihnen wurde gerade eine Predigt nach sunnitischem Ritus gehalten. Der Prediger schloß in sein Gebet die Gefährten des Propheten und ihre Anhänger sowie die Mütter der Gläubigen, nämlich die Frauen des Propheten, und seine beiden Onkel *Hamza* und *'Abbâs* ein. Die Predigt war so moderat und die Auslegungen so feinfühlig, daß selbst grausame Herzen weich und trockene Augen feucht wurden. Der Prediger trug schwarze Kleidung nach 'abbâsidischer Art: eine schwarze *burda*, darüber einen *tailasân* aus schwarzem Stoff, den wir im islamischen Westen ihrâm nennen, einen schwarzen Turban und ein Schwert um die Hüfte. Als er zur Kanzel hinaufstieg, schlug er mit dem Knauf seines Schwertes auf die Kanzel, so daß alle Anwesenden es hören mußten. Es war wie eine Aufforderung zum Schweigen. Dasselbe tat er auf der Mitte der Treppe und ein drittes Mal am Ende derselben. Dann begrüßte er die Gemeinde rechts und links, wobei er sich zwischen zwei schwarze Flaggen mit weißen Flecken stellte, die ganz oben an der Kanzel befestigt waren. Das Gebet war an diesem Tag an den ʿabbâsidischen Kalifen *an-Nâsir* gerichtet, ferner an den Gründer des Staates, Saladin, und seinen Bruder, den Thronfolger Abû Bakr *Saif ad-dîn*.

Wir sahen außerdem die Zitadelle, eine unüberwindliche Festung. Der Sultan plant, hier seine Residenz zu schaffen und die Stadtmauer so zu verlängern, daß die Altstadt und der neuere Teil umschlossen werden. Für die Arbeiten werden byzantinische Gefangene eingesetzt. Sie sind mit der Konstruktion betraut und mit der Ausführung aller dabei anfallenden Aufgaben, auch mit den mühevollsten und schwierigsten davon wie dem Zurechtschneiden des Marmors, dem Meißeln der kolossalen Steinblöcke, dem Ausheben von Gräben um die erwähnte Mauer herum; diese Gräben müssen mit Spitzhacken angelegt werden. Alle werden bei einer Arbeit eingesetzt, die eines jener Wunder hervorbringen wird, das dauerhafte Spuren hinterlassen wird. Die Zahl der Gefangenen aus Rûm, die ihren Frondienst hier leisten, ist nicht zu beziffern. Für diese Arbeiten findet man auch niemand anderen. Der Sultan läßt auch noch weitere Gebäude unter Einsatz von Christen errichten. Die Muslime, die man bei solchen gemeinnützigen Bauten hätte beschäftigen können, werden so davon freigestellt, und niemand von ihnen braucht solche schweren Arbeiten auszuführen.

Zu den weiteren Ruhmestaten des Sultans gehört auch das Hospital-al-Mâristân, das wir in Kairo besichtigten. Es ist ein Palast von großer Schönheit und Weitläufigkeit. Der Sultan hat einen Mann der Wissenschaft als Verwalter eingesetzt. Er verfügt über einen Vorrat an Arzneimitteln und Drogen und ist berechtigt, Mixturen vorzubereiten und in den verschiedensten Formen zur Anwendung zu bringen. In den Räumen dieses palastartigen Gebäudes wurden Betten aufgestellt für die Patienten, die bettlägerig sind. Dem Verwalter stehen Bedienstete zur Seite, die morgens und abends den Zustand der Kranken ermitteln und ihnen angemessene Nahrung und Arzneien verabreichen.

Dieser Einrichtung gegenüber befindet sich ein weiteres Gebäude, das für die Frauen bestimmt ist. Auch hier gibt es Diener, die sich um sie kümmern. Ein dritter Bau mit einem großen Innenhof schließt sich an. Dort gibt es Räume mit Fenstern aus Eisen, die als Zellen für Verrückte dienen. Auch für sie sind Personen beschäftigt, die täglich den Zustand der Patienten erkunden und ihnen das geben, was ihnen guttut. Der Sultan überwacht alle diese Einrichtungen, indem er sie überprüfen läßt und inspiziert. Er mißt den Institutionen großes Interesse und enorme Sorgfalt bei.

In der Innenstadt befindet sich ein weiteres Krankenhaus nach demselben Muster.

Zwischen der Altstadt und dem neueren Teil liegt eine große Moschee, die nach *Ibn Tûlûn* benannt ist. Sie ist eine der ältesten Hauptmoscheen von gefälliger Bauweise und enormer Ausdehnung. Der Sultan machte sie zu einem Refugium für Fremde aus dem Maghrib. Dort können diese Menschen leben und Vorträge hören. Für ihr Auskommen gewährt er eine monatliche Unterstützung. Eine merkwürdige Angelegenheit, die mir einer der angesehenen Männer dort erzählte, ist, daß der Sultan ihnen die Verwaltung selbst überlassen hat und keine anderen Vorgesetzten über sie zuläßt. Sie wählen selbst ihre Führer, deren Anordnungen sie Folge leisten, die sie bei Streitigkeiten zu Rate ziehen und deren Entscheidung sie respektieren. Sie leben in Frieden und Zufriedenheit, nur dem Gebet an Gott hingegeben, und finden durch die Güte des Sultans die bestmögliche Weise, sich auf dem Weg zum rechten Glauben zu bewegen.

Es gibt in Kairo keine Hauptmoschee oder gewöhnliche Moschee, noch ein Mausoleum, das über einem Grab errichtet wurde, und ebensowenig eine Unterkunft oder eine Medrese, in denen die Wohltätigkeit des Sultans sich nicht auf alle diejenigen erstreckt, die dort Obhut suchen und darin wohnen. Alle Gebäude werden durch Zahlungen aus dem Staatssäckel unterstützt. Zu den großzügigen Einrichtungen, die die Mühewaltung des Sultans für die Belange der Muslime erkennen läßt, gehört auch seine Anordnung, einen Versammlungsort zu bauen, den er den Predigern des Buches des großen und erhabenen Gottes zuwies, damit sie auschließlich Kinder von Armen und Waisen unterrichten mögen. Für ihren Bedarf gewährt er eine angemessene Unterstützung.

Ein weiteres rühmenswertes Werk des Sultans und ein bleibendes nutzbringendes Denkmal für die Muslime ist die Errichtung der Brücken, mit deren Bau etwa sieben Meilen westlich von Alt-Kairo begonnen wurde, hinter einem erhöhten Weg, der davor im Bereich des Nils anfängt. Wie ein weiter Hügel führt er über etwa sechs Meilen, bis er die erwähnte Brücke erreicht. Sie hat etwa vierzig Bögen, die größten Brückenbögen, die es gibt. Sie soll eine Verbindung zu dem Landstrich herstellen, über den man nach Alexandria gelangt.

Mit dieser bewunderungswürdigen Maßnahme stellt der Sultan sich in die Reihe der weisen Könige; denn dieser Bau ist eine Vorsichtsmaßnahme für den Fall, daß Feinde überraschend von der alexandrinischen Bucht her vordringen, wenn der Nil überflutet und das Land vom Wasser bedeckt ist. Dann ist der Weg für das Heer abgeschnitten. Hiermit hat Saladin nun einen Weg geschaffen, der jederzeit, wenn es nötig ist, begehbar sein wird. Möge Gott den Besitz der Muslime vor allen Angriffen und Gefahren schützen!

Die Menschen Kairos sehen jedoch in dem Bau dieser Brücke ein böses Omen für die Zukunft; sie glauben, daß er das bevorstehende Eindringen der *Almohaden* nach Ägypten und in die östlichen Regionen ankündigt.

Gott allein ist wissend, es gibt keinen Gott außer ihm!

In der Nähe dieser modernen Brücke befinden sich die alten Pyramiden, die sich durch ihre wunderbare Architektur, ihr eigenartiges Aussehen und ihre viereckige Form auszeichnen, als seien sie große Kuppeln, die sich bis in den Himmel erheben. Besonders zwei von ihnen drängen dem Firmament entgegen. Die Länge einer der beiden Pyramiden beträgt – von der einen Ecke bis zur anderen – 366 Schritt *(chutwa)*. Die Pyramiden sind aus riesigen behauenen Steinblöcken errichtet, jeder einzelne ist in merkwürdiger Weise angeordnet und perfekt mit den anderen Steinen zusammengefügt, ohne daß irgendwelcher Mörtel verwendet worden wäre. Die Seiten der Pyramiden erscheinen dem Auge winklig. Möglicherweise kann man sie unter Gefahr und mit Schwierigkeiten besteigen, dann würde man feststellen, daß die Seiten, die kantig erscheinen, sehr glatte Oberflächen haben.

Wenn jemand den Wunsch hätte, sie niederzureißen, so würde er dabei versagen. Es wird viel Gegensätzliches über die Pyramiden gesagt. Einige meinen, es seien die Gräber von *'Âd* und seinen Söhnen; andere haben davon abweichende Ansichten. Kurz gesagt: Keiner außer dem großen und ruhmreichen Gott kennt ihre Geschichte.

Eine der zwei großen Pyramiden hat ein Tor, zu dem man einen Klafter oder mehr vom Boden hinaufsteigen muß. Dann betritt man eine riesige Kammer, die etwa 50 Spannen *(schibr)* breit und etwa ebenso lang ist. Im Inneren dieses Raumes befindet sich ein großer hohler Marmorblock, ähnlich dem, was im Volksmund bîla (Pfeiler) heißt. Angeblich ist es eine Grabstätte. Gott allein kennt die Wahrheit!

Unterhalb der großen Pyramide befindet sich eine andere, die von einer Ecke zur anderen 140 Schritt mißt. Abgesehen von dieser kleineren gibt es noch fünf kleine. Drei sind miteinander verbunden, zwei befinden sich in der Nähe der beiden ersten, ebenfalls miteinander verbunden. Unweit von diesen Pyramiden, etwa einen Pfeilschuß entfernt, steht eine eigenartige Figur aus Stein, die wie ein Minarett aussieht und das Gesicht eines Mannes mit furchterregendem Ausdruck zeigt (die Sphinx). Das Gesicht ist den Pyramiden zugewandt, und der Rücken ist nach Süden gerichtet, dem Lauf des Nils folgend. Die Figur wird »Vater des Schreckens« genannt.

In der Stadt Kairo befindet sich eine Hauptmoschee, die den Namen von 'Amr ibn al-'Âs trägt. In Alexandria gibt es eine andere Moschee mit demselben Namen, die als Versammlungsort der *Mâlikiten* zum Freitagsgebet dient.

In Alt-Kairo finden sich auch Spuren der Zerstörung, die während der Unruhen am Ende der *Fâtimiden*-Dynastie durch eine Feuersbrunst verursacht wurden. Das war im Jahre 1169. Der größte Teil der Stadt ist inzwischen restauriert, und die Gebäude stehen heute ohne Lücke eines neben dem anderen. Das alte Kairo ist eine große Stadt; Spuren alter Zeit, die hier und in der Umgebung der Stadt zu sehen sind, weisen auf die Ausdehnung ihrer früheren Grenzen hin.

Auf dem Westufer des Nils, der sich zwischen den beiden Stadtteilen wie ein Hindernis ausdehnt, befindet sich eine Ortschaft von hohem Ansehen mit herrlichen Bauten, die unter dem Namen Gizeh (al-Dschîza) bekannt ist. Jeden Sonntag findet dort ein großer, vielbesuchter Basar statt.

Zwischen Gizeh und Alt-Kairo erstreckt sich eine Insel mit wunderschönen Häusern und hoch emporragenden Lustschlößchen. Dies ist ein Ort der Entspannung und Erholung. Die Insel ist von Kairo durch einen Arm des Nils getrennt, der etwa eine Meile lang ist und keinen Abfluß hat. Auf der Landzunge steht eine Moschee, in der die Freitagspredigt gelesen wird.

Neben dieser Mosee steht der *Nilometer*, wo der Wasserstand des Nils zur Zeit der jährlichen Überschwemmung ermittelt wird. Im Juni wird der Beginn der Überflutung erwartet, der Höchststand wird im August erreicht, und der Rückgang erfolgt im Oktober. Der Nilometer ist eine weiße achteckige Säule aus Marmor, die an einer Stelle errichtet wurde, wo das Wasser beim Hinausströmen zurückgehalten wird. Er ist eingeteilt in 22 Maßeinheiten, die je etwa einer Elle *(dhirâ')* entsprechen und nochmals in 24 Sektionen *(isba')* unterteilt sind. Wenn die Flut beim Höchststand bis zum 19. Teilstrich ansteigt, sprechen die Leute von einem hervorragenden Jahr. Dann wird während der Dauer der Flut reichlich viel Land überspült. Der mittlere Wasserstand wird mit 17 Ellen angegeben, das hält man für günstiger als das zuvor beschriebene Übermaß. Eine Überflutung von 16 Ellen oder mehr gibt dem Sultan das Recht, eine Landsteuer in Ägypten einzuziehen. Die frohe Botschaft über den Anstieg des Wassers wird von demjenigen verbreitet, der den Nilmesser täglich beobachtet. Der Wasserstand wird an der erwähnten Skala abgelesen. Er wird täglich aufgeschrieben, bis der Höchststand erreicht ist; sollte er weniger als 16 Ellen betragen, erhält der Sultan in dem betreffenden Jahr keine Steuern und keine Abgaben.

Uns wurde erzählt, daß sich in Gizeh das Grab von *Ka'b al-Achbâr* befindet. Im Zentrum von Gizeh entdeckt man merkwürdige Marmorblöcke, aus denen Krokodilfiguren gehauen wurden. Es heißt, daß deshalb über eine Entfernung von drei Meilen ober- und unterhalb der Sandbänke des Nils keine Krokodile auftauchen. – Gott allein kennt die Wahrheit!

Eine weitere Großtat dieses Sultans neben seinen anderen hervorragenden Leistungen, die ihm einen guten Ruf sowohl in religiösen als auch in weltlichen Belangen bescheren werden, war die Abschaffung der Zollabgaben, die die Pilger zu Zeiten der Fâtimiden-Dynastie entrichten mußten. Die Pilger litten unter der straffen Durchführung dieser Bestimmung, wurden dadurch in unerträgliche Not gestürzt und erniedrigt. Es geschah zuweilen, daß einige unter ihnen nichts übrig behielten, um ihren Unterhalt zu bestreiten oder sonst irgendwelche Kosten zu decken. Sie mußten die Abgabe zahlen; sie betrug siebeneinhalb ägyptische Dinar, das sind 15 mu'minî, pro Kopf. Derjenige, der das nicht bezahlen konnte, wurde in 'Aidhâb aufs schlimmste bestraft.

Zu den verschiedenen Formen der Bestrafung gehörte das Aufhängen an den Hoden und ähnlich abscheuliche Dinge. In Dschidda wurden ähnliche und sogar noch bösere Folterungen durchgeführt an demjenigen, der in 'Aidhâb nicht seine Abgabe entrichtet hatte und dessen Name deshalb entsprechend gekennzeichnet war.

Dieser Sultan schaffte aber die verfluchte Steuer ab und führte stattdessen die Versorgung mit Lebensmitteln und anderen Dingen ein. Er weist zu diesem Zwecke die gesamten Abgaben eines bestimmten Ortes an und trägt dafür Sorge, daß alle Gelder auf dem Hedschâz eintreffen. Diese Steuer wird unter dem Namen »Proviant für Mekka und Medina« geführt.

So führte er die beste Entschädigung ein und erleichterte den Pilgern den Weg, der schon nahezu unüberwindlich geworden war. Durch die Hände des gerechten Sultans wandte Gott von den Gläubigen diese schrecklichen Vorkommnisse, das leidvolle Vorgehen ab. Dank gebührt ihm von all denen, die fest daran glauben, daß die Pilgerreise zum Hause Gottes einer der fünf Pfeiler des Islams ist; diese Großtat sollte unter allen Horizonten verbreitet werden, überall auf der Welt sollte das Gebet für diesen Sultan gesprochen werden, in jedem Fleckchen der Erde.

So gab es in Ägypten Steuern, abgesehen von den Abgaben auf alles Ge- und Verkaufte, ob groß oder klein, daß selbst auf das Trinken von Nilwasser eine Abgabe gezahlt werden mußte und ähnliches mehr. All diese schändlichen Einrichtungen hat Saladin nun abgeschafft. Jetzt herrschen überall Gerechtigkeit und Sicherheit. In der Tat, so groß ist die Gerechtigkeit dieses Sultans, und die Sicherheit, die man auf allen Wegen spürt, ist so enorm, daß die Menschen in seinem Land nicht nur des Nachts die Kleidung ablegen, sondern auch ihren Geschäften nachgehen. In der Dunkelheit empfinden sie keine Furcht, die sie davon abhalten könnte.

So wie beschrieben waren also die Lebensgewohnheiten der Menschen, die wir in Kairo und Alexandria kennenlernten.

Von Kairo nilaufwärts nach Qûs

1. MAI BIS 6. JUNI 1183

Am Sonntagmorgen – es war der 1. Mai – brachen wir von Kairo auf und reisten nilaufwärts nach Oberägypten. Unser nächstes Ziel war *Qûs.* Auf den Nilufern reihte sich ein Dorf an das nächste, auch größere Orte waren darunter. Wir werden versuchen, sie zu beschreiben.

Zunächst wäre da das Dorf Askar zu nennen, das auf dem östlichen Nilufer liegt, für denjenigen, der den Nil hinauffährt, auf der linken Seite. Man sagt, daß der Prophet *Moses,* der von Gott Angesprochene, dort geboren wurde und hier von seiner Mutter in den Fluten des Nils ausgesetzt wurde. So lautet die Überlieferung.

Wir sahen auch westlich des Nils, zu unserer Rechten, die alte Stadt, die nach *Joseph,* dem Rechtschaffenen, benannt wurde. Das war am Tag unserer Abreise und dem darauffolgenden. In der Stadt befindet sich der Kerker, in den Joseph gesteckt wurde. Das Gefängnis wird jetzt abgebaut, die Steine werden für die erwähnte uneinnehmbare und unüberwindliche Zitadelle, die in Kairo errichtet wird, weggeschafft. In der erwähnten Stadt befindet sich auch der Kornspeicher, in dem Joseph das Getreide aufbewahrte. Es heißt, er sei innen hohl.[3]

Von dort gelangten wir nach *Munjat ibn al-Chasîb,* das ist ein großer Ort auf dem rechten Nilufer. Hier findet man Basare, Bäder und alle weiteren städtischen Einrichtungen, die der Bequemlichkeit dienen. In der Nacht des 8. Mai, am Sonntag, dem achten Tag seit unserer Abreise aus Kairo, fuhren wir daran vorüber. Der Wind hatte sich gelegt, und wir mußten die Fahrt unterbrechen.

Wollten wir jeden Ort auf dem rechten oder linken Nilufer, an dem wir vorbeireisten, beschreiben, so wäre in unserem Buch nicht genügend Platz. Deshalb werden wir uns auf die größeren und bekannteren beschränken. In der Nähe von diesem Ort, zu unserer Linken, nahmen wir die erhabene Moschee wahr, die den Namen *Abrahams,* des Freundes Gottes, trägt. Sie ist bekannt und berühmt für den Segen, den der dort Einkehrende empfängt. Man sagt, daß man in ihrem Hof Fußabdrücke von dem Reittier sehen kann, auf dem Abraham einst geritten ist.

Zu unserer Linken sahen wir einen großen, hübschen Ort mit dem Namen Ansinâ, in dem sich Ruinen befinden. Früher war es eine bedeutende Stadt mit einer alten Mauer. Saladin zerstörte sie und hat allen Schiffen, die nilabwärts fahren, zur Pflicht gemacht, einen Stein davon nach Kairo zu bringen. So wurde die ganze Mauer abgetragen.

Am Morgen des 9. Mai, am Montag, dem neunten Tag nach unserer Abreise aus Kairo, passierten wir den Berg al-Maqla, auf dem Ostufer des Nils, zu unserer Linken. Er liegt auf der Mitte des Weges nach Qûs, 13 *barîd* von Kairo und ebenso viele von Qûs entfernt. Zu den Eigentümlichkeiten, die hier zu erwähnen sind, gehört, daß sich auf dem Westufer des Nils, zur Linken des flußaufwärts Reisenden, eine vom Gebiet Kairos aus durchgehende alte Mauer erstreckt, zum Teil zerstört, zum Teil noch als Ruine zu erkennen. Sie zieht sich auf demselben Ufer weiter hin bis nach Assuan, dem anderen Ende Oberägyptens von Kairo aus gesehen.

Zwischen Assuan und Qûs liegen acht barîd.

Die Erzählungen über diese Mauer sind recht unterschiedlich und widersprüchlich. Insgesamt betrachtet wirkt sie eigentümlich, niemand kennt ihr Geheimnis außer Gott. Sie wird die »Mauer der Alten« genannt; dazu gibt es eine Legende. Ich glaube, die Alte ist die Zauberin, deren Geschichte in dem Buch »Wege und Königreiche« erzählt wird und die vor langer Zeit über dies Land regierte.

Hier möchte ich einen Rückblick auf einige Dinge einschieben, die ich bisher vernachlässigt habe.

Als wir in Alexandria waren, im vergangenen Monat, erblickten wir als erstes eine gewaltige Menschenmenge, die herbeigeströmt war, um die Gefangenen aus Rûm zu sehen, die auf den Rücken von Kamelen mit dem Gesicht zum Schwanz unter Trommel- und Trompetenklang in die Stadt gebracht wurden. Wir erkundigten uns nach ihrer Geschichte und erfuhren von einem Vorfall, der das Herz mit Mitleid und Bedauern erfüllt. Eine Gruppe syrischer Christen hatte sich zusammengetan und Schiffe gebaut in einer Gegend, die für sie am nächsten zum Roten Meer gelegen war. Dann hatten diese Menschen die Einzelteile auf Kamelen von Arabern, mit denen sie sich über den Frachtpreis geeinigt hatten, transportieren lassen. Am Meeresufer hatten sie die Schiffe zusammengenagelt, vervollständigt, vollendet und zu Wasser gelassen. Sie bestiegen ihre Schiffe mit dem Ziel, den Pilgern den Weg abzuschneiden. So gelangten sie in das Meer von *an-Na'am*. Dort zündeten sie etwa sechzehn Schiffe an, fuhren dann weiter nach 'Aidhâb, wo sie sich eines Schiffes mit Pilgern aus Dschidda bemächtigten. An Land überfielen sie eine große Karawane, die aus Qûs nach 'Aidhâb reiste, und töteten alle; kein einziger überlebte. Sie kaperten zwei Schiffe, die mit Waren aus dem Jemen beladen waren, und setzten am Ufer eine Menge Nahrungsmittel in Brand, die für die Versorgung Mekkas und Medinas bestimmt waren. Sie begingen schreckliche Greueltaten, derengleichen man im Islam noch nie gehört hatte. Nie zuvor war ein Rûmî in diese Gegend gelangt.

Doch ihr übelstes Unterfangen, das die Ohren ob seiner Abscheulichkeit und Häßlichkeit taub werden läßt, war, daß sie entschlossen waren, die Stadt des Propheten zu betreten und den heiligen Schrein zu entfernen. Ihren Plan verbreiteten sie lauthals und ließen ihn jedermann zu Ohren gelangen. Doch Gott strafte sie für ihre Frechheit und dafür, daß sie nach etwas strebten, was das Schicksal zwischen uns und ihn gestellt hat.

Sie waren kaum einen Tag von Medina entfernt, da ereilte sie Gottes Strafe, und zwar durch Schiffe, die in Kairo und Alexandria ausgerüstet worden waren, und auf denen sich der bekannte Hâdschib Lû'lû' und einige heldenhafte maghribinische Seeleute befanden. Sie holten den Feind ein, dem es beinahe gelungen wäre zu entkommen, und nahmen alle bis auf den letzten Mann gefangen. Dies ist eines der Zeichen von Gottes Fürsorge und Güte. Sie ergriffen die Feinde trotz des großen Vorsprungs, den sie hatten; denn mehr als etwa anderthalb Monate waren sie schon ihrem schändlichen Treiben nachgegangen.

Die Feinde wurden getötet oder gefangengenommen. Die Gefangenen wurden auf verschiedene Orte verteilt, wo sie hingerichtet werden sollten, einige wurden nach Mekka und Medina geschickt. Gott hat durch sein Eingreifen den Islam und die Muslime vor abscheulichen Dingen bewahrt. Dank sei Gott, dem Herrn der Welten!

Doch nun wollen wir unsere Beschreibung der Orte, die wir auf unserer Reise durch Oberägypten passierten, wieder aufnehmen.

Nach dem Berg al-Maqla, der – wie wir bereits sagten – auf halbem Wege zwischen Kairo und Qûs liegt, folgte eine Ortschaft namens Manfalût nahe dem Westufer des Nils, auf der Rechten für den nilaufwärts Reisenden. Hier gibt es Basare und alle übrigen der Bequemlichkeit dienenden Einrichtungen in vollendeter Form.

In Oberägypten findet man keinen ebenbürtigen Ort. Der Weizen wird von hier nach Kairo exportiert wegen seiner hervorragenden Qualität und der großen Zahl der Körner am Halm. Dafür ist er bei den Ägyptern bekannt. Die Kaufleute fahren mit Schiffen den Nil hinauf, um das Getreide zu holen.

Etwa drei Meilen vom Westufer des Nils entfernt liegt die Stadt *Asjût*, die zu den berühmten Städten Oberägyptens zählt. Sie ist wunderschön anzusehen; rundherum liegen Palmengärten, eine alte Mauer umschließt sie. Von dort gelangt man nach Abû Tîdsch; hier gibt es Basare und andere in Städten übliche Einrichtungen. Der Ort liegt auf dem Westufer des Nils. Dann folgt *Achmîm*, auch eine der bekannten oberägyptischen Städte, östlich des Nils und an seinem Ufer gelegen. Ihre Fundamente sind alt, ihre Lage ist gut. Dort findet man die Moschee des *Dhû n-Nûn al-Misrî* und die des Dawûd, eines frommen Mannes, der berühmt ist für seine Tugendhaftigkeit und Weltentsagung. Beide Moscheen zeichnen sich aus durch den Segen, den man in ihnen empfängt. Wir betraten beide, um durch das Gebet den Segen zu erhalten. Das war am Samstag, dem 14. Mai. In dieser Stadt findet man auch Ruinen und Gebäude, die von Kopten errichtet wurden, und auch Kirchen, die bis heute von der Gemeinschaft der koptischen Christen benutzt werden.

Zu den bedeutendsten Gebäuden zählt der wegen seiner Eigenheiten in aller Welt bekannte riesige Tempel im Osten der erwähnten Stadt am Fuße der Mauer. Er ist 220 Ellen lang und 160 breit. Unter der Bevölkerung dieser Gegend wird er *al-birbâ* genannt. Ebenso heißen bei ihnen alle anderen Tempel und auch die alten Gebäude. Er ruht auf vierzig Säulen, abgesehen von den Mauern. Der Umfang jeder Säule beträgt 50 Spannen und der Zwischenraum zwischen den Säulen 30 Spannen. Die Kapitelle sind sehr gewaltig und vollendet in ihrer Art. Sie wurden in eigenartiger Weise geschnitzt und die Kanten in einzigartiger Form gestaltet, als stammten sie von Drechslern. Alles ist mit verschiedenen Farben, blau und anderen, bunt gefärbt. Die Säulen sind von oben bis unten bemalt. Oberhalb der Kapitelle jeweils zwischen einer Säule und der nächsten erstreckt sich eine enorme Platte aus behauenem Stein. Wir maßen eine der größten von ihnen und stellten fest, daß sie 56 Spannen lang, zehn breit und acht hoch war. Die Decke dieses Tempels besteht ganz aus Steinplatten, die in einzigartiger Weise angeordnet sind, so daß sie wie ein Teppich erscheinen. Die eigenartigen Bilder und ungewöhnlichen Farben fügen sich so ineinander, daß der Betrachter den Eindruck erhält, die Decke sei aus geschnitztem Holz. Auf jeder Platte findet man ein anderes Bild; eine ist in einer klaren und einfachen Art mit Vögeln bemalt, die auch mit Flügeln versehen wurden, so daß der Hinschauende meint, sie wollten gleich losfliegen. Eine weitere ist mit menschlichen Figuren verziert, hübsch anzusehen und von prächtigen Formen. Jedes Bild hat ein besonderes Merkmal, so hält eine Figur eine Statue in der Hand, eine andere eine Waffe oder einen Vogel oder einen Kelch; endlich weist eine mit der Hand auf eine andere Gestalt und dergleichen mehr, was die Beschreibung zu lang werden ließe oder was durch Worte nicht angemessen ausgedrückt werden könnte.

Im Inneren und außerhalb des Tempels, im unteren und oberen Teil, findet man überall Bilder verschiedenster Art. Darunter sind abschreckende, die fern sind von menschlichen Formen, so daß der Betrachter bei ihrem Anblick in Furcht versetzt und von Unruhe und Erstaunen erfüllt wird. Da gibt es nicht den winzigsten Platz für eine Ahle oder eine Nadel, ohne daß man auf ein Bild oder ein Relief oder irgendein unverständliches hieroglyphisches Zeichen stieße. Über den gesamten riesigen Tempel erstrecken sich diese eigenartigen Malereien. Trotz der Härte des Steins sind hier Arbeiten zustande gekommen, die kaum aus weichem Holz hätten gefertigt werden können. So kann sich der staunende Betrachter nicht des Gedankens erwehren, daß ein Menschenalter, wenn es nur mit dem Verzieren, Schmücken und Ornamentieren zugebracht worden wäre, zu kurz dafür sein müßte. Lob sei Gott für solche Wunder!

Der obere Bereich des Tempels ist mit riesigen Steinplatten in der erwähnten Art ausgekleidet. Die Decke ist sehr hoch, so daß die Vorstellungskraft und der Verstand bei dem Gedanken daran versagen, wie man die Platten dort hat hinaufbringen und befestigen können. Im Tempel selbst befinden sich Versammlungsräume und Kapellen, Ein- und Ausgänge, Aufgänge und Treppen, Wege und Durchgänge, in denen sich Gruppen von Menschen verirren und einander nur durch lautes Rufen wiederfinden können.

Die Mauern sind 18 Spannen stark, die Steine sind in der erwähnten Weise aneinandergefügt. Kurz gesagt: Die Bedeutung dieses Tempels ist enorm und sein Anblick eines der Wunder unserer Erde, das man nicht umfassend zu beschreiben vermag. Doch wir haben hier auf einen Bruchteil des Ganzen hinzuweisen versucht. Und der Leser sollte nicht glauben, daß die Berichte übertrieben sind. Selbst ein wahrer Meister an Beredtsamkeit würde seine Unzulänglichkeit und Begrenztheit zugeben müssen.

In den Städten Oberägyptens, die am Wege der Pilger und Reisenden liegen, wie Achmîm, Qûs und Munjat ibn al-Chasîb, werden viele Schiffe mit Reisenden angehalten. Sie werden durchsucht und genau überprüft. Die Kleidung wird abgetastet, um festzustellen, was sich an Dirhams und Dinaren unter den Achseln oder an der Brust finden möge. Es ist häßlich, Berichte darüber zu hören und sie weiterzugeben. Alles geschieht, um die Almosensteuer einzutreiben, ohne daß die Regeln beachtet werden, wie wir schon in unserer Erzählung über Alexandria erwähnten. Gelegentlich mußten die Menschen beeiden, was sie bei sich trugen und ob sie noch mehr dabei hätten. Dann wurde das Heilige Buch herbeigeholt, die rechte Hand mußte zum Schwur darauf gelegt werden. Die Pilger mußten vor diesen Eintreibern in Schimpf und Schande stehen wie damals beim Zoll.

Ohne jeden Zweifel weiß Saladin über diese Vorgänge nichts. Wüßte er davon, so würde er befehlen, das zu unterlassen; wie er denn auch andere wichtige Dinge untersagt hat. Er würde diejenigen, die die Almosensteuer eintreiben, wie im heiligen Krieg bekämpfen. Denn das ist eine religiöse Pflicht in Anbetracht der Willkür und abscheulichen Behandlung den Fremden gegenüber, die ihr Land verlassen haben und den Weg nach Mekka beschreiten. Die Ehre des großen Sultans, von dessen Gerechtigkeitssinn man in vielen Ländern hört und der bis zu den Horizonten gerühmt wird, sollte durch solche Berichte nicht verletzt noch besudelt werden.

Das Gräßlichste, was wir selbst in diesem Zusammenhang mit ansehen mußten, war, daß ein Haufen von Banditen, von widerlichen Zolleintreibern, mit langen, spitzen Stöcken mit Griffen[4] ein Schiff bestieg, um alles an Bord Befindliche zu untersuchen. Jedes Bündel, jeden Sack, in denen sich nichts außer Reiseproviant befand, durchbohrten sie mit ihren verfluchten Stöcken aus Sorge, es könne sich irgendein Gegenstand oder gar Geld darin verbergen. Es ist gräßlich, solche verdammenswerten Vorkommnisse zu schildern, denn Gott hat das Spionieren untersagt.[5] Wie steht es dann mit der Verhüllung von etwas, was der Eigentümer aus irgendeiner Notwendigkeit heraus nicht offenlegen möchte? Gott wird diese Übeltäter durch den gerechten Saladin bestrafen. Möge er Erfolg haben!

Ein Ort, den wir nach Achmîm passierten, hieß *Manschât as-Sûdân* auf dem Westufer des Nils. Es ist ein dicht bevölkerter Ort; es heißt, daß er in alter Zeit eine große Stadt gewesen sei. Vor dem Dorf zwischen dem Nil und dem Ort ist ein großer Damm aus Stein, wie eine Mauer, errichtet worden. Gegen diesen Damm peitscht der Nil bei Hochwasser, überflutet ihn jedoch nicht; daher ist das Dorf in Sicherheit.

Von hier gelangt man nach al-Baljana, einem hübschen Dorf mit vielen Palmen auf dem Westufer des Nils, vier barîd von Qûs entfernt. Dann folgt Dischna auf dem Ostufer, eine Stadt mit Mauern und allen städtischen Einrichtungen. Von Qûs ist Dischna zwei barîd entfernt.

Als nächstes bereisten wir eine Ortschaft namens *Dandara* nahe dem Westufer des Flusses. Hier gibt es viele Palmen, der Anblick des Ortes ist wunderhübsch. Dandara ist für seine hervorragenden frischen Datteln berühmt. Es ist ein barîd von Qûs entfernt. Uns wurde erzählt, daß sich hier ein riesiger Tempel befindet, der in der Gegend »al-birbâ« genannt wird, wie wir schon in Achmîm über den dortigen Tempel bemerkten. Man sagt, der hiesige Tempel sei noch schöner und noch größer.

Von dort ging es weiter nach Qinâ. Das ist eine ganz weiße oberägyptische Stadt, die wunderschön anzusehen ist und in der herrliche Gebäude zu finden sind. Sie zeichnet sich besonders durch die Keuschheit der Frauen aus, die sich nur in den Häusern aufhalten und nie auf den Straßen zu sehen sind. Die Erzählungen über sie erwiesen sich als wahr. Dasselbe gilt auch für die Weiber in dem schon erwähnten Dischna. Qinâ liegt auf dem Ostufer des Nils und ist etwa ein barîd von Qûs entfernt.

Qift ist eine Stadt östlich des Flusses, etwa drei Meilen vom Ufer entfernt. Sie gehört zu den bereits erwähnten oberägyptischen Städten, die für ihre Schönheit, Sauberkeit der Gebäude und die vollendet herrliche Lage berühmt sind.

Dann gelangten wir nach Qûs, am 19. Mai 1183. Wir waren achtzehn Tage auf dem Nil gereist und betraten Qûs am neunzehnten Tag. Diese Stadt bietet herrliche Basare und ausgedehnte Möglichkeiten zur Entspannung. Sie ist sehr belebt wegen der großen Zahl von An- und Abreisenden, Pilgern und Kaufleuten aus dem Jemen, aus Indien und Abessinien.

Denn Qûs ist ein zentraler Punkt für viele, eine Station für Reisende, ein Sammelplatz für Karawanen, Treffpunkt für Pilger aus dem Maghrib, Kairo und Alexandria und den angrenzenden Ländern. Von hier bricht man auf in die Wüste von 'Aidhâb, hierher gelangt man auf dem Rückweg von der Pilgerfahrt.

Wir stiegen in einem Gasthaus mit dem Namen »Ibn al-'Adschamî« in al-Munja ab, das ist ein großer Vorort außerhalb der Stadt, und wohnten direkt gegenüber dem Tor der oben erwähnten Herberge.

Von Qûs zum Roten Meer

6. Juni bis 18. Juli 1183

Am Montag, dem 6. Juni 1183, nahmen wir unser Gepäck und unseren Proviant und machten uns auf den Weg nach al-Mabraz, einem Platz südlich der Stadt. Hier wird das Gepäck der Pilger und Kaufleute gesammelt und gebündelt. Von hier bricht man auf zur Weiterreise. An diesem Platz werden auch alle Sachen, deren Gewicht die Kameltreiber kennen müssen, gewogen.

Nach dem Abendgebet setzten wir uns in Bewegung, um die Wasserstelle al-Hâdschir zu erreichen. Dort verbrachten wir die Nacht und blieben auch am Dienstag, weil einige arabische Kameltreiber ihre Familien in der Nähe besuchten. In der Nacht zum Mittwoch, dem 8. Juni, als wir uns noch in al-Hâdschir befanden, erlebten wir eine totale Mondfinsternis, die zu Beginn der Nacht eintrat und eine Weile andauerte.

Am Mittwochmorgen reisten wir weiter und hielten unsere Mittagsrast an einem Ort namens Qilâ' ad-Dijâ'. Die Nacht verbrachten wir in Mahatt al-Laqaita. Unser Weg führte uns durch Wüste ohne irgendwelche Anzeichen von Siedlungen.

Am Donnerstagmorgen legten wir bei der Wasserstelle al-'Abdain (»Die zwei Sklaven«) eine Pause ein. Es heißt, die beiden Sklaven seien vor Durst gestorben, bevor sie die Stelle erreichten. Der Ort wurde nach ihnen benannt, und hier findet man auch ihre Gräber. Wir rüsteten uns mit Wasservorräten für drei Tage aus, und in der Morgendämmerung des Freitags, des 10. Juni, traten wir unsere Reise durch die Wüste an. Wir zogen immer weiter und schlugen unser Lager auf, wenn die Nacht hereinbrach. Karawanen aus 'Aidhâb und Qûs kamen und gingen, so daß die Wüste belebt und sicher war.

Am Montag, dem 13. Juni, machten wir an der Wasserstelle Dinqâsch halt. Dies ist eine Quelle, zu der Vieh und Menschen in einer Vielzahl kommen, die nur Gott allein kennt.

Durch diese Wüste kann man nur auf Kamelen reisen, weil diese den Durst so lange ertragen können. Die bequemste Kamelsänfte, die benutzt wird, ist der *schuqdhuf*, wobei die beste Ausführung aus dem Jemen stammt. Diese Sänften sind wie ein Reisesitz, mit Leder bezogen und geräumig. Jeweils zwei werden mit starken Seilen zusammengebunden und über das Kamel gelegt. An den Seiten befinden sich Stützarme, an denen ein Sonnendach befestigt werden kann. So sind der Reisende und sein Gegenüber von der Glut der Mittagshitze verschont. Beide können sich unter dem Sonnenschutz auf dem Polster ausruhen. Der Reisende kann ebenso wie sein Gefährte unterwegs seinen Proviant zu sich nehmen und ähnliches. Er kann, wenn er will, sich dem Studium des Korans hingeben oder auch dem eines anderen Buches. Derjenige, dem es richtig zu sein scheint, mag sich dem Schachspiel widmen, gemeinsam mit seinem Gefährten, um sich zu unterhalten und den Geist zu erfrischen. Kurz gesagt: All das erleichtert die Anstrengungen der Reise. Die meisten Reisenden sitzen jedoch über ihren Lasten oben auf den Kamelen und erdulden die Qual und Pein der sengenden Sonne.

An der Wasserstelle Dinqâsch erhob sich zwischen einigen jemenitischen Kameltreibern, die für die Sicherheit des Weges nach 'Aidhâb Sorge tragen, und *Oghuzen* ein Streit wegen der Enge und des Andrangs an der Quelle. Die Jemeniten gehören zu den Balî, einer Unterabteilung des Stammes der Qudâ'a. Es fehlte nicht viel, und der Tumult hätte sich zu einem Aufruhr entwickelt. Gott bewahrte uns davor.

'Aidhâb kann man von Qûs auf zwei Routen erreichen. Die eine von den beiden führt über al-'Abdain; das ist der Weg, dem wir folgten, der kürzere. Die andere Strecke beginnt bei Qinâ, das ist ein Dorf am Nil. Beide Wege treffen in der Nähe der erwähnten Quelle Dinqâsch zusammen; sie haben einen anderen Sammelpunkt bei der Wasserstelle Schâghib, eine Tagesreise von Dinqâsch entfernt.

Am Montagabend versorgten wir uns mit Wasser für einen Tag und eine Nacht und brachen zur Wasserstelle Schâghib auf, die wir am frühen Mittwochmorgen, dem 15. Juni, erreichten. Das Wasser hier kommt aus Tümpeln, die in die Erde gegraben wurden, denn ein Bach fließt nicht weit entfernt in geringer Tiefe; das Wasser ist aber brackig.

In der Morgendämmerung des Donnerstags brachen wir von dort zur Wasserstelle Amtân auf. Zuvor hatten wir uns Wasservorräte für drei Tage beschafft. Wir ließen einen Tag lang den »Wasserweg« auf der linken Seite liegen. Der Weg dort ist schwierig für die Kamele.

Am Vormittag des 19. Juni, am Sonntag, trafen wir in Amtân ein. Das war der Tag, an dem ich das Auswendiglernen des Korans abgeschlossen hatte. Dank sei Gott![6]

Die Wasserstelle Amtân ist eine Quelle, die Gott besonders gesegnet hat; ihr Wasser war das beste und süßeste auf unserem Wege. Unzählige Schöpfeimer findet man hier. Die vielen an dieser Stelle rastenden Kamele werden dort getränkt. Darunter auch solche, die lange dursten mußten und die, wenn sie an einen Fluß kämen, diesen leertränken und versiegen ließen.

Wir hätten gern die Zahl der hin- und herziehenden Karawanen auf diesem Wege gezählt, besonders die Karawanen aus 'Aidhâb, die mit indischen Waren für den Jemen beladen waren, und auch diejenigen aus dem Jemen, die nach 'Aidhâb zogen. Doch waren wir dazu nicht imstande. Der größte Teil der Last, die wir sahen, war Pfeffer. Wegen der riesigen Menge kam es uns so vor, als gäbe es ebensoviel Pfeffer wie Staub um uns herum. Merkwürdig war auch, daß man mitten auf dem Weg ganze Lasten von Pfeffer und Zimt und anderen Waren finden konnte, die abgeworfen und unbewacht am Wege zurückgelassen worden waren; sei es, weil das Kamel, das die Last trug, erkrankt war oder aus einem anderen Grund. Dann bleibt die Last dort liegen, bis der Besitzer sie unversehrt abholt, obwohl doch so viele ganz verschiedene Menschen vorbeiziehen.

Am Montagmorgen verließen wir Amtân und machten am Mittag an der Wasserstelle Madschâdsch, nahe dem Wege, halt. Hier versorgten wir uns mit Wasser für vier Tage, um dann zur Wasserstelle al-'Uschrâ' aufzubrechen, die einen Tag von Aidhâb entfernt ist. Von Madschâdsch aus führt die Strecke über das »glänzende Land« (al-wadah); das ist ein Sandstreifen, der die Wüste mit der Küste des Meeres von Dschidda verbindet; der Sand ist hier weich. Dort hindurch reist man nach 'Aidhâb, so Gott will. Das »glänzende Land« erstreckt sich rechts und links des Weges, so weit das Auge reicht. Am Mittag des 22. Juni brachen wir von Madschâdsch auf und zogen dort entlang.

Am 24. Juni machten wir an der Wasserstelle al-'Uschrâ', etwa zwei Etappen vor 'Aidhâb, halt. An diesem Ort wachsen viele 'uschar-Bäume, die den *utruddsch*-Bäumen ähnlich sind; sie haben aber keine Dornen.[7] Das Wasser hier ist nicht besonders süß. Es stammt aus einem unbefestigten Brunnen. Wir stellten fest, daß Sand auf das Wasser gerutscht war und es zugedeckt hatte. Die Kameltreiber wollten den Brunnen freilegen, schafften es aber nicht; so blieb die Karawane ohne Wasser. Wir reisten die Nacht hindurch, das war die Nacht zum Sonnabend, dem 25. Juni. Am Vormittag kamen wir an die Wasserstelle al-Chubaib, sie liegt in Sichtweite von 'Aidhâb. Hier wird für die Karawanen Wasser geschöpft, das für alle in ausreichender Menge vorhanden ist; denn der Brunnen ist so groß wie eine riesige Zisterne.

Als es Abend geworden war am Sonnabend, betraten wir 'Aidhâb, eine Stadt am Ufer des Roten Meeres. 'Aidhâb hat keine Mauer, und die meisten Häuser sind Hütten. Es gibt allerdings jetzt einige Häuser aus Gips. 'Aidhâb ist einer der am meisten angelaufenen Häfen der Welt, weil die Schiffe aus Indien und aus dem Jemen hier anlegen und wieder in See stechen und ebenso die an- und abreisenden Schiffe mit Pilgern.

Um 'Aidhâb herum ist Wüste: Hier wachsen keine Pflanzen, und es gibt nichts Eßbares außer dem Mitgebrachten. Dennoch genießt die Bevölkerung eine Menge Annehmlichkeiten wegen der Pilger, besonders zur Zeit des Höhepunkts der Pilgerfahrt. Denn auf jede Fracht von Lebensmitteln, die diese mitbringen, wird eine festgesetzte Nahrungsmittelsteuer erhoben, die im Vergleich zur früheren, schon erwähnten Besteuerung jedoch gering ist. Saladin hat die alte Abgabe abschaffen lassen. Ein weiterer Vorzug, den die Bewohner durch die Pilger genießen, ist, daß jene ihre *dschalba*'s mieten; das sind Schiffe, die ihnen durch den Transport der Pilger nach Dschidda und zurück ein beträchtliches Vermögen einbringen. Alle diejenigen Bewohner 'Aidhâbs, die ein oder zwei dschalba's ihr eigen nennen, verfügen über ein gutes Auskommen.

Wir stiegen in einem Haus ab, das einem Mûnih gehört, einem der bedeutenden Männer aus Abessinien, die in dieser Stadt Häuser, Wohnsitze und dschalba's erworben haben.

Im Meer von 'Aidhâb und auf den benachbarten Inseln wird nach Perlen getaucht. Die Saison der Perlentaucherei ist die Zeit, in der wir diese Worte niederschreiben, die Monate Juni und Juli. Die Taucher holen sehr wertvolle Perlen aus dem Meer. Sie fahren mit kleinen Booten zu den erwähnten Inseln, bleiben einige Tage dort und kehren mit der Ausbeute, die Gott jedem einzelnen von ihnen als Anteil bestimmt hat, zurück. Nach den Perlen wird dicht am Boden, in nicht allzu großer Tiefe, getaucht. Die Taucher bringen zweiteilige Perlmuscheln nach oben; sie sind eine Art von Seetieren, die den Schildkröten entfernt ähnlich sind. Wenn die Perlen geöffnet werden, sind zwei Hälften zu erkennen, deren Inneres wie zwei silberne Muscheln aussieht. Nach dem Öffnen findet man darin den Kern der Perle, der von dem Fleisch der Muschel verdeckt ist. Die Taucher sammeln die Perlen ihrem Glück und Schicksal gemäß. Doch sie leben in einem Land, in dem es nichts Frisches oder Getrocknetes gibt und führen dort das Leben von Tieren. Lob sei Gott, der die Menschen ihre Heimat lieben läßt; aber diese Leute sind dem Vieh ähnlicher als den Menschen.

Die Überfahrt von Dschidda nach 'Aidhâb ist für Pilger höchst gefährlich. Es gibt nur wenige, die Gott unversehrt läßt. Denn der Wind treibt fast alle an Ankerplätze in der Wüste, weit abgelegen im Süden. Dort steigen die *Budschât,* ein schwarzer Menschenschlag, der in den Bergen lebt, zu ihnen herab. Sie vermieten ihnen ihre Kamele und führen sie über einen wasserlosen Weg. Oft geht der größte Teil von ihnen am Durst zugrunde, dann nehmen die Budschât ihnen ihr Geld und ihre Hinterlassenschaften ab. Andere Pilger wandern zu Fuß durch jenes unbekannte Gebiet, verirren sich und verdursten. Diejenigen schließlich, die unversehrt hindurch gelangen und ʿAidhâb erreichen, gleichen einem vom Tode Auferweckten. Wir sahen einige, die auf diesem Wege gekommen waren, als wir in ʿAidhâb weilten, mit ihrem erschreckenden Aussehen und ihrem völlig veränderten Gesichtsausdruck. Die meisten Todesfälle unter den Pilgern ereignen sich an diesen Ankerplätzen. Einige erhalten Hilfe vom Wind, so daß sie den Hafen von ʿAidhâb erreichen; doch es sind nur wenige.

Die dschalba's, die im Roten Meer verkehren, sind zusammengefügt, ohne daß dabei irgendein Nagel benutzt worden wäre. Sie werden mit Seilen aus Kokosfaser zusammengehalten. Die Faser wird gedroschen, bis sie die Gestalt von Fäden annimmt, diese werden dann zu Kordeln gedreht. Damit werden die Schiffe zusammengenäht. Die Zwischenräume werden mit Palmblättern abgedichtet. Wenn der Bau der dschalba in dieser Form fertiggestellt worden ist, schmieren sie Butter, Rizinusöl oder Fett von Haien darauf, das letzte ist das beste. Der Hai (qirsch) ist ein riesiger Meeresfisch, der Ertrinkende verschlingt. Der Zweck des Einfettens der dschalba ist, das Schiff weich und elastisch zu machen in Anbetracht der zahlreichen Riffe in diesem Meer. Eben deshalb können genagelte Schiffe dort nicht fahren. Das Holz für die dschalba's wird aus Indien und dem Jemen eingeführt, ebenso die Kokosfaser. Ein erstaunliches Merkmal der dschalba ist, daß die Segel aus den Blättern des *muql*-Baums gewebt werden; ihre Struktur ist vergleichsweise wenig widerstandsfähig.

Die Bewohner ʿAidhâbs verhalten sich den Pilgern gegenüber höchst ungerecht. Sie laden nämlich ihre dschalba's so voll, bis einer auf dem anderen sitzen muß wie Hühner in einem Käfig. Die Leute handeln so aus Habgier und aus dem Wunsch heraus, möglichst viel Fährgeld zu bekommen. Das geht so weit, daß der Besitzer einer dschalba die Kosten für das Schiff auf einer einzigen Reise deckt. Er kümmert sich nicht darum, was für ein Schicksal das Schiff auf dem Meer erleidet. Die Leute sagen: »Es liegt an uns, für die Planken zu sorgen, an den Pilgern, für ihre Seelen!« Das ist ein weit verbreiteter Spruch bei ihnen. Unter allen Ländern Gottes verdient diese Stadt am ehesten eine Strafe durch das Schwert.

Derjenige, der es irgend vermag, sollte diesen Ort vermeiden, den Weg über Syrien und den Irak wählen und sich dem Emir von

Bagdad auf der Pilgerreise anschließen. Wenn er das auf dem Hinweg nicht kann, sollte er am Ende der Pilgerfahrt mit ihm in Richtung Bagdad und dann weiter nach Akka ziehen; dann, wenn er will, nach Alexandria reisen oder nach Sizilien oder anderswohin. Vielleicht kann er auch, wenn er ein Schiff aus Rûm findet, nach Ceuta oder anderswohin in den arabischen Ländern segeln. Wenn dem Betreffenden diese Rundreise zu lang vorkommen sollte, so ist deren Länge unbedeutend im Vergleich zu dem, was ihm in 'Aidhâb und seiner Umgebung zustoßen kann.

Die Menschen in 'Aidhâb gehören einem schwarzen Stamm an, der sich Budschât nennt. Sie haben einen Sultan aus ihren Reihen, der bei ihnen in den benachbarten Bergen wohnt. Dieser kommt manchmal in die Stadt und trifft mit dem *wâlî* der dortigen Oghuzen sowie mit dem Vertreter des wâlî zusammen, um seinen Gehorsam zu bezeugen. Alle Einkünfte bis auf einige wenige fließen ihm zu. Diese schwarze Rasse ist vom rechten Weg weiter entfernt als die Tiere und hat weniger Verstand als sie. Die Menschen kennen keine Religion außer dem Lippenbekenntnis zur Einheit Gottes, das sie aussprechen, um ihre Zugehörigkeit zum Islam zu zeigen. Doch dahinter verbergen sich verdorbene Glaubensrichtungen und ein Verhalten, das nicht gebilligt werden kann. Männer und Frauen laufen nackt umher, nur unter einem Lumpen verbergen sie ihre Schamteile; ja die meisten von ihnen tun nicht einmal das. Kurz gesagt: Sie sind ein sittenloses Volk, und es ist keine Sünde, sich in Flüchen über sie zu ergehen.

Über das Rote Meer nach Dschidda

18. Juli bis 2. August 1183

Am Montag, dem 18. Juli, bestiegen wir eine dschalba, um das Meer nach Dschidda zu überqueren. Wir verharrten an diesem Tage im Hafen, weil die Luft völlig regungslos und die Seeleute nicht anwesend waren. Am Dienstagmorgen segelten wir mit Gottes Hilfe ab. Abgesehen vom Montag betrug die Dauer unseres Aufenthaltes in

'Aidhâb dreiundzwanzig Tage. Das ist lange genug an einem Ort, wo alles eingeführt werden muß, sogar das Wasser, und da ist selbst der Durst angenehmer. Gott möge uns die Härte der Lebensbedingungen, den schlechten Zustand und die Störungen der Gesundheit durch das Fehlen angemessener Nahrung vergelten. Wir lebten in einer Luft, die den Körper schmelzen ließ, und tranken Wasser, das den Magen vom Appetit ablenkte. Einer, der diesen Ort auf die folgende Weise besang, war nicht einmal ungerecht: »Das Wasser ist brackig, die ganze Luft glüht wie Flammen.«

Der Aufenthalt in dieser Stadt ist die schlimmste Prüfung auf dem Wege nach Mekka. Möge Gott die Pilger für ihre Entbehrungen, besonders in dieser verfluchten Stadt, lohnen.

Viele Scheußlichkeiten werden darüber berichtet. So behauptet man auch, daß Salomon sie als Gefängnis für die *'ifrît* benutzt habe. Möge Gott die Pilger erlösen, indem er für sie den direkten Weg nach Mekka öffnet. Das wäre nämlich der Weg von Kairo über 'Aqabat-Aila nach Medina. Das ist der kürzeste Weg mit dem Meer zur Rechten und dem Berg Sinai zur Linken. Doch die Christen unterhalten in der Nähe eine Festung, die die Menschen am Vorbeifahren hindert. Möge Gott seiner Religion zum Siege verhelfen!

Unsere Fahrt über das Meer, am Dienstag und Mittwoch, dem 20. Juli, dauerte wegen der Windstille so lange. Am Abend der Nacht zum Donnerstag, als wir uns über den Anblick der Vögel, die von der Küste des Hedschâz herüberflogen, freuten, flammte von der Seite des erwähnten Landes, von Osten, ein Blitz auf. Dann braute sich ein Unwetter zusammen, der Himmel verfinsterte sich, bis er ganz bezogen war. Der Wind wehte heftig. Er trieb das Schiff von seiner Route ab und warf es zurück. Der Sturm dauerte an, die Schwarzfärbung des Himmels nahm zu, und der Horizont war völlig bedeckt. Wir wußten nicht mehr, in welcher Richtung unser Ziel lag, bis einige Sterne auftauchten, die uns den Weg wiesen. Das Segel wurde bis zum tiefsten Punkt des Mastes eingeholt. Wir verbrachten jene Nacht in Schrecken, der bis zur Verzweiflung führte. Das Rote Meer erlebten wir bei einem seiner berühmten Stürme, bis Gott uns gleichzeitig mit dem Morgengrauen Erleichterung schickte. Der Wind ließ nach, die Wolken wurden vertrieben, der Himmel klärte sich auf. Vor uns tauchte in der Ferne die Arabische Halbinsel auf; wir konnten einige Berge erkennen, die östlich von Dschidda liegen. Der rubbân des Schiffes, das ist der Kapitän, sagte, daß zwischen den Bergen vor uns und der Küste Dschiddas zwei Tagesreisen lägen. Möge Gott uns den Weg dorthin ebnen!

An jenem Tage, am Donnerstag, segelten wir weiter mit einer guten Brise. Wir stießen auf zahlreiche Riffe, durch die das Wasser gebrochen wurde und uns zu verspotten schien. Zwischen den Schnellen glitten wir sorgsam und vorsichtig hindurch. Der rubbân war in seinem Handwerk erfahren und geschickt. Gott führte uns hindurch, bis wir am Abend vor einer kleinen Insel Anker warfen. Die Nacht zum Freitag, dem 22. Juli, verbrachten wir auf der Insel. Am Morgen war die Luft still, und der Wind wehte aus einer für uns ungünstigen Richtung. So verweilten wir dort auch am Freitag.

Am Sonnabend, dem 23. Juli, wehte eine leichte Brise; wir segelten bei jenem Wind los und glitten gemächlich fort. Das Meer war ruhig, so daß man bei seinem Anblick an eine Schüssel aus blauem Kristall erinnert wurde. So reisten wir weiter und hofften auf Gottes Güte. Die Insel ist unter dem Namen »Insel der Schiffshindernisse« bekannt. Doch Gott verschonte uns vor dem bösen Omen ihres Namens. Wir danken ihm.

Am Sonntagabend, dem 24. Juli, ließen wir bei einem Platz mit dem Namen Abhur den Anker fallen, etwa einen Tag von Dschidda entfernt. Diese Stelle ist unbeschreiblich schön gelegen, denn ein Meeresarm dringt in das Land hinein. Das Land ist auf beiden Seiten von Wasser umgeben. Die dschalba's können dort ruhig und sicher liegen.

Im Morgengrauen des Montags segelten wir von hier mit Gottes Segen weiter bei einer sanften Brise. Als die Nacht hereinbrach, gingen wir nahe Dschidda vor Anker, wir konnten die Stadt schon sehen. Am Dienstagmorgen hinderte uns der Wind daran, den Hafen anzulaufen. In diesen Hafen gelangt man nur schwer wegen der vielen Riffe und Windungen. Wir konnten uns von der Geschicklichkeit des Kapitäns und der Seeleute im Umgang mit der dschalba zwischen den Riffen überzeugen; es war wirklich eine beeindruckende Leistung. Sie fuhren in die Engen hinein und zwischen ihnen hindurch wie ein Reiter, der sein Pferd ruhig am Zügel und gefügig am Halfter führt. Auf unbeschreiblich elegante Weise glitten sie um die Windungen herum. Am Mittag des Dienstags, des 26. Juli, trafen wir in Dschidda ein. Wir danken Gott für seine

Gnade, die er uns auf der acht Tage währenden Reise auf dem Meer bewies, indem er uns vor den vielfältigen Gefahren bewahrte: vor den plötzlich eintretenden Krisen auf dem Meer, den widerstrebenden Winden, der Vielzahl der Riffe und den Risiken, die durch die unerwartet auftretende Schwäche der Schiffsausrüstung bedingt waren, durch ihre Mängel und dadurch, daß sie Schaden nahmen, wenn die Segel gehißt oder eingeholt und der Anker gelichtet wurde. Gelegentlich traf der Boden der dschalba auf ein Riff, und wir konnten ein Geräusch hören, das uns zur Verzweiflung brachte. Viele Male starben wir und lebten aufs neue. Dank sei Gott!

In Dschidda stiegen wir im Hause des Gouverneurs 'Alî ab. Er regiert hier im Auftrag des Emirs von Mekka. Wir waren in einer jener Unterkünfte aus Palmblättern untergebracht, die oben auf den Häusern gebaut werden. Auf den Dächern pflegen die Leute zu übernachten. Bei unserer Ankunft in Dschidda flehten wir Gott an, daß unsere Rückreise auf einem anderen als diesem verfluchten Wege erfolgen möge – es sei denn, irgendeine plötzlich eintretende Notwendigkeit würde das Ausweichen auf einen anderen Weg unterbinden.

Dschidda ist ein Dorf am Ufer des Roten Meeres. Die meisten Häuser sind schlichte Hütten; es gibt aber auch Herbergen aus Stein und Lehm, die als Raststätten dienen. Sie haben Dächer, auf denen man sich des Nachts von der Qual der Hitze ausruhen kann. In diesem Dorf findet man Ruinen, die bezeugen, daß es eine alte Ansiedlung gab, und Reste der umgebenden Mauer sind bis heute erhalten. In dem Ort gibt es auch einen stattlichen alten Kuppelbau, von dem es heißt, Eva, die Mutter der Menschheit, habe ihn auf ihrem Wege nach Mekka bewohnt. Dieses Gebäude wurde errichtet, um die Segnung und Gnade der Stelle hervorzuheben. Außerdem gibt es eine gesegnete Moschee mit Namen 'Amr ibn al-Chattâb und eine weitere mit zwei Säulen aus Ebenholz, die ebenfalls diesen Namen trägt. Manche Leute sprechen sie *Harûn ar-Raschîd* zu.

Die meisten Bewohner Dschiddas und der naheliegenden Wüsten- und Gebirgsregionen sind Nachkommen des Propheten, *Scharifen*, *'Alîden*, *Hasaniden*, *Husainiden* und *Dscha'fariden.* Sie führen ein so hartes Leben, daß selbst Steine vor Mitleid bersten. Sie betätigen sich in allen Gewerbezweigen: dem Vermieten von Kamelen, wenn sie welche haben, oder dem Verkauf von Milch oder Wasser usw., von Datteln, die sie auflesen, Brennholz, das sie sammeln. Gelegentlich tun sogar ihre Frauen dasselbe. Ohne Zweifel gehören sie zu dem Volk, dem Gott das Jenseits und nicht diese Welt ausersehen hat.

Außerhalb des Ortes findet man alte Bauten, deren Errichtung weit in die Vergangenheit zurückreicht. Man sagt, es sei eine persische Stadt gewesen. Hier gibt es innerhalb und außerhalb der Stadt unzählbar viele aus hartem Stein gehauene Zisternen, die miteinander verbunden sind. Es sollen außerhalb der Stadt dreihundertsechzig sein und ebensoviele in der Stadt. Wir konnten sie nicht zählen. Es gibt viele wunderbare Dinge; Lob sei Gott, dem Allwissenden!

Die meisten Bewohner dieser Gegend und anderer Gebiete des Hedschâz sind Anhänger von Sekten und Gruppierungen des Islam. Sie behandeln die Pilger in einer Weise, wie es nicht einmal die Christen und Juden tun würden. Sie entreißen ihnen die meisten ihrer aufgesparten Lebensmittel, rauben sie aus und fordern Zwischenfälle heraus, um ihnen all ihre Habe abnehmen zu können. Die Pilger in diesem Land mußten unaufhörlich Geldbeträge entrichten und sich mit Lebensmitteln neu versorgen, bis sie mit Gottes Hilfe in ihre Heimat zurückkehren konnten. Hätte Gott nicht in diesen Gebieten durch Saladin für Abhilfe gesorgt, so würde diese Tyrannei ungehemmt bis jetzt andauern. Doch Saladin schaffte die Steuern für Pilger ab und ließ an ihrer Stelle Geld und Lebensmittel im Auftrag des Emirs von Mekka zur Verfügung halten. Aber wenn diese angeordnete Zuteilung sich verspätet, versetzt der Emir die Pilger aufs neue in Schrecken und läßt sie wegen der Abgabe festnehmen. Eben dies geschah mit uns; bei unserer Ankunft in Dschidda war nämlich die Angelegenheit mit dem Emir *Mukthir* im Gespräch, und so wurden wir festgenommen. Ein Pilger sollte für den anderen garantieren, nur dann dürften sie den *Haram* betreten. Wenn das angekündigte Geld und die Nahrungsmittel aufgrund von Saladins Verordnung eingetroffen seien, sei alles in Ordnung; andernfalls würde er auf der Bezahlung seitens der Pilger bestehen. So war seine Rede, als sei der Haram sein eigenes Erbe, das ihm erlaubt, von den Pilgern Miete zu verlangen.

Als Ausgleich für die Zahlungen der Pilger überläßt ihm Saladin 2000 Dinar und 2002 *irdabb* Weizen, das sind etwa 800 *qafîz* nach unserem Sevilla-Maß. Dies erhält der Emir zusätzlich zu den ihm zugesprochenen Landsteuern aus Oberägypten und dem Jemen. Wäre dieser gerechte Sultan Saladin nicht wegen der Kriege in Syrien gegen die Christen abwesend, so würde dergleichen gegenüber den Pilgern nicht geschehen.

Die Länder Gottes, die es am ehesten verdienen, durch das Schwert gereinigt zu werden und deren Unreinheiten und Makel durch Blutvergießen für die Sache Gottes fortgewaschen werden sollten, sind die Länder der Arabischen Halbinsel. Denn sie sind es, die die Gebote des Islam lockern und den Besitz und das Blut der Pilger nicht achten. Diejenigen unter den spanischen Rechtsgelehrten, die glauben, daß die Menschen von dieser religiösen Pflicht entbunden werden sollten, tun recht daran, weil nämlich die Pilger gegen Gottes Willen so ausgenutzt werden. Wer den Weg der Pilgerfahrt beschreitet, sieht sich Gefahren und nicht vorhersehbaren Ereignissen gegenüber. Gott hat aus noch ganz anderen Gründen als diesen erlaubt, sich der Pflicht zu entziehen! Wie kann das Haus Gottes sich nun in der Gewalt von Menschen befinden, die es als eine Quelle von verbotenen Profiten erachten und als ein Mittel, um Hab und Gut an sich zu reißen und ohne irgendein Recht Anspruch darauf zu erheben, die Pilger deswegen zu peinigen und sie in Schmach und weltliche Armut zu stürzen?! Gott möge dies bald ausgleichen und den Ort reinigen, indem er diese schändlichen Ketzer unter den Muslimen vernichtet durch das Schwert der Almohaden, der Verteidiger des Glaubens, der Partei Gottes, der Verfechter des Rechts und der Wahrheit. Sie werden das Haus Gottes verteidigen, Verbotenes fernhalten, sich ernsthaft um die Erhöhung Seines Wortes bemühen, Seinen Ruf offenbaren und dem Glauben zum Sieg verhelfen. Denn Er vermag alles, was Er will.

Wir wollen hier eindeutig klarstellen, daß es keinen wahren Islam gibt außer in den maghribinischen Ländern; nur sie folgen dem rechten Weg ohne Abweichungen. Hier in den östlichen Ländern gibt es Sekten und Ketzer aller Art, abgesehen von denen, die Gott vor dem Irrglauben bewahrte. Nur bei den Almohaden findet man Gerechtigkeit, Recht und Glauben auf der Erde. Sie sind die letzten gerechten Imame dieser Zeit, alle anderen Herrscher folgen einem falschen Weg. Sie befolgen Wege der Unterdrückung, von derengleichen noch niemand gehört hat. Alle, außer dem gerechten Sultan

Saladin, den wir bereits wegen seiner Tugenden erwähnten. Fände er doch nur Unterstützung für die gerechte Sache!

Erstaunliches beobachteten wir bezüglich der Verbreitung des almohadischen Glaubens, seiner Worte in diesem Land und der Hoffnung des Volkes auf seinen Sieg. Die meisten Leute, vielmehr alle, spielen insgeheim darauf an, manche sogar in aller Offenheit. Sie führen diese Erwartung auf gewisse Zeichen zurück, die einige von ihnen sahen und die vor bevorstehenden Ereignissen warnten, die dann auch eintrafen. Darunter ist folgende Begebenheit: Zwischen der Moschee des Ibn Tûlûn und dem neueren Teil Kairos befanden sich zwei dicht nebeneinander gebaute Türme. Auf einem der beiden stand eine nach Westen gewandte Statue, auf dem anderen eine nach Osten gewandte. Man erzählte, daß, wenn eine davon hinabstürze, dies eine Warnung vor dem Sieg eines Volkes über das Land Ägypten und andere aus der Richtung sei, in die die Statue geblickt habe. Es war ein seltsames Zusammentreffen, daß die nach Osten blickende Statue hinabfiel und darauf der Überfall der Oghuzen über das fâtimidische Land und die Eroberung Ägyptens und anderer Gebiete folgte. Nun warten sie auf den Sturz der nach Westen schauenden Statue und die Erfüllung ihrer Hoffnung, von den Menschen aus dem Westen regiert zu werden. Es bleibt ihnen nur die glückverheißende Aussicht auf die Besetzung des Landes durch die Almohaden. Die Menschen erwarten nun einen strahlenden Morgen; sie sind sich der Bewahrheitung dieses Omens sicher und harren dieser Stunde.

Einzug in Mekka

2. August bis 4. August 1183

Am Dienstagabend, dem 2. August 1183, brachen wir von Dschidda auf, nachdem ein Pilger für den anderen gebürgt hatte und die Namen bei dem Gouverneur von Dschidda in ein Register eingetragen worden waren. Dies geschah auf Geheiß seines Herrn, des Emirs von Mekka, Mukthir. Er gehört zur Nachkommenschaft des

Hasan ibn ʿAlî. Doch er handelt nicht tugendhaft, also nicht so wie seine edlen Vorfahren.

Wir reisten die Nacht hindurch, bis wir bei Sonnenaufgang al-Qarîn erblickten. Dieser Ort ist ein Halteplatz für die Pilger, wo sie ihr Reisegepäck ablegen. Hier legen sie den *ihrâm* an und treten in den Zustand der Weihe. Die Pilger ruhen hier den ganzen Tag nach ihrer Ankunft aus. Wenn sie abends aufbrechen, ziehen sie die Nacht hindurch und gelangen am Morgen zum Haram. Diejenigen, die vom *haddsch* zurückkehren, rasten ebenfalls an diesem Ort und reisen bei Nacht nach Dschidda weiter. An dieser Stelle befindet sich auch eine Süßwasserquelle; dort müssen die Pilger sich nur für eine Reisenacht mit Wasser versorgen. Während der Tagesstunden des Mittwochs blieben wir in al-Qarîn.

Als es Abend wurde, brachen wir mit dem ihrâm bekleidet zur *ʿumra* auf.[8] Wir zogen die ganze Nacht über dahin. In der Dämmerung kamen wir in der Nähe des Haram an und warteten mit dem Betreten, bis das Morgenlicht sich ausbreitete.

In der ersten Stunde[9] des Donnerstags, des 4. August, betraten wir Mekka durch das ʿUmra-Tor.

Während wir in jener Nacht unseren Weg zurücklegten, warf der Mond seine Strahlen auf die Erde, und die Nacht zog vor uns ihren Schleier weg; von überallher drangen die Worte *»labbaika«* an das Ohr. Die Stimmen schwollen an bei der Anrufung, sie flehten zu Gott in ihrem Begehren. Bisweilen verstärkten sich die Rufe »labbaika«; manchmal demütigten sie sich in Gebeten. O glückliche Nacht von unendlicher, unberührter Schönheit; Braut der Nächte des Lebens, Jungfrau unter den Mädchen der Ewigkeit!

An jenem Tag zur erwähnten Stunde gelangten wir zu dem wunderbaren Haram Gottes, dem Aufenthaltsort Abrahams; wir fanden die Kaʿba vor wie eine unverschleierte Braut.

Wir vollzogen die Umschreitung *(tawâf)* der Ankommenden; dann verrichteten wir das Gebet an dem erhabenen *Maqâm*. Bei dem Multazam hielten wir uns dicht an den Vorhang der Kaʿba. An diesem Ort, der sich zwischen dem Schwarzen Stein und der Tür befindet, werden die Gebete erhört.

Wir betraten den Kuppelbau des *Zamzam*-Brunnens und labten uns an seinem Wasser. Wie der Prophet sagte, ist das Wasser für jedermann zum Trinken. Dann verrichteten wir den Lauf *(saʿj)* zwischen as-Safâ und al-Marwa. Anschließend rasierten wir uns und beendeten den Zustand der Weihe. Gott sei Dank für seine Gunst!

Wir stiegen in Mekka in einem Haus ab, das als al-Halâl bekannt ist. Es liegt nahe dem Haram und dem Bâb as-sudda, einem seiner Tore. Die Herberge ist mit vielen Annehmlichkeiten ausgestattet; sie ragt über den Haram und die heilige Ka'ba hinaus.

Die Heilige Moschee und die Ka'ba

AUGUST/SEPTEMBER 1183

Die Ka'ba[10] ist viereckig und beinahe quadratisch. Der Anführer der *Banû Schaiba,* denen das Wächteramt über die Ka'ba obliegt, sagte mir, daß die Höhe zwischen der Ecke mit dem Schwarzen Stein und der Jemenitischen Ecke 29 Ellen beträgt, die anderen Seiten aber wegen der Neigung des Daches zur Regenrinne *(mîzâb)* nur 28 Ellen hoch seien.

Die erste Ecke enthält den Schwarzen Stein. Hier beginnt die Umschreitung. Der die Umschreitung Ausführende weicht ein wenig davor zurück, so daß sein ganzer Körper daran vorbeigelangt. Dann zieht er an der Irakischen Ecke, die nach Norden zeigt, anschließend an der Syrischen Ecke, die nach Westen weist, und schließlich an der Jemenitischen Ecke, die nach Süden gerichtet ist, vorbei. Nun kehrt er an die Ecke mit dem Schwarzen Stein zurück, die nach Osten zeigt. Damit ist eine Runde *(schaut)* beendet. Die Tür der Ka'ba befindet sich auf der Seite zwischen der Irakischen Ecke und der mit dem Schwarzen Stein. Sie ist in der Nähe des Steins, höchstens etwa zehn Spannen davon entfernt. Auf derselben Seite befindet sich eine Stelle, die al-Multazam genannt wird; hier werden die Gebete erhört.

Die Tür beginnt elfeinhalb Spannen über dem Boden. Sie ist aus vergoldetem Silber, von großartiger Kunstfertigkeit und Reinheit; ihre Schönheit fesselt die Blicke. Die beiden Pfosten sind ebenso gearbeitet, auch der Türsturz, über dem sich eine Leiste von etwa zwei Spannen Breite aus purem Gold hinzieht. An der Tür sind zwei große Silberringe befestigt, durch die das Schloß gehängt ist. Die Tür zeigt nach Osten, sie ist acht Spannen breit und dreizehn hoch. Die Wand ist fünf Spannen stark.

Die Innenwände der Ka'ba sind ganz mit verschiedenfarbigem Marmor ausgekleidet. Die Decke wird von drei sehr hohen Pfeilern aus Teakholz gestützt. Zwischen den in der Mitte in Längsrichtung angeordneten Säulen liegen jeweils vier Schritte. Der obere Bereich der Ka'ba ist rundherum mit dick vergoldetem Silber überzogen, so dick, daß der Betrachter meint, es sei eine Platte aus Gold. Sie bedeckt die vier Seiten und etwa die Hälfte der oberen Wände. Die Decke ist mit einem vielfarbigen Seidenstoff verhängt.

Das Äußere der Ka'ba ist an allen vier Seiten mit Tuch[11] aus grüner Seide bedeckt, dessen Kettfäden aus Baumwolle sind. Auf diesem Tuch sind in kunstvoller Weise Formen von Gebetsnischen *(mihrâb)* und Schriftzüge dargestellt, die den Namen Gottes wiedergeben und zum Gebet für den Kalifen an-Nâsir aufrufen. Nirgendwo herrscht dabei eine farbliche Disharmonie. Die Anzahl der Vorhänge auf allen vier Seiten beträgt vierunddreißig, achtzehn auf den beiden langen und sechzehn auf den kurzen Seiten.

Die Ka'ba hat fünf Fenster aus irakischem Glas, die reichlich graviert sind; eines befindet sich in der Deckenmitte, je ein weiteres an jeder der vier Ecken. Zwischen den Pfeilern hängen Lampen aus Silber, es sind dreizehn, eine davon ist aus Gold.

Tritt man durch die Tür, so findet man in der Ecke, auf deren Außenseite sich der Schwarze Stein befindet, zwei Kästen mit Koranexemplaren. Oberhalb davon sind zwei kleine silberne Türchen, mehr als einen Klafter vom Boden entfernt; ebenso ist es in den übrigen Ecken, nur in der Jemenitischen sind sie entfernt worden, so daß lediglich die Zargen zu sehen sind. In der Irakischen Ecke befindet sich eine Tür (bâb ar-rahma = Tür der Barmherzigkeit), von hier kann man das Dach der Ka'ba besteigen. In einer Nische führen Stufen nach oben. Darunter ist ein Raum, der den erhabenen Maqâm enthält. Die Nische ist zu zwei Dritteln mit Vorhängen aus farbiger Seide bedeckt, als sei sie darin eingewickelt und dann aufgestellt worden.

Der Maqâm, der sich in dieser Nische befindet, ist der Maqâm Abrahams. Es ist ein mit Silber überzogener Stein, drei Spannen hoch, zwei breit, oben breiter als unten. Wollte man einen angemessenen Vergleich[12] finden, so könnte man am ehesten einen großen Töpferofen nennen, dessen Mitte schmaler ist als der untere oder obere Teil. Wir betrachteten den Maqâm und empfingen seinen Segen durch Berühren und Küssen. Das Wasser des Zamzam wurde für uns in die Abdrücke der gesegneten Füße gegossen. Wir tranken davon.

Die Spuren der beiden Füße und der Zehen sind klar zu erkennen. Lob sei dem, der den Boden so weich schuf, daß die Spuren so gut erhalten blieben wie sonst keine Fußspur im weichen Sand. Die Betrachtung dieses Ortes und der Ka'ba ist so bewegend, daß die Seelen Erschütterung empfinden, Herzen und Sinne hingerissen werden. Man sieht nur demütige Blicke, rinnende Tränen, feuchte Augen; man hört nur Stimmen, die Gott hingebungsvoll anflehen.

Zwischen der Tür und der Irakischen Ecke befindet sich ein Becken, das zwölf Spannen lang und fünfeinhalb breit und etwa eine Spanne tief ist. Hier befand sich der Maqâm, bis der Prophet ihn an den Ort verlegte, wo er sich jetzt als eine Gebetsstätte befindet. Das Becken blieb als ein Wassersammelbecken für die Ka'ba, wenn sie gewaschen wird. Es ist ein gesegneter Ort; es heißt, es sei einer der Paradiesgärten *(rauda)*. Die Menschen stehen dicht an dicht, um dort zu beten. Der Boden ist mit weißem Sand bedeckt.

Die jetzige Stelle des Maqâm, hinter dem Gebete gesprochen werden, liegt der Tür schräg gegenüber. Darüber befindet sich eine Holzkuppel, wunderschön geschnitzt. Sie wurde für den Maqâm errichtet, von Steinen umsäumt, die wie ein längliches Becken angeordnet sind, etwa eine Spanne tief, fünf Schritte lang und drei breit. Der Maqâm wurde an die erwähnte Stelle im Inneren verlegt, um ihn zu schützen. Der Maqâm hat zusätzlich eine Kuppel aus Eisen. Sie wurde neben dem Kuppelbau des Zamzam-Brunnens abgestellt. Während des Pilgermonats, wenn viele Menschen aus dem Irak und aus Chorasân versammelt sind, wird die Kuppel aus Holz entfernt und die aus Eisen an ihre Stelle gesetzt, denn sie widersteht dem Gedränge besser.

Der Schwarze Stein ist sechs Spannen vom Boden entfernt, so daß ein großer Mann sich hinunterbeugen, ein kleiner sich recken muß, um ihn zu küssen. Die Umschreitung findet außen statt. Die gegenüberliegenden Seiten der Ka'ba sind jeweils gleich lang. Der Weg der

Umschreitung ist mit glatten Steinen ausgelegt, so schön wie Marmor, darunter schwarze, braune und weiße. Sie sind in vollkommener Weise aneinandergefügt. Die Steine sind neun Schritte von der Ka'ba entfernt verlegt; der Boden des übrigen Haram und auch der Säulenhallen ist mit weißem Sand bedeckt. Die Umschreitung der Frauen geschieht neben den Plattenreihen.

Zwischen der Irakischen Ecke und dem Hidschr befindet sich ein Durchgang. Dieser Bereich, der nicht zum Hidschr gehört, ist der Teil des Hauses, den die Quraischiten übrigließen[13]. Ein ähnliches Bauwerk gibt es noch an der Syrischen Ecke. Die Mauer um den Hidschr herum ist ganz aus wundervoll angeordnetem Marmor, mit Bändern aus vergoldetem Kupfer. In die Oberfläche wurden Formen wie die eines Schachspiels eingelassen, die ineinandergreifen, und auch Muster wie Gebetsnischen. Wenn die Sonne darauf fällt, glänzt und funkelt es so, daß der Betrachter meint, es sei Gold, das seine Strahlen in die Augen wirft.

Die Höhe der Marmorwand beträgt fünfeinhalb Spannen, die Breite viereinhalb. Im Innern des Hidschr findet sich ein weiter Plattenbelag, über dem der Hidschr gekrümmt ist, als sei er ein Zweidrittel-Kreis. Er ist mit hand- bis dinargroßen oder kleineren Stückchen von verschiedenfarbigem Marmor überwältigend schön und erstaunlich kunstvoll belegt. Der Betrachter entdeckt Krümmungen und Biegungen von Linien, achteckige Formen und vieles mehr, das durch seine Schönheit die Blicke fesselt. Oder er läßt die Blicke schweifen über die Blumen in den verschiedensten Farben und die Nischenformen. Daneben gibt es zwei Marmorblöcke, auf denen der Künstler zarte Blätter, Zweige und Bäume in so einmaliger Weise dargestellt hat, wie es nicht einmal geschickten Händen mit Schere und Papier gelingen würde. Dies wurde von dem Kalifen an-Nâsir geschaffen.

Die Wasserrinne befindet sich oben an der Wand, die dem Hidschr folgt. Sie ist aus vergoldetem Kupfer. Vier Ellen ragt sie über den Hidschr hinaus und ist eine Spanne breit. Die Stelle unter der Wasserrinne gehört zu denen, wo Gebete erhört werden.

Unter der Wasserrinne im Hofe des Hidschr, nahe der Wand der Ka'ba, befindet sich das Grab *Ismâ'îls.* Seine Kennzeichnung ist eine etwas längliche grüne Marmorplatte in der Form einer Gebetsnische. Sie ist mit einer weiteren runden Marmorplatte verbunden.

Beide bieten einen ungewöhnlichen Anblick. Sie sind mit Punkten übersät, die allmählich von grüner Färbung ins Gelbe übergehen wie bei einem Mosaik. Sie ähneln den Punkten, die im Schmelztiegel nach dem Auflösen von Gold übrigbleiben. Daneben befindet sich das Grab von Ismâ'îls Mutter *Hagar*. Gekennzeichnet ist es durch einen grünen, etwa eine Spanne breiten Marmorblock. An beiden Stellen des Hidschr verharren die Menschen im Gebet, um Segen zu erbitten. Sie haben Grund dazu, denn diese Stellen sind Teil des alten Hauses, und sie wahren die beiden verehrten Körper. Die Grabstätten liegen sieben Spannen auseinander.

Der Kuppelbau des Zamzam-Brunnens ist der Ecke mit dem Schwarzen Stein gegenüber, von dort 24 Schritt entfernt. Das Innere des Zamzam-Baus ist mit schneeweißem Marmor ausgelegt; die Öffnung des gesegneten Brunnens befindet sich in der Mitte und fällt schräg ab zu der Wand, die der Ka'ba gegenüber liegt. Der Brunnen ist elf Klafter tief nach unserer Messung, und der Wasserstand ist sieben Klafter hoch, wie man uns sagte. Die Tür zum Kuppelbau des Zamzam zeigt nach Osten, die beiden Türen zu dem Kuppelbau des 'Abbâs und der Jüdischen Kuppel weisen nach Norden.

Etwas versetzt hinter der Zamzam-Kuppel steht die »Trinkkuppel« (qubbat asch-scharâb). Sie wird 'Abbâs zugeschrieben. Auf diesen Bau folgt die Jüdische Kuppel. Die beiden Bauten sind Lagerräume für Stiftungen wie Koranexemplare, Bücher, Kerzenleuchter usw. Der 'Abbâs-Kuppelbau wird noch immer »Trinkkuppel« genannt, weil es der Ort der Tränkung der Pilger war. Bis heute wird darin das Wasser des Zamzam-Brunnens gekühlt. Des Nachts wird es zur Tränkung der Pilger in Wasserkrügen herausgeholt, die dauraq heißen. Ein dauraq hat nur einen Henkel. Die Öffnung des Zamzam-Brunnens besteht aus Marmorsteinen, die so hervorragend aneinandergefügt sind, daß die Zeitläufte sie nicht werden lockern können. In die Zwischenräume und Lücken wurde Blei gefüllt. Rundherum ist sie eingefaßt mit Bleiversteifungen, die den Grad der Verbindung erhöhen sollen. Insgesamt sind es zweiunddreißig Versteifungen. Die Spitzen ragen hervor und greifen über den Rand des Brunnens um die ganze Öffnung herum.

Der Umfang beträgt 40 Spannen, die Höhe viereinhalb und die Dicke anderthalb. Unter dem Kuppelbau verläuft eine Wasserrinne, die eine Spanne breit, etwa zwei Spannen tief und fünf Spannen hoch ist. Sie ist mit Wasser für die rituelle Waschung gefüllt. Rundherum steht eine Steinbank, auf die die Leute zur Waschung (wudû') steigen.

Der gesegnete Schwarze Stein ist in die Ecke, die nach Osten zeigt, eingelassen. Man weiß nicht, wie tief er sich im Mauerwerk befindet; es heißt, zwei Ellen. Er ist drei Spannen breit und eine Spanne und einen Zoll lang. Er besteht aus vier aneinandergefügten Stücken. Die Qarmaten sollen ihn zerstört haben.[14] Seine Ränder sind mit »Blättern« aus Silber verstärkt worden, die neben der Schwärze des schön polierten Steins weiß leuchten. Der Betrachter erfährt darin einen ungewöhnlich fesselnden Anblick. Wenn der Stein geküßt wird, hat er eine Weichheit und Feuchtigkeit, an der sich der Mund erfreut, so daß er nicht mehr aufhören kann, ihn zu berühren. In dem unversehrten Stück Stein, das sich auf der rechten Seite befindet, ist ein kleiner weißer Punkt, der leuchtet und glänzt wie ein Schönheitsmal. Über dieses weiße Mal gibt es eine Überlieferung, die besagt, daß dem Betrachter der Blick klar wird. Beim Küssen soll man so dicht wie möglich an den erwähnten Fleck herankommen.

Die Heilige Moschee ist von drei Kolonnaden umgeben, die auf drei Marmorsäulenreihen ruhen, die jedoch so angeordnet sind, daß sie wie eine Galerie wirken. Die Länge beträgt 400 Ellen, die Breite 300, insgesamt bedeckt sie eine Fläche von 48 *mardscha'*. Der von den Galerien umschlossene Raum ist groß; doch zu Zeiten des Propheten war er klein. So lag der Kuppelbau des Zamzam damals außerhalb.

Der Syrischen Ecke gegenüber, 22 Schritt davon entfernt, kann man noch einen Säulenrest erkennen; hier verlief ursprünglich die Grenze des Haram. Die Ka'ba befindet sich im Zentrum des Platzes, von allen vier Seiten gleichweit entfernt. Ich zählte selbst vierhunderteinundsiebzig Marmorsäulen, abgesehen von denen aus Gips, die sich innerhalb der nordwestlichen Kolonnade im Versammlungshaus (dâr an-nadwa) befinden. Sein Hof ist riesig, man betritt ihn durch die Kolonnade.

An der Wand dieser Galerie befinden sich auf ihrer gesamten Länge Bänke unter gewölbten Bögen, auf denen sich Kopisten, Koranleser und auch Angehörige der Schneiderzunft niederlassen.

Der Haram ist von Scharen von Theologie-Studenten und Menschen der Wissenschaft umringt.

Auf der gegenüberliegenden südöstlichen Seite gibt es in derselben Art ebenfalls Steinbänke unter Arkaden. Die übrigen Kolonnaden haben Bänke an der Mauer, jedoch ohne Bögen. Die Gebäude im Haram befinden sich zum gegenwärtigen Zeitpunkt in einem Zustand größter Vollendung.

Bei dem Abraham-Tor ist ein weiterer Eingangsbereich zu der südwestlich verlaufenden Galerie, auch hier gibt es Stucksäulen. Bei einem Rechtsgelehrten fand ich, daß die Zahl der Säulen vierhundertachtzig beträgt, denn ich hatte die außerhalb des Safâ-Tores befindlichen nicht mitgezählt. Der 'Abbâside al-Mahdî hat durch seine Vergrößerung der Heiligen Moschee und die Ausschmückung des Baus bedeutende Spuren hinterlassen; das entnahm ich einer Inschrift aus dem Jahre 783 (167 der *Hidschra*).

Der Haram hat sieben Minarette, vier davon auf den vier Seiten; außerdem eines auf dem Versammlungshaus, ein weiteres kleineres auf dem Safâ-Tor, es ist ein Wegweiser zu dem Tor; man kann wegen der Enge nicht hinaufsteigen. Das siebte Minarett auf dem Abraham-Tor werden wir später erwähnen.

Das Safâ-Tor in der südöstlichen Kolonnade steht dem Schwarzen Stein gegenüber. Auf zwei Säulen in der Mitte dieser Galerie, dem Schwarzen Stein gegenüber, findet man die Inschrift: Muhammad al-Mahdî ordnete die Errichtung der beiden Pfeiler an als Hinweis auf den Weg, den der Prophet nach as-Safâ beschritt, damit die Pilger, die den haddsch oder die 'umra vollziehen, seinen Weg nachahmen.

Auf der Tür der Ka'ba befindet sich in Gold eine Inschrift in feiner Schrift mit großen Buchstaben, die durch ihre Schönheit und Eleganz die Blicke fesselt. Sie verweist darauf, daß der Kalif al-Muqtafî im Jahre 1155 (550 d.H.) die Schaffung anordnete. Der Wortlaut wird auf den beiden Türblättern wiederholt. Die beiden Türen sind von einem dicken Band aus vergoldetem Silber umschlossen, von einmaliger Bearbeitung, die sich fortsetzt bis zum Sturz, über ihn hinweg führt und die beiden Seiten umrahmt. Zwischen den Türflügeln ist, wenn sie geschlossen sind, eine Art Balken aus vergoldetem Silber über die ganze Länge der beiden Türen gespannt und mit dem linken Türflügel verbunden.

Wie wir bereits sagten, ist die Ka'ba mit einer Decke *(kiswa)* aus grüner Seide umhüllt. Sie besteht aus vierunddreißig Teilen, neun auf der Seite zwischen der Jemenitischen und der Syrischen Ecke, ebenso viele auf der gegenüberliegenden. An den beiden anderen Seiten sind es je acht. Zusammen wirken sie wie eine einzige Decke. Unten um die Ka'ba herum verläuft eine etwa eine Spanne hohe und gut zwei Spannen breite Kante aus Gips, darunter befindet sich nicht mehr zu erkennendes Holz. In diesen Vorsprung sind Eisenstifte eingelassen, an denen Ringe befestigt sind. Durch diese wurde ein dickes, starkes Hanfseil auf allen vier Seiten geführt und mit kräftigen, gedrehten Baumwollfäden an den Säumen der Decke befestigt. An den Verbindungsstellen der Decken an den Ecken sind sie mehr als klafterhoch zusammengenäht, darüber sind sie mit eisernen Haken aneinander befestigt. Oben um das Dach herum verläuft eine weitere vorspringende Kante, an der die oberen Seiten der Decke mit Eisenringen befestigt werden. So ist die gesegnete kiswa oben und unten festgenäht und ordentlich festgezurrt. Nur bei der alljährlichen Erneuerung wird sie entfernt.

Die Tür der Ka'ba wird an jedem Montag und Freitag geöffnet, abgesehen vom Monat Radschab, dann ist sie jeden Tag offen. Bei Sonnenaufgang eilen die Wächter des Hauses herbei und versuchen, einander zuvorzukommen beim Bewegen einer großen Treppe, die einer Kanzel ähnelt. Sie hat neun Stufen. An den hölzernen Stützen, die bis zum Boden reichen, sind vier große, mit Eisen belegte Räder befestigt, auf denen die Treppe bis zur Ka'ba gerollt wird. Die höchste Stufe erreicht genau die gesegnete Schwelle der Tür. Der Führer der Banû Schaiba, ein Mann von blühendem Äußeren im besten Alter, steigt dann hinauf mit dem gesegneten Schlüssel. Bei ihm ist ein Wächter, der einen schwarzen Vorhang hochhält, wenn der Führer die Tür öffnet. Wenn der Riegel gelöst ist, küßt er die Schwelle, betritt das Haus allein, schließt die Tür hinter sich und verharrt dort für die Dauer von zwei *rak'a*'s. Die anderen Banû Schaiba tun anschließend dasselbe. Die Tür wird dann geöffnet, und die Menschen drängen sich beim Eintreten. Während die Tür geöffnet wird, harren die Menschen mit gesenkten Blicken und in demütiger Unterwerfung mit ausgestreckten Händen. Wenn sie offen ist, rufen sie: *»Allâhu akbar.«*

Gegenüber dem Eingang sind fünf Marmorplatten in Längsrichtung wie Türen gesetzt, etwa fünf Spannen vom Boden und klafterhoch. Drei davon sind rot, zwei grün, wunderschön anzusehen. Vor einer der Platten ist der Gebetsplatz *(musallâ)* des Propheten, etwa drei Spannen zurück. Die Menschen drängen sich hier, um die Weihe des Ortes zu erhalten. Die Ausstattung mit diesen Marmorplatten ist sehr eindrucksvoll. Auch in den Ecken findet man, in wundervoller Weise arrangiert, Marmorplatten in verschiedenen Farben.

Neben dem erhabenen Maqâm ist die Kanzel der Freitagsprediger, die auch, wie schon beschrieben, auf vier Rädern steht. Wenn am Freitag die Gebetsstunde herannaht, wird sie auf die Seite der Ka'ba zwischen dem Schwarzen Stein und der Irakischen Ecke gebracht, sie ist dem Maqâm gegenüber. Dort wird sie abgestützt. Der Prediger kommt durch das Tor des Propheten, das dem Maqâm in der nordöstlich verlaufenden Kolonnade gegenüberliegt. Er trägt ein schwarzes Gewand, mit Gold durchwirkt, einen ähnlich gearbeiteten schwarzen Turban und ein tailasân aus schwarzem Leinen. Dies ist die Amtstracht, die der Kalif den Predigern dieses Landes sendet. Mit erhabenem Gang, ruhig und stattlich, schreitet er zwischen den beiden schwarzen Fahnen hindurch, die von zwei *Muezzins* seines Stammes gehalten werden. Vor ihm geht ein anderer Angehöriger seines Stamms, der einen roten, gedrechselten Stab trägt, an dessen Spitze eine lange, dünne gedrehte Lederkordel befestigt ist, mit einem kleinen Riemen an dem äußersten Ende. Er knallt damit so laut, daß man es im Haram und außerhalb hören kann wie ein Alarmzeichen für die Ankunft des Predigers. Er hört nicht auf, damit zu knallen, bis beide in der Nähe der Kanzel sind. Man nennt diese Peitsche farqa'a. Wenn er zur Kanzel kommt, dreht sich der Prediger zum Schwarzen Stein, küßt ihn und betet davor. Dann schreitet er zur Kanzel, geführt von dem Zamzam-Muezzin, der der leitende Muezzin des Haram und ebenfalls schwarz gekleidet ist. Er trägt über der Schulter ein Schwert. Dies legt er dem Prediger um, wenn er die erste Stufe hinaufsteigt. Der schlägt mit der Scheide so laut, daß alle Anwesenden es hören können. Er wiederholt den Schlag an der zweiten, dritten und zum vierten Mal an der obersten Stufe. Mit dem Gesicht zur Ka'ba beginnt er dann mit sanfter Stimme zu sprechen, begrüßt die Versammelten rechts und links. Die Gemeinde erwidert die Begrüßung. Dann setzt er sich. Die Muezzins setzen sich vor ihn und rufen achtstimmig zum Gebet *(adhân)*. Danach hält der Prediger die Ansprache, erinnernd, mahnend, fordernd, zunehmend beredter. Schließlich setzt er sich in der den Predigern eigenen Weise und schlägt zum fünften Male mit dem Schwert. Anschließend hält er den zweiten Teil der Predigt, in dem er die Gebete für Mohammed und seine Familie wiederholt, Gottes Gunst für seine Gefährten erbittet, wobei er die vier Kalifen besonders aufführt; er betet für die beiden Onkel des Propheten Hamza und ʿAbbâs sowie für Hasan und Husain, indem er für alle zusammen Gottes Gunst erbittet. Dann betet er für die Mütter der Gläubigen, die treuen Weiber des Propheten, für *Fâtima*, die Gerechte, und *Chadîdscha*. Schließlich findet er Worte für den Kalifen an-Nâsir, dann für den Emir von Mekka, abschließend für Saladin und seinen Thronfolger und Bruder. Bei der Erwähnung Saladins im Gebet erbeben von allen Seiten Stimmen vor Erregung.

Bei einer dieser Gelegenheiten erfuhren wir, daß dem Emir von Mekka ein Brief Saladins zugegangen war, dessen wesentlichster Abschnitt Empfehlungen zugunsten der Pilger waren. Man sollte den Pilgern wohltätig und freundlich begegnen. »Wir und ihr«, sagte der Sultan, »sind mit dem Wohlbefinden der Pilger betraut. Denkt über diese edle Aufgabe und über das große Ziel nach. Der Lohn Gottes ist zweifach für denjenigen, der seinen Dienern wohltut, und seine grenzenlose Fürsorge erreicht den, der sich um ihn bemüht.«

Während der Predigt werden die zwei schwarzen Fahnen auf die erste Stufe der Treppe gepflanzt und von den zwei Muezzins gehalten. An dem Eingang zur Kanzel gibt es zwei Ringe, um die Fahnen zu befestigen. Wenn der Prediger geendet hat, geht er hinweg mit den Bannern rechts und links und der Peitsche vorneweg. Dies ist das Zeichen des Auszugs des Predigers und für das Ende des Gebets, die Kanzel wird dann an ihren Platz zurückgebracht.

In der Nacht zum 22. August 1183, zu Beginn eines neuen islamischen Monats, kam der Emir Mukthir früh am Morgen bei Sonnenaufgang zum Haram, von den führenden Männern umgeben. Die Koranleser zogen voran. Durch das Tor des Propheten kam er herein mit seinen Negern, die als Speermänner *(harrâba)* bekannt sind. Sie wirbelten vor ihm mit dem Speer in der Hand herum. Sein

Auftreten war bescheiden, ruhig und würdevoll in der Art seiner Vorfahren. Er trug ein weißes Gewand, war mit einem kurzen Schwert gegürtet und hatte anstelle eines Turbans eine *kurzîja* aus feiner weißer Wolle auf dem Kopf. Nahe beim Maqâm angekommen, blieb er stehen. Ein Leinenteppich wurde vor ihm ausgerollt, er betete zwei rak'a's. Dann schritt er zum Schwarzen Stein, küßte ihn und begann mit der Umschreitung. Auf die Kuppel des Zamzam war ein Jüngling geklettert, der Bruder des Zamzam-Muezzins. Dieser ruft als erster zum Gebet und die anderen Muezzins folgen ihm. Als der Emir die erste Runde der Umschreitung vollendet hatte und sich dem Schwarzen Stein näherte, erhob der Jüngling, der in seine beste Kleidung gehüllt war und einen Turban trug, die Stimme zum Gebet von der Kuppelspitze, beginnend mit den Worten: »Gewähre für diesen Tag, o Gott, unserem Herrn, dem Emir, dauerndes Glück und allumfassende Gunst.« Darauf ließ er gute Wünsche für den Monat folgen und einen begabten Diskurs in rhythmischer Reimprosa voll von Anrufen und Eulogien; dann fiel er in Schweigen, nachdem er drei oder vier Strophen von Poesie zum Lob des Emirs, seiner noblen Vorfahren und des Propheten zu Ende gebracht hatte.

Ein ähnliches Gebet stimmte er an, als der Emir sich wiederum dem Stein näherte, so ging es weiter, bis die sieben Runden beendet waren. Die Koranleser gingen vor dem Emir während der Umschreitung. Die Feierlichkeit und der Glanz dieser Szene, die Schönheit der Stimme des etwa elfjährigen Muezzins, die Beredsamkeit des Diskurses, den er in Prosa und Versen hielt, die lauten Stimmen der Koranleser, alle diese Dinge bewegten den Geist, machten ihn betroffen, ließen Tränen aus den Augen rinnen und riefen die Erinnerung an die Familie des Propheten wach, die Gott von Unreinheit befreit hat. Als der Emir die Umschreitung beendet hatte, betete er zwei rak'a's, dann eine weitere hinter dem Maqâm und zog mit seinem Gefolge fort. Er pflegt jeweils am ersten Tag des neuen Monats im Haram zu erscheinen.

Die Ka'ba ist aus großen dunklen Granitblöcken gebaut, die aufeinandergefügt und mit stark bindendem Zement zusammengesetzt wurden, so daß die Zeit sie nicht verschieben und zerstören kann. Ein Stück Stein, das von der Jemenitischen Ecke absprang, wurde mit silbernen Nägeln an seinem Platz befestigt.

Die Ka'ba erhebt sich in der Mitte des Haram – dürfte man einen Vergleich anstellen[15] – wie eine stattliche Burg. Die Tauben im Haram sind unzählbar, ihre Sicherheit ist sprichwörtlich. Auf keinen Fall und unter gar keinen Umständen wird jedoch eine Taube auf dem Dach der Ka'ba niedergehen oder landen. Wenn eine Taube über den Haram fliegt, wird sie beim Anflug auf die Ka'ba nach rechts oder links abdrehen. Alle Vögel verhalten sich so. Ich las, daß kein Vogel auf der Ka'ba landet, nur wenn er von einer Krankheit befallen ist, dann wird er entweder sofort sterben oder geheilt werden.

Wenn die Tür der Ka'ba an den erwähnten festgesetzten Tagen geöffnet wird, ist der Haram vollgestopft mit Menschen. Alle wollen ihn betreten, dennoch ist er dank Gottes Hilfe nicht zu klein für sie. Es gibt keinen Gebetsplatz, an dem nicht jeder sein Gebet verrichtet hat. Wenn sie den Haram verlassen haben und einander treffen, einander fragen, ob sie an dem und dem Tag in dem Hause waren, werden alle antworten: »Ich habe es betreten und an diesem und jenem Ort gebetet.«

Ständig, am Tage und des Nachts, wird man jemanden finden, der die Umschreitung vollzieht; niemand sieht sich das Haus nur an. Über den Kolonnaden des Haram befindet sich ein Dach, das alle vier Seiten bedeckt und überall mit großen, winkligen Zinnen versehen ist. Die Zinnen setzen sich um die vier Seiten herum fort, als seien sie aus einem Stück gebaut und danach mit Ausschnitten und Winkeln versehen worden, ein bemerkenswerter Anblick. Jeweils in der Mitte, der Ka'ba gegenüber, befindet sich ein Stück gemeißelter Fries.

Die Minarette haben ebenfalls einzigartige Formen. Sie sind viereckig und winklig, aus fein behauenen Steinen, von einem hölzernen Gitterwerk von seltener Handwerkskunst umgeben. Darüber erhebt sich eine Säule, die gedrechselt wirkt, wo die gebackenen Ziegelsteine so aneinandergefügt sind, daß die Blicke ihrer Schönheit wegen angezogen werden. An der Spitze der Säule befindet sich eine Kugel, die ebenfalls von einer Balustrade umrahmt ist nach eben jenem Muster. Alle Minarette haben eine eigene Form, sie ähneln einander nicht; aber alle sind in der beschriebenen Weise gefertigt, die untere Hälfte ist eckig, die obere rund.

Die oberen Teile des Kuppelbaus des Zamzam-Brunnens, der

'Abbâs-Kuppel und der Jüdischen Kuppel zeigen wundervoll ornamentierte Holzschnitzereien, die der Künstler mit viel Eleganz ausführte. An der Spitze findet sich eine geschnitzte Holzbalustrade mit zartem Löcherwerk und Öffnungen. In dem Holzgerüst der Zamzam-Kuppel ist eine Plattform, in deren Mitte sich eine Art Kugel befindet. Von hier ruft der Zamzam-Muezzin zu den Gebeten. Von der Kugel aus erhebt sich eine schlanke Stucksäule, die an ihrer Spitze ein Gerät aus Eisen birgt, das im heiligen Monat Ramadân als Lampe benutzt wird. Auf der Seite gegenüber der Ka'ba hängen an Ketten Kristallampen, die jede Nacht angezündet werden. Ebenso auf der nach Norden weisenden Seite. Auf allen drei Seiten sind Holzgerüste, die wie Türen hergerichtet sind und von kleinen Glassäulen gestützt werden, an Schönheit nicht zu übertreffen. Einige sind gedreht wie Armbänder, besonders auf der Seite der Kuppel, die zum Schwarzen Stein zeigt, wo die Bearbeitung der Säule die Höhe der Vollendung erreicht.

Dem Schwarzen Stein gegenüber ist eine Marmorbank an dem Kuppelbau. Hier sitzen Leute, die die wunderbare Beschaffenheit dieses Platzes bestaunen; denn es ist der edelste der Welt. Vor dir befindet sich der Schwarze Stein, die erhabene Tür und die Ka'ba, der Maqâm zu deiner Rechten, das Safâ-Tor zur Linken und der Zamzam-Brunnen im Rücken.

An jedem Holzgitter sind Eisenstäbe befestigt, die so untereinander verschlungen sind, als bildeten sie eine eigene Balustrade. Eine der Ecken des Holzgitters um die 'Abbâs-Kuppel berührt eine Ecke des Holzgitterwerks an der Jüdischen Kuppel. Wer immer auf dem Dach sein mag, kann über die beiden Ecken zum nächsten gelangen. In dieser Kuppel befinden sich wunderschöne zierreiche Stuckarbeiten.

Im Haram gibt es vier sunnitische Imame und einen fünften für die sogenannte Sekte der *Zaiditen.* Die Angesehenen der Stadt folgen diesem Ritus. Sie fügen einige Worte zusätzlich ein. Sie sind lästerhafte *Râfiditen,* Gott wird ihnen ihren Lohn geben. An den Freitagen nehmen sie nicht mit den anderen am Gebet teil, sondern verrichten nur vier rak'a's am Mittag und halten das Sonnenuntergangsgebet ab, wenn die anderen Imame fertig sind.

Der erste der sunnitischen Imame ist *Schâfi'it,* wir haben ihn den ersten genannt, weil er der Stellvertreter des 'abbâsidischen Kalifen ist. Er ist der erste, der das Gebet hinter dem Maqâm Abrahams spricht. Aber zur Zeit des Abendgebetes beten alle vier Imame wegen der Kürze der Zeit gleichzeitig.

Der schâfi'itische Muezzin beginnt mit der *iqâma,* dann folgen die Muezzins der anderen Imame. Gelegentlich schleicht sich in diese Gebete ein Versehen oder eine Unachtsamkeit der Betenden ein, dann ertönt von allen Seiten der Ruf »allâhu akbar«. Manchmal rezitiert ein Mâlikit die rak'a der Schâfi'iten oder *Hanafiten,* oder er grüßt einen Imam, der nicht seiner ist. Man beobachtet, daß jedes Ohr der Stimme des eigenen Imams oder Muezzins lauscht, ein Versehen befürchtend, dennoch mag es vorkommen.

Dann kommt der Mâlikit, der der Jemenitischen Ecke gegenüber betet. Er hat eine Steinkanzel, die denen an den Straßen ähnelt. Der Hanafit folgt, er betet der Wasserrinne gegenüber und unter einem für ihn gefertigten Pavillon *(hatîm).* Er ist der bedeutendste Imam, hat mehr Kerzen und ähnliches, denn das gesamte Persien gehört diesem Ritus an, seine Gemeinde ist sehr groß. Er kommt als letzter, denn der *Hanbalit* betet gleichzeitig mit dem Mâlikiten. Sein Gebetsplatz ist dem Schwarzen Stein und der Jemenitischen Ecke gegenüber. Das Mittags- und Nachmittagsgebet rezitiert er nahe dem Hanafiten in der nordwestlich verlaufenden Galerie; der Hanafit in der südwestlichen Galerie. Der Hanbalit betet vor seiner Gebetsnische ohne Pavillon. Der Schâfi'it hat einen reich verzierten Pavillon dem Maqâm gegenüber. Die Beschreibung solch eines Pavillons ist etwa folgendermaßen: Zwei Holzbretter sind mit »Sprossen« wie eine Leiter verbunden, gegenüber findet sich eine entsprechende Konstruktion. Die Holzbretter sind auf zwei Gipssockeln befestigt, die kaum vom Boden aufragen. Oben über diese Konstruktion ist ein Brett genagelt, daraus sehen Eisenhaken hervor, an denen Glaslaternen aufgehängt sind.

Gelegentlich ist eine Holzbalustrade an dem oberen Querbereich über der ganzen Länge befestigt. Zwischen den beiden Gipssockeln, die die Konstruktion tragen, hat der hanafitische Imam eine Gebetsnische, in der er seine Gebete verrichtet. Der Hanbalit hat einen ganz schlichten Pavillon, nahe dem hanafitischen, dieser wird einem Perser namens Ramascht zugeschrieben.

Vor dem Hidschr befindet sich ebenfalls ein schlichter Pavillon, der von einem nur wenig bekannten Wesir stammen soll.

Alle diese Plätze sind im Kreis um die Ka'ba herum angeordnet. In kurzer Entfernung davon sind Fackeln, die in Eisenhalterungen angezündet werden können. Diese Geräte sind am Boden auf Holz befestigt. So wird der ganze Haram erleuchtet. Kerzen werden vor die Imame in ihre Gebetsnischen gestellt. Der Mâlikit hat die wenigsten Kerzen und ist von der geringsten Bedeutung, da sein Ritus in diesen Ländern ungebräuchlich ist. Die Masse gehört hier dem schâfi'itischen Ritus an, dem auch die Gelehrten und Rechtsgelehrten des Landes zuzurechnen sind. In Alexandria hingegen sind die meisten Leute Mâlikiten, dort lebt auch ihr überragender Gelehrter, der beste mâlikitische Imam.

Am Ende des Sonnenuntergangsgebets stellt sich der Zamzam-Muezzin auf den Balkon der Zamzam-Kuppel, auf den man über eine Holztreppe an der Seite des Safâ-Tores gelangt. Er erhebt seine Stimme in Anrufung für den 'abbâsidischen Imam an-Nâsir, dann für den Emir Mekkas, für Saladin, den Emir Syriens und aller ägyptischen und jemenitischen Provinzen. Bei der Erwähnung seines Namens in den Gebeten erheben diejenigen, die die Umschreitung vollziehen, ihre Stimme zum Amen, voller Gefühle für diesen ehrlichen Sultan. Hierauf läßt der Muezzin ein Gebet für den Emir des Jemen, den Vizekönig Saladins, folgen, dann für alle Muslime, Pilger und Reisenden. Anschließend steigt er herab. Das ist die ständige Praxis.

In dem 'Abbâs-Kuppelbau befindet sich ein Lagerraum, der eine große, geräumige Schatulle enthält, in der der Koran eines der vier Kalifen liegt. Er wurde von *Zaid ibn Thâbit* niedergeschrieben und im 18. Jahre nach dem Tode des Propheten kopiert. Es fehlen viele Seiten. Zwei Holzbretter, mit Leder überzogen, dienen als Einband, die Klammern sind aus Messing. Die Seiten sind groß und dicht beschrieben. Wir haben das Buch betrachtet und wurden dadurch, daß wir es küßten und unsere Wangen darüber strichen, gesegnet. Der Wächter des Kuppelbaus, dessen Aufgabe es ist, den Koran zu zeigen, sagte, daß die Mekkaner, wenn sie von einer Dürre heimgesucht werden oder unter steigenden Preisen leiden, den Koran herausholen und ihn nach dem Öffnen der Tür der Ka'ba auf der gesegneten Schwelle niederlegen. Mit bloßen Häuptern versammeln sie sich darum, demütig Gott anflehend und bittend. Sie verlassen den Platz nicht, bis die Gnade Gottes sie erreicht hat.

Neben dem Haram sind zahlreiche Häuser, deren Türen dorthin öffnen. Um den Haram herum befinden sich auch viele Häuser mit Dachterrassen, von denen man auf das Dach des Haram hinübergehen kann und auf dem die Einwohner die Nacht verbringen und das Wasser auf der Spitze der Zinnen kühlen. Sie sehen ständig auf die Ka'ba und sind von Gott durch die Nähe dieses Hauses beschenkt.

Bei einem Rechtsgelehrten aus Córdoba fand ich bestätigt, daß die Maße der Heiligen Moschee eben die sind, die ich bereits genannt habe. Die Länge der Propheten-Moschee in Medina beträgt 300 Ellen, die Breite 200; die Anzahl der Säulen 300, die der Minarette drei, die Fläche 24 mardscha', das sind 50 Quadratellen. Die Moschee in Jerusalem ist 780 Ellen lang, 450 breit. Sie hat vierhundertvierzehn Säulen, fünfhundert Lampen, fünfzig Tore und bedeckt eine Fläche von 140⅖ mardscha'.

Der Haram hat neunzehn Tore, die meisten von ihnen haben einige Öffnungen, die wir beschreiben wollen. Das Safâ-Tor hat fünf Türen; drei Türen haben das Tor des 'Abbâs, das der Banû Schaiba und das Tor 'Alîs. Das Tor des Propheten hat zwei Türen, das 'Umra-Tor und das Tor as-sudda eine Tür. Das Abraham-Tor ist ein großer weiträumiger Anbau, in dem sich auch das Haus eines Rechtsgelehrten, der der mâlikitische Imam war, befindet. Hier gibt es auch einen Raum, der als Archiv für die Bücher dient, die als fromme Gaben den Mâlikiten im Haram gewidmet wurden. Neben dem Tor, auf der Rechten des Eintretenden, steht ein Minarett, das den bereits erwähnten unähnlich ist. Es hat ein Stuckgitterwerk von länglichem Maß wie Gebetsnischen und ist von verzierter Holzschnitzerei, die eine erstaunliche Kunstfertigkeit aufweist, umgeben. Bei dem Tor befindet sich eine erstaunlich hohe Kuppel. Darinnen sind erwähnenswerte Arbeiten in Stuck, verzierte Gitterwerke, unbeschreiblich schön. Draußen sind Teile aus Gips wie runde Ständer aufeinandergesetzt. Die »Kugel« des Minaretts ruht auf Gipsstützen, mit Öffnungen dazwischen. Außerhalb des Tors ist ein Brunnen, der nach ihm benannt ist.

Bei der Aufzählung habe ich das Safâ-Tor als erstes genannt, weil es das größte ist und weil man von diesem Tor aus den Lauf (sa'j) durchführt. Jeder Pilger, der nach Mekka zur 'umra kommt, sollte vorzugsweise durch das Tor der Banû Schaiba eintreten, dann die Umschreitung vollziehen und am Schluß durch das Safâ-Tor hinausgehen, um zwischen den beiden Säulen hindurchzukommen, die – wie wir bereits erwähnten – den Weg des Propheten nach as-Safâ zeigen sollen. 46 Schritte liegen zwischen diesen beiden Säulen und der Jemenitischen Ecke, und von dort zum Tor sind es 30. Vom Safâ-Tor nach as-Safâ sind es 76 Schritte. Das Safâ-Tor hat drei hohe Bögen und vierzehn Stufen, die oberste davon ist so breit wie eine Steinbank. Es ist von Häusern umgeben und 17 Schritte breit. Zwischen as-Safâ und dem grünen mîl liegt die erwähnte Entfernung.

Der mîl ist eine grüne Säule bei dem Minarett, das sich in der östlichen Ecke des Haram befindet, in dem oberen Teil des Flußbettes, das nach al-Marwa führt. Es liegt zur Linken dessen, der den Lauf hin und zurück durchführt. Der Betreffende wird von diesem mîl aus zu zwei entsprechenden grünen Säulen laufen. Eine ist neben dem Tor 'Alîs, in der Wand des Haram und zur Linken dessen, der das Tor verläßt; die andere ist gegenüber, in der Wand eines Hauses neben dem des Emirs. Oben auf diesen beiden Säulen ist wie eine Krone eine Tafel mit einer in Goldbuchstaben gehaltenen Inschrift: As-Safâ und al-Marwa gehören zu den Zeichen Gottes[16], und darauf: Der Diener Gottes, der Kalif al-Mastadî' befahl den Bau dieses mîl im Jahre 573 d. H. (1177 n. Chr.).

Zwischen as-Safâ und dem alleinstehenden mîl liegen 93 Schritte, von diesem mîl bis zu den zwei mîl's sind es 75 Schritte. Von den beiden mîl's nach al-Marwa sind es 325 Schritte, so beträgt die Gesamtzahl der Schritte von as-Safâ nach al-Marwa 493 Schritte. Al-Marwa hat fünf Stufen und ist ein einzelner Bogen derselben Breite wie as-Safâ: 17 Schritte. Zwischen as-Safâ und al-Marwa liegt der Flußlauf, wo heute ein Markt für Früchte und andere Dinge wie Getreide und verschiedene Arten von Nahrungsmittel ist. Diejenigen, die den Lauf durchführen, können sich kaum von dem Gedränge frei machen. Die Verkaufsstände sind rechts und links, denn die Stadt hat keinen geordneten Basar mit Ausnahme der *sûq*'s für Tuchwaren und Duftstoffe. Die sind an dem Tor der Banû Schaiba, unterhalb des erwähnten Markts, so dicht, daß sie einander beinahe berühren.

Über dem Haram befindet sich im Osten der Berg Abû Qubais. Auf seinem Gipfel ist ein gesegneter Zufluchtsort mit einer Moschee. Von hier kann man Mekkas Schönheit erkennen, die Größe des Haram und die Anmut der sich in seiner Mitte erhebenden Ka'ba. Ich las, daß es der erste von Gott geschaffene Berg ist und daß auf ihm zu Zeiten der Sintflut der Schwarze Stein gelegen hat. Die Quraischiten nannten ihn al-Amîn, den Vertrauenswürdigen, weil er den Stein an Abraham übermittelte. Auf ihm befindet sich das Grab Adams. Es ist eine der beiden großen Erhebungen Mekkas, die andere ist die mit dem Qu'aiqi'ân im Westen zusammenhängende.

Wir bestiegen den Berg Abû Qubais und beteten in der gesegneten Moschee. Hier ist auch der Platz, wo der Prophet stand, als der Mond sich für ihn durch Gottes Kraft spaltete. Oben auf dem Berg findet man die Reste eines stattlichen Stuckgebäudes, das der Vater des jetzigen Emirs als eine Festung genommen hatte, aber der Emir der Bagdader Pilgerfahrt zerstörte es wegen einer Auseinandersetzung mit ihm.

Das erwähnte Flußtal ist nach Abraham benannt, sein Verlauf war früher bei dem Safâ-Tor, doch dann nahm der Fluß einen anderen Weg, und zwar zwischen as-Safâ und al-Marwa, und drang in den Haram ein, so daß zu Zeiten der Überflutung durch den Regen die Menschen die Umschreitung schwimmend durchführen mußten. Deshalb befahl al-Mahdî den Bau eines Dammes im oberen Teil der Stadt, der Ra's ar-radm heißt; wenn der Strom anschwillt, dann leitet ihn der Damm zu seinem früheren Verlauf zurück, vorbei am Abraham-Tor zu einem Platz namens al-masfala (der niedrige Teil) und fließt anschließend zur Stadt hinaus. So läuft nur, wenn dauerhafte Regen niedergehen, Wasser durch die Stadt. Dies ist das Tal, auf das der Prophet sich im Koran bezieht[17], wenn Gott Abraham zu dem Ausspruch veranlaßt: »O Herr! Gewiß habe ich einen Teil meiner Nachkommen in einem unkultivierbaren Tal angesiedelt.«

Einige Bemerkungen über Mekka, seine großen Baudenkmäler und seine ehrenvolle Geschichte

September/Oktober 1183

Mekka liegt zwischen Bergen in einem heiligen Tal, das groß und langgestreckt ist, gefüllt mit so vielen Kreaturen, daß nur Gott sie zu zählen vermag. Die Stadt hat drei Tore. Das erste ist das Obere Tor (bâb al-ma'lâ), von dem man zu dem gesegneten Friedhof gelangt, der sich in al-Hadschûn befindet. Auf der Linken des hier Eintretenden liegt ein Berg, auf dessen Gipfel ein Paß ist; hier tritt man zu dem 'Umra-Weg hinaus. Der Paß heißt al-Kadâ'. Durch diesen Paß betrat auch der Prophet die Stadt.

Auf dem Friedhof bei al-Hadschûn finden sich die Grabstätten vieler Gefährten des Propheten und ihrer Anhänger, von Heiligen und Frommen, deren gesegnete Schreine verschwunden und deren Namen den Menschen der Stadt entfallen sind.

Rechts neben dem Friedhof ist eine Moschee in einer Schlucht zwischen zwei Hügeln. Es soll die sein, in der die Dschinn den Propheten anerkannten.[18]

Am Oberen Tor beginnt die Straße nach Tâ'if und in den Irak sowie der Aufstieg zur Ebene von 'Arafât. Möge Gott uns beistehen, daß wir zu denen gehören, die darauf stehen werden *(al-waqfa)*. Das Tor liegt im Nordosten, etwas mehr im Osten.

Ferner gibt es das Untere Tor (bâb al-masfal). Es befindet sich auf der Südseite; hier beginnt die Straße in den Jemen. Durch dieses Tor trat *Châlid ibn al-Walîd* am Tage der Einnahme Mekkas.

Dann folgt das Tor az-Zâhir, auch 'Umra-Tor genannt. Es liegt im Westen; von hier führt der Weg nach Medina, Syrien und Dschidda. Eine weitere Straße führt von hier nach at-Tan'îm, dem ersten Sammelpunkt für die heilige Pilgerfahrt. Um vom Haram hierherzugelangen, verläßt man den heiligen Bezirk durch das 'Umra-Tor, und so trägt dieses Stadttor denselben Namen.

At-Tan'îm ist ein *farsach* von Mekka entfernt, auf einer schönen breiten Straße mit Süßwasserbrunnen. Wenn man die Stadt verläßt, findet man nach etwa einer Meile eine Moschee, neben der sich ein Stein auf der Straße befindet wie eine Bank. Ein anderer Stein mit einer Inschrift, deren Buchstaben verblichen sind, überdacht ihn und lehnt sich daran. Man berichtet, daß dies der Platz war, wo der Prophet saß und sich ausruhte, als er von der ‘umra zurückkam. Die Menschen werden durch das Küssen und dadurch, daß sie ihre Wangen daran reiben, geweiht, was sie gewiß als eine Pflicht tun sollten; sie lehnen sich daran, damit ihre Körper durch die Berührung Segen erfahren. Etwa einen Bogenschuß von dieser Stelle entfernt findet man auf der Straßenseite, die links für den, der zur ‘umra aufbricht, ist, zwei Gräber, die mit Steinhaufen bedeckt sind. Dies sollen die Gräber von *Abû Lahab* und seinem Weib sein. Gott verfluche sie! Von alter Zeit an bis heute haben die Menschen die Gewohnheit gehabt, die Gräber mit Steinen zu bewerfen, nun sind Haufen wie zwei große Berge entstanden.

Etwa eine Meile weiter kommt man nach az-Zâhir, das auf beiden Seiten der Straße errichtet wurde und über Häuser und Gärten verfügt. Alles ist mekkanischer Besitz. Stellen zum Reinigen (matâhir) und Trinken wurden hier für die ‘umra-Pilger eingerichtet. Am Wegesrand steht auf einer langen Bank eine Reihe von Bechern, weiter gibt es Krüge und Bottiche, die mit Wasser für die rituellen Waschungen gefüllt sind. Dort ist auch ein Süßwasserbrunnen zum Füllen der erwähnten Gefäße. Der Pilger findet große Annehmlichkeiten beim Waschen, der rituellen Reinigung und dem Trinken; der Stifter dieser Einrichtung geht auf dem verdienstvollen Wege zu Lohn und Entschädigung. Viele andere, die für das künftige Leben Verdienste suchen, helfen ihm bei seinem Vorhaben. Es heißt, daß er dadurch viele Vorteile im Paradies erhält.

Auf jeder Straßenseite befinden sich an dieser Stelle zwei Berge mit Steinhügeln. Uns wurde gesagt, es seien die gesegneten Berge, auf denen Abraham Teile von Vögeln hingelegt und sie dann gerufen habe; gemäß der Erklärung Gottes, daß Abraham ihn gebeten habe, ihm zu zeigen, wie er Toten Leben geben könne.[19] Um diese vier Berge herum befinden sich weitere; manche sagen, daß Abraham auf sieben davon Vögel hingelegt habe. Gott allein weiß es.

Wenn du an az-Zâhir vorbeigegangen bist, kommst du in das Tal Dhû Tawâ; darüber heißt es, der Prophet sei dort hinabgestiegen, als er nach Mekka kam. Zu jener Zeit habe der Sohn *‘Umars* dort gebadet und also gemeinsam mit ihm Mekka betreten.

Man durchschreitet das Tal und gelangt auf einen schmalen Paß; von dort geht man weiter und trifft dann auf die Zeichen, die als

Grenze zwischen *haram* und *hill* aufgestellt wurden. Alles innerhalb und auf der mekkanischen Seite ist haram, alles darüber hinaus hill. Die Zeichen sind wie Türme, groß und klein, auf einer Linie aufgebaut, eines nahe dem anderen. Sie beginnen auf dem Gipfel des Berges zur Rechten dessen, der zur ʻumra geht. Sie ziehen sich quer über die Straße und weiter bis zur Spitze des Berges zur Linken hin. Hier ist der Sammelplatz (mîqât) der Pilger zur ʻumra, mit aus Steinen gebauten Betorten. Hier legen die Pilger ihren ihrâm an und treten in den Zustand der Weihe. Die Moschee ʻÂ'ischas ist jenseits der Zeichen, etwa zwei Bogenschüsse entfernt, die Mâlikiten gehen dorthin und legen dort den ihrâm an, Schâfiʻiten hingegen an der Moschee bei den Zeichen. Vor der Moschee der ʻÂ'ischa steht die des ʻAlî ibn abî Tâlib.

Erwähnenswert ist, daß bei dem schon genannten Tor der Banû Schaiba eine Schwelle von großen Steinen ist, lang wie eine Bank, und vor den drei Eingängen des Tors aufgebaut. Uns wurde erzählt, daß dies Götzen seien, die von den *Quraischiten* in den Tagen ihres Heidentums (dschâhilîja) angebetet wurden, der größte darunter *Hubal*. Nun liegen sie da, mit den Gesichtern nach unten, von den Menschen getreten und mit den Schuhsohlen verächtlich behandelt, unfähig sich und noch weniger ihren Anbetern zu helfen. Die Wahrheit bezüglich der Steine ist, daß der Prophet am Tage der Einnahme Mekkas befahl, die Götzen zu zerstören und zu verbrennen; die uns gezeigten waren nicht die echten. Die am Tor sind nur herbeigeschaffte Steine, den Götzen in der Größe entsprechend.

Unter den berühmten Bergen Mekkas, nach dem Berg Abû Qubais, ist der Berg Hirâ'. Er liegt im Osten, etwa ein farsach entfernt, über Minâ blickend; seine Spitze reicht bis in den Himmel hinein. Dies ist der gesegnete Berg, auf den sich der Prophet oft zum Gebet zurückzog, unter dessen Füßen er vor Erregung zitterte. Der Prophet sprach zu ihm: »Sei ruhig, Hirâ', niemand außer einem Propheten, einem Treuen und einem Märtyrer wird über dich gehen.« Und in der Tat, zu der Zeit waren Abû Bakr, der Treue, und ʻUmar bei ihm. Einer anderen Erzählung zufolge: »Sei stark, niemand soll dich überschreiten außer einem Propheten, einem Treuen und zwei Märtyrern.« *ʻUthmân* soll ebenfalls dabeigewesen sein. Der erste Vers (âja) des Korans wurde dem Propheten auf diesem Berg offenbart.[20]

Mekka hat nur auf der Seite des Oberen Tors, dort wo ein Weg in die Stadt führt, weiter an der Seite des Unteren Tores, wo sich ebenfalls ein Eingang befindet, und am ʿumra-Tor eine Mauer. Auf den übrigen Seiten liegen Berge, so daß Mauern nicht nötig sind. Die Mauern Mekkas sind jetzt zerstört, doch Reste sind noch zu erkennen, auch die Tore stehen noch.

Ganz Mekka ist ein erhabenes Mausoleum. Es ist der geweihte Bezirk Gottes, ein Platz der Sicherheit, der Herkunftsort des Propheten, die Quelle von Inspiration und Enthüllung. Es war der Zufluchtsort der göttlichen Propheten und seiner edlen Gesandten und auch die Geburtsstätte vieler seiner Quraisch-Gefährten, die Gott zu Lichtern der Religion und Sternen für die auf dem rechten Weg Befindlichen machte.

Unter den heiligen Schreinen, die wir besichtigten, war das Zimmer der prophetischen Inspiration im Hause von Chadîdscha, wo der Prophet zum ersten Mal mit seinem Weib den Beischlaf vollzog. Im selben Haus ist auch ein kleines Zimmer, in dem Fâtima geboren wurde; auch Hasan und Husain kamen hier zur Welt. Diese heiligen Stätten, die verschlossen sind, werden in angemessener Weise in Ordnung gehalten. Ebenfalls zu den heiligen Orten zählt der Geburtsplatz des Propheten und der gereinigte Boden, der den unbefleckten Körper berührte. Hierüber wurde eine Moschee von unerreichter Schönheit, größtenteils mit Gold ausgelegt, gebaut. Der heilige Ort, wo der Prophet in der gesegneten und glücklichen Stunde seiner Geburt erschien, einer Geburt, die von Gott in Hingabe an alle Menschen verfügt wurde, ist mit Silber umgürtet. An jedem Montag des Rabîʿ al-awwal wird dieser Ort geöffnet, und alle treten ein, um gesegnet zu werden. Denn das ist der Wochentag des Monats, in dem der Prophet geboren wurde. Alle erwähnten heiligen Stätten sind an diesem Tage geöffnet, der in Mekka immer gefeiert wird.

Ein weiterer Schrein ist das Haus Abû Bakrs, des Treuen, welches jetzt die Münzprägestätte des Emirs ist. Ihm gegenüber ist eine Wand, die einen gesegneten Stein enthält, der denen, die ihn berühren, Segen bringt. Es heißt, daß er den Propheten grüßte, wann immer er vorbeiging. Es gibt eine Geschichte, daß Mohammed eines Tages zum Hause Abû Bakrs kam und ihn rief. Doch er war nicht da. Gott begabte nun den Stein mit einer Stimme, die sprach:

»O Bote Gottes, er ist nicht hier.« Dies war eines der erstaunlichen Wunder, die für den Propheten geschahen.

Zu den Bergen, die verehrte Reliquien und Schreine bergen, zählt der Berg Abû Thaur, der sich auf der jemenitischen Seite Mekkas befindet, ein farsach oder mehr entfernt. Darin ist die Höhle, in der der Prophet mit seinem Gefährten Abû Bakr Schutz suchte, wie im Koran geschrieben steht.[21] Auf diesem Berg hat Gott für seinen Propheten sichtbare, einzigartige Wunder vollbracht. Einmal betrat Mohammed zusammen mit Abû Bakr eine Höhle (ghâr) durch einen Spalt, der zwei Drittel Spannen breit und eine Elle hoch war. Als sie sich friedlich darin befanden, ließ Gott eine Spinne darüber ihr Netz weben und eine Taube ihr Nest bauen und Eier hineinlegen. Die Götzendiener kamen dorthin, von einem Spurenleser geführt, der den Fußabdrücken auf dem Weg folgte und sie an der Kluft enden sah. Er sagte: »Hier enden die Fußabdrücke. Euer Freund ist entweder von hier in den Himmel hinaufgestiegen oder wurde vom Erdboden verschluckt.« Sie betrachteten die Spinne, die ihr Netz über der Öffnung der Höhle gewebt hatte, und den Vogel, der auf seinen Eiern brütete, und sagten: »Niemand ist hier hineingegangen«, und zogen sich zurück. Abû Bakr sagte: »O Bote Gottes, wenn sie zu uns gelangt wären durch die Öffnung der Höhle; was hätten wir getan?« Der Prophet antwortete: »Wenn sie hierher gekommen wären, dann wären wir dort hinausgegangen«, und zeigte mit seiner gesegneten Hand zur anderen Seite der Höhle. Dort hatte sich keine Öffnung befunden, aber in diesem Augenblick öffnete sich eine Tür vor ihnen.

Die meisten Menschen besuchen diese gesegnete Höhle mehrfach; sie vermeiden es, sie durch die von Gott geschaffene Tür zu betreten, und versuchen, durch die Kluft hineinzugelangen, durch die der Prophet sie betrat. Derjenige, der es so versucht, legt sich auf den Boden und seine Wange neben die Spalte. Zuerst läßt er seinen Kopf und die Hände hinunter, dann handhabt er den Einstieg seines restlichen Körpers. Einige schaffen dies wegen ihres schlanken Körperbaus. Anderen gelingt es, ihren Körper bis zur Mitte der Kluft zu schieben, dann bleiben sie stecken. Sie versuchen dann, hinein- oder herauszugelangen, können es aber nicht. Eingezwängt erleiden sie Ängste und Beklemmungen, bis sie von hinten ein kräftiges Ziehen verspüren. Kluge Menschen vermeiden das deshalb, und besonders auch aus einem anderen erniedrigenden Grund. Die meisten Leute glauben nämlich, daß derjenige, der nicht hindurchpaßt, steckenbleibt und nicht entkommen kann, kein Kind aus einer legalen Eheverbindung ist, also ein Bastard. Diese Geschichte hat sich so sehr unter ihnen ausgebreitet, daß sie wie eine absolute Wahrheit besteht, an der keinerlei Zweifel gehegt werden. Deshalb muß derjenige, der eingeklemmt wird und nicht hindurchkommen kann, damit rechnen, diesen schändlichen und demütigenden Gedanken ertragen zu müssen – abgesehen von dem, was sein Körper durch die Beengtheit des Ortes erleidet, von dem er vor Schmerzen dem Tod ins Auge blickt, unfähig zu atmen und Pein erleidend.

Festgehalten und niedergeschrieben werden sollte etwas, was wir erlebt und beobachtet haben. Am Freitag, dem 9. September 1183, ließ Gott vom Meer her eine Wolke heranziehen, die sich in Richtung Damaskus bewegte und reichlichen Regen, wie eine übervolle Quelle, mit sich brachte. Sie zog gegen Ende des Nachmittagsgebetes auf, und am Abend desselben Tages regnete es üppig. Die Leute eilten zum Hidschr und stellten sich unter die Wasserrinne, streiften ihre Kleidung ab und berührten das Wasser, das herausfloß mit ihren Köpfen, ihren Händen und dem Mund. Sie drängten sich in einem Haufen darum, erhoben ein großes Geschrei, da jeder für seinen Körper einen Anteil an der göttlichen Gnade begehrte. Ihre Gebete wurden laut, Tränen der Reue flossen; außer dem Anschwellen der Stimmen im Gebet und dem Schluchzen der Weinenden war nichts zu hören. Die Frauen standen ein Stück abseits und beobachteten das Geschehen mit tränenden Augen und demütigen Herzen, in dem Wunsche, zu diesem Fleck zu gelangen und teilzuhaben. Einige Pilger, wohl wissend, daß sie einen verdienstvollen Akt vollbrachten, und von Mitleid bewegt, tauchten ihre Kleider in das gesegnete Wasser, gingen zu den Frauen und wrangen sie über den Händen einiger von ihnen aus. Die nahmen das Wasser, tranken es und fuhren damit über ihre Gesichter und ihren Körper.

Diese gesegnete Wolke blieb bis zum Abend; die Leute strömten weiter dorthin, um mit ihren Gesichtern und Mündern Wasser aus der Rinne aufzufangen. Es war ein glückverheißender Abend, und unsere Seelen empfanden, daß sie Gnade durch Seine Güte erhalten hatten. Er war auch wegen des Zusammentreffens verschiedener Umstände verheißungsvoll. Zum einen, weil es ein Freitagabend war, der hervorragendste Tag, an dem wir hoffen dürfen, daß unsere Gebete von Gott erhört werden. Zum anderen, weil die Tore des Himmels sich beim Fallen von Regentropfen öffnen. Die Menschen standen unter der Wasserrinne, die ein Ort ist, wo Gebete erhört werden; ihre Körper wurden gereinigt durch Seine Güte, »die vom Himmel auf das Dach der Ka'ba fiel«, ein Abbild seines Hauses im Himmel. Gott gab, daß wir zu denen gehörten, die mit diesem Wasser von den Unreinheiten der Sünden gereinigt und durch diese Barmherzigkeit besonders bedacht wurden.

Diese gesegnete Stadt und ihre Menschen haben von altersher von den Gebeten Abrahams Nutzen gehabt, denn Gott hat durch Seinen Freund gesagt: »Mach, daß das Herz der Menschen sich ihnen zuneigt, und bescher ihnen Früchte! Vielleicht werden sie dankbar sein.«[22] Und weiter: »Haben wir ihnen denn nicht über einen heiligen Bezirk Macht gegeben, der sicher ist und in den alle möglichen Früchte eingeführt werden.«[23]

Der Beweis dafür ist in Mekka offenkundig und wird bis zum Tage der Auferstehung andauern, denn die Menschen aus weit entfernten Ländern und Regionen verzehren sich nach diesem Ort. Die Straße hierher ist ein Platz der Begegnung für Kommende und Gehende, die die gesegneten Forderungen des Islams erreicht haben. Aus allen Gegenden werden Früchte hierhergebracht. Mekka ist der blühendste Ort für Früchte, Annehmlichkeiten und Warengeschäfte.

Dies um so mehr während des Pilgermonats. Dann treffen hier Menschen aus dem Osten und Westen zusammen. Man verkauft an einem Tag, ohne von den folgenden zu sprechen, wertvolle Gegenstände wie Juwelen, Edelsteine, Saphire und andere, verschiedene Arten von Duftstoffen wie Moschus, Kampfer, Ambra, Aloe, indische Essenzen und andere Waren aus diesem Land und aus Abessinien, Artikel aus dem Irak und Jemen, ebenso Waren aus Chorasân, dem Maghrib, Dinge, deren Zahl und Namen man unmöglich nennen kann. Selbst wenn die Waren über alle Lande verstreut wären, könnten lebhafte Märkte damit versorgt und überall könnte reichlich Gewinn erzielt werden. All dies geschieht in den acht auf den haddsch folgenden Tagen, von dem abgesehen, was das ganze Jahr hindurch aus dem Jemen und anderen Ländern eintrifft. Auf der ganzen Erde gibt es kein Gut oder keine Ware, die sich zum

Zeitpunkt des haddsch nicht an diesem Orte finden läßt. Diese Segnung ist allen offenbar.

Bezüglich der Nahrungsmittel, Früchte und anderer guter Dinge hatten wir angenommen, daß Spanien vor allen anderen Regionen besonders begünstigt sei. So war es bis zu dem Augenblick, als wir hierherkamen und Mekka überfüllt fanden von guten Sachen und Früchten wie Feigen, Trauben, Granatäpfeln, Quitten, Pfirsichen, Zitronen, Walnüssen, Früchten des muql-Baumes, Palmfrüchten, Melonen, Gurken sowie allen Gemüsesorten wie Eierfrüchten, Kürbissen, Rüben, Möhren, Kohl und anderen aromatischen, süßriechenden Pflanzen. Die meisten dieser Gemüsesorten wie Eierfrüchte, Gurken und Melonen sind das ganze Jahr hindurch zu bekommen. Das sind unsere bemerkenswerten Beobachtungen. Alle diese verschiedenen Gemüse- und Obstsorten haben einen hervorragenden Geschmack, besser als in den anderen Ländern; unser Erstaunen darüber dauert an.

Die Obstsorten, die wir probierten, waren die Melone und die Quitte. Alle Früchte sind gut, aber die Melone hat einen besonderen Vorzug, denn ihr Aroma ist das wohlriechendste und beste. Wenn jemand sich dir mit einer Melone nähert, dann stellst du zuerst den zu dir gelangenden Wohlgeruch fest, so daß du am liebsten aus Vergnügen über die Süße hineinbeißen würdest. Wenn du sie kostest, scheint sie dir wie kandierter Zucker oder allerfeinster Honig zu sein. Es mag sein, daß der Leser dieser Worte denken wird, die Beschreibung sei übertrieben. Nein, im Namen Gottes, der Geschmack übertrifft noch meine Beschreibung.

In Mekka gibt es einen besseren Honig als den, der al-mâdhî genannt wird und sprichwörtlich geworden ist; sie nennen ihn al-mas'ûdî. Die verschiedenen Milchsorten sind von höchster Güte, und alle daraus hergestellte Butter kannst du wegen ihres Wohlgeschmacks kaum vom Honig unterscheiden.

Ein Volk aus dem Jemen namens Sarwa bringt eine Art von Rosinen, schwarze und rote, von überragender Qualität nach Mekka; außerdem bringen sie eine Menge Mandeln mit. Auch reichlich Zuckerrohr wird aus denselben Ländern eingeführt, aus denen die erwähnten Gemüsesorten stammen. Große Mengen Zucker, andere Produkte und gute Dinge an Lebensmitteln werden eingeführt. Gott sei Lob! Was das Konfekt angeht, so machen sie hier ungewöhnliche Arten mit Honig und geliertem Zucker in verschiedenen Formen, einschließlich Nachahmungen aller frischen und getrockneten Früchte. In den drei Monaten Radschab, Scha'bân und Ramadân ist der Boden damit zwischen as-Safâ und al-Marwa übersät, alles ist auf einem Tuch ausgebreitet. Niemand hat weder in Ägypten noch anderswo einen vollendeteren Anblick erlebt. Darunter gibt es Formen menschlicher Figuren und Früchte, die wie Bräute auf dem Hochzeitsthron auf Podien ausgestellt werden, in farbiger Vielfalt und wie wunderschöne Blumen, die unsere Blicke anziehen und beim Kauf Dirhams und Dinare hervorsprudeln lassen.

Das Fleisch in Mekka ist ganz hervorragend. Das behaupten alle, die über die Horizonte ziehen und die Erdregionen durchqueren; es sei das beste Fleisch, das sie je auf Erden gegessen haben. Dies kommt nur – Gott allein weiß es besser – von der Segnung der Weiden. Trotz des Fettes ist es so. Denn würde das Fleisch in einem anderen Lande ein solches Maß an Fett haben, so würde man es ausspucken, ablehnen und beiseite legen. Doch hier ist das Gegenteil der Fall. Du wirst es so schmackhaft und zart finden, daß es im Munde schmilzt, bevor du einen Bissen getan hast, und wegen seiner Bekömmlichkeit wird es schnell vom Magen verdaut. Ich betrachte dies nur als eine der seltenen Eigenschaften und Segnungen des Landes. Die Beschreibung ist der Wirklichkeit unterlegen.

Die Früchte werden nach Mekka aus at-Tā'if gebracht, das drei Tage entfernt ist, wenn man ruhig und bequem reist, aber auch aus den umliegenden Dörfern. Der nächste Ort heißt Udum, er ist eine Tagesreise oder etwas mehr von Mekka entfernt, und weil er im Talgrund von at-Tā'if liegt, umfaßt er viele Dörfer. Es gibt auch Batn Marr, das einen Tag oder weniger entfernt ist, oder andere Orte. Gott führte Menschen aus dem Maghrib nach Mekka, die in Ackerbau und Landwirtschaft geschult sind, hier Gärten schufen und Felder anlegten. Sie sind einer der Gründe für die Fruchtbarkeit dieser Gegend. Alles verdanken wir aber der besonderen Fürsorge Gottes für den Haram und die geschützte Stadt.

Eine der erwähnenswerten Früchte, die wir fanden und genossen und deren uns bisher unbekannte Vorzüge wir zu preisen begannen, sind die frischen Datteln, die hier die Stelle unserer grünen Feigen einnehmen. Sie werden vom Baum gepflückt und gegessen und sind so gut und delikat, daß man ihrer nicht überdrüssig wird. Die Zeit der Reife ist eine große Angelegenheit für die Menschen hier, die zur Ernte gehen, als zögen sie auf ein Dorf, oder wie die Menschen im Maghrib, die ihre Dörfer zur Zeit der Feigen- und Traubenernte verlassen. Wenn dies vorüber und die Reifezeit zu Ende ist, werden die Datteln auf dem Boden für eine gewisse Zeit ausgebreitet, damit sie ein wenig trocknen. Dann werden sie in Körben und Krügen aufeinander gestapelt und in Lager gebracht.

Eine Begünstigung Gottes uns gegenüber, die wir bei unserer Ankunft in dieser Stadt vorfanden, war, daß alle ansässigen Pilger *(mudschâwir)* dort, diejenigen, die vor uns gekommen waren und deren Aufenthalt schon lang gewesen war, wie über ein Wunder über die Tatsache sprachen, daß Mekka frei von Dieben sei. Diese pflegen sonst die Pilger auszurauben, ihnen alles abzunehmen, und stellen eine Plage im Haram dar. Niemand konnte sein Hab und Gut auch nur einen Augenblick aus den Augen lassen, sofort würden sie es ihm mit erstaunlicher Schlauheit und beachtenswerter Geschicklichkeit aus der Hand oder dem Gürtel ziehen, denn alle haben »leichte« Hände. Doch in diesem Jahr, von wenigen Fällen abgesehen, schützte uns Gott vor ihren Übeltaten. Der Emir bewies ihnen gegenüber Strenge, so daß das Übel aufhörte.

In diesem Jahr waren die Milde des Wetters, eine Linderung der üblichen Sommerhitze und ein weniger heftiger *samûm* vereint. Wir verbrachten die Nächte auf dem Dach unserer Herberge, gelegentlich fiel die Kühle der Nacht auf uns nieder, so daß wir eine Decke zum Schutze davor benötigten. Das war höchst selten in Mekka.

Die Pilger sprachen auch über das große Warenangebot in der Stadt in diesem Jahr und über die gemäßigten Preise, was ihren früheren Erfahrungen widersprach. Der Preis für Weizen betrug ein mu'minî Dinar für vier *sâ'*, das sind zwei *auba* im ägyptischen Gewichtssystem. Zwei auba entsprechen zweieinhalb *qadah* nach dem maghribinischen Maß. Dieser Preis ist in einem Land, das über keine Landwirtschaft und Nahrungsmittelquellen für sein Volk verfügt, von dem Importierten abgesehen, ohne Zweifel ein Beweis für Gottes Gunst und Hilfe. Das trifft um so mehr zu in Anbetracht der vielen Pilger, die sich in diesem Jahr niederließen, und der noch zu erwartenden Zunahme dieser Zahl. Von mehr als einem Pilger, die seit mehr als drei Jahren hier lebten, wurde uns erzählt, daß er nie zuvor solch ein Gewühl erlebt, noch davon gehört hätte.

Die Pilger stellten unaufhörlich Vergleiche mit den Verhältnissen der vorangegangenen Jahre an. Sie behaupteten sogar, das Wasser des Zamzam-Brunnens sei früher nicht so süß gewesen. Ein besonderes Kennzeichen dieses Wassers ist, daß du den Geschmack, wenn es vom Grunde des Brunnens heraufgeholt wird, so wie den der Milch frisch aus dem Euter empfinden wirst. Auch in diesem Wunder äußert sich Gottes Fürsorge. Eine erprobte Wirkung des Wassers ist die folgende: Wenn jemand nach vielen Umschreitungen der Ka'ba oder der 'umra oder aus anderen Müdigkeit erregenden Gründen einen Anflug von Krankheit oder Schwäche der Glieder empfinden sollte und wenn er dann das Wasser über seinen Körper gießt, so wird er auf der Stelle Erleichterung empfinden und Belebung, und seine Leiden werden vorübergehen.

Am Anfang des neuen Monats, am 21. September, erschien der Emir wiederum mit seinem Gefolge in der schon beschriebenen Weise im Haram und vollzog dieselbe Prozedur. Der Zamzam-Muezzin sang seine Lobessprüche und betete für ihn auf der Kuppel des Zamzam-Brunnens, während der Emir seine Runde um die Ka'ba machte. Die Koranleser gingen vor ihm her, bis er die Umschreitung beendet hatte.

Zu Beginn jedes neuen Monats verfolgen alle Menschen dieser östlichen Regionen einen hübschen Brauch. Sie schütteln einander die Hände, gratulieren sich, bitten gegenseitig um Gottes Vergebung und füreinander. Ebenso machen sie es bei Festen. Diese glückbringende Sitte belebt den Geist und sehnt die Barmherzigkeit Gottes mit den Gläubigen herbei durch das Händeschütteln und die Segnungen der gegenseitigen Gebete. Die muslimische Gemeinde steht unter der Barmherzigkeit Gottes, ihre Gebete haben ihren Ort bei Ihm.

Die gesegnete Stadt hat zwei Bäder; eines ist nach einem Rechtsgelehrten benannt, eines im Haram viele Hörer anziehenden Scheichs, und das andere, größere, nach einem Mann, der wirklich ein Glanz der Religion war. In Mekka und Medina kann man seine großen Hinterlassenschaften, edle und unzerstörbare Bauwerke im Dienste Gottes, sehen, so dauerhaft, wie keiner zuvor sie errichtet hat, weder der größte Kalif noch auch die Wesire. Dieser *Dschamâl ad-dîn* war der Wesir des Herrn von Mosul und hatte lange die hohen Pläne verfolgt, allen Menschen im Haram und in Medina nützliche Dinge zu bescheren. Fünfzehn Jahre lang und noch länger hörte er nicht auf, verschwenderisch zu geben: Er ließ in Mekka Unterkünfte bauen, die karitativen und frommen Zielen gewidmet waren, dauerhaft und unveräußerlich, ließ Zisternen schaffen, Brunnen an den Straßen bauen und Sammelbecken für das Regenwasser, und die Ruinen der Gebäude in den beiden heiligen Bezirken Mekkas und Medinas restaurieren. Eine seiner rühmenswertesten Taten war die, Wasser nach ʻArafât bringen zu lassen. Er verpflichtete den Beduinenstamm der *Banû Schuʻba,* die in jener Gegend leben, aus der das Wasser kommt, gegen Zahlung einer hohen Gebühr an sie, nicht die Wasserversorgung für die Pilger zu unterbrechen. Doch als er starb, fielen sie in ihre sündige Gewohnheit zurück, die Wasserversorgung abzuschneiden. Auch stellte er Medina unter den Schutz zweier starker Mauern, für die er unermeßliche Reichtümer aufbrachte. Das größte Werk, das er mit Gottes Hilfe zu Ende führte, war jedoch die Restaurierung aller Tore des Haram und der Tür der Kaʻba, die er mit vergoldetem Silber überziehen ließ, wie sie heute zu sehen ist. Er verkleidete die gesegnete Tür mit einem Blatt aus reinem Gold. Die alte Tür nahm er und befahl, daraus einen Sarg für ihn machen zu lassen. Als sein Tod näherrückte, verfügte er, daß man ihn in den Sarg legen und als Toten auf den haddsch schicken solle. Er wurde nach ʻArafât mitgenommen, und in einer gewissen Entfernung wurde der Deckel des Sarges abgenommen. Sämtliche Riten wurden genau befolgt. Niemals zu Lebzeiten hatte er die Pilgerfahrt unternommen.

Anschließend wurde er nach Medina getragen, wo seine Denkmäler stehen und wo die Scharîfen ihn beinahe auf ihren Häuptern trugen. Neben dem des Auserwählten wurde ein Mausoleum für ihn errichtet mit einer Öffnung, die auf das heilige Mausoleum des Propheten blickt. Dies wurde ihm trotz des ausgesprochenen Widerwillens gegen solche Privilegien in Anbetracht seiner freigebigen Taten zugestanden. In jenem Mausoleum wurde er begraben. Gott beglückte ihn mit edler Nachbarschaft. Immer belohnt Gott diejenigen, die Gutes tun. Ich will damit schließen, daß seine Mühen sich auf die Reparatur aller Straßen der Muslime in den östlichen Gebieten erstreckte, des Irak, in Syrien, dann im Hedschâz, daß er Brunnen graben und Zisternen bauen ließ, Herbergen in der Wüste gründete für die armen des Weges Ziehenden und für alle Reisenden. In den Städten zwischen dem Irak und Syrien baute er Gasthöfe und beschäftigte auch Personal darin. Dies befahl er auch für die Zukunft, so daß die Reisenden auf ihrem Wege mit Genugtuung über diesen Herrn sprechen und die Horizonte voll des Lobes für ihn sind. Zu seinen Lebzeiten in Mosul unterhielt er eine große und freigiebige Armenspeisung, die täglich für alle Fremden zugänglich war, damit sie zur Genüge zu essen und zu trinken bekämen. So blieb es sein Leben lang. Gelobt und glücklich starb er. Eine ehrenvolle Erinnerung ist gleichbedeutend mit einem andauernden oder einem zweiten Leben.

Verboten im Haram ist, daß ein reicher Mann ein Gebäude wiederherstellt, einen Pavillon für einen Imam oder irgend etwas anderes baut, um himmlischen Lohn zu erhalten. Wäre es erlaubt, das zu tun, so würden die Wohlhabenden, die für Akte der Frömmigkeit Ausgaben tätigen möchten, wohl die Wände aus Gold und den Boden aus Elfenbein herrichten; doch das dürfen sie nicht. Wenn ein großer Mann der Welt irgendeines der edlen Monumente oder eine der Ruinen wiederherstellen lassen möchte, muß er die Erlaubnis des Kalifen dafür einholen. Wenn es etwas ist, auf dem eine Gravur oder eine Inschrift angefertigt werden kann, wird der Name des Kalifen darauf gesetzt mit der Erklärung, daß es auf seinen Befehl hin geschah. Der Name des Gönners wird nicht erwähnt. Darüber hinaus muß ein großer Teil des Nachlasses an den Emir des Landes gehen; das ist gelegentlich genausoviel wie die ganze Gabe, so daß die Kosten sich verdoppeln.

Eigenartiges widerfuhr einem verschlagenen Fremden, einem Mann mit Reichtum und Besitz, der zur Zeit des Großvaters des jetzigen Emirs in den Haram kam; er betrachtete die Öffnung des Zamzam-Brunnens und seine Kuppel, doch die Ausführung gefiel ihm nicht. Darauf traf er sich mit dem Emir und sprach: »Ich möchte eine sorgfältige Rekonstruktion der Öffnung des Zamzam-Brunnens vornehmen und die Ziegelverblendung und die Kuppel restaurieren lassen, um alles an die äußerste Grenze der Vollendung zu bringen. Darauf will ich den größten Teil meines Vermögens verwenden. Eine Bedingung stelle ich dir, und von deiner Beachtung hängt die Erfüllung des Vorhabens ab. Das ist, daß du von deiner Seite einen Mann deines Vertrauens ernennen sollst, der die dafür verbrauchten Beträge registriert. Dann, wenn das Bauwerk fertiggestellt ist und die Kosten zu einem Endpunkt gekommen sind, soll dir eine gleiche Summe als Belohnung für deine Zustimmung gezahlt werden.« In seiner Habgier triumphierte der Emir, denn er wußte, daß die Kosten der ihm gegebenen Beschreibung entsprechend Tausende von Dinaren erreichen würden. Er erteilte seine Zustimmung und übergab dem Mann einen Registrator, der alle kleinen und großen Ausgaben niederschreiben sollte. So wurde die Arbeit aufgenommen, mit großer Emsigkeit und unter Einsatz aller Kräfte, um durch die Tätigkeit die Gunst Gottes zu erzielen. Der Registrator verzeichnete alles in seinen Büchern, und der Emir überwachte die Eintragungen in der Erwartung, daß er eine hübsche Summe erhalten werde. Schließlich war der Bau fertig und in dem Stil zu Ende geführt, den wir zuvor in unserer Beschreibung des Zamzam-Brunnens erwähnten. Nun blieb nichts mehr, als die Abrechnung dem Gönner vorzulegen und die abgemachte Summe zu verlangen. Doch der verließ den Ort und verschwand. Er ritt die ganze Nacht hindurch, und am Morgen begann der Emir, seine Hände zu ringen und sich auf die Brust zu schlagen. Doch das Gebäude stand nun im Haram, und er konnte nichts tun, um es zu verändern oder gar zu entfernen. Der Mann erhielt seinen Lohn, und bei seinem Tode übernahm Gott die Fürsorge für ihn. »Was immer du für Gutes ausgibst, er wird es lohnen. Er ist der beste Lohner.«[24]

Diese Geschichte wird ständig weitererzählt. Alle, die vom gesegneten Wasser trinken, beten um seinetwillen.

Mekka in den Monaten Radschab und Scha'bân

20. Oktober bis 17. Dezember 1183

Am Donnerstag, dem 20. Oktober 1183, begann der Monat Radschab. Dieser gesegnete Monat wird bei den Mekkanern sehr feierlich begangen. Er ist ihr größtes Fest. Sie haben dies immer, früher und jetzt, beachtet, die eine Generation hat es von der vorherigen übernommen, seit den Tagen der Unwissenheit. Damals nannten sie es »munsil al-asinna« (Loslassen der Speerspitzen), denn es war einer der heiligen Monate, in denen Kämpfe untersagt waren. Es ist der Monat des Gottes Asamm, des Tauben, nach der Überlieferung. Die ʿumra im Monat Radschab entspricht dem Stehen in der Ebene von ʿArafât; denn Menschen drängen sich in Massen, von denen nie zuvor gehört wurde. Die Menschen der benachbarten Länder strömen in großen Zahlen herbei, daß niemand außer Gott sie zählen könnte. Diejenigen, die dies nicht in Mekka als Augenzeugen erlebt haben, haben keinen Anblick geteilt, der wegen seiner Erstaunlichkeit und Eigentümlichkeit der Niederschrift wert wäre.

Schon früh werden Vorbereitungen für den ersten Tag des Monats getroffen. Einiges davon beobachteten wir und wollen es beschreiben. Am Mittwochnachmittag, bevor das Erscheinen des neuen Mondes erwartet wurde, sahen wir die Straßen Mekkas gefüllt mit Kamelsänften *(haudadsch)*, die an den Kamelen befestigt, mit Seidentüchern oder solchen aus anderen Materialien, wie feinem Leinen, bedeckt waren, den Umständen und Möglichkeiten ihrer Besitzer entsprechend. Alle gaben sich jede erdenkliche Mühe. Sie brachen auf nach at-Tanʿîm, dem Sammelplatz für die ʿumra-Pilger; die Kamelsänften strömten durch die Täler und Gebirgspfade Mekkas. Die Kamele unter den Sänften waren vielfältig geschmückt und gingen ohne Führung. Sie trugen Seidenhalsbänder und solche aus anderen Materialien, die ansprechend anzuschauen waren. Manchmal fielen die Bänder der Kamelsänften so weit hinunter, daß die Enden auf dem Boden schleiften. Die erstaunlichste Sänfte, die wir entdeckten, war die einer Base des Emirs Mukthir, die eine lange Schleppe hinter sich herzog. Außerdem waren die aus dem Harem des Emirs und denen seiner führenden Leute bewundernswert, ebenso andere Kamelsänften, deren Zahl wir nicht festhalten können; es war unmöglich, sie zu zählen. Auf den Rücken der Kamele wirkten die Sänften wie schwebende Pavillons. Die Zuschauer konnten annehmen, es handele sich um einen Lagerplatz mit aufgeschlagenen Zelten in jeder lebhaften Farbe. Es gab niemanden unter den Mekkanern und den schon länger ansässigen Pilgern, der an jenem Mittwochabend nicht zur ʿumra aufbrach. Wir gehörten zu ihnen, mit unserem ernsthaften Begehren, die Segnung dieser heiligen Nacht zu erfahren.

Wegen des Menschenauflaufs und der durch die Kamelsänften

versperrten engen Wege konnten wir die Moschee von 'Â'ischa nicht erreichen. Die Straße war auf beiden Seiten durchgehend erleuchtet. Brennende Fackeln zogen den Kamelen voran, die die Sänften der Damen von Mekka trugen. Als wir die 'umra hinter uns gebracht hatten, war bereits ein Teil der Nacht verstrichen. Wir sahen, daß die Strecke völlig mit Fackeln und Laternen erleuchtet und vollgestopft mit Männern und Frauen war, die den Ritus in ihren Sänften durchführten. Zwischen den Sänften und den Beinen der Kamele konnten wir nicht hindurchkommen, da sie gegeneinander drückten und zusammenstießen. Wir wurden Augenzeugen der erstaunlichsten Nacht der Welt; wer das nicht gesehen hat, hat nichts Wunderbares zu erzählen. Sie mahnte an die Versammlung am Tage der Wiederauferstehung, so groß war die Menschenmenge, die in Pilgerkleidung, das »labbaika« auf den Lippen, Gott anrief. Die geweihten Berge, die an die Straße grenzen, antworteten ihnen mit dem Echo, und die Herzen schmolzen vor Demut.

In jener Nacht war die Moschee gefüllt mit hell leuchtenden Lampen. Als das Sichtbarwerden des Mondes vom Emir bezeugt wurde, befahl jener, die Trommeln und Tambourine zu schlagen und Trompeten zu blasen, als Zeichen, daß es die Nacht des Festes sei. Mit dem Anbruch des Morgens machte er sich mit einer bisher nicht gesehenen großen Gefolgschaft zur 'umra auf. Die Bewohner Mekkas sammelten sich um ihn herum bis zur letzten Person und gingen ihrer Stellung entsprechend los, Stamm für Stamm, Viertel für Viertel, vor Waffen starrend, zu Pferde und zu Fuß, in unzähliger Menge. Der Beobachter staunte über die große Zahl. Selbst wenn diese Menschen aus vielen Ländern gekommen wären, wäre es immer noch ein Wunder. Wie dann erst, wenn sie aus einer Stadt kommen!

Sie bewegten sich in bewundernswerter Ordnung fort; die Reiter zogen auf ihren Pferden los und führten ihre Waffen vor, während die zu Fuß hin- und hersprangen, in ihrer Geschicklichkeit im Umgang mit Speeren, Schwertern und Schilden wetteifernd. Sie taten so, als durchbohrten sie sich mit Speeren, schlugen mit Schwertern und verteidigten sich mit Schilden als Schutz, wobei sie alle Arten von Beweisen für ihre Geschicklichkeit lieferten. Sie schleuderten ihre Speere in die Luft und liefen ihnen nach, um sie mit den Händen zu fangen, obwohl der Flug der Waffen sie gelegentlich auf ihren Köpfen niedergehen ließ. Sie hatten dann wegen des Gedränges keine Möglichkeit auszuweichen. Einige warfen ihre Schwerter in die Luft und fingen sie so wieder auf, als hätten jene ihre Hände nie verlassen. Dies dauerte an, bis der Emir mit stattlichem Schritt hervortrat, umgeben von seinen Offizieren, seine Söhne vor ihm, die beinahe schon junge Männer waren, sowie von wehenden Fahnen, Trommeln und Tambourinen begleitet. Ein Anflug von Würde lag über ihnen. Die Berge, Straßen und Pässe waren gefüllt mit Pilgern, die gekommen waren, um das Schauspiel zu betrachten.

Der Emir kam an den Sammelplatz, vollführte seine Pflicht und trat dann den Rückmarsch an. Die zwei Trupps von Reitern ordneten sich vor ihm, spielerisch und munter, während die Fußsoldaten in der beschriebenen Weise herumwirbelten. Eine Gruppe von Beduinen ritt auf fuchsfarbenen, rassigen Kamelen; einen schöneren Anblick gibt es nicht. Die Reiter dieser Kamele galoppierten auf den Tieren vor den Emir, erhoben ihre Stimmen in Anrufungen und Lob, bevor sie die Moschee erreichten. Dort umschritt der Emir die Ka'ba, angeführt von Koranlesern, während der Muezzin wieder von der Zamzam-Kuppel seine Stimme erschallen ließ und dem Emir Glück zu dem Fest wünschte, ihm huldigte und dem Brauch gemäß für ihn betete.

Als der Emir seine Umschreitung beendet hatte, betete er am Multazam, ging dann zum Maqâm und verrichtete sein Gebet dahinter. Er war für ihn aus der Ka'ba herausgetragen und unter der hölzernen Kuppel aufgestellt worden, hinter der die rituellen Gebete gesprochen werden. Als er seine Gebete beendet hatte, wurde die Kuppel vom Maqâm hochgehoben, damit der Emir ihn berührte und küßte. Die Kuppel wurde dann zurückgebracht, und er begann, durch das Safâ-Tor zum *mas'â* (Ort des Laufs) auszuziehen. Die Menschen drängten sich vor ihm. Er führte den Lauf auf dem Pferderücken durch, mit den Offizieren um ihn herum und den Speermännern vor ihm. Als er den Lauf vollendet hatte, wurden Schwerter vor ihm gezückt, und er wurde von seinen Gefolgsleuten umringt. In diesem eindrucksvollen Gehabe kehrte er, gefolgt von der Menge, zu seiner Residenz zurück. Den ganzen Tag über wogten Männer und Frauen zum mas'â, um den rituellen Lauf durchzuführen.

Am zweiten Tag, am Freitag, dem 21. Oktober, war die Straße beinahe ebenso voll wie am Tag vorher mit Reitern und Fußvolk, Männern und Frauen. Viele Frauen führten den Lauf in der Hoffnung auf himmlischen Lohn durch. Sie befanden sich mit den Männern auf ihrem gesegneten Weg im Wettstreit. Möge Gott aller Gebete anhören! Währenddessen trafen die Männer einander, schüttelten die Hände, beteten und baten Gott um Verzeihung füreinander, während die Frauen dasselbe taten. Alle trugen ihre beste Kleidung; sie hatten sich nach der Mode der Menschen dieses Landes an ihren Festtagen geschmückt. Die Bevölkerung Mekkas trifft für dieses Wallfahrtsfest *(al-mausim)* große Vorbereitungen und versammelt sich in großen Zahlen, wetteifernd in Prunk und Stolz und mit viel Zeremoniell. In dieser Zeit gibt es große Aktivitäten auf den Märkten; die Geschäfte florieren, in weiser Voraussicht sorgt man schon Monate zuvor für Vorräte.

Ein jemenitischer Stamm namens Sarwa, der einen uneinnehmbaren Berg im Jemen bewohnt, bemüht sich, zehn Tage vor dem Fest in der Stadt einzutreffen. Die Leute verbinden das Ziel der ʿumra mit der Versorgung dieses Landes mit verschiedenen Arten von Nahrungsmitteln wie Weizen und anderem Getreide, ja selbst mit Bohnen und weniger wichtigen Produkten. Sie bringen Butter, Honig, Rosinen und Mandeln mit, ihre Vorräte schließen Mehl, Zutaten und Früchte ein. Sie treffen zu Tausenden ein, Männer und Kamele, beladen mit den beschriebenen Gütern. Im Überfluß bringen sie Lebensmittel in die Stadt und zu den Pilgern, so daß sie gut ernährt und verpflegt werden. Die Preise fallen, überall sind Waren zu bekommen. Die Menschen nehmen ihnen ab, was ein Jahr bis zur nächsten Versorgung reichen wird. Gäbe es diese Quelle nicht, würden die Mekkaner ein elendes Leben führen.

Erstaunlich bei diesen Lebensmittelhändlern ist, daß sie nichts gegen Dinare und Dirhams verkaufen, vielmehr gegen Kleidung tauschen. Die Mekkaner bereiten diese für sie vor zusammen mit Frauenschleiern, Überwürfen und ähnlichen Stücken, wie sie von den Beduinen getragen werden. So kaufen und verkaufen sie. Es wird erzählt, daß die Sarwa, wenn sie in ihrem eigenen Lande bleiben und keine Verpflegung bringen, von einer Dürre heimgesucht werden und der Tod ihre Herden und ihr Vieh trifft. Doch wenn sie kommen, dann bereitet ihr Land ihnen eine reiche Ernte, und Segnungen werden über ihre Bestände gestreut. Wenn die Zeit des Abschieds naherückt und bei den Vorbereitungen Unachtsamkeit herrscht, versammeln deshalb die Frauen ihre Männer und werfen sie aus den Häusern. All das geschieht aus Gottes Güte zum Schutze Mekkas!

Das Land der Sarwa ist, so wurde uns berichtet, fruchtbar und weitläufig, übervoll mit Feigen und Weintrauben, mit großen Anbaugebieten und reichen Ernten. Sie sind fest davon überzeugt, daß ihr Wohlstand auf die Nahrungsmittel, die sie bringen, zurückzuführen ist; auch dadurch genießen sie einen gewinnträchtigen Handel mit der Sache Gottes. Diese Menschen sind reine Araber und sehr beredt. Sie sind robust und kräftig, noch nicht vom Komfort der Städte verdorben oder durch städtische Umgangsformen geschliffen. Die religiösen Gesetze befolgen sie nicht genau, unter ihnen findet man keine hingebungsvollen Praktiken außer dem guten Vorsatz. Wenn sie die Ka'ba umschreiten, werfen sie sich darauf wie Kinder auf ihre Mutter. Sie suchen den Kontakt wie einen Zufluchtsort. Sie stürzen sich auf den Vorhang, und wo immer ihre Hände hingreifen, zerreißen sie ihn durch ihren Ungestüm und ihre Heftigkeit. Derweil kommen wohlklingende Gebete über ihre Lippen, die die Herzen zerreißen und selbst dem starren Auge viele Tränen abringen. Man wird Menschen um sie herum stehen sehen, die Hände ausgestreckt, die »Amen« zu ihren Gebeten sprechen und die Worte wiederholen. Während der ganzen Zeit ihres Aufenthalts ist es unmöglich, die Umschreitung mit ihnen zu machen oder den Stein zu küssen.

Wenn die Tür der Ka'ba geöffnet wird, treten sie grüßend ein. Man wird beobachten, daß sie dabei eine Kette bilden, als seien sie einer an den anderen gefesselt. Sie sind so zu dreißig oder vierzig oder noch mehr aneinander gebunden, und die »Kettenglieder« folgen einander. Manchmal geschieht es, daß einer herausfällt und von der gesegneten Treppe stürzt, dann fallen alle mit ihm, so daß der Zuschauer ein Spektakel gewahrt, das ihn zum Lachen reizt. Über die Gebete dieser Beduinen wird nur Komisches berichtet. Sie sehen die Ka'ba an, werfen sich im Gebet nieder, ohne eine rak'a zu machen, und beten sehr schnell. Einige machen eine Niederwerfung (sudschûd), andere zwei, drei oder vier, dann heben sie ihre Köpfe ein wenig vom Boden, wo ihre Handflächen ausgestreckt sind, und wenden sich nach rechts und links wie jemand, der sich fürchtet. Sie rezitieren die Grußworte *(taslîm)* oder erheben sich, ohne sie zu sprechen oder ohne die richtige Haltung zum Glaubenszeugnis *(taschahhud)* einzunehmen. Manchmal unterhalten sie sich zwischendurch, und gelegentlich hebt einer bei der Niederwerfung den Kopf, ruft seinen Nachbarn an und kehrt dann zur Niederwerfung zurück. So machen sie ihre eigentümlichen Bräuche weiter.

Sie tragen nichts außer einem schmutzigen Lendenschurz (izâr) oder einem Fell als Bedeckung. Trotzdem sind sie ein tapferes und energisches Volk. Sie haben einen großen arabischen Bogen, der dem zum Kämmen der Baumwolle ähnelt; auf ihren Reisen trennen sie sich davon nicht. Wenn sie die heiligen Stätten besuchen, fürchten die Beduinen an ihrem Wege, die gewöhnlich die Pilger überfallen, sie wegen ihrer Kühnheit und vermeiden es, mit ihnen zusammenzustoßen. Sie machen ihnen vielmehr die Straßen frei. Die Pilger, die den heiligen Besuch machen wollen, ziehen mit ihnen und preisen ihre Gesellschaft, denn trotz der beschriebenen Gewohnheiten sind sie ein Volk, das tief und fest glaubt. Es heißt, daß der Prophet von ihnen sprach und sie lobte: »Lehrt sie den Gebetsritus, und sie werden euch lehren, wie man von Herzen betet.«

Die ʿumra nennen sie die »ʿumra des Hügels« (ʿumrat al-akama), weil sie ihr Pilgergewand von dem Hügel an tragen, der vor der Moschee der ʿÂʾischa liegt – etwa einen Bogenschuß entfernt. Er ist nahe der ʿAlî gewidmeten Moschee. Der Ursprung dieser »ʿumra des Hügels« beruht darauf, daß *ʿAbdullâh ibn az-Zubair,* als er den Wiederaufbau der Kaʿba beendet hatte, zu Fuß die ʿumra unternahm, von Mekkanern begleitet, und zu dem Hügel kam, wo er das Pilgergewand verschenkte. Das war am 27. Radschab. Er wählte den Weg über den Paß al-Hadschûn nahe dem Oberen Tor. Diese ʿumra wurde eine feste Einrichtung für die Mekkaner, am selben Tag und auf demselben Hügel. Dieser Tag ʿAbdullâhs wird mit Schlachtopfern, wie er sie durchführte, gefeiert. Es gibt keinen Vornehmen, keine vermögende Person in Mekka, die nicht ein Opfer darbietet. Tagelang essen die Leute oder veranstalten Essen, nehmen und gewähren Vorzüge, danken Gott für die Hilfe, die er ihnen beim Bau der Kaʿba gewährte in dem Stil, den sie zu Abrahams Zeiten hatten. Aber *al-Haddschâdsch* zerstörte sie und restaurierte sie in der Weise, wie sie zu Zeiten der *Quraisch* war, die bei dem Wiederaufbau die ursprüngliche Größe verringerten. Unser Prophet Moses ließ sie, wie sie war, wegen der erst wenig zuvor erfolgten Bekehrung vom Unglauben, wie in der Überlieferung steht.

Am 29. Radschab, dem 17. November, war die Ka'ba den Frauen vorbehalten. Sie versammelten sich von überallher. Einige Tage zuvor hatten sie Vorbereitungen getroffen, wie sie es für den Besuch der heiligen Schreine getan hatten; und es gab keine Frau in Mekka, die an jenem Tag nicht die Moschee besuchte. Als die Banû Schaiba ankamen, um die Ka'ba zu öffnen, beeilten sie sich wegzukommen, um den Frauen den Weg frei zu machen; ebenso hielten sich alle Männer vom Platz für die Umschreitung fern. Die Frauen eilten die Stufen hinauf, und die Banû Schaiba konnten kaum zwischen ihnen hindurch hinausgelangen. Sie bildeten eine Kette, eine hielt die andere, gerieten in ein Durcheinander, daß sie stürzten. Einige kreischten, einige jammerten, andere weinten. Man konnte dasselbe Gedränge erkennen wie zur Zeit des Aufenthalts der Sarwa in Mekka. So ging es im ersten Teil des Tages fort, sie führten mit der ihnen eigenen Leichtigkeit die Umschreitung durch, pausierten im Hidschr und teilten sich zwischen dem Küssen des Schwarzen Steins und dem Berühren der Ecke der Ka'ba. Es ist ihr größter, glanzvollster und heiligster Tag.

Dennoch sind sie im Vergleich zu den Männern armselig und betrogen. Sie sehen die Ka'ba und dürfen sie nicht betreten, sie sehen den gesegneten Stein und dürfen ihn nicht berühren. Ihr Los ist das des Betrachtens und des Empfindens von Trauer, die sie bewegt und ergreift. Sie haben nichts als die Umschreitung in gewisser Entfernung. Diesen Tag, der ein jährliches Ereignis ist, erwarten sie, wie man auf das größte Fest wartet; sie treffen dafür große Vorkehrungen.

Früh am nächsten Morgen begannen die Banû Schaiba, die Ka'ba mit dem gesegneten Wasser des Zamzam-Brunnens zu waschen, denn viele Frauen hatten ihre kleinen Kinder und Säuglinge mitgebracht. Sie fanden es angemessen, die Ka'ba zu reinigen: aus Respekt und um Unreinheiten zu entfernen, sowie das zu beseitigen, was Gedanken im Kopfe eines Menschen, der über keine Selbstkontrolle verfügt, an einem edlen Ort von ausschließlicher Heiligkeit an Unreinheiten entstehen lassen können. Als das Wasser von der Ka'ba floß, eilten viele Männer und Frauen dorthin, um die Weihe durch das Waschen von Händen und Gesicht zu erhalten. Oft sammelten sie das Wasser in Gefäßen, die sie eigens dafür mitgebracht hatten. Dies taten sie, ohne über den Grund der Verwendung des Wassers nachzudenken. Einige enthielten sich. Vielleicht beobachteten sie das Spektakel wie jemand, der es nicht angemessen oder sinnvoll findet. Was denkst du darüber, daß das gesegnete Wasser des Zamzam über Gottes heiliges Haus geschüttet wird? Ist es nicht angemessener, es mit dem Mund statt mit den Händen zu nehmen und das Gesicht hineinzutauchen, als mit den Füßen darin zu stehen?

Am 19. November begann der neue Monat, der Scha'bân; wie üblich erschien der Emir, um die Umschreitung durchzuführen.

Im Morgengrauen des Donnerstags, des 1. Dezember, und nach Tagesanbruch konnten wir eine Mondfinsternis beobachten. Sie begann beim Morgengebet. Der Mond blieb eine Weile verfinstert. Mit einer Zweidrittel-Verfinsterung war der Höhepunkt erreicht.

Am folgenden Freitag, dem 2. Dezember, ereignete sich im Haram Seltsames. Alle Jungen aus ganz Mekka kamen in der Frühe dorthin; sie versammelten sich bei der Zamzam-Kuppel und riefen einstimmig auf zum *tahlîl* und *takbîr.* Manchmal gesellte sich einer aus der Menge zu diesen Jungen und rief mit ihnen gemeinsam. Männer und Frauen versammelten sich um den Kuppelbau herum. Denn eher aus Unwissenheit denn mit tieferem Grund ist der Glaube verbreitet, daß das Wasser des Zamzam-Brunnens über Nacht in der Mitte des Monats Scha'bân ansteige. Man war im Zweifel, ob der Monat in der Nacht zum Freitag angefangen hätte. Doch sie kamen am Freitag, der mutmaßlichen Monatsmitte, in der Frühe zur Kuppel, bildeten ein noch nicht beobachtetes Gedränge. Ihr Ziel war, die Gnade des gesegneten Wassers, das angestiegen sein sollte, zu erhalten. Die Wasserausteiler standen an der Öffnung des Brunnens, holten Wasser heraus und gossen es über die Häupter der Menschen, indem sie es aus einem Eimer spritzten. Einige bekamen es ins Gesicht, andere auf den Kopf oder anderswohin; oft landete das Wasser durch den Schwung und die Kraft der Hände weit weg. Die Männer riefen dennoch nach mehr und weinten, während die Frauen ihrerseits mit ihnen im Weinen und beim Beten wetteiferten. Die Jungen erhoben währenddessen ein Geschrei mit ihren *tahlîl*'s und takbîr's. Es war ein umwerfendes Schauspiel, aufregend zu hören. Deswegen konnten manche, die gerade dabei waren, die Umschreitung nicht beenden, andere Betende nicht ihre Gebete erfüllen.

Einer von uns hatte an jenem Tag den Brunnenplatz betreten und erlitt durch den Ansturm der Menge Qualen und Pein. Er hörte Männer rufen: »Das Wasser ist sieben Ellen gestiegen.« Daraufhin wandte er sich an einen der Weißbärtigen, die den Eindruck von Intelligenz und Scharfblick in ihren Zügen trugen, und befragte ihn diesbezüglich. »Ja«, antwortete er, während die Tränen sein Gesicht hinunterrannen. »Ist deine Information sicher?« fragte unser Kamerad. Und der Mann erwiderte: »Ja.« Es ist sehr eigenartig, daß unter ihnen einer war, der sagte, er sei im Morgendämmern erschienen und habe festgestellt, daß das Wasser etwa ein Klafter vom Rand entfernt gestanden habe. Wir nehmen Zuflucht zu Gott vor solcher Verwirrung. Zufällig beschäftigten wir uns mit dieser Angelegenheit, denn wir hörten immer wieder darüber, und das Gerede hat schon seit sehr langer Zeit Bestand bei den gewöhnlichen Leuten in Mekka.

In der Nacht zum Freitag ließ einer von uns seinen Eimer in den gesegneten Brunnen hinab, bis er die Wasseroberfläche erreichte. In das Seil machte er an der Stelle einen Knoten, wo es sich am Rand der Brunnenöffnung befand. So waren wir imstande, richtig zu messen. Am Morgen riefen die Leute, daß das Wasser reichlich gestiegen sei. Einer von uns bahnte sich unter Schwierigkeiten den Weg durch die Menge, begleitet von einem anderen, der den Eimer trug, ließ ihn hinab und stellte fest, daß der Wasserstand weder höher noch niedriger war. Auf der anderen Seite ist es erstaunlich, daß er, als er am Freitagabend noch einmal das Maß nahm, ermittelte, daß der Wasserspiegel nur geringfügig gesunken war – in Anbetracht des großen Verbrauchs für die Menschenmenge. Selbst wenn sie aus einem Ozean Wasser geholt hätten, wäre dessen Wasserstand abgesunken.

Am Sonnabendmorgen, dem 3. Dezember, überprüften wir die Messung genau, um alle Zweifel hinsichtlich dieser Sache zu klären, und stellten fest, daß das Wasser genauso hoch stand wie zuvor. Doch wenn irgendeiner an jenem Tag gesagt hätte, daß der Wasserstand nicht gestiegen sei, so hätte man ihn in den Brunnen geworfen oder mit Füßen zu Tode getreten. Wir suchen Gottes Schutz vor der

Heftigkeit und den Auswüchsen der Masse und vor ihrem Frönen in ungezügelten Leidenschaften.

Diese Nacht in der Mitte des Scha'bân wird von den Mekkanern aufgrund der edlen Überlieferung gefeiert. Sie wetteifern miteinander bei der Durchführung frommer Handlungen wie der 'umra, der Umschreitung und Gebeten, beides einzeln oder in Gemeinschaft.

In der Sonnabendnacht beobachteten wir eine riesige Menschenansammlung im Haram. Die Männer begannen in Gruppen die *tarâwîh*-Gebete zu sprechen, die Eröffnungssure des Korans zu rezitieren, rak'a's zu beten, bis sie fünfzigmal den taslîm mit hundert rak'a's gesprochen hatten. Jede Gruppe hatte einen Imam gewählt, Matten wurden ausgebreitet, Kerzen angezündet, Fackeln erleuchtet und Lampen angemacht. Das Licht des strahlenden, monderleuchteten Himmels breitete seine Strahlen über der Erde aus; sein Glanz fiel auf den Haram, der selbst ein Licht ist. Welch ein Schauspiel! Vorstellungskraft oder Phantasie können es nicht nachvollziehen.

In jener Nacht teilten sich die Menschen in verschiedene Gruppen. Eine schloß sich diesen tarâwîh an, für die sich sieben oder acht Gruppierungen gebildet hatten; eine andere verweilte im Hidschr, um dort allein zu beten, die nächste brach auf zur 'umra, eine weitere wählte die Umschreitung; die meisten davon waren Mâlikiten. Es war eine der berühmten Nächte, die für Sühnehandlungen auserwählt wird und die beste sein soll.

In jener Nacht beobachtete einer von uns eine merkwürdige, denkwürdige Angelegenheit. Es geschah, daß er von dem Drang befallen wurde, das verbleibende Drittel der Nacht zu schlafen. Dafür zog er sich auf die Bank zurück, die am Zamzam-Brunnen steht, auf das Stück, das dem Schwarzen Stein und der Tür der Ka'ba gegenüberliegt. Dort legte er sich zum Schlafen nieder. Plötzlich erschien ein Perser, ein Nichtaraber, setzte sich auf die Bank neben seinen Kopf. Mit bewegender, sanfter Stimme begann er den Koran zu rezitieren, begleitet von tiefen Seufzern und Schluchzen. Er sprach wunderschön, ließ alle seine Gefühle mit einer Stärke in die Seele eindringen, die selbst den Unempfindsamen bewegt. Unser Kamerad ließ vom Schlafe ab, um die Schönheit des Gehörten mit allen Sehnsüchten und Gefühlen zu genießen. Schließlich beendete der Mann seine Rezitation und sprach:

»Haben üble Taten mich weit von Dir entfernt,
so haben mich meine ehrlichen Gedanken wieder nahegebracht.«

Diese Worte wiederholte er in harmonischen Tönen, die Steine bersten und Herzen brechen könnten. Er sprach diese Sätze wieder und wieder, während seine Tränen flossen, seine Stimme zitterte und schwächer wurde, bis unserem Gefährten der Gedanke kam, der Mann werde ohnmächtig. Dieser Gedanke war kaum durch seinen Kopf geschossen, als der Fremde im selben Augenblick bewußtlos zu Boden fiel und dort ausgestreckt wie etwas Beiseitegelegtes lag, ohne sich zu rühren. Unser Freund stand sehr beunruhigt über den erschreckenden Anblick auf, unsicher, ob der Mann tot oder lebendig wäre, denn sein Fall war heftig gewesen; der Platz war nämlich hoch über dem Boden. Ein anderer, der neben ihm geschlafen hatte, erhob sich, beide standen dort befremdet und besorgt, ob sie den Mann schütteln sollten oder sich ihm auch nur nähern. Schließlich ging eine Perserin vorbei und rief: »So laßt ihr den Mann liegen, und in diesem Zustand!«, eilte fort, um ein wenig Wasser vom Zamzam-Brunnen zu holen und es auf sein Gesicht zu spritzen. Die anderen beiden näherten sich dann dem Mann und zogen ihn hoch. Doch als er sie sah, verbarg er sofort sein Gesicht vor ihnen, aus Angst, daß seine Züge sich ihnen einprägen könnten, erhob sich unverzüglich und begab sich zum Tor der Banû Schaiba. Die zwei blieben zurück, verwundert über das Geschehene; unser Freund biß sich auf die Finger aus Bedauern darüber, daß er es versäumt hatte, Segnungen durch die Gebete dieses Mannes zu erhalten. Doch hatte die Situation nicht zugelassen, ihn darum zu bitten, und er hatte kein Bild von ihm zurückbehalten, so daß er bei einem Wiedertreffen die Segnungen nicht würde erhalten können. Die Darbietungen (maqâma) der Perser sind wegen ihrer Empfindsamkeit, Bewegtheit, der schnellen Ekstase und der großen Hingabe beim Gebet, des Fleißes bei den frommen Handlungen und des Sichtbarwerdens der Segnungen wirklich erstaunlich und erhaben.[25]

Der Fastenmonat Ramadân

18. Dezember 1183 bis 15. Januar 1184

In der Nacht zum Sonntag, dem 18. Dezember 1183, setzte für die Mekkaner das Fasten ein, nachdem der Emir die Behauptung bestätigt hatte, der neue Mond sei gesehen worden. Das Signal für das Fasten wurde durch Trommeln gegeben. In diesem gesegneten Monat fanden viele Feierlichkeiten in der Heiligen Moschee statt, die die Erneuerung der Gebetsmatten notwendig machten. Ferner wurden Kerzen und ähnliche Beleuchtungsgegenstände vermehrt, bis der Haram im Licht erstrahlte und glänzte. Die Imame bildeten getrennte Gruppen, um die tarâwîh zu rezitieren.

Die Schâfi'iten, die wegen des Kalifats den Vorrang haben, hatten einen Imam in einem Bereich der Moschee, die Hanbaliten, Hanafiten und Zaiditen dasselbe. Die Mâlikiten sammelten sich um drei Rezitatoren, die einander abwechselten. In diesem Jahr nahmen mehr Menschen dieser Rechtsschule an den Festlichkeiten teil als gewöhnlich; sie besaß mehr Kerzen, weil eine Gruppe mâlikitischer Kaufleute gewetteifert hatte, eine große Anzahl zum Imam der Ka'ba zu bringen. Zwei der größten, die je einen Zentner *(qintâr)* wogen, wurden vor den Gebetsnischen aufgestellt; rundherum waren kleinere Kerzen – einige größer, andere kleiner. So erregte der mâlikitische Bereich der Moschee Staunen wegen seiner Schönheit und nahm die Augen mit seinem Strahlen gefangen. Es gab kaum eine Nische oder ein Eckchen in der Moschee, in der sich nicht ein Rezitator mit einer hinter ihm betenden Gruppe befand. Die Moschee erbebte unter den Stimmen der Rezitatoren in jeder Ecke, so daß die Augen einen Anblick gewahrten und die Ohren Melodien hörten, die die Sinne mit Begeisterung erfaßten.

Einige der Fremden beschränkten sich darauf, die Umschreitung zu machen oder im Hidschr zu beten. Sie nahmen nicht an den tarâwîh teil, in dem Gedanken, daß dies die beste Gelegenheit sei; denn nicht in jedem Ort findet man die Erhabene Ecke und den Multazam. Der schâfi'itische Imam war der beharrlichste. Als er die üblichen tarâwîh beendet hatte, die zehn taslîm's entsprechen, unternahm er die Umschreitung mit einer Gruppe. Nach siebenmaliger Umschreitung der Ka'ba und einer rak'a begann er wieder, tarâwîh's zu rezitieren, und knallte mit der Predigerpeitsche so, daß es durch die ganze Moschee hallte. Es sollte ein Zeichen für die Rückkehr zu den Gebeten sein. Als seine Gruppe zwei taslîm's beendet hatte, kehrten sie zurück, um wieder sieben Umschreitungen durchzuführen. Danach wurde wieder mit der Peitsche geknallt, sie kehrten zum taslîm, dann wieder zur Umschreitung zurück usw., bis sie zehn taslîm's und zwanzig rak'a's beendet hatten. Dann rezitierten sie die vorgeschriebenen Gebete und gingen fort.

Die anderen Imame fügen zum gewöhnlichen Ritus nichts hinzu. Fünf Imame halten abwechselnd neben dem Maqâm die tarâwîh. Der erste von ihnen ist der Imam des rituellen Gebets, der mittlere ist unser Gefährte, der Rechtsgelehrte, Asket und Gottesfürchtige aus Córdoba, dessen Rezitationen harte Steine erweichen lassen.

Die Peitsche, die wir erwähnten, wird in diesem gesegneten Monat benutzt. Es wird beim letzten Ruf zum Sonnenuntergangsgebet dreimal damit geknallt, und in ähnlicher Weise am Ende des Rufs zum Abendgebet. Ohne Zweifel ist sie eine der neuerlichen Errungenschaften in dieser erhabenen Moschee.

Der Zamzam-Muezzin ist mit der Aufgabe, das Mahl des Fastenbrechens anzukündigen, betraut. Er tut es vom Minarett an der östlichen Ecke der Moschee aus, da es nahe dem Haus des Emirs ist. Dort steht er zu den festen Zeiten und erinnert und fordert zum Mahl auf. Bei ihm sind zwei seiner jüngeren Brüder, die ihm antworten und im Wechsel rufen. Oben auf dem Minarett ist ein langes Brett befestigt, an dessen Ende, überkreuzt wie zwei ausgestreckte Arme, ein Stab ist, der an seinen Spitzen zwei kleine Rollen stützt. An ihnen hängen in der Mitte zwei Glaslaternen, die während der gesamten Dauer der Mahlzeit erleuchtet bleiben. Wenn die »ersten Strahlen der Dämmerung näher ziehen«[26] und das Zeichen zum Ende der Mahlzeit wiederholt ertönt ist, löscht der Muezzin die zwei Laternen und beginnt den Ruf zum Gebet, wobei die Muezzins den Ruf von allen Seiten aufgreifen. Alle Häuser in Mekka haben hohe Dächer, und wer auch immer den Ruf zum Fastenbrechen nicht hört wegen der Entfernung seines Hauses von der Moschee, der kann die zwei Laternen an der Spitze des Minaretts sehen. Wenn er sie nicht sieht, weiß er, daß die Essensperiode beendet ist und das Fasten wieder aufgenommen wird.

Am Montagabend, dem 19. Dezember, führte der Emir eine Abschiedsumschreitung durch und verließ Mekka dann, um Saif al-Islâm, den Bruder Saladins, zu treffen. Die Nachricht über sein Eintreffen aus Ägypten war vor einiger Zeit gekommen; dann folgten laufend Botschaften, bis schließlich bestätigt wurde, daß er sich nach Medina gewandt habe, um das Grab des Propheten zu besuchen. Was den Grund seiner Reise betrifft, so berichteten Männer, daß er sich auf dem Weg in den Jemen befände wegen einiger Unstimmigkeiten, die dort entstanden seien, und einer Rebellion, die von den Emiren ausgegangen sei. Doch in den Köpfen der Mekkaner entstand eine schreckliche Besorgnis, und Angst befiel sie. So brach der Emir auf, um Saif al-Islâm zu grüßen und seine aufrichtige Unterwürfigkeit zu bekunden.

Am Mittwochvormittag, dem 21. Dezember, saßen wir in dem ehrwürdigen Hidschr, als wir die Trommeln des Emirs hörten und die Stimmen der Mekkanerinnen mit ihrem huldigenden Klagegeheul (walwala). Während wir das vernahmen, kam der Emir herein, denn er war von seinem Treffen mit Saladins Bruder zurückgekehrt. Er unternahm die »Umschreitung der Glücklichen Heimkehr« um die Ka'ba herum, während die Menschen ihre Freude über seine Rückkehr und ihr Glück über seine Unversehrtheit kundtaten. Die Nachricht war von außerhalb gekommen, daß Saladins Bruder, Saif al-Islâm, nach az-Zâhir gekommen und sein Zelt dort bereits aufgeschlagen worden sei. Ein Voraustrupp seiner Armee hatte den Haram erreicht und umringte den Emir, als er die Umschreitung durchführte. Während die Leute sie bestaunten, hörten sie plötzlich einen enormen Lärm und furchtsames Rufen, und dort sahen sie Saladins Bruder durch das Tor der Banû Schaiba eintreten. Das Glänzen der Schwerter vor ihm verwehrte beinahe den Blick auf ihn. Der Qadi war auf seiner rechten Seite, und das Oberhaupt der Banû Schaiba auf seiner linken. Die Moschee befand sich in großem Aufruhr, angefüllt mit Zuschauern und Pilgern; die Stimmen der für ihn und seinen Bruder Saladin betenden Männer wurden so laut, daß die Ohren ertaubten und ein Verstehen unmöglich wurde. Von seinem hohen Turm aus erhob der Zamzam-Muezzin seine Stimme im Gebet und Lob auf ihn. Die Stimmen der Menschen übertrafen seine noch; groß war die Ehrfurcht beim Betrachten und Anhören dieses Schauspiels.

Als Saif al-Islâm sich der Ka'ba näherte, wurden die Schwerter in die Scheide gesteckt, die glanzvollen Kleider abgestreift, Nacken gebeugt, die Gesichter wurden demütig und die Individuen unbedeutend; die Herzen wurden ihrer Starrheit beraubt, in Ehrfurcht und Referenz vor dem Hause des Königs der Könige, des Allmächtigen.

Die Truppe von Oghuzen warf sich auf Gottes Altes Haus mit dem Ungestüm von Motten auf eine Lampe. Unterwürfigkeit hatte ihre Häupter gebeugt, Tränen bedeckten ihre Bärte. Der Qadi und das Oberhaupt der Banû Schaiba führten die Umschreitung mit Saif al-Islâm durch; doch der Emir Mukthir tauchte in der Masse unter, beeilte sich, die Umschreitung zu beenden und in seine Residenz zu gelangen. Als Saladins Bruder die Umschreitung beendet hatte, betete er hinter dem Maqâm, betrat dann den Zamzam-Kuppelbau und trank von dem edlen Wasser. Danach ging er durch das Safâ-Tor hinaus zum Lauf. Er begann, zu Fuß zu marschieren, um seine Demut und Unterwürfigkeit vor dem, dem Demut gebührt, zu bekunden. Schwerter wurden vor ihm gezogen. Von einem Ende des mas'â bis zum anderen hatten die Menschen sich in zwei Reihen aufgestellt, wie sie es schon bei der Umschreitung getan hatten. Er führte den Lauf zu Fuß auf beiden Strecken durch, von as-Safâ nach al-Marwa und zurück. Dann lief er zwischen den beiden grünen Säulen (mîl's) hindurch. Müdigkeit überkam ihn, und er beendete den Lauf zu Pferde.

Die Menschen hatten sich inzwischen zum Mittagsgebet versammelt. Der Emir kehrte in die Moschee zurück, stolz und würdevoll schritt er zwischen den blinkenden Klingen der gezogenen Schwerter hindurch. Die Banû Schaiba waren vor ihm hergeeilt, um die Tür zur Ka'ba zu öffnen, denn es war kein gewöhnlicher Öffnungstag. Die Treppe, über die man hinaufgelangt, wurde herangeholt, der Emir stieg hinauf. Das Oberhaupt der Banû Schaiba war gerade dabei, die Tür zu öffnen, als ihm wegen des Gedränges der Schlüssel aus der Hand fiel und er verwirrt und ängstlich dastand. Der Emir Saif al-Islâm wartete auf den Stufen. Doch Gott half, den Schlüssel sofort zu finden und die erhabene Tür zu öffnen. Der Emir ging allein mit dem Oberhaupt der Banû Schaiba hinein, die Tür wurde geschlossen, während die führenden Männer und Notablen der Oghuzen sich weiter um die Treppe drängten. Lange verweilte Saif al-Islâm in dem Hause, dann kam er heraus, und die Tür wurde für die Menge geöffnet. Welch ein Gedränge und Gerangel! Sie waren so aufgestellt, daß sie eine Art langer Kette formten. Ich möchte das mit den Tagen vergleichen, als die Sarwa das Haus betraten. Der Emir Saif al-Islâm nahm dann sein Pferd und brach zu den im zuvor erwähnten Ort aufgestellten Zelten auf. Dieser Tag in Mekka war einer von jenen, die ein wunderbares, fantastisches Schauspiel und einen seltenen Anblick bieten.

Eine Gruppe von Pilgern aus Ägypten und anderen Ländern war mit dem Emir gereist, damit sie die Sicherheit entlang den Straßen über das offene Land ausnutzten; sie kamen unversehrt und bei guter Gesundheit an.

Am folgenden Donnerstagvormittag, dem 22. Dezember, waren wir wieder im Hidschr versammelt, als noch einmal der Klang von Trommeln, Tambourinen und Trompeten die Ohren erfüllte und alle Teile des Haram erschauern ließ. Während wir staunten und versuchten, die Bedeutung zu verstehen, erschien der Emir von Mekka vor uns, begleitet von seinen engen Gefolgsleuten. Er schleppte ein goldenes Gewand hinter sich her, dessen Färbung an glühende Kohle erinnerte. Er trug einen Turban aus feinem Leinen, wolkenfarben, dessen Windungen sich auf seinem Kopf wie angehäufte Wolken, mit Gold verkleidet, erhoben. Unter dem Überwurf trug er zwei Ehrengewänder (chal'a), die aus dabîqî-Material gemacht und wundervoll bestickt waren. Der Emir Saif al-Islâm hatte sie ihm geschenkt. So gekleidet, kam er froh und wohlgemut an. Auf Saif al-Islâms Gebot hin kündeten die Trommeln und Tambourine als ein Zeichen des Respekts seine Ankunft an, um seine Stellung zu bekräftigen. Er umschritt die Ka'ba, dankte Gott, daß er ihm die Achtung Saif al-Islâms gewährt hatte, nachdem er zunächst aus Furcht vor ihm besorgt gewesen war.

Am Freitag, dem 23. Dezember, erschien Saif al-Islâm zu den Gebeten zu Beginn der festgesetzten Zeit. Die Ka'ba war für ihn geöffnet, und er betrat sie in Begleitung von Emir Mukthir. Lange verweilten sie darin, und als sie herauskamen, drängten sich die Menschen so um sie herum, um einzutreten, daß die Zuschauer verblüfft wurden und man schließlich die Treppe entfernte. Doch dies nützte nichts, die Gläubigen kletterten weiter, sich aufeinander stellend, und fuhren damit fort, bis der Prediger kam. Dann gingen sie, um die Predigt zu hören, und die Tür wurde geschlossen. Der Emir Saif al-Islâm betete mit dem Emir von Mekka in dem 'Abbâs-Kuppelbau. Als die Gebete zu Ende waren, verließ er die Moschee durch das Safâ-Tor und ritt zu seinem Zeltlager. Am Mittwoch, dem 28. Dezember, zog Saladins Bruder mit den Soldaten in den Jemen ab.

Wir haben bereits auf den Eifer der schon länger ansässigen Pilger im Haram bei der Ausführung der religiösen Pflichten und beim Rezitieren der tarâwîh im gesegneten Monat Ramadân hingewiesen und auf die verschiedenen im Haram Gottesdienste abhaltenden Imame. In den letzten zehn Nächten des Monats wird der ganze Koran rezitiert *(chatma)*. In der ersten Nacht, der des 21. des Monats, 7. Januar 1184, war in Gegenwart des Qadis und einer Anzahl von Scheichs ein mekkanischer Jugendlicher damit an der Reihe. Als die Rezitation beendet war, erhob er sich und hielt eine Predigt. Der Vater des Jugendlichen lud dann in sein Haus zum Essen und zu Süßspeisen ein, die er mit viel Mühe vorbereitet hatte.

In der Nacht des 23. Ramadân war der Rezitator einer der Söhne eines reichen Mekkaners, ein Junge von noch nicht ganz fünfzehn Jahren. Sein Vater hatte für diese Nacht ungewöhnliche Vorkehrungen getroffen, hatte einen Kerzenhalter fertigen lassen: aus Wachs, mit Zweigen, die mit allen Arten von Früchten, frischen und trockenen, behängt waren, mit vielen Kerzen bestückt. In der Mitte des Harams, in Richtung auf das Tor der Banû Schaiba, war eine Art vierseitige Gebetsnische mit einem hölzernen Gitterwerk aufgebaut. Sie stand auf vier Füßen und hatte an der Spitze hölzerne Stangen, von denen Lampen hingen und auf denen erleuchtete Laternen und Fackeln angebracht waren. Rundherum waren Nägel mit spitzen Köpfen eingeschlagen, auf denen Kerzen steckten. Der verzweigte Kerzenhalter, der Früchte trug, war erleuchtet. Auf all das hatte der Vater des Jungen viel Sorgfalt verwandt.

Nahe der Gebetsnische war eine Kanzel aufgebaut, die mit einem mosaikartigen, vielfarbigen Stoff geschmückt war. Der junge Imam traf ein, sprach die tarâwîh's und führte die Rezitation des Koranabschnitts durch. Alle Männer und Frauen versammelten sich um ihn, in seiner Gebetsnische konnte man ihn wegen der leuchtenden Kerzen kaum erkennen. Dann trat er daraus hervor, stolz einherschreitend in seiner reichen Tracht, in der Haltung eines Imams und mit der Ruhe der Jugend. Seine Augen waren mit *kuhl* umschattet und seine Hände bis zu den Gelenken mit Henna bedeckt. Wegen des Menschenandrangs konnte er den Weg zur Kanzel nicht machen; so nahm ihn einer der Wächter dieses Teils des Harams auf seine Arme und stellte ihn oben auf die Kanzel, wo er sich lächelnd niederließ und grüßte. Vor ihm saßen die Koranleser, die mit einer Stimme zu rezitieren begannen. Als sie den zehnten Teil des Korans vorgetragen hatten, erhob sich der Prediger und hielt eine beredte Ansprache, die die meisten Gemüter bewegte, mehr wegen ihres lieblichen Vortrags als wegen ihrer erinnernden und zu Demut bewegenden Eigenschaften. Vor ihm, auf den Stufen der Kanzel, war eine kleine Gruppe von Männern, die Kerzen in ihren Händen hielten und in jeder Pause der Predigt laut »o Herr, o Herr!« riefen. Die Leser begannen mit ihrer Rezitation während dieser Pausen; der Prediger blieb still, bis sie fertig waren. Dann kehrte er zu seiner Predigt zurück, frei sprechend, verschiedene fromme Erinnerungen wachrufend und dabei auf die Ka'ba weisend mit Worten und mit den Armen. Dann fuhr er fort, indem er den Zamzam-Brunnen und den Maqâm erwähnte und auf sie zeigte. Er endete mit den Abschiedsworten (taudî') des gesegneten Monats, grüßte aufs neue und richtete Anrufungen an den Emir, den Kalifen und alle Emire, für die man gewöhnlich betet. Dann stieg er herab, die große Versammlung löste sich auf.

Man hatte den Prediger liebenswert und gewandt gefunden, obwohl sein Diskurs nicht die Seele berührte, wie man gehofft hatte. Die frommen Mahnungen aus seinem Munde waren nicht weiter als bis zu den Ohren gelangt. Es wurde berichtet, daß ausgewählte Personen unter den Versammelten, wie der Qadi und andere, gemäß der Sitte nach solchen Treffen mit reichlichem Mahl und Süßem versorgt wurden. Der Vater des Predigers hatte für jene Nacht große Kosten auf sich genommen.

Dann kam die Nacht des 25. Ramadân. Der Rezitator ernannte für die abendliche Koranlesung einen hanafitischen Imam. Er brachte einen seiner Söhne dafür mit, einen Jungen in etwa demselben Alter wie der erste erwähnte Prediger. Der hanafitische Imam hatte für seinen Sohn anläßlich dieser Nacht ebenfalls große und prächtige Vorbereitungen getroffen. Die Menschenmenge, die dieses glänzende Schauspiel erleben wollte, war größer als die Male zuvor. Der Junge erledigte seinen Teil der Koranlesung und bewegte sich dann aus seiner Gebetsnische zur Kanzel, mit sicherem Auftreten und in wunderbar anzuschauende Gewänder gehüllt. Er bestieg die Kanzel, grüßte die Anwesenden und begann seine Predigt, ruhig und sanft, in einer Sprache von spürbarer Bescheidenheit. Zieht man sein jugendliches Alter in Erwägung, so war das Gesagte gewichtiger und bewegender als die Worte des ersten Predigers. Seine Aufforderungen waren beredter, seine frommen Erinnerungen förderlicher. Die Koranleser stellten sich vor ihm auf wie bei der ersten Gelegenheit und – während der Pausen der Predigt – fingen an, den Koran zu rezitieren. Er blieb still, bis sie die ausgewählten Verse beendet hatten, und kehrte dann zu seiner Predigt zurück. Vor ihm auf den Stufen der Kanzel stand eine Reihe von Männern mit Leuchtern in den Händen, einer von ihnen bewegte das Weihrauchfaß (midschmara), das immer wieder den Duft von Aloe verbreitete. Wenn der Redner zu einem Abschnitt mit einer frommen Mahnung oder einer bewegenden eindringlichen Bitte kam, erhoben die Männer ihre Stimmen und riefen: »O Herr, o Herr!«, drei- oder viermal, manchmal bei ihren Rufen von der Versammlung unterstützt. Dann kam er herunter; der Imam, sein Vater, folgte ihm, um den auf dem Platz Anwesenden Essen zu reichen, entweder durch Einladungen in sein Haus für die Nacht oder durch Sendung in die Häuser.

Dann kam die Nacht des 27. Ramadân, der 13. Januar. Es war eine erhabene, glückverheißende Nacht, würdevoll, die die Gebete von Gott erhört werden läßt. Es ist eine Nacht, die durch ihre Begnadung alle anderen nur gewöhnlich scheinen läßt, ebenso wie der Haram alle anderen Orte unbedeutend macht. Gedanken und Vorbereitungen werden dieser Nacht zwei oder drei Tage zuvor gewidmet. Neben dem Pavillon des schâfi'itischen Imams wurden große Holzpfähle von beachtlicher Höhe gepflanzt, je drei mit kräftigen Balken verbunden. Sie bildeten eine durchgehende Linie, die beinahe die halbe Breite des Harams einnahm und bis zu dem Pavillon des Imams reichte. Lange Bretter, die über die Balken hinausreichten, bildeten ein Geschoß auf dem anderen, so daß drei entstanden. Das obere Stockwerk war eine lange Holzplattform, von scharfköpfigen Nägeln durchschlagen, die dicht nebeneinander wie Stacheln auf dem Rücken eines Igels waren. Daran wurden

Kerzen befestigt. Die beiden unteren Geschosse waren aus Brettern mit dicht nebeneinander befindlichen Öffnungen, in denen die Glasschirme von Lampen auf Rohren aufgestellt wurden. An allen Balken hingen Laternen, große und kleine, durchsetzt mit einer Art großer Messingscheiben, an denen jeweils drei Ketten befestigt waren, die sie nach oben in die Luft hielten. Alle diese Scheiben waren von Löchern durchbrochen, in denen sich Gläser mit gleich starken Rohren befanden, die unter diesen Messingscheiben herauskamen. Darin waren erleuchtete Laternen, so daß sie wie ein vielbeiniger Tisch erschienen, der Licht ausstrahlt.

Mit dem zweiten Pavillon, der der südlichen Ecke des Zamzam-Brunnens gegenüber ist, war eine entsprechende Holzkonstruktion verbunden, die bis zur Ecke führte. Oben auf der Kugel über der Kuppel wurden Lichter entfacht. An dem Gitter gegenüber der Ka'ba wurde eine Reihe von Kerzen aufgestellt. Der Maqâm, von einem Holzgitterwerk umgeben, wurde oben mit Nägeln ausgestattet, die wie beschrieben alle mit Kerzen versehen waren. Zur Rechten und Linken des Maqâms wurden dicke Kerzen in der Größe der Leuchter angeordnet. Diese Leuchter wurden auf den Schemeln, die die Wächter beim Hinaufsteigen benutzen, um die Kerzen anzuzünden, aufgebaut. Alle Wände des Hidschr waren mit Kerzen in Messingleuchtern bedeckt, die ein Kreis strahlenden Lichts umgab. Der Haram selbst war von Fackeln umgeben. Alle Beleuchtungsquellen wurden verwendet. Auf den Zinnen um den Haram herum saßen mekkanische Jungen, von denen jeder ein in Olivenöl getränktes Stück Stoff hielt, das sie brennend auf den Spitzen der Zinnen plazierten. Je eine Gruppe von ihnen übernahm eine der vier Seiten und wetteiferte mit der nächsten, wer seine Seite als erstes erleuchtet haben würde. Der Zuschauer empfand es so, als sprängen die Flammen von Zinne zu Zinne, denn die Silhouetten der Jungen waren hinter dem Licht, das die Augen blendete, verborgen. Während sie alles entzündeten, schrien sie laut im Chor: »O Herr, o Herr!« Der Haram dröhnte unter ihren Stimmen.

Die rundum erleuchteten Zinnen und der ganze Haram blendeten mit den hellen Strahlen die Augen. Kein Blick konnte auf einen winzigen Fleck fallen, wo es nicht ein Licht gab, so daß man die Augen abwandte.

Der Qadi trat vor und sprach das letzte Pflichtgebet des Abends, erhob sich dann, um die Sure »qadr« (die 70. Sure) anzustimmen, die die Imame des Haram in ihrer Rezitation der letzten Nächte erreicht hatten. Daraufhin stellten alle anderen Imame ihren Vortrag der tarâwîh in Ehrerbietung vor der Koranrezitation am Maqâm ein. Der reine, makellose Maqâm wurde herausgetragen aus seinem neuen Aufbewahrungsort in der Ka'ba, wie wir bei seiner ersten Erwähnung in diesem Tagebuch geschrieben haben, und an seinen edlen Platz gestellt. Der Platz wurde als Betort genutzt und war von einer Kuppel bedeckt. Der Qadi beendete die Koranlesung mit zwei taslîm's und erhob sich; dann hielt er angesichts des Maqâms und der Ka'ba die Predigt. Doch man konnte sie wegen des Durcheinanders und Lärms nicht hören. Als er zu Ende gekommen war, nahmen die Imame die tarâwîh wieder auf, die Menge lief auseinander. Ihr Geist hatte durch die innere Bewegung Flügel bekommen, aus ihren Augen strömten Tränen; ihre Seelen waren voller Hoffnung, daß wegen der Vorzeichen Gott ihre Gebete annehmen würde. Sie fühlten, daß es wohl die edle Nacht des »qadr« (Schicksals) war, die in der Offenbarung (tanzîl) beschrieben wird.

In der Nacht zum 29. Ramadân, dem 15. Januar, war der Leser des letzten Teils des Korans einer der Imame, die die tarâwîh leiten und die Predigt halten. Diesmal war es ein Mâlikit. Er trat vor mit einer Anzahl von Brettern, vor seiner Gebetsnische baute er sich aus sechs Holzpfosten, je zwei durch Balken verbunden, eine knapp klafterhohe Nische auf, die auch mit Kerzen geschmückt wurde. Der Anblick war ohne Prunk, einfach und ruhig, die Kerzen wurden nur von Steinen gestützt. Das Ergebnis war wegen seiner Schlichtheit eindrucksvoll, demutsvoll und bescheiden.

Alle Mâlikiten strömten zum letzten Teil der Koranlesung zusammen, die abwechselnd von den Imamen der tarâwîh gemacht wurde, die ihre Gebete hastig und schnell erledigten. Einer von ihnen erhob sich und knüpfte seine Kleider zwischen die Pfeiler als »Stuhl« und sprach die Predigt, die zum Teil der Predigt des Sohns des hanafitischen Imams entliehen war; er lieferte sie als Wiederholung in ernster Betonung, seinem Wesen entsprechend. Die Versammlung löste sich dann unter Tränen auf.

In einem Augenblick wurden die Kerzen von ihren Stützen gerissen, betende Hände losgelassen, keiner in der Versammlung empfand Scham oder Verlegenheit.

So endete die Nacht des Fastenmonats, die für uns ruhig vorüberging. Möge Gott gewähren, daß wir zu denen gehören, die von ihren Sünden befreit und nicht der Annahme ihrer Gebete beraubt werden, angesichts der besonderen Segnung des Fastens neben der Ka'ba.

Laßt uns hoffen, daß Er durch Seine Güte und Gunst nicht die Tage übersehen wird, an denen wir zum Fastenbrechen das Wasser des Zamzam-Brunnens tranken.

Zwischen Fasten- und Pilgermonat

16. JANUAR BIS 14. MÄRZ 1184

Der neue Monat, der Schawwâl, begann am 16. Januar 1184. Er ist der erste der »drei bekannten Monate der Pilgerfahrt«[27], und auf ihn folgen drei gesegnete Monate. In dieser Nacht fand eine große Versammlung in der Moschee statt; sie war wie in der Nacht des 27. Ramadân erleuchtet. Der Muezzin verweilte die ganze Nacht auf dem Dach des Zamzam-Kuppelbaus und rief zu den Gebeten auf. Die meisten Imame und Menschen blieben in dieser Nacht wach, führten die Umschreitung durch und sprachen verschiedene Gebete.

Als der Morgen kam und die Gebete beendet waren, legten die Leute ihre Festtagskleidung an und eilten, um ihren Platz für die Gebete zum Fest in der Heiligen Moschee einzunehmen. Denn es ist die Regel, in der Moschee zu beten, nicht an einem Gebetsort; ihr Wunsch ist es, von der Schönheit des Platzes und der besonderen Weihe der Stätte Nutzen zu ziehen sowie von dem Verdienst der Gebete der Imame und derer, die mit ihnen hinter dem Maqâm beten. Als erste trafen die Banû Schaiba ein, die die Tür der Ka'ba öffneten. Ihr Oberhaupt saß auf der Schwelle, die anderen betraten die Ka'ba, bis sie wahrnahmen, daß der Emir eingetroffen war. Darauf gingen sie zu ihm hinüber und trafen ihn nahe dem Tor des Propheten. Der Emir betrat den Haram und machte die siebenfache Umschreitung. Die Menschen waren in großer Zahl zum Fest erschienen, und der Haram wimmelte von ihnen; auf der Zamzam-Kuppel stand der Muezzin und erhob gemäß dem Brauch die Stimme zu Gebet und Anrufung. Hierbei wechselte er sich mit seinem Bruder ab.

Als der Emir die Umschreitung beendet hatte, setzte er sich auf die Bank am Zamzam gegenüber der Schwarzen Ecke mit seinen Söhnen zur Rechten und Linken sowie seinem Wesir und dem Gefolge um ihn herum. Die Banû Schaiba kehrten auf ihren Posten zurück. Dabei beobachteten die Menschen sie demütig und mit Neid, wegen ihrer besonderen Verbundenheit zur Ka'ba durch ihre Ämter als Wächter und Pförtner. Lob sei Gott, der ihnen die besondere Gunst gab, Ihm zu dienen! Vier Dichter aus der Suite des Emirs traten hervor und rezitierten einer nach dem anderen Verse. Währenddessen hatte die Sonne fast ihren höchsten Stand erreicht, und die Zeit des Mittagsgebets war nahe. Der Qadi, der die Predigt halten sollte, trat majestätisch zwischen seinen zwei schwarzen Fahnen hervor, in schwarze Tracht gekleidet, ihm voran die beschriebene Peitsche, deren Knallen im Haram widerhallte. Er kam zu dem Maqâm, und die Versammelten erhoben sich zum Gebet. Als es beendet war, stieg er die Kanzel hinauf, die an ihrem Freitagsplatz aufgebaut war, neben der Wand der Ka'ba, in der sich die Tür befindet, und hielt eine beredte Ansprache. Die Muezzins saßen unter ihm auf den Stufen der Kanzel, jedesmal wenn er einen Teil der Predigt mit dem takbîr eröffnete, wiederholten sie die Worte mit ihm, und so fuhren sie fort, bis er seine Predigt zu Ende gebracht hatte. Die Menschen gingen aufeinander zu, schüttelten sich die Hände, grüßten sich, baten Gott um des anderen willen um Vergebung und wünschten einander Gutes; froh, freudig und glücklich über die Gunst, die Gott ihnen gewährte. Dann eilten sie zur Ka'ba und betraten sie mit dem Gruße des Friedens, in Mengen herbeiströmend, Woge auf Woge. Sie bildeten ein erhabenes Schauspiel und eine Versammlung, die durch die Gnade Gottes Sein Erbarmen gewinnen möge.

Als die Menschen sich nach ihren Gebeten und dem rituellen Gruß füreinander getrennt hatten, machten sie sich auf zum Besuch des Friedhofs in al-Ma'lâ. Sie taten dies, um Segnung zu erhalten. Die Schritte, die sie dorthin tun, dienen zur Erreichung des himmlischen Segens. Dort sprechen sie Gebete der Barmherzigkeit für

Seine Diener und andere, die dort seit den ersten Tagen des Islams liegen.

Am Sonnabend, dem 4. Februar 1184, stiegen wir nach Minâ, um die heiligen Stätten zu besuchen und die Unterkünfte zu besichtigen, die für uns im Hinblick auf unseren dortigen Aufenthalt während der Opfertage (taschrîq) beim haddsch gemietet wurden.

Wir stellten fest, daß Minâ die Seele mit Freude und Befriedigung erfüllt. Es ist eine Stadt mit großen Ruinen, von enormer Ausdehnung und alten Fundamenten. Doch alles ist zerstört, bis auf einige Gebäude, die als Herberge dienen. Sie schließen auf beiden Seiten einen Weg ein, der an Länge und Breite einer Rennbahn ähnelt. Das erste Gebäude, das man auf seinem Weg dort findet, auf der Linken und in der Nähe der Stadt, ist die »Moschee der gesegneten Huldigung« *(al-bai'a)*, des ersten Bündnisses im Islam, das von 'Abbâs für den Propheten mit den Helfern *(ansâr)* aus Medina geschlossen wurde, wie wohlbekannt ist.[28] Von dort geht man zu dem hinteren Steinhaufen (dschamrat al-'aqaba), der sich am Anfang von Minâ befindet, wenn man von Mekka kommt, auf der linken Seite. Er ist auf der einen Seite des Weges und ist ein erhöhter Fleck wegen der angehäuften Steine, die dorthin geworfen wurden; ohne die Wunder Gottes wäre er wie ein großer Berg, so groß ist die Sammlung der Steine während der aufeinander folgenden Jahre und Jahrhunderte. Doch darin hat Gott Seine verborgenen und ehrwürdigen Geheimnisse.

Bei dem Steinhaufen ist eine Moschee. Ein Zeichen ist darauf errichtet worden ähnlich denen im Haram. Einer, der Steine wirft, in Richtung Mekka stehend, hat diesen Steinhaufen zu seiner Rechten. Nach Sonnenaufgang am Tag des Opfers (jaum an-nahr) wird er sieben Steine darauf werfen. Dann wird er sein Opfer schlachten und seinen Kopf rasieren. Der Platz für die Rasur ist bei dem Steinhaufen und der des Schlachtens irgendwo in Minâ, denn der Prophet sagte, daß ganz Minâ ein Platz für die Darbringung des Opfers sei. Von da an ist dem Pilger alles erlaubt, abgesehen vom Umgang mit Frauen und von Duftstoffen; diesen Dingen darf er nicht frönen, bis er den rituellen Rückweg nach Mekka angetreten hat (ifâda).

Hinter diesem hinteren Steinhaufen kommt der mittlere (dschamrat al-wustâ), auf dem ebenfalls ein Mal errichtet worden ist. Zwischen diesen beiden Steinhaufen liegt etwa ein Bogenschuß. Danach kommt der erste Steinhaufen (dschamrat al-ûlâ), der gleich weit wie der andere entfernt ist. Bei Sonnenuntergang des zweiten Opfertages werden sieben Steine auf den ersten Steinhaufen geworfen, dieselbe Zahl auf den mittleren und den hinteren; insgesamt einundzwanzig Steine. Am dritten Opfertag, zur selben Zeit, folgt eine ähnliche Ordnung, d. h. zweiundvierzig Steine werden in zwei Tagen geworfen. Mit den sieben Steinen, die auf den hinteren Haufen am Opfertag bei Sonnenaufgang geworfen werden und die die Pilger von der Abstinenz von verbotenen Dingen außer Frauen und Parfum befreien, kommt man auf eine Gesamtzahl von neunundvierzig Steinen. Darauffolgend und nach jenem Tag zerstreuen sich die Pilger nach Mekka. In dieser Zeit werden sie vom Werfen der einundzwanzig Steine entbunden, die am vierten Tag nach demselben System geworfen wurden. Diese Entbindung von der Pflicht geschieht wegen der Eile der Pilger, die die Beduinen vom Stamm der Banû Schu'ba und andere Heimsuchungen infolge des Durcheinanders fürchten, wie sie die Traditionen der Sunna beeinträchtigen. Heute wird die Praxis mit den neunundvierzig Steinen ausgeführt, aber in der Vergangenheit waren es siebzig. Gott möge den guten Willen Seiner Diener annehmen!

Als erstes trifft der, der 'Arafât mit dem Ziel Minâ verläßt, auf den ersten Steinhaufen, dann auf den mittleren, schließlich auf den hinteren. Am Opfertag kommt der hintere Steinhaufen allein und einzeln an die Reihe – wie erwähnt mit sieben Steinen. Kein anderer Steinhaufen ist an jenem Tag das Ziel. In den zwei folgenden Tagen nehmen die Pilger das beschriebene System an.

Hinter dem ersten Steinhaufen, ein wenig abseits des Weges, befindet sich der Ort der Opferung (Ismâ'îls), wo »er erlöst wurde durch die Darbringung eines großen Opfers«[29]. An dem gesegneten Fleck wurde ein Betort gebaut, der nahe dem Fuß des Berges Thabîr steht. Am Platz der Opferung in einer dort gebauten Wand ist ein Stein, der den Abdruck eines kleinen Fußes trägt, es soll der Fußabdruck des Geopferten sein. Er prägte sich ein, als er sich bewegte. Durch die Macht Gottes wurde der Stein in Bedauern und Mitleid erweicht, um ihn aufzunehmen, und die Männer berühren und küssen ihn, damit sie dadurch gesegnet werden.

Von dort geht man weiter zur gesegneten Moschee von al-Chaif, die sich am Ende jenes erkennbar strukturierten Teils von Minâ befindet. Die alten Ruinen dehnen sich weit vor der Moschee aus. Diese gesegnete Moschee ist sehr weiträumig, so wie die größte Moschee der Welt. Das Minarett erhebt sich in der Mitte des Hofes, im Süden gibt es vier Säulenreihen, die von einem einzigen Dach bedeckt sind. Es ist genug zu sagen, daß gemäß der ehrwürdigen Überlieferung dieser Boden der Beerdigungsplatz vieler Propheten sein soll.

Unweit davon, auf der rechten Seite, ist ein großer Stein am Berg, hoch über dem Boden; er spendet demjenigen Schatten, der darunter steht. Die Geschichte besagt, daß der Prophet in seinem Schatten saß und sein ehrwürdiges Haupt daran lehnte, woraufhin jener nachgab und einen Abdruck seines Kopfumfanges erhielt. Die Männer eilen, um ihre Köpfe an diesen Ort zu legen, um die Segnungen und den Schutz der Stelle zu erleben, der durch das ehrwürdige Haupt berührt wurde, damit durch die Macht Gottes die Feuer (der Hölle) sie nicht berühren.

Als wir unseren Besuch bei diesem ehrwürdigen Schrein beendet hatten, zogen wir fort, erfreut durch die Gunst, die Gott uns durch das Kennenlernen dieser Stelle gewährte, und kamen zur Mittagszeit nach Mekka.

Am folgenden Sonntag, dem 5. Februar, bestiegen wir den Berg Hirâ', um die Segnungen durch den Besuch der Höhle auf seinem Gipfel zu erhalten, wo der Prophet sich Gott hingab. Es ist der Platz, wo die Offenbarung zuerst zu ihm gelangte.[30] Möge Gott uns seine Fürsprache gewähren, indem er uns in die Zahl Seiner Gefolgsleute einschließt und uns Seinem Gesetz und Seiner Liebe gemäß sterben läßt.

Nach Sonnenaufgang, am Montag, dem 6. Februar, versammelten sich alle Menschen in der Ka'ba, um um Regen zu bitten. Der Qadi, der sie herbeigeholt hatte, hatte sie zuvor zu einem dreitägigen Fasten gedrängt. So kamen sie am vierten Tag zusammen, nachdem sie ihr Ziel Gott geweiht hatten. Zuerst kamen die Banû Schaiba und öffneten die Tür der Ka'ba, dann näherte sich der Qadi, in Weiß gekleidet, zwischen seinen zwei schwarzen Bannern. Der Maqâm Abrahams wurde herbeigebracht und an der Schwelle der Tür aufgestellt; der Koran 'Uthmâns wurde aus seinem Schrank geholt und neben dem Maqâm geöffnet, ein Deckel lag darauf, der andere auf der Schwelle. Alle Menschen wurden zum Gebet aufgerufen, der Qadi betete mit ihnen hinter dem Maqâm an dem Platz, der als Gebetsort genutzt wird. Er betete zwei rak'a's; in der ersten sagte er: »Preise den Namen deines allerhöchsten Herrn.«[31] In der zweiten rezitierte er die Sure (88) »Die zudecken wird«. Dann bestieg er die Kanzel, die auf den festgesetzten Platz neben der Ka'ba gestellt worden war, und hielt eine beredte Predigt, in der er Gebete für die Vergebung bei Gott, Ermahnungen und fromme Erinnerungen zusammenfaßte, die die Seelen ergriffen und sie zur Reue und Rückkehr zu Gott ermunterten. Die Augen der Männer liefen leer von Tränen, ihre Tränenwege trockneten aus. Ihre Rufe wurden laut, laut waren ihre Seufzer und erstickten Schluchzer. Er legte seinen Überwurf ab, wie es auch die Menschenmenge gemäß der Überlieferung tat. Dann zerstreute sie sich, auf die Barmherzigkeit Gottes hoffend und nicht verzweifelnd. Möge Er Seine Diener mit Wohltat und Güte erfreuen!

In dieser Weise fuhr der Qadi an den drei aufeinanderfolgenden Tagen fort, mit den Menschen um Regen zu bitten, denn die Trokkenheit traf die Bewohner des Hedschâz empfindlich. Die Dürre hatte ihnen viel Schaden verursacht und ihre Herden vernichtet; im Frühjahr, Herbst und Winter war nur wenig Regen gefallen, der nicht ausreichte und keine Erleichterung brachte. Gott ist freundlich zu Seinen Dienern und straft sie nicht für ihre Sünden!

Am Donnerstag, dem 9. Februar, bestiegen wir den Berg Thaur, um die gesegnete Höhle, wo der Prophet mit seinem Freund Abû Bakr Zuflucht suchte, zu besuchen, wie uns durch die Autorität der erhabenen Enthüllung[32] überliefert wurde. Von dieser Höhle haben wir in diesem Tagebuch schon gesprochen. Wir betraten sie durch den Spalt, durch den sich manche Leute nur schwer quetschen können, und erhielten die Segnungen durch die Berührung unseres Körpers mit dem Ort, der von dem gesegneten Körper berührt wurde. Denn durch diesen Spalt hatte der Prophet die Höhle betreten. Ein Ägypter, der an eben jenem Tage hinaufkletterte, erlitt eine demütigende und entehrende Erfahrung, denn er strebte danach, durch diesen engen Weg hineinzugelangen, vermochte es aber überhaupt nicht. Viele Male versuchte er es und verfehlte sein Ziel, so daß die Männer, die ihn beobachteten, anhielten, vor Bedauern weinten und in Gebeten Zuflucht zu Gott suchten. Doch das nützte nichts. Es gab einen darunter, der beleibter war als er; Gott half jenem, was die Menschen lange zum Staunen und Nachdenken brachte. Nachdem wir an jenem Tage fortgegangen waren, erfuhren wir, daß sich während des Tages drei Personen in diesem schändlichen Zustand befunden hatten. Gott bewahre uns, in diesem und im künftigen Leben, vor erniedrigenden Erfahrungen.

Dieser Berg ist schwer zu besteigen, nimmt den Atem, und niemand gelangt ohne Erschöpfung und Ermüdung der Hände zu seinem Gipfel. Er ist drei Meilen von Mekka entfernt und dieselbe Strecke vom Berg Hirâ'. Möge Gott uns die Segnungen dieses Schreins nicht vorenthalten! Die Höhle ist 18 Spannen lang, und ihre Weite beträgt elf Spannen in der Mitte und zwei Drittel einer Spanne am Ende. Der Einstieg erfolgt in der Mitte. Die Weite des anderen, breiteren Zugangs beträgt fünf Spannen; wie wir schon sagten, hat die Höhle zwei Eingänge.

Am folgenden Freitag trafen die jemenitischen Sarwa auf ihrem Weg zum Besuch des Grabes des Propheten in großer Zahl ein. Ihrer Sitte gemäß brachten sie Lebensmittel nach Mekka; die Menschen freuten sich außerordentlich über ihr Erscheinen, das ihnen als Entschädigung für den fehlenden Regen schien. Die Wohltaten Gottes gegenüber den Bewohnern in seinem Haram sind vielfältig, denn er ist freundlich zu Seinen Dienern. Es gibt keinen Gott außer Ihm!

Der neue Monat begann am Mittwoch, dem 15. Februar. Dieser Monat Dhû l-qa'da ist der zweite heilige Monat der Pilgerfahrt.

Am Montag, dem 27. Februar, betraten wir den Geburtsplatz des Propheten. Es ist eine überwältigend gebaute Moschee; sie war das Haus des 'Abdullâh, des Vaters des Propheten, von dem wir schon gesprochen haben. Der eigentliche Ort seiner Geburt ist wie ein kleines Becken im Boden, drei Spannen lang, mit grünem Marmorbelag in der Mitte, zwei Drittel einer Spanne breit, mit Silber eingefaßt, so daß es mit dem Silber beinahe eine Spanne breit ist. Wir glätteten unsere Wangen an diesem Fleck.

Daneben befindet sich eine Gebetsnische mit wunderschön verzierten Schnitzarbeiten, mit einem Vorsprung, der in Gold gearbeitet ist. All dies wurde schon früher beschrieben. Dieser gesegnete Fleck liegt im Osten der Ka'ba am Fuße des Gebirges.

Ganz in der Nähe, den Ort überschauend, ist der Berg Abû

Qubais; ebenfalls in der Nähe ist eine Moschee, auf der geschrieben steht: »Diese Moschee ist der Geburtsort von 'Alî ibn abî Tâlib, und hier wurde der Prophet Gottes aufgezogen. Es war das Haus des Abû Tâlib, des Onkels und Beschützers des Propheten.«

Am selben Tag betrat ich das Haus von Chadîdscha der Großen; hier befindet sich das Zimmer der prophetischen Inspiration und der Geburtsort Fâtimas, ein kleines Zimmer, das etwas länglich ist. Der eigentliche Ort der Geburt ähnelt einem kleinen Becken mit einem schwarzen Stein in der Mitte. Nahe der Wand in demselben Raum wurden Hasan und Husain, 'Alîs Söhne, geboren. Der Platz von Hasans Geburt ist neben dem von Husain, darüber befinden sich zwei schwärzliche Steine; sie scheinen die Zeichen der gesegneten und edlen Geburtsstätten zu sein. Wir glätteten unsere Wangen an diesen edlen Stätten, die durch die Berührung mit den Körpern dieser edlen Kinder auserwählt wurden. Ebenfalls in diesem Haus ist das Versteck (muchtabâ') des Propheten, eine Art Kuppel. Darin ist eine Stelle, tief im Boden wie eine Grube, etwas in die Wand eindringend. Aus der Wand springt ein großer Stein hervor, der eine Art Sichtblende für den Sitz bildet. Es heißt, daß es dieser Stein war, der den Propheten verbarg, als er sich hier versteckte. Über jeder der Geburtsstätten befindet sich eine kleine hölzerne Kuppel, die sie schützt. Wenn ein Besucher kommt, hebt er sie zur Seite, berührt die edle Stelle, um die Weihe zu erhalten, und stellt dann die Kuppel zurück.

Am Freitag, dem 9. März, wurde auf Erlaß des Emirs Mukthir die Festnahme des Oberhaupts der Banû Schaiba sowie die Durchsuchung seines Hauses durchgeführt. Er wurde wegen einiger Vergehen, die ihm zur Last gelegt wurden, aus dem Wächteramt des heiligen Harams entlassen, Dinge, die für den unzulässig sind, der mit dieser Aufgabe betraut ist. Möge Gott uns durch Seine Gunst schützen vor falschen Urteilssprüchen und dem Durchbohren mit Pfeilen falscher Beschuldigung!

In den vorangegangenen Tagen dieses Monats waren die jemenitischen Sarwa zunehmend in großen Gruppen mit Nahrungsmitteln und anderen Dingen und allen Sorten von Gewürzen und getrockneten Früchten angekommen. Sie brachten reichlich Dinge in die Stadt – wären sie nicht gewesen, so hätten die andauernde Trockenheit und die hohen Preise zu Not und Elend in Mekka geführt. Sie waren eine Gnade. Dann zogen sie weiter zum Besuch des heiligen Grabes in Medina, der Begräbnisstätte des Gesandten Gottes. Sie kamen nach kurzer Zeit zurück. Jeder Pilger, der mit ihnen zog, lobte ihre Gesellschaft. Während sie unterwegs waren, war eine andere Gruppe von ihnen allein zur Pilgerfahrt nach Mekka gekommen; da sie keine Zeit hatten, Medina zu besuchen, blieben sie in Mekka. Als jene von ihnen, die Medina besucht hatten, zurückkehrten, wurde auch der weiteste Platz eng.

Am Montag, dem 12. März, wurde die Ka'ba geöffnet. Der mit dem Öffnen Betraute war ein Vetter des arrestierten Wächters und dem Bericht zufolge von vorbildlichem Charakter. Die Sarwa drängten sich, wie es ihre Gewohnheit ist, um einzutreten; sie erreichten dabei eine bisher nicht dagewesene Anzahl, stiegen in »Trupps« hinauf, bis die Tür durch sie verstopft war. Sie konnten weder vor noch zurück. Schließlich traten sie unter größten Schwierigkeiten ein; dann kamen sie eilig heraus, die Tür war zu schmal für sie. Eine Gruppe von ihnen ging die Stufen herunter, während eine andere hinaufstieg; sie trafen dabei aufeinander und verhedderten sich. Manchmal wurden die Heruntergehenden auf die Brust der Hinaufkletternden gedrückt und getragen, gelegentlich wurden die einen von den anderen aufgehalten und geschoben, bis sie übereinander fielen, weil sie das Gleichgewicht verloren. Jene, die sie beobachteten, sahen einen erschreckenden Anblick, einige wurden verletzt, andere jedoch nicht. Der größte Teil von ihnen kam herunter, indem er auf Köpfe und Nacken anderer sprang. Eine unserer außergewöhnlichsten Beobachtungen an jenem Montag war, daß einige der Banû Schaiba zum Zeitpunkt des Gedränges hinaufgingen, um das Haus zu betreten, doch nicht in der Lage waren durchzukommen. Sie hängten sich an die Vorhänge zur Seite der Türpfosten; dann ergriff einer von ihnen eine der Hanfleinen, die die Vorhänge halten, erhob sich so über Köpfe und Nacken, trampelte über sie hinweg und gelangte auf diese Weise in die Ka'ba. Er konnte keinen anderen Platz für seinen Fuß finden, so groß war das Gewühl, Gedränge und Gemenge. In den vorangegangenen Jahren war kein so großer Schwarm der Sarwa wie in diesem Jahr gesehen worden. Gott hat die Macht, Wunder zu vollbringen.

Am selben Tag wurden die Vorhänge der Ka'ba um etwa anderthalb Klafter nach oben gezogen auf allen vier Seiten. Sie nennen das

»ihrâm« und sagen: »Die Ka'ba befindet sich im Zustand des ihrâm.« Dies ist eine ständige Sitte während des erwähnten Monats. Die Ka'ba wird nicht mehr geöffnet von dem Beginn ihres ihrâm's bis zum Stehen in der Ebene von 'Arafât. Es ist, als sei dieses Hinaufziehen ein Zeichen für den Aufbruch und eine Mahnung für das Herannahen des Zeitpunkts des erwarteten Lebewohls. Gott gebe, daß es nicht unser letzter Abschied sein möge und wir durch Seine Kraft gesund zurückkehren!

Am Freitag, dem 9. März, vor dem oben erwähnten Tag, nutzten wir einen kurzen Rückgang des Gedränges, um die Ka'ba zu betreten und Abschied zu nehmen. Denn danach würde es unmöglich sein, wegen des andauernden Ansturms der Männer, besonders der Nichtaraber, hineinzugelangen, die mit dem Emir der Irak-Pilgerfahrt eintreffen würden. Man beobachtet bei ihnen einen solchen Ansturm und Druck auf das Gebäude und ein solches Gedränge, daß man wegen ihrer Rauhheit und des mangelhaften Benehmens die jemenitischen Sarwa vergißt. Keiner unter ihnen ist zur Höflichkeit, noch weniger zu irgend etwas anderem imstande.

An dem Tag, an dem die Ka'ba den Zustand des ihrâm annahm, wurde die hölzerne Kuppel aus ihrer Stellung über dem Maqâm entfernt und durch die eiserne ersetzt als Vorbereitung auf die Perser. Wäre sie nicht aus Eisen, so würden sie sie verschlingen oder Schlimmeres tun, so groß ist ihre ungestüme »Glut« für seinen Schrein; sie werfen sich sogar mit dem ganzen Körper hinein.

Am Dienstag, dem 13. März, schritt das inhaftierte Oberhaupt der Banû Schaiba mit Pomp und Pracht stolz zwischen seinen Söhnen zur Ka'ba und trug in seiner Hand den Schlüssel, der ihm zurückgegeben worden war. Er öffnete die Tür und stieg mit seinen Söhnen mit Hilfe von starken Hanfseilen auf das Dach. Diese sind mit eisernen Haken ins Dach getrieben und reichen bis zum Boden; dort wird eine Art Holzstuhl befestigt. In diesem sitzt der Sitte halber einer der Wächter der Ka'ba; durch Betätigung von Rollen kann er auf die Dachspitze gezogen werden und Ausbesserungen der vom Winde verursachten Risse in den Vorhängen vornehmen. Wir forschten nach, wie der inhaftierte Angehörige der Banû Schaiba in Anbetracht der gegen ihn erhobenen Vorwürfe wieder in sein Amt zurückgeführt werden konnte. Dabei erfuhren wir, daß 500 mekkanische Dinar von ihm gefordert worden waren, bevor er es wieder aufnehmen konnte. Diese Summe lieh er und bezahlte sie.

Lange wunderten wir uns und dachten darüber nach. Wir fanden auch heraus, daß seine Verhaftung nicht aufgrund mißtrauischer Sorge oder Entrüstung über die Verletzung von Gottes heiligen Plätzen durch seine Hände erfolgt war, obwohl sein Amt dem Kalifat an Ehre nicht nachsteht. Doch ein Fall gleicht dem anderen. »Die Ungerechten sind Freunde miteinander.«[33] Gott gegenüber sollten wir über diese offensichtliche Korruption sogar an dem edelsten Platz auf Erden klagen.

Am Mittwoch, dem 14. März 1184, betraten wir das Haus von al-Chaizurân, das ist der Ursprungsort des Islams. Es liegt vor as-Safâ. Auf der rechten Seite des Eintretenden befindet sich ein kleiner Raum, der die »Behausung« von *Bilâl* war. Dem Haus nähert man sich durch einen langen Gartenhof, wie bei einer Karawanserei umschlossen von Räumen, die an Pilger vermietet werden. Dieses Haus ist klein und befindet sich auf der linken Seite des Eintretenden. Es wurde von demselben Mann restauriert, dessen großzügige Taten wir bereits erwähnten. Er gab dafür etwa 1000 Dinar aus. Möge Gott ihm seine Wohltaten lohnen. An der rechten Seite dessen, der das gesegnete Haus betritt, ist eine Tür, durch die man einen großen und glanzvoll gebauten Kuppelbau betritt, in dem sich der Platz, wo der Prophet saß, und der Stein, gegen den er sich lehnte, befinden. Zur Rechten ist der Platz von Abû Bakr, rechts davon der von 'Alî ibn abî Tâlib mit dem Stein, gegen den er sich lehnte und der wie eine Gebetsnische in der Wand ist. In diesem Haus trat 'Umar zum Islam über, und von seiner Hand wurde der Glaube verbreitet. Gott ließ ihn mächtig werden. Möge Gott uns begünstigen durch die Segnung dieses erhabenen Schreins und der Denkmäler und geben, daß wir in der Liebe derer, die durch Ihn geehrt werden, sterben!

Der haddsch

15. März bis 5. April 1184

Der neue Mond erschien in der Nacht zum Donnerstag, dem 15. März. Diese Tatsache war lange Zeit umstritten und hatte zu vielen Spekulationen und irrigen Behauptungen geführt, denn durch dichte Wolken war er in Mekka nicht zu erkennen gewesen.[34]

Die ersten zehn Tage dieses Monats, des Dhû l-hiddscha, sind jene, in denen die Menschen sich in Mekka versammeln. Es ist der Höhepunkt der Pilgerfahrt, der Rufe »labbaika«, des Blutvergießens für die Opfer und der Zeitpunkt, wenn aus allen Ländern und von allen Wegen die Gesandtschaften zu Gott sich einfinden. Der Emir der Pilgerfahrt aus dem Irak wurde erwartet, um alle Zweifel bezüglich des Monatsbeginns unter den Gläubigen zu klären. Man hoffte, daß ihm mit Gottes Hilfe die Wahrheit schon klar geworden sei.

Während all dieser Tage der Ungewißheit und in den folgenden trafen Gruppen der jemenitischen Sarwa und Pilger aus anderen Ländern ein, unzählig, es sei denn für Ihn.

Ein offenkundiges Wunder ist, daß Mekka, das in einem Flußtal von der Breite eines Bogenschusses oder weniger liegt, diese riesige Menschenmenge unterbringen kann; eine Menge, die – würde sie in die größte Stadt gebracht – nicht von ihr aufgenommen werden könnte. Diese Stadt wird von Gelehrten so beschrieben, daß sie sich für die Neuankommenden so erweitert wie der Uterus für einen Fötus. Ebenso ist es mit der Ebene von 'Arafât und den anderen großen Heiligtümern dieses Landes.

Vom Beginn des Monats an wurden die Trommeln des Emirs Mukthir morgens, abends und zu den Gebetszeiten geschlagen als ein Zeichen, daß dies die heilige Periode (al-mausim) der Pilgerfahrt war. So ging es fort bis zum Tag des Aufstiegs nach 'Arafât.

Am Montag, dem fünften oder vierten Tag des Monats, 19. März 1184, traf der Herrscher von Aden, der von dort vor Saif al-Islâm geflohen war, ein, weil dieser in Richtung Jemen vorrückte. Er hatte viele Schiffe zu Wasser gelassen, dschalba's, die mit unschätzbaren Reichtümern und Werten beladen waren. Er war lange Gouverneur dieser Provinz gewesen und hatte reichlich Nutzen daraus gezogen.

Doch während er ausschiffte, wurden seine Schiffe von den Feuerschiffen Saif al-Islâms überfallen und aller gewichtigen Schätze beraubt. Die leichteren Gegenstände von Wert hatte er mit an Land genommen, wo er unversehrt mit einem Teil seiner Gefolgsleute und Sklaven ankam. In Mekka traf er mit einer Karawane, die mit seiner Habe und Wertobjekten beladen war, sicher ein. Unter den Augen der Menschen wurde alles in ein Haus, das er früher hatte bauen lassen, geschafft, nachdem er bei Nacht zusammen mit einer Gruppe von Sklaven und Dienern seine edelsten Schätze und sein Geld vorausgeschickt hatte. Kurz gesagt: Es ist unmöglich, den Überfluß und Umfang seiner Besitztümer zu beschreiben. Der Teil, der ihm genommen wurde, war noch größer gewesen. Denn während seiner Herrschaft hatte er Kaufleuten gegenüber das schlimmste Verhalten an den Tag gelegt, alle Gewinne des Handels flossen ihm zu. Die aus Indien importierten Waren gelangten in seine Hände. So hatte er unermeßliche Profite gemacht und Schätze angehäuft wie die von *Qârûn*. Doch die Wechselfälle der Zeit hatten begonnen, sein Los zu schwächen, und er wußte nicht, wie seine Lage bei Saladin sein werde. Das Diesseits zerstört alle, die es am meisten lieben, und seine Söhne verschlingt es. Der Lohn Gottes ist der größte Schatz.

Die Frage der Bezeugung des gesegneten glücklichen Mondes führte weiterhin zu Ungeduld, bis wiederholt Nachrichten über sein Auftauchen in der Nacht zum Donnerstag kamen, die dem 15. März entspricht. Darüber wurde von einigen frommen, gottesfürchtigen und vertrauenswürdigen Männern unter den Jemeniten und anderen, die aus Medina eingetroffen waren, Zeugnis gegeben. Doch der Qadi beharrte auf seiner festen Ablehnung, dieses Zeugnis anzunehmen, und auf seiner Entscheidung, die Angelegenheit zurückzustellen, bis ein Bote die Ankunftsbotschaft des Emirs aus dem Irak bringen würde; denn er wollte aus dieser Meldung die Ansichten des Emirs kennenlernen.

Am Mittwoch, dem 21. März, kam der Bote an. Die Gemüter der Mekkaner waren voller Besorgnis wegen seiner Verspätung. Sie fürchteten den Groll des Kalifen auf den Emir von Mekka wegen einiger tadelnswerter Aktionen, die jener unternommen hatte. Die Ankunft des Boten beruhigte und besänftigte die besorgten Seelen, denn er erschien mit günstigen Nachrichten und wohlgemut. Er berichtete, daß der neue Mond in der Nacht zum Donnerstag gesehen worden sei. Die Nachrichten wanderten von einem zum anderen und wurden vor dem Qadi bestätigt. Dadurch war er verpflichtet, die Predigt an jenem Tag zu halten, also gemäß dem festgelegten Brauch am 7. Dhû l-hiddscha nach dem Mittagsgebet. In dieser Ansprache wies er die Leute hinsichtlich des Brauchtums, das sie befolgen sollten, an und sagte ihnen, daß der folgende Tag der Tag des Aufbruchs nach Minâ sein werde, der jaum at-tarwîja. Das Stehen (waqfa) in der Ebene von 'Arafât werde am Freitag stattfinden. Er erinnerte daran, daß die erhabene Überlieferung, die geradewegs vom Propheten stammt, besagt, daß das Stehen an diesem Wochentag dem von siebzig anderen ebenbürtig sei. Ein Jahr, in dem das Stehen auf einen Freitag falle, sei anderen so überlegen wie der Freitag gegenüber den anderen Wochentagen.

Früh am Donnerstagmorgen, dem 22. März 1184, begannen die Leute ihren Aufstieg nach Minâ und zogen dann weiter nach 'Arafât. Es ist die Regel, daß dort die Nacht verbracht wird. Doch gezwungenermaßen ließen sie das ausfallen aus Furcht vor den Banû Schu'ba, die die Pilger auf dem Weg nach 'Arafât überfallen. Der schon erwähnte Herrscher von Aden zeigt großen Eifer in dieser Hinsicht und erwägt sogar den heiligen Krieg gegen sie. Dafür erhoffen wir für ihn – so Gott will – die Vergebung seiner Sünden. Er ging voran, mit allen seinen Gefährten, von Waffen starrend, in den Engpaß zwischen Muzdalifa und 'Arafât. Das ist die Stelle, wo die Straße von zwei Bergen umsäumt ist; von dem zur Linken des nach 'Arafât Ziehenden überfallen die Banû Schu'ba die Pilger und plündern sie aus. Der Emir ließ ein rundes Zelt in dieser Schlucht zwischen den Bergen aufstellen, zu dem einer seiner Gefährten vorangegangen war und zur Erkundung mit seinem Pferde den Gipfel des Berges bestiegen hatte. Der Berg ist schwer zu erklimmen; wir staunten über seine Leistung und noch mehr über die seines Pferdes, das imstande war, diese schwierige Böschung hinaufzugelangen, die wir nicht erklettern konnten. Alle Pilger fühlten sich sicher in der Gesellschaft dieses Mannes.

Der Aufstieg der Menschen dauerte den ganzen Tag, die ganze Nacht und den ganzen Freitag über, bis auf der 'Arafât-Ebene eine Menschenmenge versammelt war, deren Zahl nur Gott allein zu ermitteln vermag. Muzdalifa liegt zwischen Minâ und 'Arafât; zwischen Minâ und Muzdalifa besteht dieselbe Entfernung wie von Mekka nach Minâ, nämlich etwa fünf Meilen; und von Muzdalifa nach 'Arafât ist es ebenso weit oder ein wenig weiter. Muzdalifa wird auch al-Masch'ar al-harâm (Stätte heiliger Zeremonien) genannt sowie Dscham' (Sammlung); es trägt damit drei Namen.

Etwa eine Meile davor ist das Tal von Muhassir, das der Sitte gemäß mit raschen Schritten (harwala) durchquert wird. Muzdalifa ist ein breiter Landstrich zwischen zwei Bergen; darum herum sind die Reservoirs und Zisternen, die in der Zeit *Zubaidas* für Wasser benutzt wurden. In der Mitte dieser Ebene befindet sich eine Einfriedigung, in deren Zentrum ein kuppelförmiger Hügel ist; auf seiner Spitze steht eine Moschee, die von beiden Seiten über Stufen zu erreichen ist. Männer drängen sich darin, wenn sie hinaufsteigen und beim Beten; die Nacht verbringen sie bei Muzdalifa.

'Arafât ist ebenfalls eine weite Ebene; wenn sie der Versammlungsort der Menschen am Tage der Wiederauferstehung wäre, könnte sie sie alle aufnehmen. Diese große Ebene wird von vielen Bergen eingerahmt, und an ihrem äußersten Ende ist der Berg der Barmherzigkeit (Dschabal ar-rahma), auf dem und um den herum der »Standplatz« *(mauqif)* der Pilger ist. Die zwei Zeichen (al-'alamain) stehen etwa zwei Meilen vor diesem Platz, die von diesen Zeichen sich bis nach 'Arafât erstreckende Fläche ist neutral (hill), während sie auf der anderen Seite geheiligt (haram) ist. In der Nähe der beiden Zeichen auf der 'Arafât-Seite ist das Tal von 'Urana, worüber der Prophet eine besondere Verfügung gegeben hat. »Ganz 'Arafât ist ein ›Stehgrund‹. Doch wendet euch ab vom Tal von 'Urana. Derjenige, der dort steht, setzt seine Pilgerfahrt aufs Spiel; das sollte man sich merken. Denn am Abend des Stehens treiben die Kamelführer oft die Pilger an, drohen ihnen mit dem Andrang der Menge, die von 'Arafât zurückkehren wird. Sie führen sie hinunter zu den zwei Zeichen, die gegenüber liegen, bis sie in das Tal von 'Urana kommen oder an ihnen vorbei. So wird ihre Pilgerfahrt ungültig.« Der Kluge wird deshalb nicht seinen »Stehgrund« auf 'Arafât verlassen, bis die Sonnenscheibe völlig untergetaucht ist.

Der Berg der Barmherzigkeit erhebt sich in der Mitte der Ebene, von den anderen Bergen entfernt. Er besteht aus einzelnen Granitblöcken und ist schwer zu besteigen. Dschamâl ad-dîn, dessen erinnerungswürdige Werke wir bereits in diesem Tagebuch erwähnten, ließ auf seinen vier Seiten flache Stufen schaffen, die von beladenen Tieren bestiegen werden können; dafür gab er große Summen aus. Auf seinem Gipfel befindet sich eine Kuppel, in deren Zentrum die Männer sich zum Gebet drängen; um die hier angelegte Moschee herum läuft eine Terrasse, breit und schön anzusehen, die 'Arafât überragt. Im Süden ist eine Wand mit Gebetsnischen, vor denen die Menschen beten. Am Fuße dieses heiligen Berges, auf der Linken des nach Mekka Schauenden, ist ein Haus alter Bauweise, in dessen oberem Teil sich ein überwölbtes Oberzimmer befindet, das Adam zugeschrieben wird. Auf der linken Seite dieses Hauses ist auf einem kleinen Hügel der Felsen, bei dem der Standort des Propheten war. Um den Berg der Barmherzigkeit und dieses erhabene Haus herum finden sich Zisternen und Brunnen. Ebenfalls auf der linken Seite des Hauses ist in der Nähe eine Moschee. Nahe den zwei Zeichen und auf der Linken des in Richtung Mekka Blickenden ist eine alte Moschee von großen Ausmaßen, deren nach Abraham benannte Südwand noch steht. Der Prediger hält darin am Tage des Stehens eine Predigt und leitet dann die kombinierten Mittags- und Nachmittagsgebete. Ebenfalls auf der Linken der zwei Zeichen ist das Tal der Tamariske (al-arâk), das ist die grüne Pflanze, die sich vor dem Auge des Betrachters weit über die Ebene ausdehnt.

Die Versammlung der Leute auf der 'Arafât-Ebene begann am Donnerstag und dauerte die ganze Nacht zum Freitag. Nahe dem letzten Drittel dieser Nacht zum Freitag kam der Emir der Irak-Pilgerfahrt an und stellte sein Zelt in der weiten Ebene auf; für den, der zur *qibla* schaut, an die rechte Seite des Bergs der Barmherzigkeit.

Die qibla liegt westlich von 'Arafât, denn die Ka'ba liegt in dieser Richtung.

An jenem Freitagmorgen war eine Menschenmenge auf 'Arafât, die ihresgleichen am Tage der Auferstehung finden kann. Einige wahrheitsuchende Scheichs unter den ansässigen Pilgern bestätigten, daß sie niemals eine zahlreichere Menschenansammlung auf 'Arafât gesehen hatten. Ich glaube nicht, daß seit der Zeit von Harûn ar-Raschîd, der als letzter Kalif die Pilgerfahrt unternahm, wieder eine solche Menschenmenge zusammenkam.

Als am Freitag die Mittags- und Nachmittagsgebete zusammen gesprochen wurden, standen die Menschen reuevoll und tränenüberströmt, demütig die Gnade Gottes erflehend. Die Rufe »Gott ist groß« erhoben sich; laut waren die Stimmen der Menschen im Gebet. Niemals zuvor hatte es einen Tag solchen Weinens, solcher Reue der Herzen, eines solchen Beugens der Nacken in ehrerbietiger Unterwerfung und Demut vor Gott gegeben. In dieser Art fuhren die Pilger fort; die Sonne verbrannte ihre Gesichter, bis der Ball gesunken war und die Zeit der Sonnenuntergangsgebete bevorstand. Der Emir der Pilgerfahrt war mit einer Anzahl gepanzerter Soldaten angekommen; sie standen nahe dem Felsen neben der kleinen Moschee. Die jemenitischen Sarwa bezogen ihre Positionen an den festgesetzten Plätzen, Stellungen, die sie durchgehend in der Erbfolge von ihren Ahnen seit den Tagen des Propheten innegehabt haben. Kein Stamm von ihnen greift auf den Platz eines anderen über. Ihre Zahl in diesem Jahr war so groß wie nie vorher. Ebenso war der Emir aus dem Irak mit einer großen Gruppe wie nie zuvor angekommen. Mit ihnen kamen fremde Emire aus Chorasân, hochgeborene Damen, *chawâtîn,* in der Einzahl *châtûn,* und viele Damen, Töchter von Emiren, zusammen mit jenen aus anderen Ländern in unüberschaubarer Zahl; alle bezogen ihre Plätze.

Für die Rückkehr von 'Arafât hatte man den mâlikitischen Imam als Führer und Vorbeter ernannt, denn die Praxis der Mâlikiten verlangt, daß man nicht von 'Arafât aufbrechen solle, bis die Sonnenscheibe unter den Horizont gesunken und die Zeit zum Sonnenuntergangsgebet gekommen sei. Dennoch waren einige jemenitische Sarwa früher aufgebrochen. Als der Zeitpunkt gekommen war, gab der mâlikitische Imam mit seinen Händen das Zeichen, und sie stiegen von ihren Plätzen herab. Die Menschen drängten sich auf ihrem Rückweg mit solch einer Wucht voran, daß der Boden zitterte und die Berge bebten. Was für ein Erlebnis war das gewesen, wie überwältigend anzusehen, und welche Hoffnungen auf glückliche Belohnung hatte es in die Seele gebracht! Gott gebe, daß wir zu denen gehören mögen, denen Er dort Seine Anerkennung gab und die Er mit Seiner Güte bedachte.

Das Zeltlager des Emirs aus dem Irak war wundervoll anzusehen und hervorragend ausgestattet, mit großen schönen Zelten und Erhebungen, wundervollen Pavillons und Sonnensegeln; ein Anblick, den ich nie überraschender gesehen hatte. Das Lager des Emirs war das größte, denn es war von Leinenschirmen umgeben wie eine Mauer, die eine Art eingeschlossener Garten oder ein verziertes Gebäude bildeten. Darin standen aufgeschlagene Zelte, alle schwarz auf weißem Hintergrund und getupft und bunt gefleckt, als seien es Blumen in einem Garten. Die Ansichten der vierseitigen Schirme waren alle bedeckt mit Formen von schwarzen Schilden, die auf das weiße Leinen gemalt waren, um den Betrachter zu erschrecken. Er soll sie als Schilde auf Rössern mit gestickten Pferdegewändern einschätzen. In diesen mauerähnlichen Schirmen waren große Türen wie bei stattlichen Burgen, durch die man in Vorhallen und Labyrinthe eintrat. Man passierte durch den offenen Grund, wo die Pavillons standen. Es ist, als lebe der Emir in einer mit Mauern umgebenen Stadt, die sich bewegt, wenn er sich bewegt, und die stehenbleibt, wenn er sich niederläßt. Sie ist ein Stück königlichen Glanzes; ähnliches ist von westlichen Königen noch nicht gesehen worden. Die Wächter, Diener und Gefolgsleute des Emirs stehen in den Türen. Die Türen sind so hoch, daß ein Reiter mit seinem Banner hindurchgelangen könnte, ohne seinen Kopf zu neigen oder zu beugen.

Der Aufbau wird von dicken Leinenseilen, die mit Haken im Boden verankert sind, gehalten; das Ganze wird mit enormer bautechnischer Fertigkeit aufgerichtet. Die anderen Emire, die in Begleitung des irakischen Emirs gekommen waren, hatten weniger großartige Zeltlager. Doch sie waren alle in ähnlichem Stil, mit glänzenden Pavillons von ungewöhnlicher Form, aufgebaut wie schwebende Kronen; sie zu beschreiben würde zu lange dauern und zu vieler Worte bedürfen, so groß war der Glanz dieses Lagers an Ausrüstung, Möblierung usw. All dies weist auf große Fülle und Überfluß an Wohlstand und Reichtum hin.

Bei ihren Reisen auf dem Kamel werden die Reisenden von Baldachinen beschattet, hübsch anzusehen und von ungewöhnlicher Form, die über hölzernen Sänften errichtet werden. Diese nennen sie *qaschâwa*. Sie sehen aus wie ausgehöhlte Bahren und sind für die Männer und Frauen, die darin reisen, wie Kinderwiegen mit weichen Matratzen ausgelegt, auf denen der Reisende so komfortabel sitzt, als befände er sich in einem weichen, bequemen Bett. Ihm gegenüber, auf der anderen Hälfte der Bahre sitzt im Gleichgewicht sein männlicher oder weiblicher Gefährte; über beiden ist der Baldachin ausgebreitet. So reisen sie, ohne die Bewegungen zu spüren, schlummernd oder mit dem beschäftigt, was ihnen beliebt. Wenn sie zum Ziel ihrer Reise kommen, werden sofort Schutzwände aufgerichtet, sofern sie Menschen von reichen oder luxuriösen Möglichkeiten sind; sie treten noch reitend ein. Dann werden Stufen zu ihnen getragen, sie steigen hinab, indem sie vom Schatten ihres Baldachins in den ihres Halteplatzes hinüberschreiten, ohne daß ein Windchen sie belästigt oder ein Strahl der Sonne sie berührt. Das sei genug für den Leser von diesem Luxusleben!

Wie lang ihre Reisen auch sein mögen, sie werden keinen Strapazen und Mühsalen ausgesetzt. Bei dem ständigen Aufschlagen und Abbauen der Zelte haben sie keine Belästigung zu ertragen. Weniger bequem als diese haben es diejenigen, die in mahâra's reiten, die dem schuqdhuf, den ich schon früher in unserer Beschreibung der Wüste von ʻAidhâb erwähnte, ähneln. Doch der schuqdhuf ist größer und breiter, jener kompakt und weniger bequem. Er spendet auch Schatten als Schutz gegen die sengende Sonne. Wessen Mittel für die Reisebequemlichkeiten nicht reichen, der muß die Strapazen des Weges ertragen, die aber ein Teil der Züchtigungen von Gott sind.

Wir kehren nun zu der Erzählung über die Rückkehr von ʻArafât am Abend des Stehens zurück. Die Menschen brachen auf, nachdem die Sonne untergegangen war, wie wir sagten. Am späten Abend kamen sie nach Muzdalifa, wo sie gemäß den vom Propheten niedergelegten Regeln die kombinierten Sonnenuntergangs- und Nachtanbruchsgebete rezitierten. Die ganze Nacht hindurch war der Ort von Wachskerzen hell erleuchtet. Die erwähnte Moschee war so hell, daß es dem Betrachter vorkam, als ob alle Sterne des Himmels darauf niederschienen. Nach derselben Art war der Berg der Barmherzigkeit und seine Moschee in der Freitagnacht anzusehen gewesen; denn diese Fremden aus Chorasân und andere Irakis sind höchst emsige Männer, die Kerzen in großen Zahlen mitbringen, damit die ehrwürdigen Schreine erleuchtet seien. Eben ihretwegen hatte der Haram für die Dauer ihres Aufenthalts diesen Anblick. Jeder von ihnen traf mit einer Kerze in der Hand ein. Die meisten trugen sie zum Pavillon des hanafitischen Imams, denn er gehörte ihrem Ritus an. Eine riesige Kerze wie eine Zypresse sahen wir, die »eine Last für eine Truppe von kräftigen Männern wäre«[35]. Sie wurde vor dem hanafitischen Imam aufgestellt. In der Nacht zum Sonnabend blieben die Menschen in Muzdalifa; nachdem sie das Morgengebet gesprochen hatten, brachen sie früh nach Minâ auf. Sie standen und beteten auf dem Weg, denn ganz Muzdalifa ist ein »Stehgrund« außer dem Tal von Muhassir, wo man sich schnell in Richtung Minâ bewegen muß, bis man dorthin gelangt. Bei Muzdalifa versorgten sich die meisten Pilger mit Steinen für die erwähnten Haufen. Dies ist die beliebteste Stätte dafür; es gibt aber auch andere Orte. Sie lesen sie in der Umgebung der Moschee in Minâ auf, nach ihrem Wunsch.

Als die Pilger in Minâ eintrafen, beeilten sie sich, die sieben Steine auf den hinteren Haufen zu werfen. Dann schlachteten sie das Opfertier. Daraufhin ist ihnen erlaubt, alles zu tun, außer Kontakt mit Frauen aufzunehmen und Parfum zu verwenden.

Dieser Hügel wurde bei Sonnenaufgang am Opfertag gesteinigt. Die meisten Pilger brachen dann auf, um die Umschreitung der Rückkehr zu vollziehen.

Einige von ihnen blieben bis zum zweiten Tag und manche bis zum dritten, dem Tag des Abstiegs nach Mekka. Am zweiten Tag, der auf den Tag des Opfers folgt, bei Sonnenuntergang, warfen die Pilger sieben Steine auf den ersten Haufen, dann ebenso auf den mittleren und verharrten an beiden zum Gebet. Sie taten dasselbe am hinteren Haufen, doch hielten sie hier nicht an; damit ahmten sie in allem die Handlungsweise des Propheten nach.

An dem Tag nach dem Opferfest, nach dem Werfen der Steine, hielt der Prediger eine Ansprache in der Moschee und leitete dann das kombinierte Mittags- und Nachmittagsgebet. Dieser Prediger kam mit dem irakischen Emir, beauftragt vom Kalifen, um die Predigt zu halten und die Pflichten des Qadi in Mekka wahrzunehmen, wie behauptet wird. Seine Ausführungen zeigten, daß er einfältig und dumm war. Seine Rede beachtete nicht die Regeln der Grammatik.

Am dritten Tag eilten die Pilger zum Abstieg nach Mekka. Sie hatten nun das Werfen der neunundvierzig Steine vollendet. Einige sprachen das Nachmittagsgebet im Flußbett, andere in der Moschee, wieder andere hatten sich beeilt und das Mittagsgebet im Flußbett gesprochen. Früher war es üblich gewesen, in Minâ drei Tage lang nach dem Tag des Opferfestes zu bleiben, um siebzig Steine zu werfen. Doch heutzutage wird das in zwei Tagen erledigt gemäß dem von Gott Gesagten: »Wer nach zwei Tagen eilt, so ist es keine Sünde für ihn; wer sich verspätet, für den ist es auch keine Sünde.«[36] Dies geschieht aus Angst vor den Banû Schu'ba und vor Überfällen durch mekkanische Räuber.

Am Tag des Abstiegs kam es zu Meinungsverschiedenheiten und Unruhen zwischen den Negereinwohnern von Mekka und den Türken aus dem Irak, dabei wurden einige verletzt. Schwerter wurden gezogen, Pfeile auf die Bogensaiten gelegt, Speere geworfen und einige Güter der Kaufleute geplündert. Minâ ist in jenen drei Tagen ein großer Markt. Hier werden Waren von edelsten Juwelen bis zur billigsten Perlenschnur zusammen mit anderen Artikeln und verschiedenen Dingen aus aller Welt verkauft; es ist der Treffpunkt von Menschen aus aller Herren Länder. Gott bewahrte uns vor den Übeln dieser Unruhe und brachte schnell Ruhe zurück. So endete das erfolgreiche Stehen in der 'Arafât-Ebene; und die Gläubigen hatten ihre Pilgerfahrt beendet. Lob und Dank sei Gott, dem Herrn des Universums!

Am Sonnabend, dem 24. März 1184, dem Tag der Opferfests, wurde der Vorhang der Ka'ba auf vier Kamelen vom Zeltlager des irakischen Emirs nach Mekka transportiert. Davor schritt der neue Qadi, in die schwarze vom Kalifen gesandte Kleidung gehüllt, vor ihm Banner und hinter ihm Trommeln. Ein Vetter des ehemaligen Banû Schaiba-Oberhaupts ging mit; es wurde berichtet, daß das Dekret des Kalifen bezüglich der Amtsenthebung des Oberhaupts aufgrund einiger berüchtigter Handlungen ausgeführt worden sei. Möge Gott das erhabene Haus reinigen!

Dieser Vetter verhielt sich wohlwollender und vorbildlicher, das haben wir bereits bei der ersten Verhaftung erwähnt.

Die kiswa wurde auf dem Dach der Ka'ba abgelegt, und am Dienstag, dem 27. März, waren die Banû Schaiba sehr damit beschäftigt, sie zu befestigen. Sie hatte eine satte grüne Farbe und verzückte die Augen durch ihre Schönheit. In ihrem oberen Teil hatte sie ein breites rotes Band, und auf der dem Maqâm gegenüber befindlichen Seite waren auf diesem Band nach dem »bismillâh« die Worte geschrieben: »Dies ist das erste für die Menschen geschaffene Haus als ein Zeichen.«[37]

Auf den anderen Seiten war der Name des Kalifen mit Anrufungen zu seinen Gunsten genannt. Um das Band herum verliefen zwei rötliche Zonen mit kleinen weißen Medaillons, die Koranverse sowie den Namen des Kalifen in feinen Buchstaben enthielten. Die Verhüllung der Ka'ba war fertiggestellt, und die Säume der kiswa wurden umgelegt, um sie vor den Händen der Fremden, die heftig daran reißen und sich stürmisch darauf werfen, zu schützen. Dem Betrachter bot die Ka'ba dann den lieblichsten Anblick, wie eine Braut in dem feinsten grünen Seidenbrokat. Möge Gott geben, daß sie von allen, die sich danach sehnen, gesehen wird.

In diesen Tagen war die Ka'ba täglich für die Fremden aus dem Irak und Chorasân und die anderen, die mit dem Emir eintrafen, geöffnet. Das Gedränge dieser Menschen, die Weise, wie sie sich auf die edle Tür warfen, ihre Zusammenstöße, das Schwimmen einiger auf den Köpfen der anderen, als seien sie im Wasser, war etwas, was niemals schrecklicher anzusehen gewesen war. Leben wurde vernichtet und Glieder gebrochen. Während alledem waren sie unachtsam und ruhten niemals. Wie Motten auf eine Lampe warfen sie sich auf die Ka'ba in einem Überschuß von Bewegtheit und Kraft. Das Verhalten der jemenitischen Sarwa beim Eintreten war gesetzt und ruhig im Vergleich zu dem dieser barbarisch-züngigen Fremden. Möge Gott ihnen für ihre guten Absichten Vorteile gewähren! Gelegentlich mischte sich eine Gruppe von Frauen in das Gedränge und kam mit »brennender Haut«[38] heraus, gerötet durch die Quetschungen eines Kampfes, der durch Emotion und Ekstase entfacht wird.

In der Nacht des Donnerstags, des 29. März, nach dem Abendgebet, wurde die Kanzel vor den Maqâm gestellt und von einem Prediger aus Chorasân, einem Mann von ansprechender Erscheinung und anmutigen Gesten, bestiegen. Er benutzte sowohl die arabische als auch die persische Sprache und verwandte sie mit rhetorischer Magie, Beredtsamkeit und Würde der Aussprache. Dann adressierte er eine Rede an die Perser, gebrauchte ihre Sprache und ließ sie vor Gefühl schwanken, in Seufzern dahinschmelzen und schluchzen.

In der folgenden Nacht wurde eine andere Kanzel hinter dem hanafitischen Pavillon aufgestellt; ebenfalls nach dem Nachtgebet wurde sie von einem weißbärtigen Scheich von eindrucksvoller Würde, der außerordentlich distinguiert war, voller Anmut und Perfektion, bestiegen. Er hielt eine Predigt, durch die er Wort für Wort den »Thron-Vers«[39] aufreihte; er verwandte alle Formen von mahnenden Ausdrücken und behandelte alle Zweige der Wissenschaft. Er benutzte dabei beide Sprachen, brachte Herzen zum Zerreißen und setzte sie vor Erregung in Flammen. Dauernd wurde er angegriffen von den Pfeilen der Fragen; diese wehrte er mit dem Schilde einer sofortigen, erschöpfenden Antwort ab, so daß die Gemüter davon entzückt und von Erstaunen und Bewunderung für ihn erfaßt wurden. Es war, als werde er von Gott inspiriert. In dieser Weise gehen die Prediger dieser östlichen Länder mit ihrer Erforschung und dem reichlichen Fragenregen um, der auf sie niedergeht. Es ist eine erstaunliche Darstellungsweise, die ihre seltenen Qualitäten sehr klar offenbart und die Zauberei ihrer Beredtsamkeit ausdrückt, dies nicht nur auf einem, sondern auf allen Wissensgebieten. Zeitweilig versuchten die Männer, die Imame mit Fragen zu verwirren und abzulenken, doch sie gaben ihre Antwort mit der Geschwindigkeit des Blitzes und im Nu. Erhabenheit ist in der Hand Gottes, der sie demjenigen gibt, den Er wählt.

Vor diesen Predigern standen Rezitatoren, die den Koran mit Harmonien anstimmten, die unbelebte Dinge zum Leben erwecken würden; denn in Gefühlen und Lebhaftigkeit waren sie wie die Psalmen Davids. Niemand in jener Versammlung wußte, was er am meisten bewundern sollte. Ich hörte diesem predigenden Scheich zu.

Die ganzen Feiertage hindurch wurde die Moschee zu einem großen Markt, auf dem Waren vom Mehl bis zum Karneol verkauft wurden, von Weizen bis Perlen einschließlich vieler anderer Handelsgüter. Der Verkauf von Mehl fand im Versammlungshaus statt, auf jener Seite der Moschee, auf der das Tor der Banû Schaiba steht. Doch der größere Teil des Marktes wurde in den Kolonnaden, die von Westen nach Norden und von Norden nach Osten verlaufen, abgehalten. Dies ist bekanntlich vom göttlichen Gesetz verboten.

Am Sonntagabend, dem 1. April 1184, brachen wir zum Zeltlager des Emirs aus dem Irak in az-Zâhir auf – etwa zwei Meilen von der Stadt entfernt. Wir hatten unsere Vereinbarungen für die Reisekosten nach Mosul abgeschlossen, das zehn Tagesreisen nördlich von Bagdad liegt. Drei Tage warteten wir in az-Zâhir. An jedem davon kehrten wir zur Ka'ba zurück, um nochmals Abschied zu nehmen. Doch am Vormittag des Donnerstags, des 5. April, brachen wir von unserem Zeltlager auf und reisten gemächlich wegen der Verspätung und des Verzugs einiger Pilger los. Wir stiegen in der Nachbarschaft von Batn Marr ab, etwa acht Meilen von dem Ort entfernt, den wir verlassen hatten. Unser Aufenthalt in Mekka betrug vom Tag unserer Ankunft an, Donnerstag, dem 4. August 1183, bis zu dem Tage, an dem wir von az-Zâhir aufbrachen, nämlich dem 5. April 1184, acht Monate und einen Tag, insgesamt zweihundertfünfundvierzig Tage. Möge Gott uns diese Tage anrechnen!

Während dieser Zeit hatten wir uns von dem Anblick der Ka'ba nur drei Tage entfernt; am 'Arafât-Tag, am folgenden Tag des Opferfests und am Mittwoch vor dem Tag unseres Aufbruchs von az-Zâhir.

Von Mekka nach Medina

5. April bis 20. April 1184

Am Donnerstag, dem 5. April 1184, nach dem Mittagsgebet, brachen wir von az-Zâhir nach Batn Marr auf; das ist ein fruchtbares Tal mit vielen Palmen und einer sprudelnden Quelle, deren reichliches Wasser sich durch das Land in diesem Bereich ergießt. In diesem weitläufigen Talbereich liegen ausgedehnte Ländereien und zahlreiche Dörfer. Von hier werden Früchte nach Mekka ausgeführt.

Wir verweilten dort am Freitag aus einem eigenartigen Grunde. Er betraf die königliche châtûn, die Tochter des Emirs Mas'ûd, des Herrn von Kilikien, Klein-Armenien und der an das Oströmische Reich (Land der Rûm) grenzenden Gebiete. Sie war eine der drei königlichen Damen, die mit dem Emir der Pilgerfahrt, Abû l-Makârim Tâschtigîn, einem Vertrauten des Prinzen der Gläubigen, auf die Pilgerfahrt gegangen waren. Der Emir wird jedes Jahr vom Kalifen gesandt. Seine Funktion übt er seit acht oder mehr Jahren aus. Die Prinzessin hatte wegen der Größe ihres väterlichen Herrschaftsbereichs den höchsten Rang. Wir erwähnen sie, weil sie in der Nacht zum Freitag Batn Marr verlassen hatte, sich mit ihren persönlichen Dienern und Gefolge nach Mekka begeben hatte und also am Freitag an ihrem Platz fehlte. Der Emir Abû l-Makârim entsandte vertrauenswürdige Männer aus seinem persönlichen Gefolge, die wegen ihrer Abwesenheit Nachforschungen anstellen sollten, und befahl, auf sie zu warten. Sie kehrte in der Nacht zum Sonnabend zurück.

Wegen des Verschwindens dieser prunkvollen Prinzessin flogen Vermutungen wie Pfeile hin und her, Gedanken über das wohlgehütete Geheimnis ihres Fortgehens kursierten. Einige behaupteten, sie sei wegen einer Unstimmigkeit mit dem Emir gegangen; andere, daß es der Wunsch war, der Moschee nahe zu sein, der sie zu dem erhabenen Ort zog. Niemand außer Gott kann solche verborgenen Dinge kennen. Welchen Grund auch immer es gegeben haben mag, er ist ausreichend, um die durch sie verursachte Verzögerung zu rechtfertigen und die Pilger auf ihrem Wege voranzubringen. Lob sei Ihm dafür!

Der Vater dieser Dame ist, wie wir schon bemerkten, der Emir Mas'ûd. Sein Reich ist groß, weit reicht sein Einfluß. Mehr als hunderttausend Reiter – so wurde uns versichert – befehligt er; und für seinen Schwiegersohn, den Mann dieser Prinzessin, Nûr ad-dîn, Herr von Âmid und anderen Ländern, reiten etwa zwölftausend Kavalleristen. Diese Prinzessin hat viele gute Werke auf ihrer Pilgerfahrt vollbracht, darunter eine allgemeine Wasserversorgung, indem sie eigens für diesen Zweck dreißig wassertragende Kamele ausrüsten ließ, und eine ähnliche Zahl für die Proviantierung. Für den Transport ihrer Kleidung, Nahrungsmittel und ähnlicher Dinge führte sie ungefähr hundert Kamele mit sich. In der Tat, es würde lange dauern, all das zu beschreiben. Ihr Alter beträgt etwa fünfundzwanzig Jahre.

Die zweite mitziehende Dame ist die Mutter von Mu'izz ad-dîn, des Herrn von Mosul, und Frau des Atabegs, des Bruders des verstorbenen *Nûr ad-dîn*, der über Syrien herrschte.

Die dritte châtûn ist die Tochter von ad-Daqûs (Tukusch Schah), des Herrn von Isfahân im Lande Chorasân. Sie ist von großer Bedeutung und eindrucksvollem Gehabe und tut viele gute Werke. In allen drei Damen findet sich diese eigenartige Mischung von frommer Mildtätigkeit und königlichem Stolz.

Am Sonnabendmittag, dem 7. April 1184, reisten wir weiter und pausierten unweit von 'Usfân, zogen um Mitternacht dorthin weiter und kamen früh am Sonntagmorgen an. Es liegt in einer Ebene zwischen Bergen und besitzt eine Quelle, die nach 'Uthmân benannt wurde. Hier gibt es viele muql-Bäume und eine verlassene Festung mit stattlichen Türmen, an denen der Lauf der Zeit Spuren hinterlassen hat und die wegen der seltenen Nutzung fortdauernd verfallen sind. Einige Meilen unterhalb davon zogen wir vorbei; dann stiegen wir ab, um uns auszuruhen und unseren Mittagsschlaf zu halten. Danach ging es gen Chulais, wo wir abends eintrafen. Dieser Ort liegt ebenfalls in einer weiten Ebene, hat viele Palmengärten und einen Berg mit einer Festung auf der Spitze. In der Ebene ist eine andere Feste, an der der Verfall seine Spuren hinterlassen hat. Chulais hat eine Quelle mit reichlich Wasser, mit ihr sind unterirdische Kanäle verbunden, aus denen das Wasser wie aus Brunnenöffnungen gezogen wird. Hier erneuerten die Männer ihre Wasservorräte, denn wegen der andauernden Trockenheit gibt es nur wenig davon auf dem Weg. Möge Gott Regen in Fülle in dieses Land und zu Seinen Dienern senden! An diesem Ort hielt die Karawane am Montagmorgen an, um die Kamele zu tränken und Wasservorräte zu beschaffen.

Jedes Jahr, wenn diese Damen, die Prinzessinnen, nicht selbst an der Pilgerfahrt teilnehmen, entsenden sie mit vertrauenswürdigen Männern wassertragende Kamele, die den Durst der hilflosen Pilger am Wege löschen. Dies tun sie an Stellen, wo Wasser mangelt, entlang der Straße, in der 'Arafât-Ebene und vor der Moschee, Tag und Nacht. Dafür wird ihr himmlischer Lohn groß sein. Du wirst den Ausrufer mit den Wasserkamelen hören; mit lauter Stimme verkündet er die Verteilung des kostenlosen Wassers. Diejenigen, deren Vorräte erschöpft sind, werden mit ihren Wasserschläuchen oder Wasserkrügen dorthin eilen, damit sie gefüllt werden. Mit der ganzen Kraft seiner Lunge wird der Ausrufer proklamieren: »Gott schütze die königliche châtûn, Tochter des Königs von soundso und jenes Staates«, sie preisen, ihren Namen nennen, ihr gutes Werk kundtun und die Menschen dazu bewegen, für sie zu beten. Wir haben schon den Ausdruck »châtûn« erklärt, der bei ihnen Herrin (sajjida) bedeutet.

Die Ansammlung von Irakis sowie von Menschen aus Chorasân, Mosul und anderen Ländern, die in der Gesellschaft des Emirs der Pilgerfahrt zusammengeschlossen waren, bildete eine Menge, die allein Gott zu zählen vermag. Die Ebene wimmelte von ihnen, die weit ausgestreckte Wüste konnte sie kaum aufnehmen. Unter dem Druck der Menge erbebte die Erde schwindelerregend. Die Karawane erschien wie ein See sich türmender Wellen, sein Wasser wie eine Fata Morgana, seine Schiffe wie Berge, seine Segel wie die erhobenen Baldachine und Sonnenschirme.

Derjenige, der diese reisenden Irakis nicht mit eigenen Augen gesehen hat, hat keines der Wunder unserer Zeit geschaut. Sollte einer, der einen Platz im Zeltlager hat, diesen aus irgendeiner Notwendigkeit heraus verlassen, ohne ein Zeichen zurückzulassen, so wird er sich verirren und erschöpft umherlaufen. Gelegentlich wird er sich gezwungen sehen, sich zum Zelt des Emirs zu begeben und ihm die Angelegenheit vorzutragen. Der wird dann einen seiner Ausrufer anweisen, eine Proklamation herauszugeben, den Mann hinter sich auf das Kamel zu nehmen und mit ihm das lärmende Lager zu umrunden. Dabei wird der Name des Gesuchten, der seines Kameltreibers und der seines Herkunftslandes verkündet, bis er wieder auf ihn stößt. Geschähe dies nicht, so würde er seinen Gefährten nie wieder treffen, es sei denn, unverhofft. Die Mitglieder einer solchen Karawane besitzen Reichtümer und Mittel, die ihnen bei allen Bedürfnissen auf ihrem Wege helfen.

Diese Karawane ist in der Tat eine Welt für sich. Bei ihrer Größe und Wichtigkeit weist sie einen erstaunlichen Zug auf: Wenn das Gepäck abgeladen und das Zeltgelände angenommen wurde, vergeht, sobald die Trommeln des Emirs, die sie »kûs« nennen, als Aufbruchsignal geschlagen werden, nicht ein Augenblick zwischen dem Satteln und Beladen der Kamele und ihrem Besteigen. Der Trommler wird kaum den dritten Trommelschlag ausgeführt haben, wenn die Tiere schon ihren Weg einschlagen. Dies geschieht durch sorgsame Vorbereitungen und minutiöse Vorkehrungen, die von den Reisenden getätigt werden.

In der Nacht ziehen sie im Schein von Fackeln dahin, die von Fußleuten getragen werden. Man kann keine Sänfte entdecken, die nicht von einem geführt wird, so daß die Menschen unter den ziehenden Sternen marschieren, die die Finsternis der Nacht beleuchten, während die Erde mit dem Glanz der Sterne des Himmels wetteifert.

Jeglicher Komfort, der Bequemlichkeit dienende Einrichtungen und alle Notwendigkeiten für die Tiere sind in dieser Karawane vorhanden, der es an nichts fehlt. Noch lange müßte man sie beschreiben, dennoch kann man nicht alle Einzelheiten erfassen.

Nach dem Mittagsgebet am Montag nahmen wir die Reise in Chulais wieder auf und marschierten bis zum späten Abend, hielten dann an und schlummerten ein wenig. Das Getrommel erklang, wir setzten uns erneut in Bewegung und reisten, bis die Sonne ganz aufgegangen war. Wir hielten dann an, um bis zum Mittag des Dienstags zu rasten. Nachdem wir unseren Ruheplatz verlassen hatten, wandten wir uns einem Tal mit dem Namen »Tiefes Tal« (Wâdî s-samk) zu, ein Name, der kaum der Wirklichkeit entspricht. Dort schlugen wir am späten Abend unsere Lager auf. Wir verweilten dort am Mittwochmorgen, erneuerten unsere Wasservorräte, die in diesem Tal in Becken zu finden sind. Manchmal wird danach im Sand gegraben. Von dort brachen wir am Mittwochmittag auf und stiegen bei Anbruch der Nacht einen steilen steinigen Abhang hinauf; er ist so schwer zu erklimmen, daß viele Kamele dort zugrunde gingen. Dann kamen wir auf eine Ebene hinab und schliefen dort bis Mitternacht. Wir lenkten unseren Weg über eine sich weit ausdehnende Einöde, die sich, so weit das Auge reicht, erstreckte und mit Sand bedeckt war. Die Straße war so breit und angenehm, daß die Kamele nicht mehr hintereinander marschieren mußten.

Am Donnerstag, dem 12. April, stiegen wir zur Mittagspause ab, noch zwei Stationen von Badr entfernt. Kaum war der Mittag da, als wir uns an einem Platz nahe Badr befanden, wo wir den ersten Teil der Nacht verbrachten. Vor Mitternacht brachen wir von dort auf und kamen nach Tagesanbruch in Badr an.

Badr ist ein Dorf mit aneinander grenzenden Palmenhainen; es hat eine Festung auf einem hohen Hügel, dem man sich über eine zwischen Bergen liegende Talsohle nähert. Badr verfügt über eine sprudelnde Quelle, doch der Platz bei dem Brunnen, bei dem die große islamische Schlacht stattfand[40], die den Glauben erhöhte und die Polytheisten erniedrigte, besteht heute nur aus Palmen. Dahinter liegen die Märtyrer, die seinerzeit ihr Leben ließen.

Der Berg des Erbarmens (Dschabal ar-rahma), auf den die Engel niederstiegen, ist zur Linken, wenn man Badr verläßt und nach as-Safrâ gelangt. Daneben ist der Berg der Trommeln (Dschabal at-tubûl), der als ein großer Sandhügel erscheint. Sein Name beruht auf einer Legende, der die meisten Muslime Glauben schenken. Sie behaupten, daß an jedem Sonnabend das Schlagen der Trommeln auf jenem Hügel zu hören sei, als sei es die gebliebene Spur des Siegeszeichens für den Propheten.

Der Platz, an dem einst die Laube ('arîsch) des Propheten stand, liegt am Fuß dieses Berges der Trommeln; das Schlachtfeld erstreckt sich davor. Neben dem Palmenhain bei dem alten Brunnen ist eine Moschee, die der Ort sein soll, wo das Kamel des Propheten niederkniete. Uns wurde durch das Wort eines in Badr lebenden Beduinen versichert, daß sie die Trommeln auf dem Berg hören; doch er nannte jeden Montag und Donnerstag für dieses Ereignis.

Ein barîd liegt zwischen Badr und as-Safrâ. Die Straße dorthin führt durch ein Tal zwischen Bergen hindurch mit Palmenhainen und vielen Quellen: eine wahrhaftig schöne Straße. In as-Safrâ liegt eine stattliche Burg, in der Nähe sind viele andere Festungen; darunter zwei, die respektvoll »Feste der Zwillinge« und »Hasans Fort« genannt werden, weiter gibt es eine dritte mit dem Namen »Neue Festung«. Viele andere Bollwerke und Dörfer stehen dort.

Die Nacht zum 14. April verbrachten wir auf dem erhabenen Boden von Badr, wo Gott den Muslimen den Sieg schenkte und die Polytheisten überwältigte. Wir kamen in as-Safrâ nach dem letzten Abendgebet an, dort blieben wir bis zum Sonnabend, damit die Leute ihre Wasservorräte erneuern konnten und ein wenig ausruhten. Von as-Safrâ bis nach Medina ist es, wenn es Gott gefällt, eine Drei-Tage-Reise. Am Sonnabendmittag zogen wir weiter und dehnten unseren Marsch bis zum Ende des letzten Abendgebetes aus. Unser Weg führte durch ein Tal. Die Nacht zum Sonntag pausierten wir bis Mitternacht, dann brachen wir erneut auf und reisten bis zum Vormittag; unsere Mittagspause machten wir bei dem Brunnen Dhât al-'Alam, wo 'Alî ibn abî Tâlib mit den Dschinn gekämpft haben soll.[41] Er heißt auch ar-Rauhâ', wird von einer Quelle gespeist und reicht tief hinunter. Die Eimerleine berührt kaum den Boden. Am Sonntag nach dem Mittagsgebet verließen wir diesen Platz und zogen bis nach dem letzten Abendgebet weiter, als wir bei der Schlucht 'Alîs (Schi'b 'Alî) anhielten. Um Mitternacht ging es weiter nach Turbân und al-Baidâ', von wo aus man Medina sehen kann.

Am Montagvormittag, dem 16. April 1184, schlugen wir unser

Lager im Karneol-Tal (Wâdî l-'aqîq) auf. Hier befindet sich die Moschee von Dhû l-Hulaifa, wo Mohammed den ihrâm anlegte. Hier beginnt der geweihte Bezirk von Medina, der sich bis zu der Grabstätte Hamzas und nach Qubâ' erstreckt. Das erste, worauf das Auge trifft, ist das hohe weiße Minarett seiner Moschee. Wir verließen diesen Ort nach dem Mittagsgebet und hielten außerhalb Medinas, des weißen Mausoleums, des durch Mohammed erhöhten Bodens, an. Am Abend jenes Tages betraten wir den Haram, um die ehrwürdige reine *Rauda* zu besuchen. Wir verrichteten den Gruß und küßten den Boden auf allen Seiten. In der Rauda beteten wir. Sie liegt zwischen dem heiligen Grab und der Kanzel. Wir küßten die Holzstützen der alten Kanzel, auf der einst der Prophet stand, und die Reste des Palmbaumstammes, der sich zu ihm neigte. Er ist an dem Pfeiler vor der kleinen Rauda zwischen dem Schrein und der Kanzel aufgerichtet, rechts, wenn man nach der qibla blickt. Dann sprachen wir das Sonnenuntergangsgebet mit der Gemeinde. Durch einen glücklichen Umstand fanden wir bei dieser Gelegenheit ein wenig Platz, denn die Menschen waren dabei, ihre Zelte aufzustellen und ihr Gepäck zu ordnen. So waren wir imstande, unser Ziel zu erreichen. Wir hatten es geschafft, zu dem vielgepriesenen Schrein vorzudringen und den Gruß an die zwei Gefährten zu entrichten, die sich dort zurücklehnten: Abû Bakr und 'Umar. Erfreut und voller Dankbarkeit für Gottes Begünstigung kehrten wir zu unserem Gepäck zurück. Es verblieb keine Hoffnung oder Absicht der gesegneten Reise, die wir nicht hatten befriedigen können. Unsere Gedanken waren nun frei, um an die Rückkehr in unsere Heimat zu denken.

Nun möchte ich die Moschee Mohammeds und seine heilige makellose Rauda beschreiben.

Die gesegnete Moschee ist länglich geschnitten und auf allen vier Seiten von Säulenhallen umgeben. In ihrer Mitte befindet sich ein Hof mit Sand und Kies. Die südliche Seite hat fünf Säulenreihen, ebenso die nördliche im selben Stil; die östliche drei und die westliche vier. Die Rauda steht im östlichen Bereich der Südseite. Sie erstreckt sich auf der Seite des Hofes über zwei Säulenreihen und ragt etwa vier Spannen in die dritte hinein. Sie hat fünf Ecken und fünf Seiten; ihre Form ist so eigentümlich, daß man sie kaum beschreiben kann. Vier ihrer Seiten neigen sich von der Gebetsrichtung fort; also kann niemand bei seinen Gebeten ihr gegenüber stehen. Ein tunesischer Scheich, Imam, Gelehrter und Frommer, ein Pfeiler der Rechtswissenschaft, sagte uns, 'Umar ibn 'Abdal'azîz habe diese Planung aus Angst beschlossen, daß die Menschen sie als Gebetsstätte benutzen würden. Von der Ostseite bedeckt die Rauda auch zwei Säulenreihen, das heißt, innen umschließt sie sechs Reihen.

Die Länge der der qibla gegenüberliegenden Seite beträgt 24 Spannen, die des Ostens 30, die zwischen Ost- und Nordostecke 35, die von Nord nach West 39 und die von West nach Süd 24. Auf dieser Seite steht eine Truhe aus Ebenholz, mit Sandelholz ausgelegt, mit Silber überzogen und mit Sternformen geschmückt. Sie ist dem Haupt des Propheten gegenüber, fünf Spannen lang, drei breit und vier hoch. Auf der Seite zwischen der Nord- und Westecke ist ein Platz, über dem ein Vorhang hängt, an der Stelle, wo Gabriel angeblich hinunterstieg.

Der Umfang der Rauda beträgt 272 Spannen. Sie ist mit feingeschnittenem Marmor von hervorragender Qualität bedeckt. Die Holzverkleidung erstreckt sich über ein Drittel oder weniger. Darüber ist ein weiteres Drittel mit einer Masse aus Moschus und anderen Parfums etwa eine halbe Spanne tief bestrichen und geschwärzt. Im Laufe der Zeit ist diese Masse aber zerbröckelt und hat sich zersetzt. Die Wände darüber sind aus einem hölzernen Gitterwerk, das bis zur Decke reicht; denn die Spitze der Rauda berührt die Decke der Moschee. Die Vorhänge fallen bis zur Marmorverkleidung hinunter. Sie sind azuren gefärbt und haben Schachbrettmuster mit weißen viereckigen und achteckigen Figuren, die Medaillons enthalten und von weißen Punkten umgeben sind. Ein hübsches Muster! Im oberen Bereich verläuft ein weißliches Schriftband, in der Südwand, dem ehrwürdigen Haupt des Propheten gegenüber, ist ein silberner Nagel, vor dem die Menschen stehen und ihren Gruß darbringen. Zu seinen Füßen liegt das Haupt Abû Bakrs; das 'Umars ist nahe der Schulter von Abû Bakr. Derjenige, der grüßt, wendet seinen Rücken zur Gebetsrichtung und erbietet seinen Gruß, indem er das ehrwürdige Haupt ansieht. Dann wendet er sich nach rechts zum Gesicht Abû Bakrs und dann dem 'Umars.

Vor dieser Wand hängen ungefähr zwanzig Silberlampen, darunter zwei aus Gold. Im Norden der Rauda ist ein Marmorbecken, das an seinem Südende eine Art Gebetsnische hat. Es heißt, es sei das Haus Fâtimas; vermutlich meint man ihr Grab. Gott weiß es am besten. Auf der Rechten, 42 Schritt davon entfernt, steht die Kanzel. Sie ist in dem gesegneten Becken, das 13 Schritt lang, sechs breit und anderthalb Spannen hoch ist, völlig mit Marmor ausgekleidet.

Die Menschen drängen sich in der Rauda zum Beten. Nach Süden hin ist eine Säule mit einem Rest des Palmstammes, an den der Prophet sich lehnte. Einen Teil davon kann man in der Säule erkennen. Die Menschen küssen ihn und eilen, um durch das Berühren und Streichen mit den Wangen gesegnet zu werden. Am südlichen Ende dieser Rauda ist die Truhe.

Die Kanzel ist ein Klafter oder mehr hoch, fünf Spannen breit, fünf Schritt lang und hat acht Stufen. Die Tür hat die Form eines Fensters. Sie ist verschlossen, wird aber jeden Freitag geöffnet. Die Kanzel ist mit Ebenholz bedeckt. Den Platz des Propheten kann man sehen, er ist zum Schutz mit einem Ebenholzbrett bedeckt, damit man sich nicht darauf setzt. Männer schieben ihre Hände darunter und streichen über den Platz, um die Segnung der Stätte durch die Berührung zu erhalten. Bei der rechten Stütze der Kanzel, dort wo der Prediger seine Hand abstützt, wenn er predigt, ist ein hohler Silberring, ähnlich dem eines Schneiders, aber nur in der Form, nicht der Größe nach, denn dieser ist größer und hohl und umgibt die Stütze. Man sagt, es sei das Spielzeug von Hasan und Husain gewesen, wenn ihr Großvater die Predigt hielt.

Die erhabene Moschee ist 196 Schritt lang und 126 breit. Sie hat zweihundertneunzig Pfeiler, die ohne Bögen bis zur Decke reichen. Sie sind aus runden, ausgehöhlten Blöcken zusammengefügt und mit geschmolzenem Blei verbunden, so daß sie eine gerade Säule bilden. Dann sind sie mit einem Mantel aus Gips bedeckt, der durch Reiben und Polieren den Eindruck von weißem Marmor entstehen läßt. Die Säulenhalle im Süden ist von einer Loge *(maqsûra)* umschlossen, darin befindet sich eine Gebetsnische. Der Imam betet in der zuvor erwähnten kleinen Rauda neben der Truhe. Zwischen dieser Loge, der Rauda und dem heiligen Grab ist ein großes bemaltes Lesepult, auf dem ein großer Koran eingeschlossen in einem Kasten liegt. Es ist eine der vier Kopien, die 'Uthmân ibn 'Affân in die verschiedenen Städte sandte.

Neben der maqsûra sind nach Osten hin zwei große Schränke, die

Bücher und Koranexemplare, Stiftungen für die Moschee, enthalten. Gleich neben diesen Schränken, in der zweiten Säulenreihe, ist eine Falltür, die dem Boden angeglichen und verschlossen ist. Sie bedeckt ein unterirdisches Gewölbe (chaucha), in das man durch Stufen hinabsteigen kann. Dieses führt aus der Moschee hinaus in Abû Bakrs Haus. 'Â'ischa benutzte diesen Weg gewöhnlich. Direkt bei diesem Haus steht das von 'Umar ibn al-Chattâb sowie das seines Sohnes 'Abdullâh. In Richtung Osten befindet sich eine Holzkonstruktion, wo einige Wächter der Moschee schlafen. Diese Wächter sind abessinische Eunuchen und Sklaven von hübscher Erscheinung, elegant gekleidet und geschmückt. Der ansässige Muezzin der Moschee ist ein Nachkomme von Bilâl. Im nördlichen Teil des Hofes ist ein großer Pavillon, neu errichtet, »Kuppel des Öls« (qubbat az-zait) genannt; er wird als Lager benutzt. Daneben im Hof stehen fünfzehn Palmen.

Die untere Hälfte der Südwand ist mit Mosaiken aus Marmor in unterschiedlicher Anordnung und Farbe bedeckt: eine phantastische Arbeit! Die obere Hälfte ist mit Goldstücken ausgelegt, die fusaifisâ (Mosaik) heißen, wobei der Künstler erstaunliches Geschick bewies, indem er Umrisse von Bäumen in verschiedenen Formen darstellte, mit Zweigen, die mit Früchten beladen sind. Die ganze Moschee ist in diesem Stil gehalten; doch die Arbeit an der Südwand ist besonders ausgeschmückt.

Die West- und Ostwände sind ganz weiß, geschnitzt und verziert mit einem Band, das verschiedene Farben zeigt. Es würde zu lange dauern, die Dekorationen dieser gesegneten Moschee wiederzugeben, die den heiligen Schrein enthält.

Die Moschee hat neunzehn Tore, von denen nur vier geöffnet sind, im Westen zwei; eines das Tor der Barmherzigkeit (Bâb arrahma), das andere das Tor der Furcht (Bâb al-chaschja). Im Osten sind auch zwei geöffnet, eines das Tor Gabriels, das andere das Tor der Fülle (Bâb ar-rachâ'). Dem Tor Gabriels gegenüber steht das Haus von 'Uthmân, in dem er den Märtyrertod erlitt. Der Rauda gegenüber auf der Ostseite liegt der Schrein Dschamâl ad-dîns, dessen Geschichte und Bauwerke gefeiert werden. Seine erinnerungswürdigen Taten haben wir schon niedergeschrieben. Vor der Rauda ist eine Öffnung mit einem eisernen Gitterwerk, das einen angenehmen Duft ausstrahlt.

Die gesegnete Moschee hat drei Minarette, eins in der südöstlichen Ecke, die anderen zwei in den nördlichen. Sie sind klein und haben die Form von Türmchen; doch das erste ist wie ein Minarett.

Eine Bemerkung über die Schreine in *Baqî' al-Gharqad* und auf den Abhängen des Bergs Uhud möchte ich anfügen.

Zunächst ist da die Moschee von Hamza zu nennen. Sie ist im Süden des Berges Uhud, der drei Meilen nördlich von Medina liegt. Über dem Grab des Hamza wurde eine Moschee gebaut, das Grab liegt in einem Hofe nördlich davon, Märtyrer neben ihm. Die Höhle, in der der Prophet verweilte, liegt am Fuße des Berges vor den Gräbern der Märtyrer. Um die Märtyrer herum ist ein rotes Mausoleum, das Hamza zugeschrieben wird, hierher eilen Männer, um Segen zu erhalten.

Baqî' al-Gharqad liegt im Osten Medinas, die Menschen gehen durch das Tor al-Baqî' dorthin. Als erstes findet man den Schrein der Tante des Propheten. Außerdem findet man eine Rauda, in der die Frauen des Propheten liegen, und in der Nähe eine weitere kleine Rauda, die die drei Söhne des Propheten beherbergt. Angrenzend daran ist die Rauda des 'Abbâs ibn 'Abdalmuttalib und des Hasan ibn 'Alî, die aus einer in die Luft ragenden Kuppel nahe dem Tor al-Baqî' besteht. Der Kopf Hasans liegt zu Füßen des 'Abbâs; beide Grabstätten erheben sich hoch aus dem Boden. Sie sind mit Paneelen bedeckt, die mit Messingplatten und mit Sternen aus Nägeln in staunenerregender Weise geschmückt sind. Ganz nah bei dem Kuppelbau für 'Abbâs ist das nach Fâtima, der Tochter des Propheten, benannte Haus. Es ist bekannt als »Haus der Trauer« und soll der Ort sein, an den sie sich zurückzog und wo sie blieb, als sie um den Tod ihres Vaters, des Auserwählten, trauerte. Grabstätten gibt es hier unzählbar viele, denn hier liegt der größere Teil der Fluchtgefährten (muhâdschirûn) und Helfer (ansâr).

Qubâ' liegt ungefähr zwei Meilen südlich von Medina. Es war einst eine große, an Medina grenzende Stadt. Die Straße dorthin führt durch aneinandergrenzende Palmenhaine. Medina selbst ist von Palmen umsäumt, die auf der südlichen und östlichen, weniger auf der westlichen Seite stehen. Die Moschee in Qubâ' ist aus Gefühlen der Frömmigkeit wiederhergestellt worden. Sie ist quadratisch mit gleichlangen Seiten und hat ein hohes weißes Minarett, das man von weither sehen kann. In ihrer Mitte befindet sich der

Platz der knienden Kamelin des Propheten, der von einer niedrigen Einzäunung umschlossen ist und eine Art kleiner Rauda bildet. Hier beten die Menschen, um Segnungen zu erhalten. Im südlichen Teil des Hofs, auf einer Steinbank, ist eine Art von Gebetsnische; dies ist die Stelle, an der der Prophet seine erste rakʿa ausführte. Im Süden davon sind zwei weitere Gebetsnischen. Die Moschee hat nur eine Tür im Westen und je sieben Säulenreihen ringsherum.

An einem offenen Platz westlich der Moschee liegt ein Brunnen; an seinem Rand steht ein breiter Stein in der Form einer Truhe, an dem die Menschen ihre rituellen Waschungen durchführen. Weiter im Süden der Moschee steht eine Hütte von ʿÂ'ischa, daneben die von ʿUmar, Fâtima und Abû Bakr. Daneben befindet sich der Brunnen Arîs, in der der Prophet spuckte, so daß aus dem Brackwasser Süßwasser wurde. In eben diesen Brunnen fiel der Ring des Propheten von der Hand ʿUthmâns; die diesbezügliche Überlieferung ist wohlbekannt.[42] Am Ende des Dorfes ist ein hoher Hügel, ʿArafât genannt. Er trägt diesen Namen, weil der Prophet darauf am Tage des ʿArafât stand und er, indem das Land sich zusammenzog, auf die Menschen in der ʿArafât-Ebene von Mekka blicken konnte. Die Altertümer und Schreine dieser gesegneten Stadt sind zahlreich und nicht zu schätzen.

Medina ist von zwei Mauern mit vier Toren umschlossen; die Tore liegen jeweils in der gegenüberliegenden Mauer auf gleicher Höhe. Eines der Tore besteht ganz aus Eisen, deshalb heißt es das Eiserne Tor. Daneben ist das Tor der Wasserstelle (Bâb asch-scharîʿa), weiter das Tor der qibla, das verschlossen ist, und das schon erwähnte Tor al-Baqîʿ. Bevor man zu den Mauern Medinas gelangt, einen Bogenschuß nach Westen hin, kommt man an den berühmten Graben (chandaq), den der Prophet anlegte, als die »Konföderierten« *(al-ahzâb)* sich gegen ihn versammelten. Zwischen dem Graben und Medina, auf der rechten Seite des Weges, ist die nach dem Propheten benannte Quelle, um die herum eine große längliche Einfriedung verläuft. Der Ursprung dieser Quelle liegt in der Mitte der Einfriedung, die eine Art längliches Becken bildet. Darunter stehen zwei längliche Truhen; zwischen jeder Truhe und dem Becken ist eine Wand errichtet worden, so daß das Becken von zwei Mauern umschlossen ist. Das Becken versorgt die Truhen mit Wasser, zu dem man fünfundzwanzig Stufen hinabgeht. Das Wasser dieser gesegneten Quelle reicht für alle Menschen der Welt, nicht nur für die Einwohner Medinas. Die Leute benutzen es für ihre Waschungen, zum Trinken und Reinigen ihrer Kleidung. Das Wasser in dem Becken wird freilich nur zum Trinken genommen, damit es sauber bleibt.

In seiner Nähe, in Richtung Medina, ist die Kuppel des »Ölfelsens«, von dem gesagt wird, daß das Öl für den Propheten heraussickerte. Nördlich davon befindet sich der Brunnen von Budâ'a, neben dem auf der linken Seite der Teufelsberg ist, wo am Tage von Uhud der Abscheuliche ausrief: »Euer Prophet ist getötet worden.«

Am Rande des erwähnten Grabens ist eine Festung, die man Feste der Junggesellen (Hisn al-'uzzâb) nennt, nun in Ruinen. Es heißt, daß 'Umar sie für die Unverheirateten Medinas baute. Ein Stück weiter nach Westen ist die Quelle von Rûma, deren Hälfte Uthmân für 20000 Dirham kaufte.

Auf der Straße nach Uhud liegt die Moschee 'Alîs und jene von *Salmân* und al-Fath, wo die Sure al-fath[43] dem Propheten offenbart wurde. Medina hat eine dritte Frischwasserquelle, innerhalb des Eisernen Tors, zu der man über Stufen hinuntergeht und die nahe dem Haram liegt. Um den gesamten Haram herum verläuft ein mit behauenen Steinen gepflasterter Weg.

Dies ist eine knappe und kurze Aufstellung der Monumente und Schreine, die das Diktat der Eile uns zu nennen erlaubt.

Unter den Eigentümlichkeiten, die wir erlebten, berichten wir folgendes: Eine der zuvor erwähnten Prinzessinnen, die Tochter des Emirs Mas'ûd, kam in die Moschee des Propheten am Donnerstagabend, dem 19. April, dem vierten Tag nach unserer Ankunft in Medina. Sie ritt in einer Sänfte, umgeben von den Sänften ihrer Damen und Zofen, angeführt von Koranlesern, während Diener und Eunuchen-Sklaven, die eiserne Stangen trugen, sich um sie herumbewegten und die Menschen aus dem Weg drängten, bis sie bei der Moschee ankamen. In einen weiten Mantel gewickelt, stieg sie ab und schritt voran, um den Propheten zu grüßen. Ihre Diener gingen vor ihr her; die Offiziellen der Moschee erhoben ihre Stimmen im Gebet für sie und priesen ihren Namen. Sie kam zu der kleinen Rauda zwischen dem Grab und der Kanzel, betete dort, in ihren Mantel gewickelt, während die Menschen, die sich um sie drängten, mit den Stangen zurückgehalten wurden. Dann betete sie in dem Becken neben der Kanzel und setzte sich an den Ort, wo der Engel Gabriel hinuntergekommen sein soll. Darauf wurde der Vorhang auf sie heruntergelassen, ihre Pagen, Diener und Kammerherren blieben unverdeckt und erhielten ihre Befehle. Sie hatte zwei Kamellasten von Lebensmitteln mit zur Moschee gebracht als Almosen für die Armen. Bis zum Einbruch der Nacht blieb sie an ihrem Platz. Dann wurde die Ankunft des Sadr ad-dîn von Isfahân angekündigt, des Oberhaupts der Schâfi'iten, der in fortlaufender Ahnenkette Ansehen und Ruhm ererbt hat. Er war gekommen, um ein erinnerndes Treffen in jener Nacht zu leiten. Es war die Nacht zum Freitag. Spät traf er ein, als bereits ein Teil der Nacht verstrichen und der Haram mit Menschen gefüllt war, der châtûn eingeschlossen, die an ihrem Platz saß und ihn erwartete. Der Grund seiner Verspätung war die Verzögerung des Emirs der Pilgerfahrt, denn er selbst war rechtzeitig angekommen. Schließlich traf er ein und ebenso der Emir.

Ein Thron war neben der Rauda für diesen obersten Gelehrten vorbereitet, der unter dem Titel »ra'îs al-'ulamâ'«, bekannt ist. Er stieg hinauf. Die Koranleser nahmen ihre Plätze vor ihm ein und begannen, mit lieblicher Melodie und bewegender, ansprechender Modulation zu lesen, während er auf den Schrein blickte und in aller Öffentlichkeit weinte. Dann entfaltete er eine Predigt aus seiner eigenen Feder, die von bezaubernder Beredtsamkeit war, und verfolgte die verschiedenen Pfade der Predigt in den zwei Sprachen (arabisch und persisch). Er rezitierte einige hübsche eigene Verse, unter ihnen die folgenden auf die Rauda weisenden Zeilen, die er bei jeder Nennung des Propheten wiederholte:

»Dies ist seine Rauda, die einen duftenden Lufthauch ausströmt, betet nun für ihn und sendet ihm euren Gruß.«

Dann bat er um Nachsicht für seine Unzulänglichkeiten an diesem erhabenen Ort und rief aus: »O erstaunlicher Gedanke für einen wenig beredten Fremden! Wie kann er es wagen, vor dem Beredtesten der Araber!«

Er fuhr mit seinen Ermahnungen fort, bis die Gemüter der Menschen von Zerknirschung und Bewegung mitgerissen wurden. Die Perser warfen sich vor ihn, erklärten ihre Reue, ihre Herzen wurden fortgetragen, ihre Seelen geraubt. Sie boten ihm ihre Stirnlocken dar, und nachdem er um eine Schere gebeten hatte, schnitt er sie eine nach der anderen ab. Er legte seinen Turban auf den Kopf eines, dessen Stirnlocken gefallen waren. Sofort wurde von einem der Leser oder Gefährten ein neuer Turban auf seinen Kopf gesetzt. Da sie seine großzügige Gewohnheit kannten, beeilten sie sich, ihre eigenen zu offerieren, damit sie einen guten Ruf für ihre offenkundige Freigebigkeit erhielten. Er fuhr fort, einen Turban nach dem anderen von seinem Kopf zu nehmen, bis er eine große Zahl weitergereicht und viele Locken geschnitten hatte. Dann beendete er die Versammlung und sprach: »Meine guten, hier versammelten Freunde! Ich habe zu euch im Haram des Propheten gesprochen. Ein Prediger darf der Bettelei frönen – ich habe zu euch im Haram Gottes gesprochen und bitte nun um etwas, was ich benötige, was ich, wenn ihr es mir gewährt, ohne zu erröten sagen werde.« Alle gaben ihrer Willigkeit zu helfen Ausdruck, während ihr Schluchzen laut wurde. »Mein Bedürfnis ist«, sagte er, »daß ihr eure Köpfe hebt, eure Arme vorstreckt und diesen Propheten anfleht, daß er mich in seiner Gunst bewahre und für mich die Gnade Gottes suche.« Dann begann er, seine Sünden aufzuzählen und zu bekennen. Die Menschen warfen ihre Turbane ab und streckten ihre Arme zum Schrein des Propheten und beteten weinend und flehend für diesen Mann.

Niemals in einer Nacht sah ich mehr Tränen der Reue als hier.

Als er fortging, zog auch der Emir sich zurück; die Prinzessin entfernte sich von ihrem Platz. Bei der Ankunft Sadr ad-dîns war der Vorhang von ihr emporgehoben worden und – in ihren Mantel gewickelt – war sie zwischen ihren Damen und Dienern geblieben, während wir, die wir sie betrachteten, über ihren königlichen Glanz staunten. Dieser Mann, Sadr ad-dîn, ist bemerkenswert in seinem Edelmut, Glanz und seiner Majestät, in der Magnifizienz seines Gehabes, der Eleganz seines Status, seiner äußeren Macht, seiner im Überfluß vorhandenen Dinge, seinen vielen Sklaven und Dienern und in der Zahl seiner Suite und Gefolgschaft, so daß Könige in Anbetracht seiner Würde dahinter zurückstehen. Sein Pavillon erhebt sich in die Luft wie eine große Krone; er ist besetzt mit Türen, die in einem einzigen Stil geformt wurden und erstaunliche Muster tragen. Von weither kann man ihn erkennen, denn er beherrscht das Zeltlager, so wie er in den Himmel strebt. Der Status dieser erhabenen Persönlichkeit ist in der Tat so, daß eine Beschreibung ihn nicht zu erläutern vermag. Wir nahmen an einer Audienz von ihm teil und beobachteten einen gefestigten und liebenswerten Mann, der – trotz seiner großen Würde und beeindruckenden Gegenwart – sofort durch seine Freundlichkeit und Güte jene in Gelassenheit versetzte, die gekommen waren, um ihn zu sehen. Wir baten ihn um einige Zeilen Prosa und Poesie; er gewährte sie uns. Er ist der Größte derer, die wir in diesen Ländern gesehen haben.

Am Freitag, dem 20. April, wurden wir Zeuge einer ketzerischen, verdammenswerten Neuerung. Sie sah folgendermaßen aus: Der Prediger traf ein, um die Ansprache zu halten, und bestieg die Kanzel des Propheten. Diese Person, so wurde erzählt, verfolgt eine Methode, mit der die Menschen nicht übereinstimmen, ungleich dem persischen Scheich und Imam, der bei dem Pflichtgebet in der Moschee in Erscheinung tritt und dessen Weg tugendhaft und gottgefällig ist, wie es einem Imam an solch einem edlen Platz ziemt. Als die Muezzins den Ruf zum Gebet beendet hatten, erhob sich der Prediger, um die Ansprache zu halten. Zwei schwarze Banner waren vor ihn gebracht und auf jeder Seite der Kanzel aufgebaut worden, er stand dazwischen. Als er den ersten Teil seiner Predigt beendet hatte, setzte er sich für eine Pause, die dem allgemeinen Brauch in der chutba, die für ihre Kürze sprichwörtlich ist, widersprach, und eine unverschämte Gruppe von Moschee-Offiziellen drängte nach vorn, indem sie durch die Reihen der Betenden stürmte und auf ihre Nacken trampelte, um die Perser und anderen Anwesenden für diesen unwürdigen Prediger zu bitten. Einige warfen ihre wertvollen Roben fort, andere brachten das kostbare Stück Seide, das sie für diesen Zweck vorbereitet hatten, und schenkten es; andere nahmen ihre Turbane ab und schleuderten sie hin; und wieder andere streiften ihre Überwürfe ab und gaben sie her. Diejenigen, deren Mittel dafür nicht ausreichten, boten ein Stück groben Kattuns an. Manche warfen goldene Späne hin, einige streckten die Hände mit ein oder zwei Dinar vor. Frauen streiften ihre silbernen Knöchelreifen, ihre Ringe ab, boten diese und andere Dinge an, die zu beschreiben zu lange dauern würde. Während all dessen blieb der Prediger in der Kanzel sitzen, warf auf jene, die so emsig für ihn arbeiteten, Blicke von Habgier und Raffsucht, die er beständig in seiner Gier nach mehr wiederholte. Die Zeit der Gebete war beinahe vorbei; Männer von Frömmigkeit und Wahrheit klagten und weinten offen, während der Prediger, der keine Schamesröte auf seinem Gesicht zeigte, das Ausschöpfen des letzten Tropfens von Almosen abwartete. Aus diesem ungesetzlichen Handeln hatte sich vor ihm ein großer Haufen angesammelt; als er befriedigt war, erhob er sich, vollendete die Predigt und betete dann mit den Menschen. Erleuchtete Menschen gingen weinend für die Religion fort, sich sehnend nach dem Glück der Welt und des Eintreffens des Jüngsten Gerichts versichert. Gott gehört Zukunft und Vergangenheit.

Am Abend dieses gesegneten Tages boten wir der Stadt unser Lebewohl. Welch ein ungewöhnlicher Abschied, der den Geist vor Bestürzung in Unruhe versetzt, bis er verwirrt ist, und die Seele in Schmerzen bewegt, so daß sie zerbricht. Was denkst du von einem Platz, wo einer dem Herrn derjenigen Lebewohl flüstern darf, die waren und die kommen werden, dem Siegel der Apostel und Propheten? In der Tat ist es ein Ort, der die Herzen der Menschen bricht und die schwersten und trägsten Gemüter in Ekstase versetzt. Es war nichts außer Wehklagen und Lamentieren zu hören, alle schienen mit der Stimme des Augenblicks zu rezitieren:

»Meine Liebe fordert, daß ich bleiben soll,
doch das Schicksal sendet mich auf den Weg.«

Möge Gott uns durch diesen Besuch beim Propheten einen ehrenvollen Aufenthalt im Himmel gewähren, ihn zu unserem Fürsprecher am Tage des Jüngsten Gerichts machen und uns neben ihn an den ewigen Ort bringen!

Wir waren in Medina fünf Tage geblieben, der erste war ein Montag und der letzte ein Freitag, der 20. April 1184.

Von Medina nach Bagdad

21. April bis 16. Mai 1184

Am Sonnabendvormittag, dem 21. April, brachen wir in den Irak auf. In Medina hatten wir uns mit Wasser für drei Tage eingedeckt, und am dritten Tag unserer Reise, am Montag, schlugen wir unser Lager im Tal des Bräutigams (Wâdî l-'arûs) auf. Hier versorgten sich die Männer selbst mit Wasser, gruben im Boden nach einer Süßwasserquelle, aus der die unzähligen Menschen der Karawane und die noch größere Zahl von Kamelen ihren Durst löschten.

Vom Tal des Bräutigams stiegen wir in das Land von *Nadschd*, ließen die *Tihâma* hinter uns und reisten dann über eine ebene Strecke, auf deren näheren Bereich die Augen sich beschränken und deren äußerste Grenzen sie nicht erreichen. Wir atmeten den Odem von Nadschd und die Luft ein, die in ein Sprichwort überging. Unsere Geister und Körper wurden erfrischt durch die Kühle jener Brisen und die Heilsamkeit der Luft.

Am Dienstag, dem vierten Tag unserer Reise, legten wir bei der Wasserstelle al-'Usaila eine Pause ein, am Mittwoch an einem Ort namens an-Nuqra (die Grube), der Brunnen und Tanks hat wie riesige Zisternen. Einen davon fanden wir voll Regenwasser, es war genug für die ganze Karawane und zeigte keine Abnahme trotz der herausgeholten Wassermenge.

Es war die Art des Emirs der Pilgerfahrt, mit den Pilgern von Mitternacht bis zum späteren Vormittag zu marschieren, bis Mittag zu ruhen, dann bis zum späten Abend weiterzuziehen und den Marsch um Mitternacht wieder aufzunehmen.

In der Nacht zum Donnerstag, dem 26. April, am sechsten Tag unserer Reise, hielten wir an einem Wasserplatz al-Qârûra (die Flasche), dessen Tanks voller Regenwasser waren. Dieser Platz liegt im Zentrum des Landes von Nadschd. In keinem bewohnten Land bin ich je auf ein weitläufigeres oder grenzenloseres Gebiet gestoßen, mit würzigeren Brisen und gesünderer Luft, auch nicht mit gleich guter, mit klarerem Wasser, Erde mit so wenig Unkraut, größerer Stärkung für Geist und Körper, gemäßigterem Wetter zu jeder Zeit als im Land von Nadschd.

Am Donnerstag kamen wir nach al-Hâdschir, wo das Wasser in

Tanks aufbewahrt wird, obwohl man oft danach in seichten Gruben gräbt. Wir hatten auf dieser Straße Wassermangel befürchtet, besonders wegen der großen Anzahl von Menschen und Kamelen, die, wenn sie an ein Meer gebracht würden, dieses leertrinken könnten. Doch Gott sandte in seiner Barmherzigkeit aus den Wolken Fluten, die die tiefliegende Ebene in einen See verwandelten und Rinnsale in ihren Bachbetten zu Strömen anwachsen ließen. Er füllte die Täler mit dem Frühjahrsregen. So sahen wir das Wasser in raschem Lauf über die Erdoberfläche fließen.

Am selben Tag, bei al-Hâdschir, überquerten wir zwei Flüsse mit Hochwasser; die Teiche und Moräste waren zahllos. Am nächsten Tag, dem Freitag, hielten wir am frühen Morgen bei Samîra an, einem bewohnten Ort, in dessen Ebene eine Art Festung ist, die von einer großen Einfriedung eingeschlossen wird und bewohnt ist. Es gibt in vielen Brunnen Wasser, das jedoch brackig ist wie in Sümpfen und Teichen. Hier tauschen die Beduinen ihre Produkte; das sind Fleisch, Butter und Milch; und die Pilger, gierig nach Fleisch und dürstend nach Milch, eilten, um zu kaufen, gaben Stücke von grobem Kattun, den sie zum Tauschhandel mit den Beduinen mitgebracht hatten.

Am frühen Sonnabendmorgen hielten wir bei al-Dschabal almachrûq (der durchlöcherte Berg), einem Hügel in einem Wüstenstrich, der auf der Oberseite einen Tunnel hat, durch den der Wind streicht. Wir bewegten uns von diesem Platz weiter und verbrachten einen Teil der Nacht in Wâdî l-kurûsch, wo es kein Wasser gibt. Wir verließen es in der Nacht und gelangten am Sonntagmorgen nach Faid.

Faid ist eine große Festung mit Belagerungstürmen und Zinnen, die in einem ebenen Landstrich liegt. Rundherum erstreckt sich ein Vorort, der von einer Mauer alter Bauweise eingeschlossen ist. Er wird von Beduinen bewohnt, die von Handel und Tausch sowie ähnlichen, den Pilgern dienenden Beschäftigungen leben. Hier lassen die Pilger auf dem Weg nach Mekka einen Teil ihres Proviants zurück als Vorsichtsmaßnahme für die Rückreise. An dem Ort haben sie einen Bekannten, bei dem sie ihre Habe lassen.

Faid ist auf halbem Weg, oder etwas weniger, von Bagdad nach Mekka über Medina. Kûfa ist eine Zwölf-Tage-Reise von dort entfernt über eine gute ebene Straße, die mit vielen Tanks ausgestattet ist. Der Emir der Pilgerfahrt betrat diesen Ort in Kampfausrüstung und unter Waffen, um den dort versammelten Beduinen Angst einzujagen, damit sie nicht von Besitzneid gegen die Pilger bewegt würden. Sie warfen raubgierige Blicke auf das Pilgerlager, sahen aber keine Möglichkeit, sich ihm zu nähern. Lob sei Gott! Das Wasser hier ist reichlich in Brunnen, die durch Untergrundquellen gespeist werden. Außerdem fanden die Pilger einen Tank, in dem Regenwasser gesammelt worden war; er war sofort erschöpft. Wegen ihres Verlangens nach Fleisch waren die Pilger bald im Besitz einer Menge Schafe, die sie bei den Beduinen getauscht hatten. Es gab keinen Pavillon, kein Zelt, noch einen schattigen Platz ohne ein oder zwei Widder daneben, den Mitteln und dem Wohlstand entsprechend. Das ganze Zeltlager war mit den Schafen der Beduinen gefüllt, der Tag wurde zum Fest. In derselben Weise brachten die Beduinen ihre Kamele zu den Treibern und anderen, die sie zur Benutzung auf dem Wege kaufen wollten. Mit Butter, Honig und Milch belud sich jeder entsprechend seinem Bedarf. Den ganzen Tag hindurch bis zum Mittag des Montags, der darauf folgte, blieben die Menschen an diesem Ort.

Wir brachen um Mitternacht auf, beachteten die beschriebene Marschmethode, und am frühen Dienstagmorgen, dem 1. Mai, hielten wir an einem Platz namens al-Adschfur (die Gruben), der unter den Bewohnern als der Ort von *Dschamîl und Buthaina* vom Stamme ʿUdhr gefeiert wird. An diesem Dienstag zogen wir unserer Sitte gemäß bis zum Mittag weiter und zelteten am späten Abend in der Wüste. Wir zogen von dort des Nachts weiter. Bei Sonnenaufgang rasteten wir in Zarûd, einer Senke in einem sandigen Landstrich. Sie hat eine große Einfriedung, die kleine Häuser umschließt und einer Festung ähnelt, in diesen Gegenden qasr (Palast) genannt. Das Wasser kommt hier aus brackigen Brunnen.

Am Donnerstagvormittag, dem 3. Mai, stiegen wir an einem Platz namens ath-Thaʿlabîja ab; dort ist ein zerstörtes Bauwerk wie eine Burg zu finden, von der nichts als die Mauer übrig ist. Daneben steht ein riesiger Tank von großem Umfang, eine der größten und tiefsten Zisternen, die es gibt. Man kann auf drei Seiten über viele Stufen hinabsteigen; darin war genug Regenwasser für die ganze Karawane.

An diesem Ort tauchte ein großes Beduinengedränge, Männer

und Frauen, auf, die einen großen und wimmelnden Markt für Kamele, Widder, Butter, Milch und Kamelfutter abhielten. Es war ein Tag lebhaften Handels. Von dieser Stelle bis nach Kûfa sind es nur drei Stationen, die genug Wasser für die ganze Karawane liefern können: Eine ist Zubâla, die andere Wâqisa und die dritte ein Ort, der Wasser vom Euphrat führt, nahe Kûfa. Auch neben diesen Wasserstellen gibt es Wasser, doch nicht genug, während es an den erwähnten Orten ausreichend für alle Männer und die Kamele vorhanden ist. An der Wasserstelle von ath-Tha'labîja beobachteten wir eine erschreckende Streiterei unter den Menschen um das Wasser; ähnliches hat sich kaum um die Herrschaft über Städte und Burgen abgespielt. Es reicht, euch zu berichten, daß an diesem Ort sieben Männer starben, zerdrückt in dem entsetzlichen Gedränge und von den Füßen unter Wasser getreten. Sie eilten, um Wasser zu trinken, und tranken schließlich den Tod. Möge Gott sich ihrer erbarmen und ihnen verzeihen!

Am Freitagmorgen kamen wir an den Ort Birkat al-mardschûm (Becken des Gesteinigten); das ist ein Tank, in den Wasser von fern durch ein Aquädukt geführt wird. Das Becken wurde in den Boden gegraben und ist von einer Güte, die großen Wohlstand und Mittel beweist. Der Mann, der zu Tode gesteinigt wurde, hat ein Grab an der Straßenseite, das hoch wie ein Hügel ist; alle Vorbeireisenden müssen einen Stein darauf werfen. Die Menschen erzählen, daß ein König seine Steinigung aufgrund einer Angelegenheit befahl, die diese Maßnahme erfordert. An diesem Ort stehen viele Zelte von Beduinen, die sofort das an Nahrungsmitteln herbeibrachten, was sie an die Pilger zu verkaufen hatten. Der Tank war mit Regenwasser gefüllt, und alle waren in der Lage, reichlich zu trinken.

Diese Tanks, Becken, Brunnen und Wasserstellen an der Straße von Bagdad nach Mekka sind Monumente der Zubaida, Frau und Base des Kalifen Harûn ar-Raschîd, die sich zeitlebens hierfür einsetzte und den Pilgern auf ihrem Wege Einrichtungen und nützliche Werke hinterließ.[44] Sie sind seit ihrem Tod bis heute allen dienlich gewesen, die jedes Jahr als eine Gesandtschaft zu Gott ziehen. Hätte sie nicht so großzügige Taten in dieser Hinsicht vollbracht, könnte die Straße nicht bereist werden.

Am Sonnabendmorgen hielten wir an dem Ort asch-Schuqûq (die Spalten), der zwei Tanks hat, die wir mit süßem, klarem Wasser gefüllt vorfanden. Die Pilger schütteten das noch vorhandene Wasser aus, nahmen von diesem guten, freuten sich über die Fülle und erneuerten ihren Dank an Gott. Einer dieser Tanks ist eine riesige Zisterne von großem Umfang, die ein Schwimmer nur mit viel Mühe und Plackerei durchqueren kann. Das Wasser darin war mehr als zwei Klafter tief; die Menschen genossen es, darin zu schwimmen, zu baden und ihre Kleidung zu waschen. Es war für sie ein Ruhetag auf der Reise, ein Geschenk Gottes. Alle diese Tanks waren leer gewesen, als die Pilger von Bagdad nach Mekka zogen; doch Gott in Seiner Barmherzigkeit sandte Wolken, um sie mit Wasser für die heranziehenden Pilger zu füllen.

Wir verließen diesen Ort am Abend und verbrachten die Nacht an einem anderen, at-Tanânîr (die Öfen), der auch einen mit Wasser gefüllten Tank hatte. Wir brachen von dort am Sonntag, dem 6. Mai, auf. Bei Morgengrauen zogen wir an Zubâla vorbei, einem bewohnten Dorf mit einer großen Beduinenfeste, zwei Tanks und Brunnen. Es ist eine der drei berühmten Wasserstellen an der Straße. Als die Sonne schon lange aufgegangen war an jenem Tag, hielten wir bei al-Haithamain, wo es zwei Tanks gibt. In der Tat, mit Gottes Hilfe kamen wir an kaum einem Ort vorbei, an dem wir kein Wasser fanden. Dank sei Ihm dafür!

In der Nacht zum Montag, dem 7. Mai, zogen wir nahe an einem gut gefüllten Tank vorbei, und die Karawane erneuerte in der Nacht ihre Wasservorräte. Der Platz liegt am Fuße einer Anhöhe namens 'Aqabat asch-schaitân (Satans Abhang). Gegen Morgen erklommen wir diese Böschung, die weder lang noch schwierig ist, denn der Weg ist eben und dafür berühmt; als die Sonne hochstand, hielten wir an einem leeren Tank. Wir waren an vielen Tanks vorbeigekommen, wobei neben jedem ein Beduinenlager stand.

Diese Straße besteht nur aus Wasserbecken.

Am Dienstagmorgen stiegen wir bei Wâqisa ab; das ist eine weite Landsenke mit gutgefüllten Tanks und einem großen Fort, neben dem die Ruinen eines Gebäudes stehen. Es wird von Beduinen bewohnt und ist die letzte Wasserstelle am Wege, da zwischen Wâqisa und Kûfa keine erwähnenswerte Wasserstelle mehr liegt außer den Wasserläufen des Euphrat. Es ist eine Drei-Tage-Reise von Kûfa entfernt, viele Einwohner aus Kûfa kommen hierher, um die Pilger zu treffen; sie bringen Mehl, Brot, Datteln, Gewürze und

Früchte der Saison mit; die Pilger beglückwünschen sich zu ihrer Errettung. Wir verbrachten die Nacht zum Mittwoch, dem 9. Mai, an dem Ort Lauza, wo es einen großen Tank gibt, den die Menschen gefüllt fanden. Sie löschten wieder ihren Durst und ließen die Kamele nach ihrem Willen trinken. Wir marschierten dort bei Nacht los. Beim Morgengrauen kamen wir an al-Qar'â' vorbei, wo wir Gebäuderuinen entdeckten. Hier ist auch ein Tank, der in sechs Becken unterteilt ist, die kleine Zisternen sind und die Fontainen mit Wasser speisen, woraus die Menschen trinken. Es gibt so viele, daß die Bücherbände sie kaum fassen und registrieren können.

In der Nacht zum Donnerstag ruhten wir an einem riesigen Tank voll von Wasser. Am Morgen des Tages hielten wir an dem Minarett der Hörner (Manârat al-qurûn). Dies ist ein Turm, der sich in einem Wüstenstrich ohne Gebäude erhebt wie eine gedrechselte Säule aus gebrannten Ziegeln, zwischen die acht- und viereckige Paneele aus Terracotta gefügt wurden, genial gefertigt. Ein einzigartiges Charakteristikum dieses Turms ist, daß er überall mit Gazellenhörnern dekoriert wurde, so daß er wie der Rücken eines Igels wirkt. In der Nähe dieses Minaretts steht eine Festung mit hohen Türmen, und daneben ein großer Tank, den wir mit Wasser gefüllt fanden. Am Abend dieses Donnerstags zogen wir an al-'Udhaib vorbei, einem fruchtbaren Tal mit Häusern, umgeben von einer kultivierten Ebene. Wenn das Auge darüberstreift, findet es Ruhe. Uns wurde erzählt, daß in der Nähe der Bâriq fließt. Von hier kamen wir nach ar-Ruhba, einem Dorf nahe am Fluß mit Wohngebäuden und Kultivationen, durch die das Wasser fließt, das aus einer Quelle im oberen Teil des Dorfes entspringt. Wir schlugen unser Lager ein farsach davor auf. Um Mitternacht am Freitag machten wir uns wieder auf den Weg und passierten al-Qâdisîja, ein erwähnenswertes Dorf mit Palmenhainen, das auch Wasserläufe vom Euphrat hat. Am Morgen kamen wir nach an-Nadschaf (der Sandhügel), das hinter Kûfa wie eine Art Grenze zwischen der Stadt und der Wüste liegt. Es ist ein weiter Landstrich mit hartem Boden, über den das Auge wandern kann und wo es Befriedigung und Herzensberuhigung findet. Wir kamen bei Sonnenaufgang am Freitag nach Kûfa. Dank sei Gott für die Sicherheit, die Er uns gewährte!

Kûfa ist eine große Stadt mit alten Gebäuden. Zerstörung hat den größeren Teil davon heimgesucht, und der verlassene Teil ist größer als der bewohnte. Ein Grund für die Verwüstung der Stadt ist der benachbarte Stamm der Chafâdscha, der unaufhörlich Raubzüge unternimmt. Doch auch der Lauf von Tagen und Nächten reicht aus, um Leben und Zerstörung mit sich zu bringen. Die Gebäude dieser Stadt sind alle aus Ziegeln, und sie hat keine Mauer. Am östlichen Ende steht die alte Moschee, auf deren Ostseite sich keine Gebäude anschließen. Sie ist enorm groß, hat fünf Säulengänge auf der südlichen Seite und je zwei auf den anderen. Diese Säulenhallen werden von Pfeilern aus hartem behauenem Stein gestützt, der aufeinandergelegt und mit geschmolzenem Blei verbunden wurde. Die Säulen haben keine Bögen, sie sind in dem Stil der Moschee des Propheten in Medina erbaut, von erstaunlicher Höhe, reichen bis zum Dach, so daß die Augen durch ihre überragende Höhe befremdet werden. Ich habe niemals auf der Welt eine Moschee mit höheren Säulen oder einem höheren Dach gesehen.

In dieser Moschee sind viele geheiligte Monumente; darunter ein Raum neben der Gebetsnische, wenn man zur qibla blickt, der der Betraum Abrahams gewesen sein soll. Zum Schutze ist ein schwarzer Vorhang darübergezogen. Von hier tritt der Prediger hervor, gekleidet in schwarze Gewänder, um die Predigt zu halten. Menschen drängen sich um diesen gesegneten Fleck, um zu beten. Nahe daran, auf der rechten Seite, ist eine Gebetsnische, die von einer Teak-Balustrade umschlossen ist und sich von der Pflasterung der Arkade wie eine kleine Moschee erhebt. Es ist die Gebetsnische des Fürsten der Gläubigen, 'Alî ibn abî Tâlib; an diesem Ort streckte ihn der verfluchte Schuft 'Abdarrahmân ibn Muldscham mit dem Schwert nieder[45], weshalb die Menschen dort beten, weinen und flehentlich bitten. In einer Ecke am Ende dieser südlichen Säulenhalle, wo die westliche angrenzt, ist eine Art kleiner Moschee, ebenfalls von einer Teak-Balustrade umschlossen. Hier »sprudelte das Wasser aus dem Reservoir der Erde«[46] in dem Wunder, das für Noah vollbracht wurde. Etwas außerhalb der Moschee ist das Haus, in dem er wohnte. Auf einem offenen Platz an der Südmauer der Moschee soll Noah seine Arche gebaut haben.

Ein kleines Wegstück nördlich der Moschee ist eine große Trinkwasserstelle von Euphratwassern, die drei große Becken hat. Ein farsach westlich der Stadt ist der berühmte Schrein von 'Alî ibn abî Tâlib. Es soll der Platz sein, wo das Kamel in seinen gewundenen

Tüchern kniete, um den Sarg zu halten. Wegen der Kürze unseres Aufenthalts in Kûfa, wo wir nur in der Nacht zum Sonnabend blieben, konnten wir den Schrein, der überwältigend sein soll, nicht sehen.

Wir zogen am Sonnabendmorgen weiter, und nahe der Mittagszeit hielten wir an einem Kanal, der vom Euphrat abfließt, dessen Strom einen halben farsach östlich von Kûfa verläuft. Der östliche Teil von Kûfa besteht nur aus Hainen von dick wachsenden Palmen, deren Schatten sich erstreckt, so weit das Auge reicht. Nachdem wir diesen Platz verlassen hatten, verbrachten wir die Nacht zum Sonntag, dem 13. Mai, in der Nachbarschaft von al-Hilla, das wir am Sonntag betraten.

Al-Hilla ist eine große, im Altertum erbaute Stadt von länglichem Schnitt; keine ihrer Mauern ist noch vorhanden, abgesehen von einer Erdwallumschließung. Sie liegt an den Ufern des Euphrat, der sie einschließt und sich an ihrer östlichen Seite entlangzieht. Sie verfügt über hervorragende Basare für alle städtischen Einrichtungen und handwerklichen Notwendigkeiten, ist solide gebaut und sehr bevölkert. Außerhalb der Stadt sind Reihen von Palmenhainen, zwischen denen die Häuser stehen. Darin stießen wir auf eine große Brücke, die über eine Reihe von riesigen Pontons abgesichert ist, die sich von einem Ufer zum anderen erstrecken. Ihre Seiten werden durch massive Eisenketten aneinandergehalten, mächtig wie gedrehte Sparren. Sie sind an Holzpfosten auf jedem Ufer befestigt; ein Zeugnis für große Mittel und Fähigkeiten der Erbauer. Der Kalif an-Nâsir befahl den Bau dieser Brücke in seiner Sorge um die Pilger und ihre Bequemlichkeit auf dem Wege. Früher hatte man den Fluß in Booten überquert. Unsere Pilger stellten bei ihrer Rückkehr fest, daß diese Brücke, die noch nicht da gewesen war, als sie nach Mekka zogen, vom Kalifen in der Zwischenzeit errichtet worden war. Wir überquerten die Ponton-Brücke am Sonntagvormittag und schlugen unser Lager am Euphrat, ein farsach vor der Stadt, auf.

Der Fluß hat, wie sein Name al-*Furât* besagt, das süßeste und leichteste Wasser. Es ist ein großer Strom mit reichlich Wasser, den Schiffe hinauf- und hinunterfahren. Die Straße von al-Hilla nach Bagdad ist eine der besten und schönsten, zwischen Ebenen und Anpflanzungen laufend, durchgehend gesäumt von Dörfern zur Rechten und Linken. Die Ebene wird von Kanälen aus dem Euphrat durchzogen, die sie bewässern. Die Feldbestellung darauf erstreckt sich weit und breit ohne Grenze. Auf dieser Straße schweift das Auge glücklich, die Seelen werden mit Trost und Wohlbehagen erfüllt, und die Reisenden ziehen in Sicherheit.

Am Montag, dem 14. Mai, brachen wir auf und überquerten eine Brücke über eine Wasserstraße namens an-Nîl, einem Nebenfluß des Euphrat. Es gab ein großes Gedränge, viele Menschen und Tiere ertranken im Wasser. Wir standen daneben und ruhten, bis die Menge sich zerstreut hatte. Dann überquerten wir den Fluß sicher und ohne Harm. Von der Stadt al-Hilla an bildeten die Pilger eine Menschenkette in Scharen und Gruppen, einige gingen voran, andere hielten sich in der Mitte, einige blieben zurück. Der Eilende wartet nicht mehr auf den Müßigen, noch jene an der Spitze auf den Zögernden. Wo immer sie wollen, können sie an der Straße pausieren, um Atem zu holen und zu ruhen. Ihre Gemüter können sich entspannen von der Angst vor dem Trommelschlagen, das ihre Herzen unterwegs erzittern ließ und sie zum Aufstehen und zum Aufbruch drängte. Manchmal stammelte ein Schlafender, daß er den Klang der Trommel gehört habe, stand eilig und furchtsam auf; dann, wenn er wahrnahm, daß es nur ein böser Traum gewesen war, legte er sich wieder zum Schlafen nieder.

Einer der Gründe für die Aufgliederung der Karawane ist die Vielzahl der Brücken, die man auf dem Weg nach Bagdad sieht. Man kann kaum eine Meile laufen, ohne auf eine Brücke über einen Wasserweg, der vom Euphrat abzweigt, zu stoßen. Dies ist die Straße mit den meisten Bewässerungskanälen und Brücken; an der Mehrzahl davon stehen die Zelte der Männer, die die Straße angesichts der Sorge des Kalifen um die Pilger bewachen, damit diese nicht von Bettlern angesprochen werden. Wenn diese Menschenmasse Hals über Kopf zu den Brücken geeilt käme, könnte sie sie nicht überqueren, sondern würde in Haufen übereinanderfallen.

Der Emir der Pilgerfahrt verweilte drei Tage in al-Hilla, bis alle Pilger an ihm vorbeigezogen waren; er begab sich dann zu seiner Majestät, dem Kalifen, in dessen Namen er die Provinz al-Hilla regiert. Das Verhalten dieses Emirs, seine Freundlichkeit gegenüber den Pilgern, seine Sorge um sie, seine Wachsamkeit gegenüber den Vorderen und Hinteren, seine Arrangements des rechten und linken Flügels sind des Lobes würdig. Er verfolgte einen wohlgelenkten

Weg der Sicherheit und Voraussicht; an Bescheidenheit, Höflichkeit und Herzlichkeit war er trefflich.

Am Nachmittag des Montags hielten wir bei al-Qantara (die Brücke), einem Dorf mit breiten und fruchtbaren Äckern, bewässert durch Kanäle und schattig durch das Laubwerk der früchtetragenden Bäume. Es ist eines der lieblichsten und hübschesten Dörfer. Über einen Arm des Euphrat bei diesem Ort läuft eine Brücke, die gebogen ist, so daß man hinauf- und hinabsteigen muß. Sie gibt dem Dorf den Namen, das auch als Hisn Baschîr bekannt ist. Wir stellten fest, daß in dieser Region die Gerste gerade reif war, Mitte Mai.

Bei Tagesanbruch am Dienstag, dem 15. Mai, zogen wir an diesem Dorf vorüber und hielten zur Mittagsrast bei einem anderen, al-Farâsch, das viele Einwohner hat, von Wassern durchzogen und von einer grünen Ebene umsäumt ist, die wunderbar anzusehen ist. Die Dörfer auf diesem Weg von al-Hilla nach Bagdad sind alle von dieser Art, lieblich und hell. In diesem Dorf befindet sich eine große Karawanserei *(chân)*, umgeben von hohen Mauern und Zinnen.

Nachdem wir den Ort verlassen hatten, hielten wir gegen Abend bei Zarîrân, einem der hübschesten Dörfer der Welt, nett anzusehen, das größte in diesen Ländern, das weiteste in seinen Grenzen, mit den meisten Gärten, süß duftenden Pflanzen und Palmenhainen. Es hat einen Markt, neben dem die Basare der Städte schlecht abschneiden. Über die Schönheit seiner Lage reicht es zu sagen, daß es wie eine Braut zwischen Euphrat und Tigris liegt. Zwischen diesen edlen und gesegneten Flüssen erstrecken sich durchgehend Ebenen, Dörfer und kultiviertes Land. Zu den Besonderheiten dieses Dorfes zählt, daß auf der östlichen Seite der Palast (îwân) des Chosroen steht, während seine Stadt *al-Madâ'in* davor liegt. Dieser Palast ist ein Gebäude von auffälliger Weiße, das hoch in den Himmel sich aufschwingt, von dessen Struktur jedoch nur ein Teil übrig ist. Aus einer Meile Entfernung sahen wir es sich erheben, stattlich und brillant. Al-Madâ'in liegt in Ruinen. Wir zogen am Mittwoch, dem 16. Mai, daran vorbei und staunten über unsere Beobachtungen hinsichtlich seiner Ausdehnung. Eine andere Tugend dieses Dorfes Zarîrân ist, daß einen halben farsach östlich davon der Schrein von Salmân dem Perser liegt; sein Boden wurde nur wegen seiner hervorragenden Güte dazu ausersehen, diese gesegneten Gebeine aufzunehmen. Das Dorf liegt am Ufer des Tigris, der zwischen ihm und dem edlen Schrein fließt.

Wir hatten gehört, daß die Luft Bagdads Fröhlichkeit im Herzen erzeuge und dem Geist Freude und Geselligkeit bringe. So findet man dort kaum jemanden, der nicht froh und munter ist, selbst wenn er ein Fremder und weit von seiner Heimat ist. Als wir nun an diesem Ort, der nur eine Station von der Stadt entfernt ist, ankamen und seine würzigen Brisen eingeatmet und unseren brennenden Durst mit seinem kühlen Wasser gelöscht hatten, fühlten wir – trotz unserer Einsamkeit als Fremde – deren Ruf nach Glück. Auf unserem rauhen Weg empfanden wir die Freude des Abwesenden, der heimkehrt. Wir fühlten die Eingebungen frohen Mutes in uns wachsen, die uns an die Treffen mit Geliebten in der strahlenden Jugend erinnerten. Wenn das schon einem Fremden weit weg von der Heimat widerfährt, wie mag es dann erst einem Pilger ergehen, der zur Familie und nach Hause zurückkehrt.

In der Dämmerung des Mittwochs machten wir uns von diesem Dorf auf, zogen, wie beschrieben, an al-Madâ' in vorbei und kamen nach Sarsar, das an Schönheit eine Schwester von Zarîrân sein könnte. An seiner südlichen Seite fließt ein großer Arm des Euphrat vorbei, über den eine Schiffsbrücke gebaut wurde, die von Ufer zu Ufer mit eisernen Ketten wie bei al-Hilla abgesichert ist. Wir überquerten sie und legten eine Mittagspause ein, als wir noch drei farsach von Bagdad entfernt waren. Dieses Dorf Sarsar hat einen schönen Markt und eine große neue Hauptmoschee; es ist eines der Dörfer, die die Seele durch ihre Schönheit und Tugend ergreifen.

Den Ruf dieser beiden Flüsse, Tigris und Euphrat, brauchen wir nicht zu beschreiben. Ihr Zusammenfluß ist zwischen Wâsir und Basra, wo sie sich ins Meer ergießen. Ihr Verlauf geht von Norden nach Süden. Genug, die besonderen Segnungen, die Gott ihnen und ihrem Bruder, dem Nil, gewährte, zu erwähnen.

Wir zogen von diesem Ort kurz vor dem Mittag des Mittwochs fort und kamen vor dem späten Nachmittag nach Bagdad, indem wir durch Gärten und Wiesen, deren Beschreibung nur ungenügend sein kann, zogen.

Bagdad

16. Mai bis 28. Mai 1184

Bagdad ist eine alte Stadt. Obwohl sie immer die Hauptstadt des ʻabbâsidischen Kalifats und der Angelpunkt der Ansprüche der quraischitischen und haschimitischen Imame gewesen ist, sind die meisten dieser Spuren vergangen; nur ein berühmter Name ist geblieben. Im Vergleich mit ihrem früheren Zustand, bevor das Unglück sie traf und die Augen des Elends darauf fielen, ist sie wie eine ausgelöschte Ruine, eine verwaschene Spur, ein lebloser Schatten. Sie bietet keine Schönheit, die die Blicke fesselt oder zum Müßigtun und Schauen aufmuntert. Nichts außer dem Tigris, der zwischen dem östlichen und westlichen Teil hindurchfließt wie ein Spiegel, der zwischen zwei Seiten leuchtet oder wie ein Halsband zwischen zwei Brüsten. Die Stadt trinkt daraus und durstet nicht; sie blickt in einen polierten Spiegel, der nicht anläuft. Die Schönheit ihrer Frauen, die von dem Wasser und der Luft geprägt ist, wird gefeiert und landauf, landab gerühmt, so daß – wenn Gott davor keinen Schutz gewährt – eine Verführung zur Liebe groß ist.

Was nun aber die Menschen betrifft, so findet man kaum einen unter ihnen, der nicht Demut vortäuscht, dabei eitel und stolz ist. Fremde schätzen sie gering, den ihnen Untergebenen treten sie mit Stolz und Ablehnung entgegen, während sie Berichte und Neuigkeiten anderer herabsetzen. Jeder denkt und glaubt, daß die ganze Welt minderwertig sei im Vergleich zu diesem Land, und auf der Erdoberfläche entdecken sie keinen edlen Ort zum Leben außer dem eigenen. Es ist, als seien sie davon überzeugt, daß Gott kein Land und kein Volk außer dem ihren kennt. Sie ziehen die Säume ihrer Gewänder anmaßend und aufdringlich hinter sich her. Sie wenden sich nicht in Ehrerbietung vor Gott von dem ab, was er mißbilligt. Sie meinen, daß der höchste Ruhm darin besteht, eine Schleppe tragen zu lassen, und wissen nicht, daß die Kleidung der Überlieferung gemäß in die Flammen eingehen wird. Ihre Geschäfte gehen sie mit geborgten Dinaren ein. Es gibt nur Transaktionen mit geliehenem Geld und durch die Hände derer, die beim Wiegen knappe Maße angeben. Man kann schwerlich die Vornehmen unter ihnen zu Redlichkeit bewegen. Es gibt keinen unter den Wiegern und Abmessern, auf den du nicht das »Wehe den Betrügern« der Sure der Betrüger[47] anwenden kannst. Sie empfinden deswegen keine Scheu. Der Fremde ist bei ihnen ohne Kameradschaft, für ihn werden die Preise verdoppelt. Er wird bei ihnen keinen finden, der nicht Heuchelei ihm gegenüber zeigt oder ohne irgendeinen Gewinn oder Nutzen seinen Spaß mit ihm treibt. Es ist, als seien sie zu dieser falschen Form von Freundschaft gezwungen als Voraussetzung, um Frieden und Einvernehmen in ihrem Zusammenleben zu gewinnen. Das Mißverhalten der Menschen in dieser Stadt wiegt schwerer als der Charakter seiner Luft und des Wassers und setzt Berichte über die Redlichkeit ihrer Traditionen herab.

Ich bitte Gott um Vergebung für sie alle, abgesehen von ihren traditionsreichen Rechtsgelehrten und mahnenden Predigern. Denn es besteht kein Zweifel, daß diese in der Art zu predigen und zu erinnern, im Erläutern, in dem beharrlichen Geben von Warnungen und Maßregeln in der Lage sind, Gottes Mitgefühl anzurufen, damit er diese Menschen von vielen Sünden entlasten, den Vorhang der Vergebung über sie ziehen und die schlimmste Katastrophe verhüten wird, die über ihre Häuser hereinbrechen könnte. Doch aus solchen Menschen schlagen sie Stahl, wenn er kalt ist, und versuchen aus Eis sprudelndes Wasser zu machen. Kaum ein Freitag vergeht, ohne daß ein Prediger sie anspricht. Der erfolgreichste unter ihnen bestreitet täglich solche mahnenden Versammlungen, was ein glücklicher und notwendiger Vorgang ist.

Der erste von denen, deren Diskurse wir besuchten, war der Scheich und Imam Radî d-dîn al-Qazwînî, Oberhaupt der Schâfi'iten, Theologe am *Nizâmîja*-Kolleg und distinguiert wegen seiner herausragenden fundamentalen Studien. Wir gingen zu der Lesung, die er im Anschluß an das Nachmittagsgebet am Freitag, dem 18. Mai, hielt. Er bestieg die Kanzel, und die Leser auf Stühlen vor ihm begannen zu rezitieren. Sie erfüllten uns mit Sehnsucht und Verlangen durch ihre angenehmen Stimmen und traurigen, bewegenden Melodien. Dann lieferte der Imam eine ruhige, würdige Ansprache, die von verschiedenen Wissensgebieten handelte, einen Kommentar zum Buche Gottes eingeschlossen und eine Darlegung der Überlieferung Seines Propheten mit einer Erklärung. Wie ein Regenschauer prasselten Fragen von allen Seiten auf ihn nieder. Auf jede wußte er eine Antwort und gab sie sofort, ohne zu zögern. Eine

Anzahl von Notizen wurde ihm überreicht. Er sammelte sie in seiner Hand, beantwortete jede einzelne und warf die Zettel nach seiner abschließenden Behandlung fort. Als der Abend eintrat, stieg er herab, und die Versammelten zerstreuten sich. Seine eingehende Abhandlung war gelehrt und moralisch predigend, ernst, ruhig und überzeugend, enthüllte Gottes Segen und gab Seinen Seelen Ruhe; die Herzen der Demütigen zerflossen besonders am Ende der Versammlung in Zerknirschung und Reue.

Wie viele Stirnlocken schnitt er ab! Wie vielen Büßern gegenüber äußerte er sich. Durch solche Menschen wie diesen gesegneten Scheich geschieht es, daß die Rebellen kommen, damit ihnen vergeben wird und damit die Sünder erlöst werden, damit Schutz und Wohlwollen andauern. Gott der Erhabene wird jeden Mann von Ruf gemäß seiner Position entlohnen.

Wir besuchten eine weitere seiner Versammlungen am Freitagabend, dem 26. Mai, nach dem Abendgebet. Daran nahm an jenem Tag auch das Oberhaupt der Gelehrten von Chorasân, der leitende schâfi'itische Imam teil. Er betrat das Nizâmîja-Kolleg unter großem Tumult und allgemeiner Aufmerksamkeit derer, die sich nach ihm sehnten. Der von uns schon erwähnte Imam begann seine Darlegung, erfreut und sehr geehrt durch die Gegenwart dieses gelehrten Mannes. Alle Bereiche der Theologie wurden von ihm angeschnitten, wie in dem schon beschriebenen Vortrag.

Am Sonnabendmorgen danach besuchten wir die Predigt eines Scheichs, Rechtsgelehrten und Imams, des Dschamâl ad-dîn abû l-Fadâ'il ibn 'Alî al-Dschauzî, die er neben seinem Haus auf dem Ostufer des Tigris hielt. Mit dem äußersten Teil grenzt es an die Paläste des Kalifen. Es befindet sich in der Nähe des Tors al-Basalîja, des letzten Tors auf der Ostseite. Hier hält er jeden Sonnabend eine Ansprache. Wir nahmen an der Predigt eines ungewöhnlichen Mannes teil. »Unter dem Pelz verbirgt sich die Beute.« Er ist das Wunder aller Zeiten und der Trost des Glaubens. Er ist der Leiter der Hanbaliten und ein Spezialist höchsten Ranges im Lernen, ein Imam der Moschee, ein Reiter auf dem Pferde jenes Rufs. Er beherrscht die Zügel des Verses und der Reimprosa; er ist einer, der tief in das Meer der Gedanken hinabtaucht und wertvolle Perlen hervorbringt. Erstaunlich bei seiner Ansprache war folgendes: Als er die Kanzel bestieg, begannen die mehr als zwanzig Leser, den

Koran zu rezitieren. Zwei oder drei von ihnen sprachen einen Vers aus dem Koran in bewegendem, hingebungsvollem Rhythmus. Wenn sie das getan hatten, rezitierte eine andere ebenso große Gruppe einen anderen Vers. So fuhren sie fort, abwechselnd Verse vortragend, aus verschiedenen Abschnitten, bis sie die Lesung beendet hatten. Die Verse, die sie vortrugen, waren so ähnlich, daß selbst ein befähigter Mann kaum die Nummern oder die Einordnung benennen kann. Doch der große erstaunliche Mann ging sofort nach ihrem Abschluß in eine tiefschürfende Abhandlung über und goß in die Muscheln unserer Ohren die Perlen seiner Worte, pointierte jeden Abschnitt seiner Darlegung mit dem reimenden, eröffnenden Wort der rezitierten Verse, nannte sie genau in der richtigen Reihenfolge und endete mit dem Reim des letzten.

Hätte irgend jemand bei dieser Predigt daran gedacht, Vers für Vers in der richtigen Reihenfolge zu nennen, so hätte er versagt. Wie dann jemand, der sie rasch und aus dem Stegreif in eine feine Predigt einfügt. Doch bleibt meine Schilderung weit entfernt von der Wirklichkeit.

Als er seine Predigt beendet hatte, bot er einige sanfte Ermahnungen und sprach manche Ereignisse an, so daß Herzen mit Scheu schlugen, Seelen im Eifer schmolzen, Seufzer des Weinens wieder ertönten. Die Büßer erhoben ihre Stimmen laut und fielen auf ihn wie Motten auf eine Lampe. Jeder bot ihm seine Stirnlocke an; diese schnitt er, berührte jedes Mannes Kopf und betete für ihn. Einige fielen in Ohnmacht, er hob sie auf in seine Arme. Wir erlebten ein erregendes Schauspiel, das die Seele mit Reue und Zerknirschung erfüllte und sie an die Grauen des Tages der Wiederauferstehung mahnte. Wären wir über hohes Meer gefahren oder durch die wasserlose Wüste gereist, nur um der Predigt dieses Mannes beizuwohnen, wäre es ein gewinnendes Unterfangen und eine erfolgreiche, glückliche Reise gewesen. Dank sei Gott, daß wir ihn treffen konnten! Während seiner Audienz wurde er mit Fragen überhäuft, Notizen flogen ihm zu, aber schneller als ein Augenzwinkern antwortete er.

Wir gingen zu einer anderen seiner Audienzen, am Donnerstag, dem 24. Mai, bei dem Badr-Tor, im Viertel des Kalifenpalastes, dessen Lustschlösser darüberragen. Dieser Ort ist ein Teil des Harems des Kalifen und ist für den Empfang derer, die zum Predigen dorthin kommen, abgetrennt worden, so daß der Kalif, seine Mutter und die Damen des Harems von den Balkonen aus zuhören können. Dieses Tor ist für die Leute geöffnet, die den mit Matten belegten Platz betreten. Der Imam hält jeden Donnerstag dort ein Treffen ab; am frühen Morgen gingen wir hin, um ihn zu sehen, und saßen dort, bis der gelehrte Prediger ankam. Er bestieg die Kanzel und löste den ṭailasân von seinem Kopf in Ehrerbietung vor dem Orte. Die Koranleser, die in einer Reihe vor ihm auf Stühlen saßen, begannen bald, stimmungsvoll zu rezitieren. Wieder reimten sich die ausgewählten Verse. Der Prediger trug bei seiner Ansprache erotische Gedichte von großer Leidenschaft und bemerkenswerter Feinfühligkeit vor. Als er zum Ende gekommen war, wurde die Versammlung von Gefühlen geschüttelt. Er begann dann mit seiner eigentlichen Darlegung. Wir hatten nicht gedacht, daß ein Redner dieser Welt die Seele so in Besitz nehmen und damit arbeiten könnte, wie es dieser Mann tat.

Nach diesem Treffen gingen wir zu anderen Predigern in Bagdad und staunten über ihren Rang im Vergleich mit denen, die wir im Westen kennengelernt hatten. In Mekka und Medina hatten wir manche Versammlungen besucht, doch sie waren arm neben jenen von diesem konkurrenzlosen Mann in ihrer Macht über unsere Herzen. Wir fanden sie nicht so überzeugend wie ihren Ruf. Danach gingen wir noch zu einem weiteren Zusammentreffen, das hervorragend zu hören war und die Aufmerksamkeit anzog.

Am Sonnabend, dem 26. Mai, nahmen wir an einer dritten Versammlung von ihm teil, an dem erwähnten Ort neben seinem Haus. Seine bewundernswerte Beredsamkeit nahm alle Formen an. Wir wurden Zeugen eines bemerkenswerten Beispiels seiner Macht; durch seine Ermahnungen erhoben sich die Seelen der Anwesenden wie Wolken, und aus ihren Tränen floß ein starker Regenschauer. Dann, am Ende der Ansprache, brachte er einige erotische Verse, feurig mystisch und emotional. Zuletzt überfiel ihn Schwäche, er kam von der Kanzel herab, traurig und betrübt, doch alle Reuigen weinten und riefen: »Wie schade!« Die Weinenden bewegten sich wie Mühlsteine herum, jammernd und alle noch nicht erholt von ihrer »Vergiftung«. Ruhm sei Gott, der ihn zum Anlaß für die Reue Seiner Diener machte!

Doch nun kehren wir zu unserer Beschreibung Bagdads zurück.

Wie wir sagten, hat diese Stadt zwei Teile, einen östlichen und einen westlichen; der Tigris fließt zwischen ihnen hindurch. Der westliche Teil liegt völlig in Ruinen. Es war der ursprünglich bevölkerte Teil; der östliche wird erst seit kurzem bewohnt. Aber trotz der Ruinen enthält er siebzehn Viertel, jedes Viertel eine Stadt für sich. Jedes hat zwei oder drei Bäder, und in acht von ihnen gibt es eine Hauptmoschee, wo die Freitagsgebete gesprochen werden. Das größte dieser Viertel ist al-Qurajja, wo wir in einem Teil al-Murabba'a (das Viereck) am Tigrisufer nahe der Brücke lebten. Diese Brücke war bei Hochwasser weggespült worden, und die Menschen überquerten den Fluß wieder mit unzähligen Booten; die Männer und Frauen, die nachts und tagsüber hinüberfahren, sind ebenso zahllos. Gewöhnlich hat der Fluß wegen der vielen Menschen zwei Brücken, eine nahe dem Palast des Kalifen und die andere oberhalb. Jetzt überqueren Boote ständig den Fluß.

Dann folgt das Viertel al-Karch, ein bekannter Stadtteil, dann das Viertel Bâb al-Basra (Basra-Tor), auch eine Stadt, darinnen liegt die Moschee von *al-Mansûr.* Das ist eine große Moschee, vor langer Zeit gebaut, später verschönert. Das nächste Viertel ist asch-Schâri', ebenfalls eine Stadt für sich. Das sind die vier größten Stadtviertel. Zwischen asch-Schâri' und Bâb al-Basra ist der Basar des Hospitals (sûq al-mâristân), der in sich eine kleine Stadt ist und das berühmte Bagdader Krankenhaus beherbergt. Es liegt am Tigris; jeden Montag und Donnerstag besuchen es Ärzte, um den Zustand der Kranken zu ermitteln und ihnen das zu verordnen, was sie benötigen. Zu ihrer Verfügung stehen Menschen, die die Vorbereitung von Mahlzeiten und Medikamenten durchführen. Das Hospital ist ein großer Palast, mit Räumen, Schränken und allem Zubehör königlichen Lebens. Wasser gelangt vom Tigris hinein. Es würde lange dauern, die anderen Stadtteile aufzuzählen. Deshalb wollen wir uns auf einige beschränken.

Ein anderes Stadtviertel ist al-'Attâbîja, wo die gleichnamigen Kleider gemacht werden; daher kommt der Name. Sie sind aus Seide und Baumwolle in verschiedenen Farben. Unter den vielen Mausoleen in dieser Stadt ist auch das des Ahmad ibn Hanbal.

Im westlichen Teil der Stadt liegen Obstgärten, mit Mauern umfaßt, von wo Früchte in den östlichen Teil gebracht werden. Der Kalifenpalast befindet sich an der Peripherie und nimmt ein Viertel oder mehr ein, denn alle Angehörigen der 'abbâsidischen Kalifenfamilie leben in kostspieliger Abgeschiedenheit in diesen Palästen. Sie gehen nicht hinaus, werden nicht gesehen und beziehen ein Gehalt. Ein großer Teil der Paläste wird von dem Kalifen genutzt. Er hat die hohen Lustschlösser, prächtigen Hallen und hübschen Gärten in seinem Besitz. Heute hat er keinen Wesir, nur einen sogenannten Vize-Wesir, der den Rat besucht, den Besitz des Kalifen verwaltet und die Bücher und Angelegenheiten kontrolliert. Er hat einen Verwalter für den ganzen 'Abbâsiden-Palast und einen Vertrauten für den Harem, der seit der Zeit des Großvaters und Vaters des Kalifen tätig ist. Er heißt as-Sâhib Madschd ad-dîn ustâdh ad-dâr; das ist sein Titel, und für ihn werden Gebete nach denen für den Kalifen gesprochen. Er tritt wenig an die Öffentlichkeit, ist mit seinen Angelegenheiten in und um den Palast beschäftigt, ihrer Überwachung, der Verantwortung für die Schlösser und der Inspektion Tag und Nacht.

Ein Glanz dieses Hofes ist ein Jüngling namens Châlis, der Kommandeur der ganzen Armee ist. Wir sahen ihn eines Tages ausgehen, umgeben von Offizieren der Armee, Türken, Dailamî's (Persern) und anderen, umringt von ungefähr fünfzig gezogenen Schwertern in den Händen der Männer um ihn herum.

In der Zeit unseres Aufenthalts beobachteten wir merkwürdige Dinge: Der Kalif wurde manchmal in Booten auf dem Tigris gesehen; gelegentlich zog er in die Wüste zum Jagen. Er zieht in bescheidenem Stile aus, um seinen Status vor den Menschen zu verbergen; trotz dieser Geheimhaltung nimmt sein Ruf nur zu. Gern erscheint er vor den Leuten und zeigt seine Zuneigung zu ihnen. Sie glauben sich durch seinen Charakter vom Glück begünstigt, denn in seiner Zeit fanden sie Leichtigkeit, Gerechtigkeit und ein gutes Leben; groß und klein loben ihn. Wir sahen den Kalifen an-Nâsir vor seinem Lustschloß. Er war herausgekommen und zu seinem Palast hoch am Ostufer des Flusses hinaufgefahren. Er ist jung an Jahren, mit einem leichten kurzen, doch vollen Bart, von hübscher Statur und gutaussehend, hellhäutig, mittelgroß und angenehm anzusehen. Er ist ungefähr fünfundzwanzig Jahre alt. Er trug ein weißes Gewand, mit Gold bestickt, auf seinem Kopf eine vergoldete Kappe, umrankt von schwarzem Pelz kostbarer und wertvoller Art, wie er für königliche Gewänder benutzt wird, von Mardern oder noch kostbareren Tieren. Mit dem Tragen dieses türkischen Gewandes bezweckt er, seinen Status zu verbergen, doch die Sonne kann nicht versteckt werden, selbst wenn sie verhüllt ist. Dies war am Sonnabend, dem 19. Mai 1184; wir sahen ihn nochmals am folgenden Sonntagabend, als er vom Lustschloß herabblickte. Wir wohnten in seiner Nähe.

Der östliche Teil der Stadt hat herrliche Basare, ist in großem Rahmen angelegt und beherbergt unzählige Menschen. Hier gibt es drei Hauptmoscheen. Die Kalifenmoschee, die an den Palast grenzt, ist riesig und hat große Wasserbehälter und viele hervorragende Einrichtungen für die rituellen Waschungen und Reinigungen.

Die Sultansmoschee außerhalb der Stadt grenzt an die Paläste, die nach dem Sultan, der den Titel *Schâhinschâh* trägt, benannt sind. Er hat die Angelegenheiten der Vorfahren dieses Kalifen überwacht und dort gelebt; die Moschee wurde vor seiner Residenz gebaut. Die dritte Moschee, die von ar-Rusâfa, ist im östlichen Teil, etwa eine Meile von der Sultansmoschee entfernt. In ar-Rusâfa ist die Grabstätte der ʿabbâsidischen Kalifen. Die Gesamtzahl der Hauptmoscheen in Bagdad, in denen die Freitagspredigten abgehalten werden, beträgt elf.

Die Bäder der Stadt kann man nicht zählen; doch einer der Scheichs nannte uns für den östlichen und westlichen Teil zusammen etwa zweitausend. Die meisten von ihnen sind mit Bitumen gestrichen, so daß der Betrachter meinen kann, sie seien aus schwarzem, poliertem Marmor; so sind fast alle Bäder dieser Landesteile wegen der großen Mengen Bitumen, die es hier gibt. Das Bitumen wird aus einem Brunnen zwischen Basra und Kûfa gebracht, aus dem Gott die Flüssigkeit sickern läßt, die Bitumen ergibt. Es kommt über die Ränder der Quelle wie Lehm, wird abgeschöpft und nach der Gerinnung weggeschafft.

Die gewöhnlichen Moscheen in dem östlichen und westlichen Teil können nicht geschätzt, noch weniger gezählt werden. Medresen gibt es etwa dreißig, alle im östlichen Teil; es gibt keine darunter, die nicht den schönsten Palast aussticht. Die größte und berühmteste ist die Nizâmîja, die von *Nizâm al-Mulk* gebaut und im Jahre 1110 restauriert wurde. Die Medresen werden von großzügigen Stiftungen und zusätzlich festgelegten Besitzungen unterhalten, die den darin Lehrenden Unterhalt geben. Eine große Ehre und dauernder Ruhm für dieses Land sind diese Kollegien und Hospitäler. Gottes Gnade falle auf den, der sie zuerst errichtete, und auf jene, die auf diesem frommen Weg folgten!

Im östlichen Teil der Stadt gibt es vier Tore in den Mauern, die die Stadt von dem hohen bis zum niedrigen Teil des Flußufers umgeben und sich in einem langgezogenen Halbkreis darum winden. Innen, in den Märkten, befinden sich noch mehr. Kurz: Der Zustand der Stadt ist größer, als man beschreiben kann. Doch was ist sie im Vergleich zu dem, was sie einst war. Heute können wir auf sie den Ausspruch des Liebenden anwenden:

»Du bist nicht du, und die Häuser sind nicht die, die ich kannte.«

Am Montagnachmittag, dem 28. Mai, brachen wir von Bagdad nach Mosul auf. Wir waren dreizehn Tage in Bagdad gewesen.

Die Weiterreise über Mosul nach Damaskus

28. Mai bis 5. Juli 1184

Am 28. Mai 1184 reisten wir von Bagdad in der Gesellschaft zweier Prinzessinnen weiter, die wir schon in diesem Reisebericht erwähnten; der Tochter von Mas'ûd und der Prinzessin-Mutter von Mu'izz ad-dîn, des Herrn von Mosul. Bei ihnen waren die Pilger aus Syrien, Mosul und den persischen Ländern, die an Darûb grenzen und dem Emir Mas'ûd untertan sind. Die Pilger aus Chorasân und den umgebenden Ländern reisten mit der dritten Prinzessin, der Tochter von König ad-Daqûs. Sie nahmen den Weg oberhalb Bagdads; unserer nach Mosul verlief an der Westseite.

Die beiden Prinzessinnen waren die Emire und Befehlshaber der Truppen, mit denen wir reisten. Möge Gott nicht auf uns das geflügelte Wort anwenden: »Die Truppen verschwanden mit ihrem Kommandeur.« Diese Prinzessinnen hatten Soldaten in ihrem Lohn; zu ihrer Begleitung hatte der Kalif noch weitere hinzugefügt aus Angst vor dem Beduinenstamm der Banû Chafâdscha, deren Zelte rund um Bagdad standen.

Am Abend unserer Abreise von Bagdad überraschte uns die Mas'ûdî-Prinzessin. Sie hatte sich in eine Kuppelsänfte zurückgezogen, die auf zwei Pfosten ruhte, zwischen zwei Kamelen, eins vor dem anderen und mit vergoldeten Decken geschmückt. Die Tiere trugen sie sanft und schnell wie der Wind. In der Kamelsänfte gab es vorn und hinten eine Öffnung. Die Prinzessin saß in der Mitte, in Schleier gehüllt, mit einem goldenen Stirnband um den Kopf. Vor ihr zog ein berittener Trupp ihrer Eunuchen und Diener, zu ihrer Rechten Kamele zum Wechseln im Paßgang. Hinter ihr ritt eine Gruppe ihrer Dienerinnen auf Pferden und Kamelen mit goldgearbeiteten Sätteln. Sie trugen ebenfalls goldene Kopfbänder, deren Enden im Winde flatterten. Wie eine Wolke bewegten sie sich hinter ihrer Herrin, mit Bannern und Trommeln und Trompeten, die sie beim Auf- und Absteigen ertönen ließen. Wir sahen dabei solchen Stolz weiblicher Souveränität, solche feierliche Zeremonie von Rang, daß der Boden schwankte und die Ränder der Erde sich vor dem Glanz zurückzogen. Die Reise durch das Königreich ihres Vaters dauert vier Monate. Der Herrscher von Konstantinopel zahlt ihm Tribut. Er regiert seine Untertanen mit bewundernswerter Gerechtigkeit und führt unaufhörlich heiligen Krieg gegen die Christen in einer sehr löblichen Weise. Ein Pilger aus unserem Land sagte uns, daß er im Jahre 579 d. H. (1183) ungefähr fünfundzwanzig byzantinische Städte erobert habe. Sein Beiname ist 'Izz ad-dîn, doch seines Vaters Name war Mas'ûd; er selbst ist allgemein unter diesem Namen bekannt, der in jener Dynastie erblich ist. Er wird vom Vater an den Sohn weitergegeben. Einer der Glanzpunkte im Leben dieser Prinzessin, die *Saldschûqa* heißt, war, daß Saladin Âmid, die Stadt ihres Mannes Nûr ad-dîn und eine der bedeutendsten der Welt, eroberte, doch ihr die Stadt zur Ehre ihres Vaters überließ und ihr die Schlüssel übergab. Deswegen blieb ihr Mann König.

Wir verbrachten die Nacht in einem der Vororte Bagdads. Als wir ankamen, war bereits ein Teil der Nacht verstrichen. In der Nähe fließt der Dudschail, ein Nebenfluß des Tigris, der all jene Dörfer bewässert. Am Dienstagmorgen, dem 29. Mai, zogen wir von dort weiter. Auf unserem Weg reihte sich ein Dorf an das nächste. Wir setzten unseren Marsch bis nach dem Mittagsgebet fort, bis wir zur Tagesrast abstiegen und darauf warteten, daß die Pilger, die zurückgeblieben waren, sowie die Kaufleute aus Syrien und Mosul uns einholten. Ein wenig vor Mitternacht nahmen wir unsere Reise wieder auf und zogen weiter. Am Morgen stiegen wir bei dem Dorf al-Harba ab, einem der fruchtbarsten und weitläufigsten seiner Art. Als wir den Ort verlassen hatten, reisten wir die ganze Nacht hindurch. Am Donnerstagmorgen, dem 31. Mai, schlugen wir unsere Zelte an den Ufern des Tigris nahe einem Fort namens al-Ma'schûq auf. Die Burg soll ein Haus Zubaidas, der Base und Frau des Kalifen Harûn ar-Raschîd, gewesen sein.

Diesem Ort gegenüber auf dem Ostufer liegt die Stadt *Samarra*, die heute dem Betrachter eine Lektion erteilt. Wo sind ihre Kalifen al-Mu'tasim, Wâthiq und Mutawakkil? Es ist eine große Stadt, doch bis auf einige noch bewohnte Teile zerstört. *Al-Mas'ûdî* beschrieb sie ausführlich; er pries ihre gute Luft und ihre Schönheit. Sie ist so, wie er es darstellte, obwohl nur eine Spur ihres Glanzes blieb.

Den ganzen Tag über ruhten wir dort, einen Tagesmarsch von Takrît entfernt. Nach unserem Aufbruch zogen wir die Nacht hindurch. In der Dämmerung des Freitags, des 1. Juni, kamen wir in Takrît an und hielten außerhalb, um den Tag über auszuruhen.

Takrît ist eine große Stadt, mit einer weitläufigen Landschaft und riesigen offenen Plätzen, mit schönen Märkten und vielen Moscheen. Sie hat eine große Bevölkerung, die einen besseren Charakter hat und gerechtere Maße anlegt als die Menschen von Bagdad. Der Tigris fließt hindurch, an dessen Ufern eine stattliche Burg steht: ihre uneinnehmbare Zitadelle. Um die Stadt herum sind Mauern, die Zeichen des Verfalls aufweisen. Sie ist eine der alten Städte, die wir erwähnt haben.

Wir verließen Takrît am Abend desselben Tages und reisten die Nacht hindurch; am Sonnabendmorgen, als wir uns am Tigrisufer befanden, machten wir eine Pause. An jenem Platze wurde ein Tages- und Nachtvorrat an Wasser aufgenommen. Wir verließen ihn am Nachmittag. Bis in die Nacht hinein reisten wir, dann legten wir uns zur Ruhe und nahmen eine kleine Portion Schlaf. Wir dösten etwas, zogen dann weiter, die ganze Nacht hindurch und den Sonntagmorgen, bis die Sonne aufgegangen war. Für unsere Mittagsrast hielten wir bei dem Dorf al-Dschudaida am Tigrisufer. In der Nähe befindet sich ein großes Dorf, an dem wir vorbeizogen, al-'Aqr. Es wird von einem Hügel überragt, der in der Vergangenheit der Standort einer Festung war. An seinem Fuß steht nun eine moderne Karawanserei mit Türmen und Zinnen, stark und massiv gebaut.

Hier löst sich die Marschordnung der Pilger auf, jeder geht seines Weges, wie es ihm gefällt, voran oder hinterher, schnell oder langsam, sicher und in Frieden.

Wir zogen von dort am späten Nachmittag los und marschierten bis zum Abend, schlummerten dann kurz, während die Kamele fraßen. Vor Mitternacht machten wir uns wieder auf und reisten bis zum Morgen. Am Vormittag jenes Tages, am Montag, dem 4. Juni, kamen wir an dem Ort al-Qajjâra vorbei, nahe dem Tigris auf dem Ostufer. Auf der rechten Seite der Straße nach Mosul ist eine Senke im Boden, dunkel wie eine Wolke, in der Gott aus kleinen und großen Erdlöchern Bitumen quellen läßt. Einem davon entströmt von Zeit zu Zeit Gischt, als ob es kocht. Tröge sind dort, um das Bitumen zu sammeln; man kann es überall auf dem Boden ausgebreitet sehen wie Lehm. Es ist schwarz, geschmeidig, glänzend und weich, hat einen süßlichen Geruch und ist sehr klebrig. Bei der Berührung bleibt es sofort am Finger haften. Um diese Quellen herum ist ein großer schwarzer Teich, dünn bedeckt von etwas wie schwarzem Moos, das sich auf den Seiten als Bitumen niederschlägt.

Wir sahen nun etwas Eigentümliches, über das wir uns bei Erzählungen immer gewundert hatten. In der Nähe dieser Erdlöcher an den Tigrisufern ist ein weiteres großes, dessen Rauch wir von weither sehen konnten. Uns wurde gesagt, daß man, wenn man das Bitumen entfernen will, ein Feuer darin anzündet. Das Feuer trocknet die Flüssigkeit aus, und das Bitumen gerinnt; dann schneidet man es in Stücke und schafft es weg. Es wird in allen Ländern bis nach Syrien, Akka und in den ganzen Küstenregionen gefunden. Zweifelsfrei ist die Quelle, die zwischen Kûfa und Basra liegt, ebenso beschaffen. Wir haben sie bereits erwähnt.

Von dieser Gegend bis nach Mosul sind es zwei Stationen; wir reisten an diesen Bitumenquellen vorbei, nach unserer Mittagspause zogen wir bis zum Abend weiter und hielten bei dem Dorf al-'Uqaiba, von wo man, so Gott will, Mosul am Morgen erreichen kann. Nach Mitternacht verließen wir den Platz und kamen am Dienstag, dem 5. Juni, nach Tagesanbruch in Mosul an. In einem Vorort in einer Herberge nahe dem Flußufer stiegen wir ab.

Mosul ist eine große, alte, befestigte und eindrucksvolle Stadt, die gegen die Schläge feindlicher Mächte gerüstet ist. Ihre Türme stehen auf einer Linie so dicht zusammen, daß sie sich fast berühren. Darin sind Räume, einer über dem anderen. Sie laufen um die Mauern herum, die die ganze Stadt umschließen. Wegen der Dicke und Breite der Fundamente war es möglich, diese Räume zu schaffen. Für Krieger sind sie ein sicherer Zufluchtsort und ein nützliches Kriegszubehör. Am höchsten Punkt der Stadt steht eine stattliche Burg, mit kompakt gesetzten Steinen und von alten Mauern mit großen Türmen umringt. Daran schließen sich die Häuser des Sultans an. Zwischen ihnen und der Stadt verläuft eine breite Straße, die sich vom oberen bis zum unteren Teil der Stadt erstreckt. Der Tigris fließt im Osten der Stadt, berührt ihre Mauern, die sich aus dem Wasser erheben. Die Stadt hat eine große Vorstadt mit Moscheen, Bädern, Karawansereien und Märkten.

Einer der Emire der Stadt, Mudschâhid ad-dîn, hat an den Ufern des Tigris eine Hauptmoschee erbaut; eine prächtigere habe ich nie gesehen. Es ist unmöglich, ihre architektonischen Ornamente und ihren Zierat zu beschreiben. Sie ist mit Terracotta-Reliefs bedeckt; ihre maqsûra läßt einen an das Paradies denken. Rund um sie herum sind mit Eisen verkleidete Fenster, daneben Bänke, von denen man auf den Tigris blickt. Es gibt keinen edleren oder schöneren Platz zum Sitzen als diesen. Die Beschreibung dieser Moschee würde lange dauern; um der Kürze willen habe ich mich auf einen vorüberhuschenden Blick darauf beschränkt. Davor steht ein schön gebautes Krankenhaus, das ebenfalls von Mudschâhid ad-dîn errichtet wurde. Er hat überdies im Zentrum der Stadt eine qaisârîja für die Händler geschaffen. Sie ist eine große Karawanserei, mit Eisentüren verriegelt, umgeben von Häusern und mehrstöckigen Läden. Sie ist überall auf prächtige Art verziert und von einer architektonischen Eleganz ohnegleichen; denn ich habe in keinem Land eine vergleichbare qaisârîja gesehen.

Die Stadt hat zwei Moscheen, eine neue und eine ältere aus der Zeit der Umajjaden. In dem Hof der letzteren steht eine Kuppel, in der sich eine Marmorsäule erhebt, deren Schaft von fünf Fingern umschlossen ist, die sich wie Armbänder drehen, aus Marmor gehauen, und an deren Spitze sich ein achteckiges Marmorbecken befindet, aus dem Rohre hervorragen. Daraus spritzt Wasser mit solcher Wucht und Kraft heraus, daß es hoch in die Luft schießt, wie eine gerade Glaswand, mehr als klafterhoch, und dann zu Füßen der Kuppel niederfällt. Die Freitagsgebete werden in diesen beiden Moscheen gesprochen, der alten und der neuen, sowie in der Vorstadt-Moschee. Die Stadt hat für das Streben nach Gelehrsamkeit sechs oder mehr Medresen. Gott hat diese Stadt besonders begabt mit der heiligen Erde, die den Sarg von Dschirdschîs[48] enthält. Darüber wurde eine Moschee gebaut; sein Schrein ist in einem ihrer Räume auf der rechten Seite des Eintretenden. Diese Moschee steht zwischen der neuen Moschee und dem Tor der Brücke (Bâb aldschisr), auf der linken Seite dessen, der vom Tor zur Moschee geht. Wir wurden durch unseren Besuch der heiliqen Grabstätte gesegnet.

Unter den Gnaden Gottes, die er dieser Stadt besonders zuteil werden ließ, ist, daß etwa eine Meile östlich davon jenseits des Tigris der Hügel der Reue ist. Es ist der Hügel, auf dem Jona (Jûnus) mit seinem Volk stand und mit ihm betete, bis Gott die Menschen von ihrem Leiden erlöste. In der Nähe dieses Hügels, ungefähr eine Meile entfernt, ist die gesegnete, nach ihm benannte Quelle. Es heißt, daß er alle Menschen aneinanderband, damit sie sich darin reinigten und Buße taten, und daß sie betend den Berg hinaufstiegen. Auf dem Hügel steht ein großes Bauwerk, das als Zufluchtsstätte (ribât) für die Armen dient mit vielen Kammern, Zimmern, Reinigungs- und Trinkstellen, alle durch eine Tür zu erreichen. In der Mitte dieses Gebäudes ist ein Pavillon, über dem ein Vorhang hängt, und darunter eine gesegnete, ganz mit Mosaiken eingelegte, verriegelte Tür. Es heißt, dies sei der Platz, an dem Jona stand. Die Gebetsnische in diesem Pavillon war angeblich die Stelle, an der er betete. Um den Pavillon herum sind Kerzen aufgestellt, dick wie Palmenstämme. Männer gehen jede Freitagnacht zu diesem Asyl hinaus und geben sich dem Gebet an Gott hin. Um das Asyl herum liegen viele Dörfer. In der Nähe befindet sich eine große Ruinenanlage, die die Stadt Niniveh (Nînawa) gewesen sein soll; das war die Stadt von Jona. Die Reste der sie umgebenden Mauern sind noch sichtbar; auch die Öffnungen der Tore sind noch zu erkennen. Die Säulen ihrer zerstörten Türme sind sehr hoch.

Wir schliefen in diesem gesegneten Asyl in der Nacht zum Freitag. Am Morgen gingen wir zu der gesegneten Quelle, tranken ihr Wasser, vollzogen die kultische Reinigung und beteten in der Moschee daneben. Die Menschen in Mosul befolgen einen gerechten Weg und vollbringen fromme Werke. Man wird unter ihnen keinen ohne eine heitere Miene und ein sanftes Wort finden. Sie sind großzügig zu Fremden, nehmen sie freundlich auf und sind in ihrem Handel mit ihnen redlich. Vier Tage verweilten wir in der Stadt.

Eines der glänzendsten weltlichen Schauspiele, eindrucksvoll anzusehen, verfolgten wir am Mittwoch, dem zweiten Tag nach unserer Ankunft in Mosul. Das war der 6. Juni. Es war das Eintreffen der beiden Prinzessinnen: der Mutter Mu'izz ad-dîns, des Herrn von Mosul, und der Tochter des Emirs Mas'ûd. Alle Männer ohne Ausnahme zogen zu Pferde oder zu Fuß hinaus, auch die Frauen, die meisten reitend, und bildeten eine zahlenmäßig starke »Armee«. Der Emir des Landes, mit den Führern seines Staates, zog aus, um seine Mutter zu treffen. Die Mosul-Pilger gingen im Geleit ihrer Prinzessin mit Zeremoniell und Schau. Sie hatten die Nacken ihrer Kamele mit bunten Seidenstoffen und geschmückten Kragen verziert. Die Mas'ûdî-Prinzessin trat an der Spitze einer Gruppe von Dienerinnen vor, die sie geführt hatten. Die Kuppel ihrer Sänfte war völlig mit Goldstücken besetzt, die wie Neumonde geformt waren, mit Dinaren in der Größe von Handflächen und mit Ketten und Bildern mit gefälligen Mustern, so daß kaum etwas von der Kuppel zu erkennen war. Die beiden Kamele, die sie trugen, traten mit ruhigen Schritten voran, und das Geklapper der Schmuckstücke erfüllte die Ohren. Die goldenen Ornamente auf den Nacken der Kamele und der Reitpferde ihres Gefolges bildeten zusammen eine Menge Gold, die unschätzbar im Wert war. Es war in der Tat ein Anblick, der die Augen blendete und dessen Glanz sich darin widerspiegelte. Aller Glanz ist nur vergänglich!

Von verschiedenen Seiten wurde uns berichtet, daß die Prinzessin für ihre Frömmigkeit und Nächstenliebe bekannt sei und wegen ihrer guten Taten gefeiert werde. Zu ihnen gehört es, daß sie auf dieser Hedschâz-Reise eine enorme Menge Geld an Almosen und als großzügige Zahlungen auf dem Wege ausgab. Sie ehrt heilige Männer und Frauen, indem sie sie verkleidet besucht, aus dem Wunsche heraus, ihre Gebete zu erhalten. Ihr Verhalten ist erwähnenswert, denn all dies ist mit ihrem jugendlichen Alter und der Verwöhnung durch Annehmlichkeiten des Königreichs in Zusammenhang zu sehen.

Am Abend des vierten Tages unseres Aufenthalts in dieser Stadt, am Freitag, dem 8. Juni, verließen wir sie auf Tieren, die wir in Mosul gekauft hatten. Wir wollten ohne die Dienste der Kameltreiber auskommen; doch wir müssen sagen, daß Gott uns die Gesellschaft nur der besten von ihnen gewährte. Wir danken Ihm für ihre lang dauernde Gesellschaft von Mekka bis Mosul. Wir reisten bis Sonnabend nach Mitternacht. Dann hielten wir bei dem Dorf 'Ain ar-Rasad, unter einer Brücke, die sich über einen Fluß mit kräftiger Strömung biegt. Wir verlebten eine gesegnete Ruhepause. In dem Dorf ist eine große neue Karawanserei. Auf allen Stationen an der Straße gibt es solche Unterkünfte; so geschah es, daß wir unsere Nacht in jenem Dorf verbrachte. Wir verließen es bei Nacht; am Morgen des Sonntags kamen wir nach al-Muwailiha. Von dort zogen wir weiter, um die Nacht in einem anderen großen Dorf mit einer alten Burg zu verbringen, Dschudâl. An jenem Tag hatten wir auf der rechten Straßenseite den Berg al-Dschûdî liegen sehen, der im Buch Gottes erwähnt ist[49], wo die Arche Noahs landete. Der Berg ist hoch und länglich geformt. Wir zogen weiter, als der Tag schon angebrochen war, am Montag, dem 11. Juni, und hielten in der Nacht in einem der Dörfer von Nasîbîn, eine Station davon entfernt. Der Ort heißt Kilâî. Am Dienstag verließen wir ihn in der Dämmerung und kamen vor dem Mittag in Nasîbîn an.

Nasîbîn ist berühmt für sein Alter und seine Vergangenheit, nach außen frisch, doch innen altersschwach. Wunderschön anzusehen und von mittlerer Größe steht es in einer grünen Ebene, die sich davor und dahinter erstreckt, so weit das Auge reicht. In dieser Ebene hat Gott Wasserläufe fließen lassen, die sie mit Naß versorgen. Die Stadt ist von Gärten mit kräftigen Bäumen, die reiche Früchte tragen, eingeschlossen. Rundherum windet sich ein Fluß wie ein Armband; seine Ufer sind mit Gärten bedeckt und spenden reichlich Schatten. Außerhalb der Stadt ist ein natürliches Paradies mit Bäumen und Pflanzen wie in Andalusien, ausgestattet mit Reichtum und Überfluß, mit dem Glanz einer Stadt. Doch innen ist die Unordnung der Wüste (d. h. der Beduinen), so daß der Blick sich nicht gern dorthin wendet. Das Auge findet keinen angenehmen Ort, um umherzuschweifen, und keine Spuren von Schönheit. Der Fluß strömt dort hindurch von einer Quelle, die aus einem nahe gelegenen Berg entspringt. Sie teilt sich an ihrem Ursprung. Ein

Flußlauf nimmt den Weg durch die Ebene und das kultivierte Land; der andere gelangt in die Stadt, ergießt sich durch ihre Straßen und dringt in einige ihrer Häuser ein. Ein Flußarm erreicht die Hauptmoschee; indem er durch ihren Hof fließt, ergießt er sich in zwei Becken, eines in der Mitte des Hofes, das andere am östlichen Tor, und erreicht schließlich zwei Gräben, die die Moschee umgeben. Über diesen Fluß ist aus harten Steinen eine gewölbte Brücke gebaut worden, die an das südliche Tor der Stadt grenzt. Es gibt zwei Medresen und ein Hospital dort.

Der Herr von Nasîbîn ist Mu'în ad-dîn, ein Bruder Mu'izz addîns, des Herrn von Mosul. Beide sind Söhne von Bâbek. Mu'în besitzt auch die Stadt Sindschâr, die auf der rechten Seite der Straße nach Mosul liegt. In einer der nördlichen Ecken der Moschee wohnt ein Scheich, äußerlich schwarz, doch weiß im Herzen, und einer der Heiligen, deren Herzen Gott durch den Glauben erleuchtet hat; er machte ihn zu einem derer, deren fromme Taten immer und ewig in Erinnerung bleiben werden. Er ist berühmt für seine Predigten und bekannt für seine geistigen Kräfte. Ausgezehrt durch seine ausschließliche Hingabe im Dienste Gottes und durch Asketentum, mit abgenutzten Gewändern und zufrieden mit dem von eigener Hand Gewebten, ernährt er sich von den Tagesrationen[50]. Gott machte uns glücklich durch das Zusammentreffen mit ihm und die Segnungen seiner Gebete, am Dienstagabend, dem 12. Juni.

Wir wohnten in Nasîbîn in einer Karawanserei außerhalb der Stadt und verbrachten dort die Nacht zum Mittwoch, dem 13. Juni. Am Morgen zogen wir mit einer großen Karawane von Maultieren und Eseln mit Männern aus Harrân, Aleppo und einigen anderen aus *Bilâd Bakr* und seiner Umgebung weiter; die Pilger aus dieser Gegend ließen wir auf Kamelen zurück. Unser Marsch dauerte bis zum Morgenanfang. Wir waren vorbereitet und auf der Hut vor Angriffen der Kurden, die die Geißel dieser Gegend zwischen Mosul, Nasîbîn und der Stadt Dunjasir sind; denn sie plündern auf dem Hauptweg und »wetteifern darin, im Lande Unfug zu treiben«[51]. Sie leben in unzugänglichen Bergen, nahe bei diesen Ländern, derer der Sultan sich nicht bemächtigen konnte, um sie zu unterwerfen und ihre Übergriffe abzuwenden. Manchmal kommen sie bis zum Tor von Nasîbîn. Niemand kann sie zurückwerfen und daran hindern außer Gott.

Bei unserer Mittagsrast am Mittwoch sahen wir auf der rechten Seite des Weges die alte Stadt Dârâ, groß und weiß, mit einer Festung. Wir hielten die Ruhepause an den Bergseiten. Nahe dabei, etwa eine halbe Station entfernt, ist die Stadt Mârdîn, die am Bergesrande liegt und auf einer Bergspitze eines der berühmten Schlösser der Welt hat. Beide Städte sind bewohnt.

Dunaisir liegt in einer weiten Ebene und ist von Gärten mit duftenden Pflanzen und grünem Gemüse umgeben, die mittels Wasserrädern feucht gehalten werden. Es hat beinahe Wüstencharakter und ist nicht von Mauern umgeben. Gefüllt mit Menschen, hat es gedrängte Märkte und eine große Zahl von Einrichtungen, da es der Handelsplatz für die Menschen Syriens, Dijâr Bakrs, Âmids und der Länder von Rûm ist, die dem Emir Mas'ûd untertänig sind, und ebenso der Umgebung. Es hat ein weites Ackerland und viele Annehmlichkeiten. Mit der Karawane schlugen wir an einem freien Platz hinter der Stadt unser Zeltlager auf und verbrachten dort den Donnerstagmorgen, den 14. Juni, in Ruhe. Außerhalb der Stadt steht eine neue Medrese, andere Gebäude sind daneben, in der Nachbarschaft befinden sich ein Bad und Gärten. Dort ist eine Medrese und zugleich ein angenehmer Ort zur Entspannung.

Der Herr dieser Stadt ist Qutb ad-dîn, er ist auch Herr von Dârâ, Mârdîn und Ra's al-'Ain. Er ist ein Verwandter der beiden Söhne von Bâbek. Diese Länder sind verschiedenen Regenten untertan, nach der Art der Könige der arabischen Länder in Spanien. Alle diese Herrscher schmücken sich mit Titeln, die mit dem Glauben (dîn) verbunden sind. So hört man nur eindrucksvolle Zunamen und Benennungen, die für den Weisen ohne Nutzen sind. Darin sind Untertanen und ihre Könige gleich, die Reichen teilen den Brauch der Armen. Kein einziger ist unter einem zu ihm passenden Beinamen oder versehen mit einem Epitheton, dessen er wert ist, bekannt. Keiner außer Saladin, dem Herrn von Syrien, des Hedschâz und des Jemen, berühmt für seine Tugend und Gerechtigkeit. Hier harmonisiert der Name mit der Person, die Worte passen zu ihrer Bedeutung. Alle anderen Titel sind nur leere Worte, und Beweise fehlen. In welche Schwierigkeiten verwickeln sie sich bei der Annahme von religiösen Titeln! »Königliche Titel, unangebracht wie eine Katze, die ehrgeizig die Mähne des Löwen nachzuahmen versucht!«[52]

Wir kehren zu unserer Reisebeschreibung zurück – möge Gott sie dem Ende nahebringen! In Dunjasir hielten wir uns auf, bis wir das Mittagsgebet am Freitag, dem 15. Juni, gesprochen hatten. Die Menschen in der Karawane hatten die Abreise hinausgezögert, um den Markt zu sehen, denn jeden Donnerstag, Freitag, Sonnabend und Sonntag gibt es hier einen stark besuchten Markt, zu dem die Menschen dieser Gegend und der angrenzenden Dörfer kommen. Durchgehend entlang der ganzen Straße, rechts und links, sind Dörfer und große Karawansereien. Der Markt, zu dem die Menschen dieser Region drängen, heißt *al-bâzâr.* Die Markttage sind alle festgesetzt.

Nach dem Freitagsgebet brachen wir auf und zogen an dem Dorf Tall al-'Uqâb (Hügel des Adlers) mit einer Feste vorbei; es gehört Christen, die den Muslimen für ihren Schutz Tribut zahlen (mu'âhadûn). Dieses Dorf erinnerte uns an die Dörfer Andalusiens in seiner Schönheit und Frische, es ist umgeben von Gärten, Weinbergen und allen Arten von Bäumen. Daneben fließt ein breiter Fluß, über dem sich der Schatten der an ihm angelegten Gärten ausbreitet. Die Umgebung ist sehr weitläufig, Gärten bilden eine Kette. Wir sahen Ferkel, in ihrer Menge und Zahmheit den Menschen gegenüber wie Schafe.

Dann, am Ende des Tages, kamen wir in ein anderes Dorf, al-Dschisr (die Brücke), das jetzt einigen Tributpflichtigen gehört, die zu einer der zahlreichen Sekten der Rûm gehören. Dort kamen wir Sonnabendnacht, am 16. Juni, vorbei. Mit der Morgendämmerung begaben wir uns fort; vor dem Mittag jenes Tages kamen wir in die Stadt Ra's al-'Ain.

Der Name »Kopf der Quelle« ist eine sehr passende Beschreibung; an diesem Ort gibt es die großartigsten Besitzungen, denn Gott hat Quellen in seinem Boden Öffnungen gegeben, die frisches Wasser heraussprudeln lassen. Sie teilen sich in Bäche und fließen in Kanäle, die sich durch die grünen Wiesen ergießen wie Silberstreifen auf einem Smaragd-Boden, besetzt mit Bäumen und Gärten, die an ihren Läufen bis zum Ende der kultivierten Täler angelegt sind. Zwei dieser Quellen sind sehr ergiebig, eine liegt höher als die andere. Die höher gelegene dringt aus dem Boden hervor zwischen harten Steinen, die eine Art Grotte bilden, groß und geräumig; in ihr steigt das Wasser an, bis es zu einer großen Zisterne wird. Das

Wasser ergießt sich dann wie ein großer Fluß, bis es zu der anderen Quelle gelangt, mit deren Wasser es sich vereint. Diese zweite Quelle ist eine der schönsten Schöpfungen Gottes. Sie entspringt in etwa vier Klafter Tiefe unter der Erde, aber sie hat eine Zisterne von jener Tiefe aufgerissen; und das Wasser steigt durch die Kraft der Quelle hoch, bis es über die Erdoberfläche fließt. Manchmal versucht ein starker Schwimmer oder guter Taucher in tiefem Wasser, zum Grund vorzudringen, doch das Wasser treibt ihn wieder hoch. Die Quelle ist so kraftvoll, daß er nicht einmal die Hälfte der Tiefe, gelegentlich noch weniger, erreicht. Wir sahen dies mit eigenen Augen. Das Wasser ist ganz klar und süßer als die Quelle as-Salsabîl [53]; sie läßt alles darin sichtbar werden. Wenn ein Dinar in tiefer Nacht hineingeworfen wird, so bleibt er nicht verborgen. Ein großer, sehr wohlschmeckender Fisch wird darin gefangen. Das Wasser aus dieser Quelle teilt sich in zwei Arme, einer wendet sich nach und rechts und der andere nach links. Der nach rechts laufende gelangt zu einem Konvent *(chânaqa)*, der neben der Quelle für die Sûfis und für Fremde gebaut wurde, er wird auch ar-ribât (Hospiz) genannt. Der nach links fließende Bach ergießt sich am Konvent vorbei in einen Kanal, der zu den Plätzen für die Waschung und andere Annehmlichkeiten für den menschlichen Nutzen führt. Unterhalb des Konvents treffen sich diese beiden Arme wieder und vereinen sich mit dem Fluß, der aus der höher gelegenen Quelle stammt. Am Ufer der vereinten Bäche wurde eine Mühle gebaut, die bis zu einer Stelle in der Mitte des Flusses führt, was einem Damm ähnelt. Am Zusammenfluß der beiden Quellflüsse ist der Ursprung des al-Châbûr. Nahe dem Konvent kann man eine Medrese erkennen, neben der ein Bad liegt. Beide sind kurz vor dem Zusammensturz, denn sie sind baufällig und verlassen. Ich glaube nicht, daß es auf der Welt noch einmal solch einen Standort wie den dieser Medrese gibt, denn sie befindet sich auf einer grünen Insel, die der Fluß an drei Stellen umfließt, mit Zugang von einer vierten Seite. Davor und dahinter sind Gärten, daneben ein Wasserrad, das das Wasser in einen Garten leitet, der höher liegt als das Flußbett. In der Tat, das ganze Aussehen dieses Platzes ist staunenswert. Wenn die Dörfer von Ostandalusien eine so wundervolle Lage hätten oder solche Süßwasserquellen, wären sie unter die besten zu rechnen. Gott verfügt über alle Seine Schöpfungen.

Den Ort selbst betreffend sind die Beduinen ihren Interessen gemäß wenig um die städtischen Belange bemüht. Die Stadt hat keine Mauer zur Verteidigung und keine reich verzierten Häuser. In der Wüste ist sie den Sonnenstrahlen ausgesetzt wie ein Amulett auf offenem Feld. Dennoch verfügt sie über alle städtischen Annehmlichkeiten, hat zwei Moscheen, eine neue und eine alte. Die alte Moschee ist neben den Quellen; vor ihr ergießt sich eine frische Quelle, eine andere als die zwei erwähnten. Es ist eines der von ʿUmar ibn ʿAbdalʿazîz errichteten Gebäude; doch die Zeichen des Alters sind daran zu erkennen und künden von ihrem bevorstehenden Verfall. Die andere Moschee liegt in der Stadt; dort versammeln sich die Menschen zum Freitagsgebet. Unser Aufenthalt in der Stadt war ein Vergnügen, wie wir es auf unserer Reise ähnlich bisher nicht erlebt hatten.

Am Sonnabend, dem 16. Juni, zogen wir bei Sonnenuntergang aus Ra's al-ʿAin fort, in dem Wunsche, aus der Dunkelheit und Kühle der Nacht Nutzen zu haben und die erstickende Mittagshitze zu meiden; denn von jener Stadt nach Harrân war es eine Reise von zwei Tagen. Es gab keinen bewohnten Ort auf unserem Weg. Wir reisten bis zum Morgen und hielten in der Wüste bei einem Brunnen; dort ruhten wir ein wenig aus. Dann setzten wir am Sonntagmorgen die Reise fort, marschierten bis zum Nachmittag und stiegen bei einem Brunnen an einem Ort ab, wo ein hoher Turm und alte Ruinen zu finden sind, bekannt als Burdsch Hawwâ'. Dort verbrachten wir einen Teil der Nacht; nach kurzem Schlummer zogen wir bis zum Morgen weiter und trafen bei Harrân im Morgengrauen des 18. Juni ein. Lob sei Gott, daß Er uns den Weg ebnete!

Harrân ist eine Stadt ohne jegliche Schönheit. Sie gewährt keinen Schatten, um ihre fieberhafte Hitze zu lindern; ihr Klima macht ihrem Namen Ehre.[54] Ihre Wasser tragen keinen Zug von Frische, und ihre Viertel und die Umgebung glühen unaufhörlich unter der Hitze der Mittagssonne. Dort findet man keinen Mittagsruheplatz, man kann nur die schwere Luft atmen. In das nackte Nichts geworfen, wurde sie in der Mitte der Wüste gegründet, und ohne den Glanz einer Stadt sind ihre Schultern von dem Gewand des Grünen und der Frische entkleidet worden. Doch ich bitte Gott um Vergebung. Es ist genug Ehre und Verdienst für diese Stadt, daß sie der alte Ort ist, der mit unserem Vater Abraham in Verbindung steht.

Südlich der Stadt, etwa drei farsach entfernt, ist ein gesegneter Schrein, der eine fließende Quelle beherbergt; dort soll er mit Sara gelebt und gebetet haben. Wegen dieser gesegneten Verbindung hat Gott die Stadt zum Wohnsitz asketischer Heiliger und Ort für nichtweltliche Zuflucht gemacht. Unter ihren bedeutendsten trafen wir den Scheich Abû l-Barakât Hajjân ibn 'Abdal'azîz, nahe einer nach ihm benannten Moschee. Er lebt in einer Klause *(zâwîja)*, die im südlichen Teil davon gebaut wurde. Nahe dabei ist die zâwîja seines Sohnes 'Umar, der sich seinen Weg bahnt und dem Pfade des Vaters folgt, indem er kein Unrecht tut. Unser Scheich war mehr als achtzig Jahre alt; er schüttelte unsere Hand, betete für uns und bat uns, seinen Sohn 'Umar zu besuchen. So wandten wir uns von ihm und fanden seinen Sohn, woraufhin auch er für uns betete. Dann boten wir beiden unser Lebewohl und schieden, erfreut über das Treffen der zwei Männer, die für das nächste Leben leben. In der alten Moschee trafen wir auch den Scheich und Asketen Salama und fanden ihn unvergleichlich. Er betete für uns und befragte uns; dann boten wir das Lebewohl und zogen unseres Weges. In der Stadt gibt es einen anderen Salama, der aus Ehrfurcht vor Gott niemals seinen Kopf bedeckt und daher einen entsprechenden Beinamen trägt. Als wir zu dem Platz kamen, wo er lebt, wurde uns gesagt, er sei in die Wüste auf eine Wallfahrt gegangen. In dieser Stadt leben viele Menschen guten Willens, gerecht, freundlich zu Fremden und großzügig ihnen gegenüber. Die Menschen der umliegenden Dörfer sind ebenso, Arme und Notleidende werden bei ihnen nicht darben. Darin zeigen sie eine erbliche Anlage zur Freigebigkeit. In der Tat ist die Einstellung der Menschen dieser Region bemerkenswert.

Was die dem Gebet Gottes Ergebenen angeht, so sind es zu viele, um sie zu zählen. Möge Gott, durch seine Gnade und Güte, den Muslimen durch ihre Wohltaten und glaubensvollen Gebete Nutzen bringen. Die Stadt hat Märkte, die bewundernswert ausgestattet und fantastisch angelegt sind. Sie sind alle mit Holz überdacht, und die Menschen bewegen sich darin immer im Schatten. Man geht durch sie hindurch wie durch ein Haus mit langen Korridoren. An jeder Stelle, wo sich vier Marktstraßen treffen, wurde eine große Kuppel aus Gips errichtet, sie scheint die Verzweigung dieser Straßen anzudeuten. Angrenzend an diese Märkte ist die Hauptmoschee, die alt ist, aber restauriert wurde, von überragender Schönheit. Sie hat einen großen Hof mit drei Kuppeln, die auf Marmorsäulen ruhen; unter jeder Kuppel ist ein Süßwasserbrunnen. Ebenfalls im Hof ist eine vierte Kuppel von großer Höhe, auf zehn Marmorsäulen ruhend, jede hat neun Spannen Umfang. Diese Kuppel wurde von den Rûm gebaut. Im oberen Teil ist sie leer, als sei sie ein hohler Turm. Es heißt, daß sie eine Lagerstätte für ihre Kriegsausrüstung war. Gott weiß es am besten! Diese erhabene Moschee ist überdacht von Holzsparren und Bögen. Die Sparren sind massiv und erstrecken sich über die Seitenschiffe, die 15 Schritt breit sind. Es gibt fünf davon. Wir haben noch nie eine Moschee mit breiteren Bögen gesehen. Die Mauer, die an den Innenhof grenzt, durch die man Zutritt hat, ist voller Türen; es sind neunzehn, neun rechts und neun links. Die neunzehnte ist eine riesige Tür, die in der Mitte steht und mit ihren Bögen von der Decke bis zum Boden reicht. Sie ist ein großartiger Anblick und von feiner Art, als sei sie das Tor einer großen Stadt. Die Schönheit des Baus dieser Moschee und die hübschen Anlagen der angrenzenden Märkte sind beachtlich; die Anordnung ist so gelungen, wie man sie nur selten in Städten findet.

Harrân besitzt eine Medrese und zwei Hospitäler. Es ist eine bedeutende Stadt, mit starken und beeindruckenden Mauern, aus behauenen Steinen gebaut, auf das beste zusammengefügt, wie es auch bei der Konstruktion der Moschee der Fall ist. Sie hat eine starke Befestigungsanlage auf der Ostseite, durch eine Esplanade abgeteilt. Die Feste ist auch von den Stadtmauern durch einen großen Graben abgetrennt, dessen Ufer rundherumlaufend durch aufgehäufte Steine befestigt sind, ebenso die Wände der Zitadelle.

Im Osten der Stadt fließt ein kleiner Fluß zwischen der Mauer und dem Friedhof. Sein Ursprung ist eine Quelle in einiger Entfernung von der Stadt. Harrân hat viele Einwohner und ist gut versorgt; offensichtlich steht die Stadt in Blüte, hat viele Moscheen und ist mit zahlreichen Annehmlichkeiten ausgerüstet – ein glänzender Ort! Sein Herrscher ist Muzaffar ad-dîn, der die Oberhoheit von Saladin anerkennt. Dieses ganze Land, von Mosul nach Nasîbîn und dem Euphrat, ist als Dijâr-Rabî'a bekannt. Seine Grenze, von Nasîbîn zum Euphrat, folgt der Südseite der Straße. Dijâr-Bakr ist das Gebiet, das sich von dort nach Norden erstreckt, mit Städten wie Âmid, *Majjâfâriqîn* und anderen, zu zahlreich, um sie zu nennen. Keiner ihrer Herrscher widersetzt sich Saladin, alle stehen unter seiner Oberhoheit, obwohl sie früher unabhängig waren. Sie bleiben durch seine Güte in ihren Ämtern; wenn er es wollte, könnte er sie, weil er auf Gottes Weg schreitet, von ihren Besitzungen entfernen.

Wir hatten unser Zeltlager außerhalb der Stadt im Osten aufgeschlagen bei dem kleinen Fluß, den wir erwähnten. Wir blieben am Montag und Dienstag; an diesem Tag nach dem Mittagsgebet trafen wir uns mit dem Salama, den wir am Montag nicht hatten antreffen können. Wir trafen ihn bei seinem Gebetsplatz und fanden einen Menschen von frommem Aussehen und gottergebenem Verhalten, von froher und glücklicher Miene, freundlich und angenehm. Er behandelte uns gesellig und betete für uns. Danach verabschiedeten wir uns und zogen unseres Weges, indem wir Gott lobten, daß er uns den Vorzug gewährte, einen wahrhaft frommen und begünstigten Diener zu treffen.

In der Nacht zum Mittwoch, dem 20. Juni, nach einer Schlafpause, schwangen wir uns in unsere Sättel und ritten bis zum Morgen, dann hielten wir bei einem bewohnten Flecken namens Tall ʻAbda. Dieser Hügel (tall) ist hoch und breit wie ein Tisch und birgt alte Ruinen. Es gibt fließendes Wasser. Wir zogen von dort bei Sonnenuntergang weiter, reisten die Nacht hindurch, vorbei an dem Dorf al-Baidâ', das eine große neue Karawanserei hat; auf halbem Wege zwischen Harrân und dem Euphrat. Ihm gegenüber, auf der rechten Seite des Wegs, wenn man über den Euphrat nach Syrien blickt, ist die Stadt Sarûdsch, deren Geschichte von al-Harîrî in Zusammenhang mit Abû Zaid berichtet wurde. Sie hat Gärten und fließendes Wasser, wie er in seinen Maqâmen beschreibt[55].

Wir erreichten den Euphrat am Morgen. Nachdem wir ihn in für Personen geeigneten, schnell zu findenden Booten überquert hatten, kamen wir auf der anderen Seite zu einer neugebauten Festung, der Qalʻat Nadschm. Rundherum sind von Beduinen bewohnte Wüstenflächen. Es gibt hier einen kleinen Markt, der Lebensnotwendigkeiten wie Brot und andere Nahrungsmittel führt. Wir blieben hier am Donnerstag, dem 21. Juni, und ruhten uns aus, während die Karawane die Überquerung beendete. Wenn man das andere Ufer des Euphrat erreicht, kommt man an die Grenzen Syriens und reist in Saladins Herrschaftsgebiet bis Damaskus. Der Euphrat ist die Grenze zwischen den Regionen von Syrien und jenen von Rabî'a und Bakr. Auf der linken Seite des Weges liegt, wenn man über den Euphrat nach Syrien schaut, die Stadt ar-Raqqa. Daran grenzend liegt Rahba Mâlik ibn Tauq, bekannt als Rahbat asch-Schâm, eine berühmte Stadt. Wir zogen weiter, als das erste Drittel der Nacht verstrichen war, bis wir am Freitagmorgen, dem 22. Juni, in die Stadt Manbidsch kamen.

Manbidsch ist eine Stadt von großer Ausdehnung und gesunder Luft. Sie ist von alten Mauern großer Länge umgeben. Der Himmel über ihr ist hell, ihr Anblick hübsch, ihre Brisen sind wohlriechend und parfümiert, während ihr Tag milden Schatten gewährt, ihre Nacht voller Zauber ist. Im Osten und im Westen rahmen Gärten, dicht mit Bäumen bewachsen, die verschiedene Früchte tragen, die Stadt ein. Wasser fließt frei hindurch und gelangt in alle Teile; Gott hat sie mit Quellen begünstigt, die süßer als Honig und köstlich schmecken. Jedes Haus hat einen Brunnen oder sogar zwei, die Erde ist freigebig und läßt überall Wasser hervorsprudeln. Ihre Märkte und Straßen sind weit und geräumig, ihre Läden und Verkaufsstände wie Karawansereien und Lagerhäuser in ihrer Größe und Ausdehnung. Die höchsten ihrer Märkte sind überdacht; in der Tat sind die Märkte in den meisten Städten dieser Region so angelegt. Doch längere Zeit ist über die Stadt hinweggezogen, und Zerstörung hat von ihr Besitz ergriffen. Sie war eine der alten Städte der Rûm; die Reste ihrer Gebäude bezeugen ihre große Bedeutung für sie. Im Norden ist eine starke Feste, doch sie ist von der Stadt getrennt und abgelegen. Alle Städte in dieser Gegend haben eine Herrscherburg. Die Bevölkerung von Manbidsch ist tugendsam und ehrenwert; sie sind Sunniten des schâfi'itischen Ritus, so daß durch sie die Stadt nicht entweiht ist wie durch abtrünnige Sekten und korrupte Glaubensrichtungen, die in den meisten dieser Länder gefunden werden. Sie sind beim Handel ehrlich und geradeaus in ihren Belangen, und der klare Weg ihres Glaubens ist sicher vor den Widersprüchen von Abspaltern.

Wir schlugen unser Zeltlager außerhalb der Stadt in einem ihrer Gärten auf, blieben dort und ruhten einen Tag. Um Mitternacht brachen wir von dort auf und erreichten Buzâ'a am Sonnabendvormittag, dem 23. Juni 1184.

Buzâ'a steht in einer Ebene mit fruchtbarem Boden und von großer Weite, ist kleiner als eine Stadt, doch größer als ein Dorf. Es hat einen Markt, auf dem man Reiseproviant findet sowie Warenangebote einer Stadt. In seinem höhergelegenen Teil ist eine große, starke Festung.

In alter Zeit hatte ein König bei dem Versuch, es zu erobern, in seiner Sturheit gewütet, die Zerstörung seiner Mauern befohlen und es so zurückgelassen, schwach und der Wüste preisgegeben. Der Ort hat eine Quelle, deren Wasser durch ein breites Tal mit Gärten, deren Grün und Vegetation strahlen, fließt. In seinem eleganten Glanz enthüllt Buzâ'a die Schönheit einer Hauptstadt. Gegenüber auf der einen Seite des Tals ist ein großes Dorf, al-Bâb (das Tor); dies ist das Tor zwischen Buzâ'a und Aleppo. Acht Jahre zuvor war es von einigen ismâ'îlitischen Häretikern bewohnt, deren Zahl Gott allein kennen konnte. Die Funken ihrer Bosheit flogen, ihre Untugend und Schlechtigkeit nahmen Besitz von dieser Straße, so daß Zorn die anderen Menschen dieser Region befiel. Bewegt von Verachtung und Ärger sammelten sie sich von allen Seiten gegen sie, ließen die Bewohner über die Klinge ihrer Schwerter springen und rotteten sie bis auf den allerletzten Mann aus. In diesem Tal türmten sich ihre Schädel hoch übereinander. Gott gewährte den Muslimen Verteidigungsmöglichkeiten gegen die Feindschaft und das Übel jener Menschen; er ließ die Betrüger über ihre eigenen Köpfe stürzen. Die Einwohner von al-Bâb sind jetzt Sunniten.

Den Sonnabend verbrachten wir ruhend in dem Tal der Stadt, aber in der Nacht zogen wir fort und kamen am Sonntagvormittag, dem 24. Juni, nach Aleppo (Halab). Aleppo ist eine Stadt von großer Bedeutung; in allen Zeiten ist ihr Ruf hoch angestiegen. Der Könige, die ihre Macht in der Ehe mit ihr zu vergrößern suchten, waren viele, und dieser Ort ist unseren Herzen teuer. Wieviele Schlechte hat er hervorgebracht, wieviele Klingen sind dagegen gezogen worden? Seine Feste ist berühmt für ihre Unbezwingbarkeit. Sie ist von weither zu sehen wegen ihrer enormen Höhe und ist ohnegleichen und ohne Entsprechung unter den Zitadellen. Vor ihrer großen Stärke muß ein Angreifer, der sie einnehmen möchte und sie zu erobern beabsichtigt, kapitulieren. Sie ist ein massiger Klotz wie ein runder Tisch, der sich vom Boden erhebt, mit Seiten aus behauenem Stein und symmetrischen Proportionen errichtet.

Die Stadt ist so alt wie die Ewigkeit, dennoch neu, obwohl sie nie aufhörte zu bestehen. Ihre Tage und Nächte waren lang; sie hat ihre

Führer und die Gewöhnlichen überlebt. Dies sind die Häuser und Wohnstätten; doch wo sind ihre alten Bewohner und die, die zu ihnen kamen? Dies sind die Paläste und Hofräume, doch wo sind die *hamdânidischen* Prinzen und ihre Dichter? Sie alle sind dahingegangen, doch die Zeit dieser Stadt noch nicht. Stadt der Wunder! Sie bleibt, doch ihre Könige gehen; sie verschwinden, doch ihre Zerstörung ist noch nicht befohlen. Andere nach ihnen haben sich mit ihr verlobt; sie durch Heirat unter Vertrag zu bekommen, ist nicht schwer. Sie ist begehrt, sie ist leicht zu besitzen. Das ist Aleppo. Wie oft haben ihre Könige das Prädikat »war« benutzt, und das Adverb der Zeit (die Zeit ihrer Herrschaft) wurde ausradiert, während das Adverb des Ortes (ihre Hauptstadt) blieb. Ihr Name wurde in das Femininum gesetzt, und sie wurde bedeckt mit den Ornamenten einer keuschen Jungfrau, während sie wie eine Frau gegenüber den Betrügern Ränkespiele trieb. Sie wurde geschmückt wie eine Braut für das Schwert ihres Staates (saif ad-daula), Ibn Hamdân. O weh, ihre Jugend wird nicht andauern, passende Partner werden ihr fehlen, und nach einiger Zeit wird die Zerstörung über sie hinwegeilen. Die Vorhut des Unglücks wird heranziehen, bis »Gott die Erde und alles auf ihr übernommen hat«[56]. Ruhmreich für den Ort ist, daß früher an dieser Stelle ein Hügel war, auf den Abraham sich mit einigen seiner Herden zurückzuziehen pflegte, sie molk und die Milch als Almosen verteilte. Der Platz wurde deshalb Halab (Milch) genannt. Gott weiß das am besten! In der Burg auf diesem Hügel ist ein erhabener Schrein Abraham gewidmet, den Menschen besuchen, um durch das Gebet darin Segen zu erhalten. Zu ihren vollendeten Eigenschaften und einer Notwendigkeit für die Verteidigung der Burg zählt, daß Wasser darin entspringt. Zwei Zisternen sind gebaut worden, sie verteilen das ganze Jahr hindurch Wasser, so daß es niemals Angst vor Durst gibt. Auch Nahrung wird dort für alle Zeit ohne Beeinträchtigung gelagert. In allen Situationen gibt es keine wichtigeren und sichereren als diese zwei Eigenschaften. Um die zwei Zisternen herum, auf der Seite zur Stadt, verläuft eine starke doppelte Mauer, an deren Fuß ein Graben liegt, dessen Grund das Auge nicht erkennen kann, ebensowenig die Stelle des Ursprungs. Der Zustand dieser Festung, sowohl im Hinblick auf ihre Stärke als auch ihre Schönheit, ist überwältigender, als wir in der Beschreibung darlegen können. Ihre obere Mauer scheint nur aus Türmen zu bestehen, die gut angeordnet sind und überragende Aussichtspunkte bilden. Zudem findet man befehlende Galerien, durchweg mit Gucklöchern versehen. Jeder Turm verfügt über eine Besatzung; in der Feste sind die Gelasse des Sultans und Wohnräume für königliche und hochstehende Persönlichkeiten.

Die Stadt selbst ist kompakt gebaut und wunderbar aufgeteilt, von seltener Schönheit, mit großen Märkten, die in langen parallelen Reihen angeordnet sind, so daß man an der Ladenreihe eines Gewerbezweiges vorbei in die nächste eines anderen hinübergeht, bis man alle städtischen Handwerksbereiche durchwandert hat. Diese Basare sind alle mit Holz überdacht, so daß ihre Besucher reichlich Schatten genießen. Sie ziehen alle den Blick durch ihre Schönheit an und lassen Bewunderung aufkommen.

Die qaisârîja erinnert an einen ummauerten Garten in ihrer Frische und Lieblichkeit; sie ist flankiert von der Moschee. Derjenige, der darin sitzt, sehnt sich nach keinem anderen Anblick, und sei er auch paradiesisch. Die meisten der Läden sind in hölzernen Lagerhäusern von hervorragender Handwerkskunst untergebracht, eine Reihe wurde aus einem Lagerhaus gebildet, durch höhere Geländer unterteilt, die alle geschnitzt sind und sich zu abgetrennten Verkaufsräumen öffnen. Das Ergebnis ist wunderschön. Jede Reihe ist mit einem der Tore der Moschee verbunden.

Die Moschee ist eine der feinsten und schönsten überhaupt. Ihr großer Hof ist von geräumigen Säulenhallen umgeben, die voller Türen sind, schön wie die eines Palastes; alle öffnen sich zum Hof. Es sind mehr als fünfzig, sie fesseln den Blick durch ihr schönes Aussehen. Im Hof gibt es zwei Brunnen, die durch Quellen gespeist werden. Der südliche Säulengang hat keine maqsûra, so daß seine Weite klar und schön zu erkennen ist. Die Kunst des ornamentalen Schnitzens hat in dem Bemühen um die Kanzel die höchste Vollendung erreicht, denn in keiner Stadt habe ich eine Kanzel wie diese von so wunderbarer Handwerkskunst gesehen. Die Holzarbeiten erstrecken sich von dort bis zur Gebetsnische, alle Seiten sind wundervoll verziert in derselben fantastischen Weise. Sie erhebt sich wie eine große Krone über die Gebetsnische und führt dann bis zum Dach hinauf. Der obere Teil der Moschee ist in der Form eines Bogens mit hölzernen Zinnen ausgestattet, wunderschön geschnitzt und ganz eingelegt mit Elfenbein und Ebenholz. Diese Intarsien dehnen sich von der Kanzel bis zur Gebetsnische und zu jenem Teil der Südwand aus, an den sie ohne Unterbrechung gefügt sind. Die Augen genießen den schönsten Anblick der Welt. Die Pracht dieser Moschee ist größer, als man beschreiben kann.

Auf ihrer Westseite steht eine hanafitische Medrese, die der Moschee in Schönheit und Vollendung ähnelt. In der Tat sind die Gebäude wie ein Blumengarten neben dem anderen. Diese Schule ist eine der am meisten mit Zierat ausgestatteten, die wir gesehen haben, sowohl in der Bauweise als auch in dem seltenen Handwerksstil. Eines der graziösesten Dinge war die Südseite, mit Räumen und Oberzimmern, deren Fenster einander berühren. Daran entlang wachsen traubentragende Reben. Jedes Fenster hat seinen Anteil daran, so daß der Bewohner, wenn er sich nach vorn lehnte und seinen Arm vorstreckte, die Früchte ohne Schwierigkeiten pflücken könnte.

Neben dieser Medrese hat die Stadt vier oder fünf weitere sowie ein Hospital. Sein Prachtzustand ist überragend. Es ist eine Stadt, bereit, Sitz des Kalifen zu werden. Doch ihre Pracht ist nur innen; sie hat nichts außer einem kleinen Fluß al-Quwain, der von Norden nach Süden und durch den die Stadt umgebenden Vorort fließt. In diesem Vorort stehen zahlreiche Karawansereien. Im Anschluß an die Stadt findet man Mühlen am Fluß. In der Mitte des Ortes liegen Gärten. Doch wie auch immer ihr innerer oder äußerer Zustand sein mag, Aleppo ist eine der Städte in der Welt, die nicht ihresgleichen haben und die zu beschreiben zu lang dauern würde. Wir wohnten in ihrem Vorort in dem chân von Abû sch-Schukr, wo wir vier Tage verweilten.

Am Donnerstagmorgen, dem 28. Juni, brachen wir auf; kurz vor dem späten Nachmittag kamen wir nach Qinnasrîn, wo wir eine Weile rasteten. Dann zogen wir weiter nach Tall Bâdschir, einem Dorf; dort verbrachten wir die Nacht zum Freitag. Qinnasrîn ist ein früher bekannter, jetzt von Zerstörung heimgesuchter Ort. Er ist so geworden, als habe es kein Gestern gegeben, nichts Dauerhaftes: nur seine schwindenden Reste und entweichenden Spuren. Doch die dazugehörigen Dörfer sind bewohnt und gut angelegt, denn sie stehen auf einem großen Ackerland, das sich weit und breit vor dem Auge ausdehnt. Einer der andalusischen Orte, der ihm ähnelt, ist Jaén. So wird erzählt, daß zur Zeit der Eroberung Spaniens die

Menschen aus Qinnasrîn sich in Jaén ansiedelten, weil sie sich dort wegen der Ähnlichkeit mit dem Heimatort zu Hause fühlten. Wir nahmen Abschied, als ein Drittel der Nacht verstrichen war, und ritten bis zum Sonnenaufgang; dann legten wir eine Rast in einer großen Karawanserei bei Bâqidîn ein, die stark befestigt ist und den Namen »Chân der Turkmenen« trägt. Die Karawansereien an dieser Straße sind in ihrer Unangreifbarkeit und mit ihren Befestigungsanlagen wie Burgen. Ihre Türme sind aus Eisen und zeigen enorme Stärke. Wir verließen diesen Platz und verbrachten die Nacht bei Tamnâ in einem soliden chân, wie wir ihn beschrieben haben. Am 30. Juni zogen wir erneut weiter. Am Freitag hatten wir etwa zwei farsach entfernt auf der rechten Seite des Weges die Ländereien von al-Maʿarra gesehen. Sie sind dunkel gefärbt von Oliven-, Feigen- und Pistazienbäumen und allen Fruchtarten; ihre üppigen Gärten und wohlgeordneten Dörfer erstrecken sich über eine Entfernung von zwei Tagesreisen. Es ist eine der fruchtbarsten und ertragreichsten Regionen in den islamischen Ländern. Davor erstreckt sich das Libanongebirge, von gewaltiger Höhe und großer Länge; es reicht bis an die Meeresküste. An seinen Abhängen stehen Burgen, die den ketzerischen Ismâʿîliten gehören, einer Sekte, die vom Islam abwich und einem Menschen Göttlichkeit zuerkannte. Ihr Prophet war ein Teufel in Menschengestalt namens Sinân, der sie mit Falschheiten und Hirngespinsten täuschte, die er für sie ausschmückte, damit sie danach lebten. Er verhexte sie mit diesen schwarzen Künsten, so daß sie ihn als einen Gott annahmen und anbeteten. Sie demütigten sich vor ihm und erreichten ein solches Maß an Gehorsam und Unterwürfigkeit, daß, wenn er einem von ihnen befehlen würde, von der Bergspitze zu fallen, dieser es mit Freude und ganz zufrieden täte.[57]

Das Libanongebirge ist die Grenze zwischen den muslimischen Ländern und dem Bereich der Christen, denn unterhalb liegen Antiochia (Antâkîja), Latakia (al-Lâdhikîja) und andere ihrer Städte. Möge Gott sie den Muslimen zurückgeben! Auf den Hängen dieses Gebirges liegt eine Burg namens Hisn al-Akrâd (Feste der Kurden). Sie gehört den Franken; von dort führen sie Raubzüge nach Hamâ und Hims durch, von wo aus man sie sehen kann. Wir kamen in Hamâ am frühen Vormittag des Sonnabends, des 30. Juni, an und bezogen Quartier in einer Karawanserei im Vorort.

Hamâ ist eine in den Ländern gerühmte Stadt und schon lange vorhanden. Sie bedeckt keine weite Fläche und ist auch nicht schön gebaut. Ihre Viertel sind zusammengehäuft, die Häuser aufeinander gestapelt, so daß die Augen sich nicht an ihrem Anblick erfreuen. Es scheint, als würde sie ihren Ruhm verschleiern und verstecken, ihre Schönheit verbergen, damit man sie bis in ihre innersten Teile erforscht. Im Osten der Stadt sah ich einen großen Fluß, der sich in seinem Lauf verzweigt; an seinen Ufern sind Gärten angelegt, die ihre Zweige über das Wasser hängen lassen; die grünen Blätter erscheinen wie Daumen auf seinen Wangen, wenn er durch ihre harmonischen Linien, durch ihren Schatten fließt. Auf den Ufern, die an den Vorort der Stadt grenzen, ist ein Platz der Waschung, ausgestattet mit vielen Räumen und mit Wasser, das durch eines der Wasserräder an alle Stellen gelangt. Darin wird der sich Reinigende keine Spur von Verunreinigung finden. Auf dem anderen Ufer, das sich an die untere Stadt anschließt, ist eine kleine Moschee, deren östliche Wand zum Fluß hin mit Fenstern durchbrochen ist, aus denen man einen Anblick genießt, der die Herzen besänftigt und den Blick durch Bezauberung fesselt.

Neben dem Flußlauf, im Norden der Stadt, ist eine Festung, in der Bauweise wie die von Aleppo, jedoch ihr unterlegen an Stärke und Unüberwindlichkeit. Wasser fließt aus dem Fluß durch Rohre dorthin und steigt in ihnen an, so daß es keine Angst vor Durst gibt, noch die Notwendigkeit besteht, die Zeichen des Feindes zu fürchten. Hamâ liegt in einer Senke, breit und lang wie ein tiefer Graben mit hohen Seiten. Eine Seite ist wie ein überragender Berg, die obere Stadt berührt diese bergigen Hänge. Auf der anderen Seite steht die Festung auf einem großen, runden und isolierten Hügel. Die Zeit hat ihn entstehen lassen, wegen seiner Stärke bietet er Schutz vor dem Feind. Die Unterstadt liegt unterhalb der Festung und ist begrenzt durch den Fluß. Beide Stadtteile sind klein. Die Mauer der oberen Stadt reicht zum äußersten Ende und umschließt sie. Die Unterstadt hat eine Mauer, die sie auf drei Seiten umschließt: Denn die Seite, die an den Fluß grenzt, benötigt keine Mauer. Über den Fluß ist eine Brücke aus hartem Stein gebaut, die sich von der Unterstadt bis in den Vorort hinzieht. Das ist ein großer Vorort mit Karawansereien, Häusern und Läden, wo der Reisende, bis er frei ist, die Stadt zu besuchen, kaufen kann, was er benötigt.

Die Märkte der oberen Stadt sind enger und schöner als die der unteren, sie enthalten alle Produkte aus Fertigung und Handel. Sie sind hervorragend angeordnet und überragend gut organisiert.

Ihre Hauptmoschee ist größer als die der Unterstadt, sie hat drei Medresen und ein Hospital am Flußufer neben der kleinen Moschee. Außerhalb dieser Stadt ist eine große, weitgestreckte Ebene, meist mit Weinstöcken bebaut, doch auch mit beackertem und angesätem Land; sein Anblick erfreut und erweitert die Seele. Die Gärten führen ununterbrochen am Ufer des Flusses entlang, der Orontes (al-'Asî = der Rebell) genannt wird, weil er von unten nach oben zu fließen scheint, nämlich von Süden nach Norden. Im Süden strömt er an Hims vorbei und nahe dieser Stadt.

Wir blieben in Hamâ bis Sonnabendnacht; dann brachen wir auf und reisten die Nacht hindurch. Wir überquerten den Orontes um Mitternacht über eine große Steinbrücke. An diesem Fluß steht die Stadt Rastan, die von 'Umar ibn al-Chattâb zerstört wurde. Ihre Ruinen sind beeindruckend. Die Byzantiner sagen, daß sie einen großen vergrabenen Schatz birgt, doch Gott weiß es am besten! Nach *Hims* kamen wir bei Sonnenuntergang am Sonntag, dem 1. Juli, und bezogen eine Unterkunft in einer Karawanserei an der Straße.

Hims ist sehr weitläufig und von länglichem Schnitt. Wegen seiner Grazie und Schönheit ist es für das Auge ein erfrischender Anblick. Es steht in einer Ebene von weiter Ausdehnung, über die eine sanfte Brise weht und deren Grenzen das Auge kaum erreichen kann; es ist eine riesige staubige Fläche ohne Wasser oder Bäume, Schatten oder Früchte. Die Stadt klagt über Durst und holt Wasser von weither, denn es kommt durch einen Kanal des Orontes, der ungefähr eine Meile entfernt vorbeifließt. Auf den Ufern ist ein Gartenstreifen, auf dessen Grün das Auge ruhen und über dessen Üppigkeit es staunen kann. Der Orontes entspringt in einer Höhle am Hang eines Berges, der die Stadt überragt und etwa eine Reisestation entfernt *Baalbek* (Ba'albakk) gegenüberliegt.

Hims ist auf der rechten Seite der Straße nach Damaskus. Seine Einwohner sind für ihren Mut und ihren unnachgiebigen Kampf gegen die umgebenden Feinde berühmt. Darin sind sie den Menschen von Aleppo gleich. Die lobenswertesten Dinge dieser Stadt sind ihre frische Luft und glückbringenden Brisen, denn sie stärken den Körper. An Heilsamkeit ist die Luft ein Bruder und Partner von Nadschd. Im Süden der Stadt befindet sich eine machtvolle, uneinnehmbare Burg, stark und unversöhnlich, wegen ihrer Lage abgesondert und davon losgelöst. In ihrem Osten liegt ein Friedhof, auf dem die Gräber Châlid ibn al-Walîds, der Gottes gezogenes Schwert war, und seines Sohnes sowie *'Ubaid Allâh*, des Sohns des Kalifen 'Umar, zu finden sind. Die Mauern dieser Stadt sind von höchster Altehrwürdigkeit und größter Stärke, aus hartem schwarzem Stein gebaut und kompakt zusammengesetzt. Ihre Eisentore sind turmhoch, erschreckend anzusehen und furchterregend. Sie sind von hohen Türmen umgeben, die gut zur Verteidigung geeignet sind.

Doch innerhalb der Stadt entdeckt man eine ungeordnete Wildheit, mit schäbiger Umgebung und zusammengestückelten Gebäuden; die Sonne strahlt nicht an ihren Horizonten, und es gibt keine glänzende Schönheit in den Basaren, sie sind wie zugedeckt und kennen kein Licht in den dunklen Gassen. Was denkst du über eine Stadt, die nur ein paar Meilen von der Festung der Kurden, dem Bollwerk der Feinde, entfernt ist, wo man ihre Feuer, deren Funken dich beim Flug verbrennen, sehen kann, und aus der jeden Tag – wenn sie es wollen – die Feinde dich auf dem Pferderücken überfallen können? Wir fragten einen Scheich, ob es ein Hospital nach der Art der hiesigen Länder gäbe. Er sagte zuerst, daß es keins gebe, und fügte dann hinzu: »Ganz Hims ist ein Hospital, und Beweis genug dafür ist die Anwesenheit seiner Menschen.« Die Stadt hat eine Medrese. Wenn man sie von fern betrachtet, entdeckt man in ihrer Ebene, in ihrem Aussehen und in der Art der Anlage eine gewisse Ähnlichkeit mit Sevilla in Andalusien; ein Bild, das einem sofort einfällt. In der Tat war Sevilla in alter Zeit als »Hims« bekannt. Aus diesem Grunde ließen sich die Beduinen aus Hims dort nieder, wird erzählt.

Wir verbrachten den Sonntag in Hims, und am frühen Montagmittag, dem 2. Juli, reisten wir weiter. Unseren Marsch setzten wir bis zum Abend fort; dann hielten wir an einem zerstörten Ort al-Masch'ar, wo wir unsere Tiere fütterten. Bei Sonnenuntergang zogen wir wieder los und reisten, bis die Sonne am Dienstagmorgen hochstand; dann hielten wir bei dem großen Dorf al-Qâra, das Christen gehört, die hier unter Vertrag leben; in dem Ort gibt es keine Muslime. Er hat eine große Karawanserei, wie eine turmhohe

Festung. Sie verfügt in ihrem Zentrum über eine große Zisterne, die mit Wasser gespeist wird, das aus einer entfernten Quelle durch unterirdische Rohre hierhergeführt wird. Sie ist immer voll. Wir blieben bis zum Mittag, dann brachen wir nach an-Nabk auf, einem Dorf, wo es fließendes Wasser und viel Ackerbau gibt; dort stiegen wir zur Abendmahlzeit ab. Nachdem wir ein wenig geschlummert hatten, machten wir uns des Nachts wieder auf den Weg. Am Morgen kamen wir zu der »Karawanserei des Sultans«, die von Saladin, dem Herrn Syriens, erbaut wurde. Sie ist der Gipfelpunkt an Stärke und Schönheit, mit eisernen Türen, wie es den Gepflogenheiten der Bauten an dieser Straße entspricht, und mit gründlichen Befestigungsanlagen. In dem chân gibt es fließendes Wasser, das durch unterirdische Rohre zu einer Trinkstelle in der Mitte fließt. Sie ist wie eine Zisterne mit Abläufen, durch die das Wasser in ein kleines Becken fließt, das rundherum läuft und dann untertaucht in ein Rohr unter der Erde. Die Straße von Hims nach Damaskus ist wenig besiedelt, abgesehen von drei oder vier Stellen, wo diese Karawansereien stehen.

Am Mittwoch ruhten wir uns in diesem chân aus und schliefen bis zum Morgenanbruch. Wir reisten dann durch den Adlerpaß (Thanîjat al-'uqâb), von dem aus man die Ebene von Damaskus und seine Umgebung (Ghûta) überblickt. An diesem Paß teilt sich die Straße von Damaskus in zwei Wege; auf dem einen waren wir gekommen; der andere führt nach Osten in die Wüste bei as-Samâwa in den Irak. Der letzte ist direkter, doch er kann in der Winterzeit nicht benützt werden. Von diesem Paß stiegen wir in ein Flußbett zwischen den Bergen hinab und kamen in eine Ebene, wo wir bei al-Qusair haltmachten. Es hat einen großen chân mit einem Fluß davor. Am Morgen verließen wir ihn und gingen zwischen ununterbrochenen Gärten von unbeschreiblicher Schönheit hindurch, kamen am Donnerstagvormittag, dem 5. Juli 1184, nach Damaskus. Lob sei Gott!

In Damaskus bezogen wir einen Raum in dem Dâr al-hadîth (Haus der Überlieferung) westlich der Großen Moschee.

Damaskus

5. Juli bis 9. September 1184

Damaskus ist das Paradies des Orients, der Ort, wo graziöse und leuchtende Schönheit sich entfaltet, das Siegel der Länder des Islams, wo wir Gastfreundschaft suchten: die Braut der Städte. Sie ist mit Blüten von süß-duftenden Kräutern geschmückt und bedeckt mit den Brokat-Kleidern der Gärten. Mit ihrer Schönheit hat sie einen sicheren Rang inne, und auf ihrem Hochzeitsstuhl ist sie reich geschmückt.

Damaskus wurde geehrt, als Gott dem Messias und seiner Mutter dort Zuflucht gewährte »auf einem Hügel mit Wiesen und Quellen«[58] mit tiefem Schatten und paradiesgleichem Wasser. Die Bäche winden sich wie Serpentinen durch jede Straße, und der parfümierte Zephir ihrer Blumengärten bläst Leben in die Seele. Jenen, die sie betrachten, zeigt sich die Stadt in ihrem Brautkleid und ruft ihnen zu: »Kommt her an den Hochzeitsplatz der Schönheit und haltet eine Mittagsrast!«

Ihr Boden ist krank durch den Überfluß an Wasser, so daß sic sich gar nach Trockenheit sehnt, und selbst die harten Steine scheinen dir zuzurufen: »Versetze dein Pferd in Galopp; hier ist ein erfrischender Reinigungsplatz und ein Trunk für dich!«[59]

Die Gärten umgeben sie wie der Lichthof den Mond, sie umfassen sie wie der Kelch eine Blüte. Im Osten erstreckt sich ihre grüne Umgebung, so weit das Auge reicht; wo auch immer man auf den vier Seiten hinschaut, trifft der Blick auf ihre reifen Früchte. Diejenigen, die sagten: »Wenn das Paradies auf Erden ist, dann ist ohne Zweifel Damaskus ein Teil davon. Wenn es im Himmel ist, dann wetteifert es mit ihm und teilt den Ruhm«, sprachen die Wahrheit.

Nun möchte ich die Große Moschee der Umajjaden beschreiben. Wegen ihrer Schönheit, vollendeten Bauweise, wunderbaren und prächtigen Ausschmückung und Ornamentik ist sie eine der berühmtesten Moscheen der Welt. Ihr weitverbreiteter Ruf macht eine allzu tiefgehende Beschreibung überflüssig.

Eigentümlich an ihr ist, daß in ihr keine Spinne ihr Netz webt, noch Schwalben hineinfliegen oder darauf landen.

Al-Walîd ibn 'Abdalmalik ließ diese Moschee bauen. Er sandte nach dem oströmischen König in Konstantinopel, ordnete an, ihm zwölftausend Handwerker aus seinem Lande zu senden; er drohte ihm für den Fall, daß er zögern sollte. Doch dieser gehorchte unterwürfig, nach einem Briefwechsel, wie es in den Geschichtsbüchern festgehalten ist. Walîd begann den Bau, widmete ihm größtmögliche Aufmerksamkeit. Alle Wände wurden mit Goldmosaiken belegt und sogenannten fusaifisâ; damit vermischt sind alle Arten von bemerkenswerten Farben in Pflanzenmustern, die Zweige darstellen, und so einmalige Arbeiten unter den goldenen Steinen, daß man sie unmöglich beschreiben kann. Sie blenden die Augen durch ihre Helligkeit und ihr Leuchten. Der Betrag, der dafür ausgegeben wurde, beläuft sich nach einem Chronisten auf 400 Kassetten, jede Kassette enthielt 28 000 Dinar, insgesamt 11 Millionen und 200 000 Dinar.[60]

Walîd hatte die Hälfte der Kirche, die in den Händen der Christen geblieben war, beschlagnahmt und sie durch seine Moschee umschlossen. Denn die Kirche hatte aus zwei Teilen bestanden: Der östliche gehörte den Muslimen, der westliche den Christen. Das war so, weil Abû 'Ubaida ibn al-Dscharrâh die Stadt betreten hatte und im Zentrum der Kirche eintraf, als er schon Frieden mit den Christen geschlossen hatte. Doch Châlid ibn al-Walîd hatte als Angreifer die Stadt von der östlichen Seite betreten und war angekommen, um die östliche Hälfte der jetzigen Moschee einzunehmen. So gelangten die Muslime in den Besitz der östlichen Seite und machten daraus eine Moschee, während die Hälfte, die unter den Kapitulationsvertrag fiel, die westliche, eine Kirche in den Händen der Christen blieb, bis der Kalif Walîd sie um Übergabe bat. Doch sie lehnten ab, woraufhin er sie mit Gewalt besetzte und selbst mit der Zerstörung begann. Die Christen behaupteten, wer auch immer sie zerstöre, werde verrückt, doch Walîd antwortete sofort: »Ich werde der erste sein, der im Dienste Gottes verrückt wird«, und begann, sie mit eigenen Händen niederzureißen. Die Muslime beeilten sich, ihre Zerstörung zu vollenden.

Die Christen beriefen sich auf den Schutzbrief von 'Umar ibn 'Abdal'azîz aus der Zeit seines Kalifats[61] und brachten den Pakt herbei, den sie von dem Gefährten des Propheten erhalten hatten, der ihnen die Kirche überlassen hatte. Walîd schlug vor, sie ihnen zurückzugeben, doch die Muslime waren darüber beunruhigt. So entschädigte er die Christen mit einer großen Summe, die sie zufriedenstellte und die sie akzeptierten.

Der erste, der seine Hand an das Fundament der nach Mekka weisenden Wand legte, soll der Prophet *Hûd* gewesen sein.

In dem Buch »Verdienste von Damaskus« erklärt Sufjân ath-Thaurî, daß ein Gebet in dieser Moschee den Wert von dreißigtausend an einem anderen Ort gesprochenen habe. Auch heißt es in der Überlieferung des Propheten, daß Gott vierzig Jahre nach der Zerstörung der Welt hierin weiter angebetet werden wird.

In der Länge – von Osten nach Westen – mißt die Moschee 200 Schritt, das sind 300 Ellen, in der Breite von Süden nach Norden 135 Schritt, das entspricht 200 Ellen. Die Gesamtfläche beträgt 24 mardscha', das ist ebensoviel wie die Moschee des Propheten in Medina. Im Süden gibt es drei Säulengänge, die sich von Osten nach Westen erstrecken. Jeder ist 18 Schritt breit.

Die Moschee wird von achtzig Trägern gestützt, vierundfünfzig davon Säulen, acht Wandpfeiler, die zwischen die Säulen gesetzt wurden, zwei sind mit Marmor bedeckte Pfeiler. Vier Pfeiler mit selten schönen Marmorarbeiten tragen die Bleikuppel im Kirchenschiff, die die Kuppel der Gebetsnische überdeckt.

Eine zehn Schritt breite Kolonnade läuft auf drei Seiten, im Osten, Westen und Norden, um den Hof herum. Die Breite des Hofs beträgt, abgesehen von den überdachten Teilen im Süden und im Norden, 100 Ellen. Das ganze Äußere des Moscheedaches ist mit Bleiplatten gedeckt.

Am eindrucksvollsten in dieser Moschee ist die Bleikuppel im Zentrum des Gebäudes. Sie erhebt sich hoch in die Luft mit weitem Umfang, wie ein unabhängiges großes Gebäude. Sie wird vom Kirchenschiff getragen, das sich von der Gebetsnische zum Hof erstreckt. Über diesem Kirchenschiff sind drei Kuppeln, eine an der Wand zum Hof, eine über der Gebetsnische und eine weitere zwischen den beiden anderen. Wenn man vor die Bleikuppel tritt, erlebt man einen so überwältigenden Anblick, daß die Menschen sie mit einem fliegenden Adler vergleichen: die Kuppel sein Kopf, das Mittelschiff seine Brust und die Seitenschiffe die Flügel. Das Mittelschiff ist 30 Schritt breit. Die Menschen nennen diesen Teil der Moschee an-nasr (Adler), wegen der Ähnlichkeit. Aus welcher Richtung auch immer man auf Damaskus schaut, man wird die

Kuppel turmhoch über alle anderen Erhebungen herausragen sehen, als hinge sie am Himmel.

Die Moschee liegt im nördlichen Teil der Stadt. Sie hat vierundsiebzig vergoldete oder buntverglaste Fenster. Die gesegnete Moschee hat drei maqsûra's. Eine ist die Loge der Gefährten des Propheten: Sie ist die erste, die im Islam je gebaut wurde; sie wurde von *Mu'âwîja ibn abî Sufjân* errichtet. Neben ihrer Gebetsnische ist das Eiserne Tor, das Mu'âwîja beim Betreten der maqsûra und der Gebetsnische benutzte. Dahinter war sein Palast. Heute ist er eine große Anlage für die Kupferschmiede, die an der Südseite der Moschee entlangläuft. Es gibt keine schöner aussehende Ladenreihe als diese, weder eine längere noch eine breitere. Dahinter und ganz in der Nähe ist das »Haus der Pferde« von Mu'âwîja, das heute bewohnt ist und in der die Tuchmangler ihren Platz haben.

Die maqsûra der Gefährten ist 44 Spannen lang und halb so breit. In der Nähe, im Westen und in der Mitte der Moschee, ist die maqsûra, die nach der Einverleibung des christlichen Teils der Kirche gebaut wurde. Sie hat eine Kanzel für die Predigt und eine Gebetsnische. Ursprünglich war die maqsûra der Gefährten in der Mitte des unteren Teils der Kirche und die Trennwand verlief an der Stelle, wo die Gebetsnische in der neuen Loge gebaut wurde. Als die ganze Kirche zur Moschee wurde, war die maqsûra der Gefährten auf der einen Seite im östlichen Teil, die andere maqsûra wurde in der Mitte gebaut, wie ich erwähnte. Die neue maqsûra ist größer als die Loge der Gefährten. Auf der Westseite, an der Mauer, ist eine weitere Loge, die den Hanafiten gehört; hier versammeln sie sich zu Studium und Gebet. Daran schließt sich eine zâwîja (Klause) an, die von Holzbalustraden umgeben wird und eine Art kleiner maqsûra bildet. An der Ostwand steht noch solch eine zâwîja, die von einem der türkischen Emire der Stadt zum Gebet errichtet wurde.

In der Moschee gibt es viele abgeteilte Winkel dieser Art, die von Studenten zum Abschreiben des Korans sowie zum Studium und zum Ausweichen vor dem Gedränge benutzt werden; sie gehören zu den Vorzügen, die den Studenten zuteil werden. Die Mauer zum Hof hat über ihrer Gesamtlänge zwanzig von Gipsbögen eingerahmte wunderschöne Türen.

Was die Kolonnaden betrifft, die den Hof von drei Seiten umschließen: Sie werden von Säulen gestützt, über denen gebogene, von kleineren Säulen getragene Leibungen sind. Hier versammelt sich die Bevölkerung, denn es ist ihr Platz zur Zerstreuung von Sorgen und zur Erholung. Hier kann man sie jeden Abend sehen, von Osten nach Westen kommend und gehend, vom Dschairûn-Tor zum Barîd-Tor; manche wird man mit Freunden sprechen sehen, einige lesen. So machen sie es bis zum Ende des letzten Abendgebets, dann gehen sie fort. Einige tun dies auch am Morgen, doch die größte Gruppe des Abends; und der Beobachter wird meinen, es sei die Nacht des 27. Ramadân in Anbetracht der Menschenmassen. Dies tun sie jeden Tag.

Die Moschee hat drei Minarette: eines auf der Westseite wie ein stattlicher Turm mit großen Räumen und geräumigen Klausen. Alle führen zu großen Türen und sind von gottesfürchtig lebenden Fremden bewohnt. Das oberste Zimmer war das, wo Abû Hamîd *al-Ghazzâlî* zurückgezogen betete; heute wird es von einem spanischen Rechtsgelehrten bewohnt.

Das zweite Minarett ist auf der Westseite in demselben Stil, das dritte auf der Nordseite an dem Tor der Süßigkeitenverkäufer (Bâb an-nâtifîjîn).

Im Hof gibt es drei Kuppeln. Die größte befindet sich auf der Westseite, von acht Marmorsäulen getragen, hoch wie ein Turm, mit vielen bunten Mosaiken wie ein Blumengarten geschmückt. Wie ein großer runder Ofen ist sie von einer Bleikuppel überdeckt. Sie soll das Schatzhaus für die Reichtümer der Moschee sein, die ein hohes Einkommen aus ihren Vermietungen und dem Getreideverkauf erzielt, das – wie uns gesagt wurde – 8000 tyrensische Dinar im Jahr übersteigt, das sind etwa 15 000 mu'mînî Dinar. Eine weitere kleine Kuppel steht in der Mitte des Hofs, hoch und achteckig, aus Marmorblöcken, von vier kleinen Marmorsäulen getragen. Unten hat sie ein rundes Eisengitter, in dessen Mitte eine kupferne Traufe liegt, die Wasser ausspeit. Das springt hoch hinauf, fällt dann hinunter, so daß es wie eine silberne Mauer wirkt. Menschen sind begierig, die Münder darunter zu halten, um zu trinken, und finden es angenehm und gut. Sie nennen es »Wasserhöhle«. Der dritte Kuppelbau ist auf der Ostseite, von acht Säulen angehoben, und zeigt die Art des großen Baus, doch kleiner.

An der Nordseite des Hofs befindet sich ein massiver Torweg, der zu einem großen Betort führt. Dort betet heute unser Gefährte aus

Córdoba. In großer Zahl strömen Menschen herbei, um ihm in Gebeten zu folgen, seine Segnungen zu erhalten und seine schöne Stimme zu hören.

Durch einen Torweg auf der Ostseite des Hofs gelangt man zu einer der schönsten Moscheen von hervorragender Planung und ganz eigener Bauweise. Die Schî'iten behaupten, dies sei der Schrein 'Alî ibn abî Tâlibs, doch das ist eine ihrer Erfindungen. Dieser Moschee gegenüber befindet sich ein Ort, dessen oberer Teil mit einem Vorhang verhängt ist. Die meisten Menschen sagen, dies sei der Ort, wo 'Â'ischa lebte; sie habe hier Überlieferungen erzählt. 'Â'ischas Einzug nach Damaskus wie auch der von 'Alî sind strittig, obwohl sie im Falle 'Alîs als Begründung eine Legende anführen, in der sie berichten, daß er in einem Traum hier als Betender gesehen wurde: Die Schî'iten bauten daraufhin eine Moschee an dieser Stelle. Für die Verbindung des Ortes mit 'Â'ischa gibt es keine Autorität. Doch wir erwähnen dies, weil es allgemein verbreitet ist.

Die gesegnete Moschee ist sowohl innen als auch außen überwältigend geschmückt. Zweimal litt sie unter Feuer und wurde zerstört, zweimal wurde sie wieder aufgebaut. Der meiste Marmor verschwand, und ihre Pracht wechselte. Die besten heutzutage erhaltenen Teile sind auf der qibla-Seite und an den drei Kuppeln entlang. Ihre Gebetsnische ist wegen ihrer Schönheit und seltenen künstlerischen Gestaltung die wundervollste im islamischen Bereich. Der Glanz dieser von den drei Kuppeln durch vergoldete und bunte Fenster beleuchteten qibla-Wand ist so, daß er die Augen blendet; so überwältigend, daß er jeder Beschreibung spottet. In der östlichen Ecke der neuen maqsûra steht ein großer Schrank, der einen der Korane des Kalifen 'Uthmân enthält. Es ist die Kopie, die er nach Syrien sandte. Dieser Schrank wird täglich nach den Gebeten geöffnet; die Menschen suchen Gottes Segen durch Berühren und Küssen des Buches. Der Andrang ist sehr groß.

Die Moschee hat vier Portale. Das Südtor heißt »Tor der Vermehrung« (Bâb az-zijâda). Es führt zu einem großen geräumigen Vestibül mit riesigen Säulen, wo die Perlenverkäufer und andere Läden haben. Von dort führt der Weg weiter zu dem »Haus der Pferde« und der Kupferschmiede-Reihe, die der Palast Mu'âwîjas gewesen ist; sie heißt »die Grüne« (al-chadrâ'). Das Osttor, das größte, heißt Dschairûn-Tor, das Westtor Barîd-Tor, das Nordtor ist das erwähnte »Tor der Süßigkeitenverkäufer«. Hinter diesen Toren gibt es große Vorräume, die die Eingänge zur christlichen Kirche waren und in ihrem ursprünglichen Zustand geblieben sind. Das eindrucksvollste Vestibül findet sich beim Dschairûn-Tor. Wenn man aus diesem Tor tritt, gelangt man zu einer langen breiten Galerie, vor der fünf Bogentore zwischen sechs hohen Säulen liegen. Auf der linken Seite ist ein großer und prächtiger Schrein, wo das Haupt von Husain vor der Überführung nach Kairo aufbewahrt wurde. Daneben steht eine kleine Moschee, nach dem Kalifen 'Umar benannt. In dem Schrein selbst gibt es fließendes Wasser.

Vor der Säulenhalle sind Stufen, über die man in die Vorhalle gelangt, die wie ein riesiger Graben wirkt, mit einer enorm hohen Tür, deren Ende man nicht erkennen kann. Daneben sind Pfeiler hoch wie Palmen und groß wie Berge. Auf beiden Seiten dieses Vestibüls sind Säulen, die kreisförmige Galerien stützen, die mit Parfümerieverkäufern und anderen Läden bestückt sind; noch darüber sind Räume und Wohnungen zu mieten, die auf die Vorhalle hinunterblicken. Sie werden von einem flachen Dach überdeckt, wo die Bewohner die Nacht verbringen. Im Zentrum des Vestibüls steht ein großes rundes Marmorbecken mit einer Kuppel. Sie ist den Elementen ausgesetzt, denn kein Dach wölbt sich über ihr. In der Mitte des Marmorbeckens ist ein kupferner Wasserauslaß, der das Wasser mehr als klafterhoch in die Luft schleudert. Ein wunderbarer Anblick!

Auf der rechten Seite dessen, der durch das Dschairûn-Tor hinausgeht, in der Wand des Säulengangs vor ihm, ist eine Galerie in der Art eines großen Bogengangs; in jedem der gelben Bögen öffnet sich eine kleine Tür für die jeweilige Stundenzahl des Tages. Am Ende jeder Stunde fallen zwei Messingbälle aus den Schnäbeln von zwei Messingfalken, die jeder auf einem Messingbecher sitzen. Ein Falke ist über der ersten Tür, der andere über der letzten. Die Becher sind durchlocht, so daß der Ball hineinfällt und durch die Innenseite der Wand in die Galerie zurückkehrt. Man kann die zwei Falken sehen, wie sie ihre Nacken mit den Bällen zu den Bechern nach vorn recken und sie mit phantastischer Genauigkeit hinabwerfen, so daß man denken könnte, es sei Hexerei. Wenn der Ball in den Becher fällt, ist ein Geräusch zu hören, und die gelbe Tür, die der betreffenden Stunde entspricht, schließt sich im selben Moment. So geschieht es am Ende jeder Stunde des Tages, bis der Prozeß zum Anfang zurückkehrt. Für die Nacht gibt es eine andere Einrichtung. In dem Bogengang, der sich über diesen zwölf kleineren Bögen windet, sind zwölf perforierte Messingscheiben; auf jede davon ist in der Wand der Galerie eine Glasplatte gesetzt. All dies ist hinter den Bögen arrangiert. Hinter jedem Glas ist eine Lampe, die durch Wasser in einem Stundensystem weitergedreht wird, so daß, wenn eine Stunde vergangen ist, das Licht der Lampe das Glas beleuchtet, seine Strahlen auf die Scheibe wirft und dem Auge wie ein roter »Kreisel« erscheint. Die Lampe wechselt dann zu einer anderen Scheibe, bis die Nachtstunden vergangen und alle Scheiben rot gefärbt sind. In der Galerie gibt es einen Mann, der in der Bedienung geschult und mit der Überwachung des Ablaufs der Vorgänge betraut ist. Er öffnet die Türen wieder und bringt die Bälle an ihre Plätze zurück. Die Uhr wird »Wasseruhr« (al-mandschâna) genannt.

In dem Vorraum an der Westtür stehen Gemüse-, Gewürz- und Obsthändler. Auch hier gibt es Trinkstellen. In dem Vestibül bei der Nordtür sind abgeteilte Winkel auf Plattformen, umschlossen von Holzgittern, wo Lehrer Kinder unterrichten. Auf der rechten Seite des Hinausgehenden ist ein für die Sûfîs im Vestibül gebauter Konvent mit einer Zisterne. Es soll das Haus von ʻUmar gewesen sein; die Geschichte will ich später erzählen. Die Zisterne verfügt über fließendes Wasser und hat Waschstellen. Rechts vom Hinausgehenden ist eine schâfiʻitische Medrese, in der – wie schon beschrieben – Zisterne und Waschstellen sind.

In dem Hof der Großen Moschee zwischen den erwähnten Kuppeln stehen zwei Säulen ein wenig voneinander entfernt. Ihre Kapitelle sind tief und aus Messing, mit Schnitzereien versehen, in der mittleren Nacht des Schaʻbân werden sie mit Lampen behängt, so daß sie wie erleuchtete Kerzenhalter wirken. In dieser Nacht versammeln sich noch mehr Menschen in der Moschee als in der Nacht des letzten Ramadân.

Täglich kommt eine große Menschenmenge nach den Morgengebeten in der Moschee zur Lesung eines der sieben Teile des Korans zusammen. Ebenso ist es nach den Abendgebeten, wenn aus der Sure al-kauthar[62] bis zum Ende des Buches gelesen wird. Man nennt es *»kautharîja«*. Zu dieser Versammlung kommen alle, die den Koran nicht gut auswendig kennen; die Teilnehmer erhalten eine tägliche Unterstützung, mehr als fünfhundert Menschen können davon leben. So wird in dieser Moschee von morgens bis abends der Koran gelesen, für Studenten werden Vorlesungen erteilt, die Lehrer erhalten eine großzügige Unterstützung. Die Mâlikiten haben einen Winkel zum Studium; hier versammeln sich Studenten aus dem Maghrib, die eine festgesetzte Unterstützung erhalten. Die Annehmlichkeiten dieser Moschee für Fremde und Studenten sind wahrhaft zahlreich und groß.

Für Waisenkinder gibt es in der Stadt eine große Schule mit einer freigebigen Zuweisung, aus der die Lehrer genug für ihren Unterhalt bekommen, um die Kinder zu verpflegen und einzukleiden sowie Ausgaben zu begleichen. Ungewöhnlich ist auch eine andere Einrichtung. Die Einweisung der Jungen im Koran besteht in diesen östlichen Gegenden darin, ihnen den Koran ins Gedächtnis einzuprägen; Schreiben lernen sie durch das Medium Dichtung und andere Dinge. Das Buch Gottes bleibt so unbeschmutzt von Markierungen und Radierungen beim Bemühen der Jungen. Meistens sind die Koranlehrer und die Schreiblehrer verschiedene Personen; aus seinem Unterricht im Koranlesen wird der Schüler in die Kalligraphie-Stunde entlassen. Hier befolgt man eine hervorragende Methode, die zu einer guten Handschrift führt, denn der Unterweiser ist mit nichts anderem beschäftigt; während er all seine Bemühungen in die Lehre einfließen läßt, tut der Schüler dasselbe beim Lernen; es fällt ihm leicht, denn er ahmt eine Vorlage nach.

Auf jeder Seite um die Moschee herum stehen vier Reservoirs wie große Häuser. Sie sind von Waschrinnen umschlossen, in die aus den Sammelbecken Wasser fließt. Die Reservoirs gehören zu den großen Vorzügen für Fremde und andere.

Damaskus ist voller Trinkplätze. Es ist selten, daß eine Straße oder ein Markt keinen hat. Die Annehmlichkeiten hier sind größer, als man beschreiben kann.

Nun eine Bemerkung über die Schreine und großen Altertümer in Damaskus.

Einer der Schreine enthält den Kopf von Johannes dem Täufer (Jahjâ ibn Zukarîjâ'). Er befindet sich im südlichen Flügel der Moschee rechts neben der maqsûra der Gefährten. Darüber ist eine Holztruhe, von einer Säule überragt, mit einer Lampe, die anscheinend aus hohlem Kristall ist, wie ein großes Trinkgefäß.

Der Geburtsplatz Abrahams liegt an den Hängen des Bergs Qâsjûn nahe dem Dorf Barza. Dieser Berg genießt wegen seiner Heiligkeit alten Ruhm, denn die Propheten stiegen hinauf, um ihre Himmelfahrt anzutreten. Er liegt im Norden der Stadt, ein farsach entfernt. Der gesegnete Geburtsort ist eine lange, enge Höhle, über der eine große, stattliche Moschee errichtet wurde. Aus dieser Höhle erblickte Abraham zuerst die Sterne, dann den Mond und schließlich die Sonne, wie Gott es beschrieb[63]. Hinter der Höhle ist die Stelle, wo er zu beten pflegte.

Außerhalb der Stadt befindet sich der alte Friedhof, auf dem die Propheten und fromme Männer begraben liegen. Auf der Seite, die an die Gärten grenzt, ist ein niedriges Stück Land, es soll die Grabstätte der Propheten sein. Möge Gott sie schützen und verhindern, daß irgendwelche anderen Männer dort begraben werden!

Ebenfalls auf dem Berg Qâsjûn, eine Meile oder mehr im Westen vom gesegneten Geburtsort Abrahams, ist eine andere Höhle, die Höhle des Blutes, denn auf dem Berg floß das Blut Abels (Hâbil), der von seinem Bruder Kain (Kâbil), dem Sohn Adams, getötet wurde. Die Blutspur reicht von der halben Höhe des Berges zu der Höhle. Gott hat rote Überreste davon bewahrt. Das Kratzen darauf hat sie verändert, doch sie sind wie ein Weg auf den Berg und enden an der Höhle. Auf der oberen Hälfte des Berges finden sich keine vergleichbaren Spuren. Es heißt, daß sie dieselbe Farbe haben wie die Steine auf dem Berg, aber es gibt sie nur von der Stelle an, wo der Mörder seinen Bruder tötete und ihn zu der Höhle hinaufschleppte. Es ist eines der unzähligen Wunder Gottes. Wir lasen in einer Chronik, daß Abraham, Moses, Jesus, Lot und Job (Ajjûb) in dieser Höhle beteten. Darüber steht eine Moschee, zu der man über Stufen hinaufsteigt. Sie ist wie ein runder, hoher Turm und von einem hölzernen Gerüst umringt. Darin sind Zimmer und Annehmlichkeiten zum Leben. Jeden Donnerstag wird sie geöffnet. In der Höhle werden Wachskerzen und Dochtlampen angezündet.

Ferner gibt es eine Adamsgrotte, dann die Höhle des Hungers, wo siebzig Propheten Hungers starben. Zu allen diesen Schreinen gehören Stiftungen, die aus Gärten, Land und Häusern bestehen, so daß in diesem Land fast alles frommen Vermächtnissen zugeordnet ist. Denn allen Moscheen, Medresen oder Konventen, die neu gebaut werden, werden vom Sultan religiöse Stiftungen zugeschrieben, die sie unterhalten. Unter den Prinzessinnen, die Mittel besitzen, ordnen manche den Bau einer Moschee, eines Asyls für die Armen oder einer Schule an, geben dafür große Summen aus und billigen ihnen aus ihren Besitzungen Dotationen zu; es gibt Emire, die dasselbe tun. Auf diesem gesegneten Weg offenbaren sie eine Bereitschaft, Gutes zu tun, die von Gott gelohnt werden wird.

An der Ecke dieses Berges, wo die westliche Ebene mit ihren Gärten aufhört, ist der gesegnete Hügel, der im Koran als Wohnstätte des Messias und seiner Mutter erwähnt wird[64]. Wegen der Schönheit, Eleganz, Höhe und Vollendung der Bauweise ist er einer der hübschesten Anblicke der Welt; er hat verzierte Gipsarbeiten und eine großartige Lage aufzuweisen. Wie eine turmhohe Burg ist er, man steigt Stufen hinauf. Der gesegnete Wohnort ist eine kleine Grotte in seiner Mitte, wie ein kleines Zimmer. Daneben ist ein anderer Bau, der der Betplatz Elijas (al-Chidr) gewesen sein soll. Menschen eilen, um an diesen zwei gesegneten Flecken zu beten, insbesondere an dem Wohnort, der durch eine Eisentür verschlossen wird. Die Moschee umschließt den Hügel, wo es Rundwege und eine Trinkstelle gibt.

Dieser gesegnete Hügel ist die Grenze der Stadtgärten und scheidet sie von seinem Wasserlauf, der hier sieben Nebenflüsse bildet, jeder nimmt seinen eigenen Weg. Der größte davon heißt Thaura und fließt unter dem Hügel entlang, an dessen Basis er sich durch harten Stein gegraben hat, bis er einen unterirdischen Lauf wie eine Höhle gefunden hat. Manchmal wird ein Junge oder Mann, der ein fähiger Schwimmer ist, vom Gipfel in den Fluß springen und dann durch den Strudel unter das Wasser geschoben, wobei er durch den Kanal unter dem Hügel vorbeigelangt und am Fuße auf der anderen Seite herauskommt. Es ist in der Tat ein Glücksspiel.

Von diesem Hügel kann man über all die westlichen Gärten der Stadt blicken, ein wunderschöner Eindruck. Darunter fließen diese sieben Bäche, die auf verschiedenen Wegen hindurchziehen und die Augen entzücken. Unter den berühmten Plätzen der Welt ragt dieser heraus.

Nahe dem Fuße des Hügels ist das Dorf an-Nairab, das zwischen Gärten versteckt liegt, denn nur die Dächer der Gebäude sind zu sehen. Es hat eine unübertroffen schöne Moschee, deren Dach ganz mit Mosaiken aus vielfarbigem Marmor besetzt ist, daß der Betrachter meint, einen Teppich aus Brokat zu betrachten. Der Ort hat auch ein Bad wie die meisten Dörfer bei Damaskus.

Im Westen der Stadt ist ein großer Friedhof mit dem Namen »Grabstätten der Märtyrer«. Hier liegen viele Gefährten des Propheten, Gefolgsleute und heilige Imame. Unter anderem befindet sich hier das Grab des Onkels von Mu'âwîja ibn abî Sufjân. Einer der geschmücktesten Schreine trägt den Namen 'Alî ibn abî Tâlibs, über dem eine prächtige Moschee von elegantester Bauweise errichtet wurde. Dicht dabei ist ein Garten mit Orangen und Wasser, das aus einer Quelle hervorsprudelt. Die ganze Moschee ist mit großen und kleinen Vorhängen drapiert, die von den Seiten herabhängen. In der Gebetsnische befindet sich ein riesiger Stein, der halbiert und dann wieder zusammengesetzt wurde, so daß kein Zeichen einer Spaltung zu sehen ist. Die Schî'iten sagen, daß er sich für 'Alî teilte, entweder durch einen Schlag seines Schwertes oder auf göttlichen Befehl hin, ausgeführt durch seine Hände. Nirgends ist niedergeschrieben, daß 'Alî jemals die Stadt betreten hat, aber man behauptet, er sei in einem Traum gesehen worden. Vielleicht haben Träume für sie mehr Bedeutung als wirkliche Ereignisse. Dieser Stein war die Grundlage für die Erbauung des Schreins.

Mit den Schî'iten ist es in diesem Land eine eigenartige Sache. Sie sind zahlreicher als die Sunniten und füllen das Land mit ihren Lehren. Unter ihnen gibt es verschiedene Sekten, die Râfiditen, die Lästerer *(as-Sabbâbûn)*, die Imâmiten, die Zaiditen, die sagen, daß das Imamat ausschließlich dem Hause 'Alîs zustehe, die Ismâ'îliten und die *Nusairier*, die abtrünnig sind, denn sie sprechen Alî das Attribut der Göttlichkeit zu. Gott ist erhaben über das, was sie sagen. Dann gibt es die *Ghurâbiten*, die sagen, daß 'Alî dem Propheten ähnlicher sei als ein Rasen dem anderen; sie verfolgen diese Behauptung bis zum Engel Gabriel zurück. Doch Gott steht weit über dem, was sie sagen. Andere Sekten gibt es, die aufzuzählen unmöglich ist. Gott hat ihnen und mit ihnen vielen Kreaturen erlaubt irrezugehen. Wir bitten Gott, uns vor Irrtum in der Religion zu schützen und suchen in Ihm Zuflucht vor den Schismen der Häretiker.

Gott stellte diese Râfiditen unter die Gewalt einer sunnitischen Sekte, die *an-Nubûwîja* heißt, die die futuwwa und alle männlichen Tugenden schätzen. Wenn auch immer jemand zu ihrem Orden zugelassen wird, dann wegen seiner Tapferkeit und des Tragens von

Hosen[65]. Sie finden es nicht passend, in der Not um Hilfe zu rufen. Darin verfolgen sie eine eigenartige Theorie. Wenn einer von ihnen bei seinen männlichen Eigenschaften schwört, dann halten sie seinen Eid für heilig. Diese Leute töten die Râfiditen, wo immer sie sie finden. Ihre Einstellung zur Würde des Individuums und ihr Gemeinschaftssinn sind bemerkenswert.

Unter den Schreinen der Familienangehörigen des Propheten ist der von Umm Kulthûm, der Tochter 'Alîs; sie wird die kleine Zainab genannt. Umm Kulthûm war ein Kosename, den der Prophet ihr gab, weil sie seiner Tochter Umm Kulthûm ähnlich sah. Ihr Grab ist in dem Dorf Râwija, ein farsach südlich von Damaskus. Darüber steht eine große Moschee mit Wohnhäusern rundherum. Dazu gehören fromme Dotationen. Die Menschen kennen die Stelle als Grab der Dame Umm Kulthûm. Wir zogen dorthin und verbrachten dort die Nacht, damit wir durch den Anblick gesegnet würden.

Auf dem Friedhof westlich der Stadt sind zahlreiche Gräber von Verwandten des Propheten; über zweien davon steht eine Moschee, es heißt, das seien die Gräber Hasans und Husains.

Zu den Gräbern, die wir nicht sahen, die uns aber beschrieben wurden, gehören die von Seth und Noah. Sie sind in Biqâ', zwei Tagesreisen von Damaskus entfernt.

Ferner findet man die Gräber der Umajjaden-Kalifen. In dieser Stadt sind mehr erhabene Schreine, als man nennen kann; wir haben jene, die bekannt und gefeiert sind, hervorgehoben.

Damaskus hat acht Tore. Eines davon, das Osttor (Bâb scharqî) hat ein weißes Minarett. Es wird gesagt, daß hier Jesus herabsteigen wird, gemäß der Überlieferung, die besagt, daß er am weißen Minarett östlich von Damaskus herniederkommen wird.

Die Große Moschee liegt im nördlichen Bereich der Stadt. Rund um die Stadt herum gibt es Vororte, abgesehen von der Ostseite und der angrenzenden Südseite. Die Vororte sind riesig; die Stadt selbst ist nicht außergewöhnlich groß und etwas länglich. Die Straßen sind eng und dunkel, ihre Häuser aus Lehm und Schilfrohr, in drei Stockwerken übereinandergebaut, so daß Feuer sie schnell erfassen kann. Damaskus beherbergt so viele Menschen wie drei Städte, denn es ist die bevölkerungsreichste Stadt der Welt; ihre Schönheit ist nur äußerlich, nicht darinnen.

Innerhalb der Stadt befindet sich eine Kirche, die von den Rûm sehr geschätzt wird. Sie heißt Marienkirche; nach dem Tempel in Jerusalem achten sie nichts höher als diese. Sie hat eine elegante Architektur mit erwähnenswerten Bildern, die den Verstand verblüffen und den Blick fesseln; ihr Anblick ist wahrhaft wundervoll. Sie ist in den Händen der byzantinischen Christen, die dort nie belästigt werden.

Es gibt etwa zwanzig Medresen in der Stadt und zwei Hospitäler, ein altes und ein neues. Das neue ist feiner und größer und erhält eine tägliche Zuwendung von 15 Dinar. Es gibt hier Personal, das ein Register führt mit den Namen der Kranken und den Dingen, die sie an Medizin, Nahrung u. a. benötigen. Früh an jedem Morgen kommen die Ärzte in das Krankenhaus, um die Kranken zu besuchen und die Zubereitung der geeigneten Medizin und Nahrung anzuordnen, wie es jedem einzelnen zuträglich ist. Das andere Hospital wird auf dieselbe Weise verwaltet, doch mehr Menschen benutzen das neue. Das alte steht westlich der Großen Moschee.

Es gibt auch eine Methode für den Umgang mit Geistesgestörten; sie werden in Ketten gelegt. Wir nehmen Zuflucht zu Gott vor dieser Versuchung und der schmerzhaften Not. Einige von ihnen lassen amüsante Witzigkeiten fallen, wie wir gehört haben. Eine der lustigsten Geschichten hörte ich von einem Mann, der den Koran gelehrt hatte. Der Sohn eines Notablen der Stadt, ein Jugendlicher mit einigen Zügen der Schönheit an sich, war daran gewöhnt, ihm vorzulesen, und der Mann wurde durch seine Jugend betört. Seine Leidenschaft für ihn nahm zu, bis sein Hirn in Verwirrung geriet und er ins Krankenhaus gebracht wurde; seine Krankheit und Schande wurden notorisch. Sein Vater pflegte ihn zu besuchen und sagte einmal zu ihm: »Geh, und fang mit dem Teil des Korans wieder an, wo du stehengeblieben warst.« Der Mann erwiderte scherzend, mit der Kühnheit des Besessenen: »Welchen Teil davon habe ich übriggelassen? Nichts aus dem Koran blieb in meinem Gedächtnis, außer ›Wenn die Hilfe Allahs kommt‹.[66]« Die Menschen lachten über ihn und über das, was er sagte; wir bitten Gott, er möge ihm und allen Muslimen vergeben. Er verblieb in diesem Zustand bis zu seinem Tode. Möge Gott ihm Seine Nachsicht gewähren!

Die Hospitäler gehören zu den großen Glanzpunkten des Islams, ebenso wie die Medresen. Eine der herrlichsten Medresen der Welt ist die von Nûr ad-dîn, in der sein Grab ist. Sie ist ein prächtiger Palast. Durch ein Aquädukt fließt Wasser mittels einer großen Leitung hinein, füllt ein längliches Trinkbecken und fällt schließlich in eine große Zisterne im Zentrum. Die Augen werden verzaubert von der Schönheit des Anblicks; alle, die die Medrese sehen, erneuern ihre Bitten für Nûr ad-dîn.

Es gibt viele Klöster (ribât), die man hier chawâniq nennt; sie werden von Sûfîs benutzt. Es sind überaus verzierte Paläste, mit Wasser, das in alle Teile fließt und den angenehmsten Anblick bietet. Die Mitglieder der Sûfî-Orden sind die Könige dieses Bereichs, denn Gott hat sie mit Gütern und Begünstigungen der Welt befriedigt und frei gemacht von dem Gedanken daran, ihren Unterhalt zu erwerben, so daß sie für die Gebete leben können, in ihren Schlössern, die an Himmelspaläste erinnern. Die Glücklichsten unter ihnen, die Gottes Gnade erreicht hat, genießen die Begünstigungen dieser Welt und der nächsten. Sie folgen einem gerechten Weg, und ihr zwischenmenschliches Verhalten ist bewundernswert, ebenso das Befolgen ihrer Ordnung. Der Stil ihres Rituals beim Gebet ist erwähnenswert, auch ihre Gewohnheit, bei Versammlungen leidenschaftlicher Musik zuzuhören. Zuweilen löst einer sich von dieser Welt in einem ekstatischen Zustand, der durch Sanftheit und Sehnsucht hervorgerufen wird. Insgesamt betrachtet sind ihre Verhaltensweisen hervorragend. Sie hoffen auf ein zukünftiges Leben in Wonne und Glück.

Eines ihrer prächtigsten Klöster ist der Palast (al-qasr), ein enormes Bauwerk, das in den Himmel strebt. Im oberen Stockwerk sind Räume, wie ich schönere nie zuvor gesehen habe. Es liegt eine halbe Meile von der Stadt entfernt und hat einen ausgedehnten Garten dabei. Früher war es das Lustschloß eines türkischen Königs. Die Geschichte macht die Runde, daß er eines Nachts seiner Leichtlebigkeit nachging, als einige Sûfîs vorbeikamen; etwas Wein, den die Türken in dem Schloß für gewöhnlich tranken, wurde ihnen angeboten. Sie brachten diese Sache vor Nûr ad-dîn, der unverzüglich das Schloß von seinem Besitzer als Geschenk verlangte, es dann als ständige Zuteilung den Sûfîs übergab. Lange staunte man über solche Freizügigkeit, die ein dauerhaftes Denkmal in den Verdiensten Nûr ad-dîns bleibt.

Die Tugenden dieses frommen Mannes waren groß, er gehörte in der Tat zu den asketischen Königen. Im Monat Schawwâl des Jahres 569 d. H. (15. Mai 1174) verstarb er. Nach ihm kam Saladin an die Macht; die Verdienste seines Weges sind bekannt. Sein Rang unter den Königen ist groß, ein bleibendes Denkmal zu seiner Ehre ist die Abschaffung der Steuer auf der Hedschâz-Straße.

Zu den Verdiensten Nûr ad-dîns zählt seine Hinwendung an Fremde aus dem Maghrib, die in der mâlikitischen zâwîja der Großen Moschee Zuflucht finden und denen viele fromme Zuwendungen zuteil werden; namentlich zwei Mühlen, sieben Gärten, Ackerland, ein Bad, zwei Läden im Parfümerie-Basar. Von einem Maghribiner aus Jaén, der dies überwacht, erfuhr ich, daß diese Stiftungen im Jahr 500 Dinar erhalten.

Annehmlichkeiten für Fremde in dieser Stadt gibt es unzählige, besonders für jene, die den Koran auswendiglernen, und jene, die sich seinem Studium widmen; ihnen gegenüber ist die Einstellung der Stadt außergewöhnlich. Alle östlichen Städte zeichnen sich dadurch aus, doch Damaskus ist stärker bevölkert und wohlhabender. Welcher maghribinische Jüngling auch immer Gedeihen suchen möge, laßt ihn in diese Länder ziehen und sein Land im Streben nach Wissen verlassen, denn er wird viele Formen der Unterstützung finden! Die erste davon ist die Befreiung des Geistes von dem Gedanken an Unterhalt, dies ist die größte und bedeutendste. Denn wenn Eifer vorhanden ist, kann der Student seine äußersten Bemühungen einsetzen. Es wird keine Entschuldigung für ein Hinterherhinken geben, außer im Falle von Unvermögen und Bummelei, an solche ist diese Mahnung nicht gerichtet. Wir sprechen nur von den Eifrigen, die in ihrem eigenen Land feststellen, daß die Suche nach Möglichkeiten des Unterhalts zwischen sie und ihr Streben nach Wissen tritt. Dann also ist das Tor nach Osten geöffnet: Betritt es in Frieden, fleißiger Jüngling, und vollziehe den Wechsel zum unabgelenkten Studium, bevor du dich an Frau und Kinder bindest; du wirst im Gedanken an die Zeit, die du bisher verloren hast, mit den Zähnen knirschen!

Wenn in all diesen östlichen Ländern nichts da wäre außer der Bereitschaft ihrer Menschen, Großmut gegenüber Fremden zu zeigen und Freigebigkeit gegenüber den Armen, insbesondere unter den Dorfbewohnern, so wäre es schon genug. Du wirst ihren Eifer,

Freundlichkeit Gästen gegenüber zu beweisen, bewundernswert finden, denn das genügt schon, um ihnen Ehre einzubringen. Gelegentlich geschieht es, daß einer einem Armen ein Stück Brot anbietet. Wenn der es ablehnt, wird er weinen und sagen: »Hätte Gott in mir irgendein Gutes gesehen, dann hätte der bedürftige Mann mein Essen genommen.« Hier offenbaren sie ihr edles Herz.

Einer ihrer bewundernswerten Züge ist ihr Respekt Pilgern gegenüber trotz der kurzen Entfernung nach Mekka und der Leichtigkeit und Einfachheit, mit der sie die Reise unternehmen können. Wenn die Pilger zurückkehren, streicheln sie sie mit ihren Händen und drücken sie an sich, um sich ihrer Segnungen zu vergewissern.

Eigenartiges wurde uns dazu erzählt. Als die Pilger aus Damaskus zusammen mit denen aus dem Maghrib, die sich ihnen angeschlossen hatten, im Jahre 580 d. H. (1184) zurückkehrten, strömte eine riesige Menschenmenge, Männer und Frauen, herbei, um sie zu treffen, ihre Hände zu schütteln und sie zu berühren, den Armen unter ihnen Dinare zu geben und Essen anzubieten. Ein Augenzeuge berichtete mir, daß viele Frauen Pilgern Brot gaben und dann, wenn sie hineingebissen hatten, das Brot aus den Händen schnappten und hastig verschlangen, damit sie durch den Genuß desselben Stückes Brot wie der Pilger gesegnet würden. Anstelle dessen gaben sie ihnen dann Dirhams und taten andere erstaunliche Dinge, das Gegenteil dessen, woran wir im Maghrib gewöhnt sind. Zur Zeit des Empfangs der Pilger in Bagdad war es mit uns ebenso oder ähnlich gemacht worden. Doch wenn ich davon ausführlich berichte, weiche ich vom Zweck meiner Erzählung ab. So haben wir nur einen kurzen Blick darauf geworfen und eine Andeutung gegeben.

Jeder Fremde in diesen Landen, den Gott geeignet für die Einsiedelei gemacht hat, kann, wenn er will, sich selbst an einen Hof anschließen und dort ein angenehmes Leben mit dem zufriedensten Gefühl führen. Brot wird ihm reichlich von den Leuten auf dem Gehöft gegeben, er kann sich den Pflichten eines Imams oder Lehrers widmen und tun, was er will; wenn er den Ort leid hat, kann er sich auf einen anderen Hof begeben oder auf den Berg Libanon. Er kann den Berg Dschûdî besteigen, dort zu den frommen Einsiedlern gehen, die nichts suchen, als Gott zu gefallen, und bei ihnen bleiben, so lange er will, und dann weiterziehen. Es ist jedoch eigenartig, wie die Christen um den Berg Libanon herum, wenn sie irgendeinen muslimischen Einsiedler sehen, ihm Essen bringen und ihn freundlich behandeln, indem sie sagen, daß diese Menschen Gott hingegeben seien und sie deshalb mit ihnen teilen sollten. Dieser Berg ist einer der fruchtbarsten der Welt, auf dem alle Obstsorten gedeihen, fließendes Wasser und reichlich Schatten zu finden sind; selten ist er ohne einen Eremiten oder Asketen. Wenn die Christen die Gegner ihrer Religion auf diese Weise behandeln, was erwartest du dann von der Behandlung, die die Muslime einander gewähren?

Eigentümlich ist auch, daß, obwohl die Feuer der Uneinigkeit zwischen den beiden Parteien, Muslimen und Christen, brennen, zwei Armeen von ihnen aufeinanderstoßen und sich in Schlachtordnungen aufstellen, dennoch muslimische und christliche Reisende zwischen ihnen ohne Behelligung hin- und herziehen. In dieser Beziehung beobachteten wir im Monat Dschumâdâ l-ûlâ (August/September) den Abzug Saladins mit allen muslimischen Truppen zur Belagerung der Burg al-Karak, eines der größten christlichen Bollwerke, das beidseitig der Hedschâz-Straße liegt und die Überland-Passage den Muslimen verwehrt. Zwischen al-Karak und Jerusalem liegt eine Tagesreise oder etwas mehr. Es nimmt den erwähltesten Teil des Landes von Palästina ein, hat ein sehr weites Herrschaftsgebiet mit ineinander übergehenden Siedlungen. Es heißt, daß die Zahl der Dörfer vierhundert erreicht. Dieser Sultan belagerte es und nahm es schmerzhaft in die Klemme; die Belagerung dauerte lange, dennoch zogen die Karawanen ständig von Ägypten nach Damaskus, indem sie ohne Behinderung durch die Länder der Franken reisten. Auf dieselbe Weise blieb die Verbindung von Damaskus nach Akka unbeeinträchtigt; ebensowenig wurden christliche Kaufleute aufgehalten oder auf muslimischem Boden behindert.

Die Christen erheben eine Steuer von den Muslimen in ihrem Land, die ihnen volle Sicherheit gibt; entsprechend zahlen die christlichen Kaufleute auf ihre Waren in muslimischen Ländern eine Abgabe. Eine Übereinkunft besteht zwischen ihnen; für alle gilt die gleiche Behandlung. Die Soldaten beschäftigen sich mit ihrem Krieg, während die Menschen in Frieden leben und die Welt an den geht, der sie erobert. So ist es im Krieg Brauch der Menschen in diesen Ländern; in der Auseinandersetzung zwischen den muslimischen Emiren und ihren Königen verhält es sich ebenso; die Untertanen und Kaufleute mischen sich nicht ein. Sicherheit fehlt nie, weder im Frieden noch im Krieg, unter welchen Umständen auch immer es sei. Der Zustand dieser Länder ist in dieser Hinsicht noch erstaunlicher, als unsere Darstellung es vermitteln kann.

Damaskus hat eine Burg, wo der Sultan lebt. Sie steht abseits, westlich der Stadt, nahe einem ihrer Stadttore, dem Bâb al-Faradsch. Die Sultans-Moschee ist auch dort; das Freitagsgebet wird darin gesprochen. Dicht dabei außerhalb der Stadt sind zwei Pferdebahnen, so grün, daß sie wie Rollen aus Seidenbrokat wirken. Sie sind von einer Mauer umgeben, der Fluß ist zwischen ihnen. Daran grenzt ein großer Pappelwald, der hübsch anzuschauen ist. Der Sultan geht dorthin, um *sawaladschân* (eine Art Polo) zu spielen und um Rennen durchzuführen. Es gibt keinen netteren Ort für das Auge, um umherzuschweifen. Jeden Abend sind die Sultanssöhne dort, um die Kunst des Bogenschießens zu üben, Pferderennen zu veranstalten und sawaladschân zu spielen.

In dieser Stadt und ihren Vororten gibt es ungefähr hundert Bäder; sie hat etwa vierzig Waschhäuser, alle mit fließendem Wasser. Für den Fremden gibt es in all diesen Ländern keine bessere Stadt als diese, denn ihre Annehmlichkeiten sind mannigfaltig. Was wir darüber erwähnten, soll genug sein.

Die Märkte von Damaskus sind die schönsten und bestgeordneten der Welt und am hübschesten angelegt. Besonders trifft dies für die qaisârîja's zu, die alle hoch wie Karawansereien sind und mit Eisentoren wie bei Schlössern ausgestattet. Jede qaisârîja hat ihren eigenen Stil und eigene Eisentore. Die Stadt hat noch einen anderen Basar, der as-sûq al-kabîr (der große Markt) heißt.

Die Überlieferung hinsichtlich des nach dem Kalifen ʿUmar ibn ʿAbdalʿazîz benannten Hauses, das heute ein Sûfî-Kloster umschließt und in der Vorhalle des schon genannten Tors der Süßigkeitenverkäufer steht, ist sehr eigentümlich. Es heißt, daß der Mann, der das Haus kaufte, möblierte und große Stiftungen hinterließ, die Weisung gab, daß er darin begraben werden und an jedem Freitag der gesamte Koran gelesen werden solle. Er erkannte jenen, die daran teilnehmen, ein *ritl* Weißbrot zu. Dieser Mann stammte aus einer (nichtarabischen) Stadt am Euphrat, Samosata (Sumaisat). Er war für seine Frömmigkeit und asketische Lebensweise bekannt. Der Ursprung seiner Blüte und seines Wohlstands war, wie uns erzählt wurde, folgender: Eines Tages, im Vestibül neben dem

Haus, von dem wir sprechen, traf er auf einen schwarzen Mann, krank und verlassen, vernachlässigt und nicht versorgt. Um himmlischen Lohn und Entschädigung von Gott zu erwerben, übernahm er die Pflege und Versorgung dieses Unglückseligen. Als sein Tod nahte, rief der Kranke seinen Pfleger aus Samosata und sagte zu ihm: »Du warst freundlich zu mir, handeltest wie ein Diener für mich, versorgtest mich sanft in meiner Krankheit und bedauertest meine Lage und die Tatsache, daß ich ein Fremder in einem fremden Land bin. Deshalb möchte ich dich lohnen über den Lohn Gottes hinaus, den er dir um meinetwillen im kommenden Leben geben wird. Ich war einer der Eunuchen des Kalifen *al-Mu'tadid*, des 'Abbâsiden, war bekannt als *zimâm ad-dâr* und besaß Wertschätzung und Rang. Doch der Kalif wurde über mich wegen einer Affäre verärgert; ich wurde hinausgeworfen und gelangte in diese Stadt hier, wo ich durch Gottes Willen mit Leid geschlagen wurde. Dann ließ Gott dich zu meiner Hilfe kommen durch seine Barmherzigkeit. Nun ernenne ich dich zu meinem Vertrauten und beauftrage dich in dieser Rolle, wenn ich tot bin und du mich gewaschen hast, mit dem Segen Gottes nach Bagdad zu ziehen und dort mit Umsicht nach dem Haus von sâhib az-zimâm, des Kalifen Eunuch, zu forschen. Wenn es dir gezeigt wurde, benutze alle Mittel der Kunst, um es zu mieten, und darin bete ich zu Gott um Hilfe für dich. Wenn du dort lebst, geh an einen bestimmten Ort und grabe dort bis zu einer bestimmten Tiefe. Dann ziehe ein Brett weg, das du dort überkreuzt unter der Erde finden wirst, und nimm, was darunter begraben liegt. Verwende es in deinem eigenen Interesse und für die guten und karitativen Werke, auf die Gott dich lenken wird, und so bringe Segnungen für dich selbst.« Der Erblasser verstarb, und sein Vertrauter brach mit seinem Testament nach Bagdad auf. Gott half ihm, das Haus zu mieten, und er gelangte an die beschriebene Stelle, wo er einen unermeßlichen Schatz von enormer Größe und erheblichem Wert hervorholte. Er verbarg ihn unter Warenbündeln, die er bei sich führte, und verließ damit Bagdad in Richtung Damaskus. Dann kaufte er dieses nach 'Umar benannte Haus und verwandelte es in ein Sûfî-Kloster, verschönerte es, erwarb Ländereien und Häuser als Stiftungen dazu, überstellte alles dem Nutzen der Sûfîs. Er ordnete an, daß er darin beerdigt werden und daß jeden Freitag der ganze Koran über seinem Grab gelesen werden und jedem

Teilnehmer das Beschriebene zukommen solle. Darin finden die Fremden und Armen viel Nutzen; das Kloster ist jeden Freitag mit Gläubigen brechend voll. Wenn der Koranvortrag zu Ende ist, beten sie für ihn und gehen fort; zuvor wird jedem ein ritl Brot gegeben. So lebt eine schöne Erinnerung an den Verblichenen und seine guten Werke weiter.

Es gibt noch weitere ähnliche Einrichtungen. Sie alle sind im Laufe der Zeit unverändert geblieben.

Es ist eine Sitte der Damaszener und der Menschen dieser anderen tugendreichen Länder, eine vor Gott hoffentlich annehmbare, jedes Jahr am 'Arafât-Tag in der Großen Moschee nach dem Nachmittagsgebet zu stehen, ihren Imam bei sich, ihre Köpfe unbedeckt, den Herrn anzubeten, die Segnungen der Stunde zu begehren, in der die Gesandtschaften an Gott und die Pilger in der Ebene von 'Arafât stehen. Sie harren dort, beten, flehen immer inbrünstiger Gott an und erbitten seine Gunst um der Pilger willen. So fahren sie fort, bis die Scheibe der Sonne versunken ist. Sie zählen die Stunden bis zur Rückkehr der Pilger von der 'Arafât-Ebene, dann trennen sie sich, indem sie beweinen, daß sie von dem erhabenen Boden 'Arafâts ferngehalten werden, flehen Gott an, sie dorthin zu bringen und es nicht an Segnungen seiner Annahme ihres Vorsatzes fehlen zu lassen.

Einen der schönsten und überwältigendsten Anblicke der Welt wegen des Eindrucks der künstlerischen Vollendung, der eine Beschreibung selbst der redegewandtesten Zungen nicht zuläßt, genießt man, wenn man die Spitze der Bleikuppel im Zentrum der Großen Moschee besteigt. Diesen überwältigenden Anblick erlebt man, wenn man ihr Inneres betritt, dann besinnliche Blicke auf ihre erhabene Struktur mit der Kuppel, die sich darin wie eine leere Kugel in einer größeren befindet, wirft. Wir bestiegen sie in der Gesellschaft eines maghribinischen Gefährten am Montagvormittag, dem 27. August, indem wir zunächst eine Treppe in der westlichen Kolonnade des Hofs erklommen, wo früher ein Minarett gestanden hat. Wir gingen am Dach der Großen Moschee entlang, das ganz aus Bleiplatten besteht. Jede ist vier Spannen lang und drei breit, manchmal sind auch kleinere oder größere darunter. Die Kuppel bestiegen wir über eine Leiter und wurden beinahe von Schwindel überwältigt. Deshalb krabbelten wir auf allen vieren um die Plattform, die sie umgibt, herum. Sie ist aus Blei und sechs Spannen breit. Wir konnten nicht darauf stehen, wegen der Unsicherheit unserer Position, und beeilten uns, das Innere der Kuppel durch ein Gitterfenster zu betreten, das sich in der Bleiarbeit öffnet. Dann beobachteten wir wegen der Erhabenheit seiner Eigenschaften ein Schauspiel, das die Sinne taumeln läßt und das der Geist nicht nachzuvollziehen vermag. Wir gingen um eine Plattform aus Holzbohlen herum, die die kleine innere Kuppel umringt, wie sie in der Bleikuppel in der beschriebenen Weise steht. Hier sind Fenster, durch die man die Moschee und das Innere betrachten kann; wir sahen Männer, als seien sie Schuljungen. Die Kugel ist rund wie ein Ball, ihr Äußeres ist aus Holz, das durch kräftige Verstrebungen, die mit Eisenbändern befestigt sind, verstärkt wird, jede Holzstrebe biegt sich über der Kuppel, alle treffen an einer zentralen Holzscheibe in der Spitze zusammen. In dieser Kuppel sind, wenn sie vom Inneren der Großen Moschee betrachtet wird, Holztafeln, die aneinandergepaßt und aufs erstaunlichste kombiniert sind. Sie alle sind vergoldet in der herrlichsten Weise, verziert in allen Farben, bewundernswert bearbeitet, so daß die Augen durch den Glanz des Goldes verwirrt werden. Die Sinne werden irritiert durch die Zusammenstellung und Aneinanderfügung: So überwältigend ist die Höhe. Eines der Holzpaneele sahen wir in der Kuppel liegen, es war nicht weniger als sechs Spannen lang und vier breit, doch an ihrem Orte dort oben wirken sie für das Auge, als betrage der Umfang jedes einzelnen eine Spanne oder höchstens zwei, so groß ist die Höhe. Die Bleikuppel umschließt diese Kuppel. Sie ist auch durch massive riesige Holzstreben verstärkt, die in der Mitte durch Eisenbänder zusammengehalten werden. Es gibt achtundvierzig Streben, der Abstand zwischen ihnen beträgt jeweils vier Spannen. Sie biegen sich in erstaunlicher Weise, ihre Enden treffen an einer zentralen Holzscheibe an der Spitze zusammen. Der Umfang dieser Bleikuppel beträgt 80 Schritt, das sind 260 Spannen. Ihr Zustand ist großartiger, als eine Beschreibung wiederzugeben vermag; das, was wir beschrieben haben, ist nur ein Schimmer dessen, was der dort Verweilende empfinden kann.

Unter dem langen Kirchenschiff, das Adler heißt, unter den zwei Kuppeln, ist ein riesiger Baldachin, der als Dach für die maqsûra dient; zwischen der einen und der anderen ist eine verzierte Stuckdecke. Die ist mit unzähligen Holzträgern gesetzt, gedreht und übereinander gebogen, so arrangiert, daß sie einen verblüffenden Anblick bietet. In die ganze Länge der Wand sind Pilaster eingefügt, die die beiden Kuppeln stützen; in der Wand sind Steine, von denen ein jeder viele Zentner wiegt. Nicht einmal ein Elefant kann sie bewegen, noch viel weniger ein anderes Tier. Das größte Wunder ist, wie sie zu einer solch ungeheuren Höhe angehoben werden konnten und wie menschliche Fähigkeiten das zuwege brachten.

Die beiden Kuppeln ruhen auf einem runden Fundament, das aus vielen massiven Steinen zusammengesetzt ist. Darauf stehen kurze, solide Pilaster, die aus großen, harten Steinen gefertigt wurden. Ein Fenster öffnet sich zwischen jedem Pilaster, die Fenster laufen rund herum. Die beiden Kuppeln erscheinen dem Auge wie eine einzige, doch wir haben schon darauf hingewiesen, daß es sich um zwei handelt, die eine in der anderen, die äußere die Bleikuppel. Zu den Überraschungen für uns gehörte, daß wir in den Kuppeln kein Spinngewebe entdeckten, obwohl lange Zeit niemand das überprüft hatte, noch irgend jemand zur Reinigung ihrer Oberflächen eingesetzt worden war. An ähnlichen Orten sind Spinnen in großer Zahl vorhanden. Wir hatten schon zuvor versichert, daß in der Moschee in Medina keine Spinne ihr Netz weben oder irgendeine Schwalbe eindringen würde.

Wer verließen den Ort und stiegen hinab, erschöpft durch das Staunen über dieses erhabene, bewundernswerte Schauspiel, das jenseits jeder Beschreibungsmöglichkeit liegt. Die Menschen sagen, daß es auf Erden keinen schöner anzusehenden Bau gibt, keinen stattlicheren oder überragender gebauten, als diesen Dom, abgesehen von dem, was über den (Felsen-)Dom in Jerusalem gesagt wird, der angeblich noch höher in den Himmel ragt. Mit einem Wort, der Eindruck der Form und der riesigen Proportionen ist beim Hinaufsteigen und beim Betreten erstaunlicher als das, was von den Weltwundern erzählt wird. Macht besitzt der eine Gott, es gibt keinen Gott außer Ihm!

Die Menschen von Damaskus und andere dieser Länder üben eine merkwürdige Zeremonie bei ihren Beerdigungen aus. Sie gehen vor der Bahre mit Rezitatoren her, die den Koran mit bewegenden Stimmen und zerreißenden Melodien vortragen, so daß die Herzen vor Kummer und Mitgefühl brechen. Sie beten über der Bahre in der

Großen Moschee vor der maqsûra; jede Bahre muß in diese Moschee hineingebracht werden. Wenn sie an die Tür kommen, hören sie mit ihrer Intonation auf und gehen zu der Stelle, wo die Gebete an der Bahre gesprochen werden. Wenn der Verblichene einer der Imame der Moschee oder einer ihrer Wächter war, dann wird bei ihm ein Unterschied gemacht: Dann tragen sie den Koran vor, bis sie an den Gebetsort kommen.

Manchmal versammeln sie sich für die Beileidszeremonie in dem westlichen Gang des Hofs, neben dem Barîd-Tor, rezitieren die Gebete eines nach dem anderen und setzen sich dann. Vor ihnen liegen Exemplare des Korans, den sie lesen, während die Leiter der Trauerfeier ihre Stimmen erheben, um die erhabenen und führenden Männer der Stadt anzukündigen; wenn diese bei der Zeremonie eintreffen, überschütten sie sie mit eindrucksvollen Anrufungen der Ehre, die sie allen gleich zukommen lassen. Man kann anmaßende Epitheta ohne Ende hören. Wenn die Leser zu Ende gekommen sind und das Rezitieren des Korans beendet ist, erheben sich ihre Prediger einer nach dem anderen ihrer Stellung an Gelehrsamkeit gemäß, fromme Erinnerungen weckend, vor den Betrügereien der Welt warnend, rezitieren einige passende poetische Zeilen und enden dann mit Worten des Beileids an die Hinterbliebenen, Gebeten für Gott und den Verblichenen. Der Sprecher bleibt dann sitzen, ihm folgt ein anderer in derselben Art, bis alle fertig und ihres Weges gegangen sind. Oft gibt es solche Versammlungen, die jedem, der an ihnen teilnimmt, von Nutzen sind.

Die Menschen in diesen Gegenden reden einander mit »mein Herr« oder »mein Gebieter« an und benutzen Ausdrücke wie »Ihr Diener« und »Eure Exzellenz«. Wenn einer den anderen trifft, sagt er anstelle der gewöhnlichen Begrüßung voller Respekt: »Hier ist der Sklave...« oder »Hier ist Ihr Sklave zu Euren Diensten.« Sie tauschen Absurdes aus, der Ehrliche ist unter ihnen ein seltener Vogel. Ernsthaftigkeit ist bei ihnen etwas Mystisches. Ihre Art der Begrüßung ist entweder eine tiefe Verbeugung oder ein Fußfall. Man wird ihre Nacken spielen sehen, auf- und abgehend, sich streckend und sich zusammenziehend. Manchmal werden sie so lange Zeit weitermachen, einer hinabgehend, während der andere sich aufrichtet, ihre Turbane gegenseitig zu Fall bringend. Diese Form der Begrüßung, die Verneigung (rukû') wie im Gebet haben wir auch bei weiblichen Sklavinnen beobachtet oder wenn Dienerinnen Fragen vortragen. Wie fremd sind doch diese Menschen! Sie gestehen sich mit Emsigkeit Dinge zu, die stolze Seelen verachten, und praktizieren Mißbräuche der Verneigung, die das muslimische Gesetz verbietet. In dieser Beziehung haben sie viele eitle Gebräuche. Welch merkwürdiges Volk!

Wenn sie einander so behandeln, solch eine Überheblichkeit an Beinamen in ihrem normalen Umgang erreichen, wie sollen sie dann noch ihren Sultan anreden und mit jenem umgehen? Bei ihnen ist der Schwanz dasselbe wie der Kopf: Sie unterscheiden nicht zwischen dem Herrscher und dem Beherrschten.

Eine einmalige Gewohnheit in allen diesen Ländern ist die Art der Fortbewegung von groß und klein, mit den Händen auf dem Rükken, eine Hand die andere haltend. Sie machen ihre tiefen Verneigungen zum Gruße in dieser Art, die einen Anflug von Gehorsam, ein Zeichen von Demut und Bescheidenheit an den Tag legt, als seien sie mit Gewalt behandelt worden und ihre Hände auf dem Rücken zusammengebunden. Sie glauben, diese Haltung zeige sie als Menschen von Würde und Ehre, gebe ihren Gliedern Leben und erhole sie nach Ermattung. Der Ehrwürdige unter ihnen ist der, der eine Schleppe eine Spanne über dem Boden hinter sich herzieht oder seine Hände auf den Rücken legt, eine über die andere. Sie haben diese Art als verbindlich angenommen, jeder von ihnen schmückt sich mit dieser schlechten Gewohnheit, ihn dünkt sie, gut zu sein. Ich bitte Gott ihretwegen um Vergebung.

Aber in der Sitte des Händeschüttelns haben sie eine Praxis, die Gottes Verzeihung hervorruft, gemäß der Überlieferung, die von Mohammed bezüglich des Händeschüttelns zu uns gelangte. Sie tun es nach den Gebeten, insbesondere nach den Morgen- und Nachmittagsgebeten. Wenn der Imam die Versammlung grüßt und die Gebete beendet hat, gehen die Menschen zu ihm und schütteln die Hand der rechts und links von ihnen Stehenden. Schließlich beenden sie diesen vergebungbringenden Dienst mit der Gunst Gottes. Wir haben schon erwähnt, daß sie diese Gewohnheit des Händeschüttelns ausüben, wenn sie den Neumond entdecken und füreinander die Segnungen und das Glück des neuen Mondes erbitten. Dies ist auch eine nützliche Gewohnheit, denn Gott wird sie wegen ihrer Gebete füreinander mit Lohn versehen.

Den rechten Weg des Sultans dieser Länder, Saladins, seine denkwürdigen Taten im Weltgeschehen und für den Glauben und seinen Eifer beim heiligen Krieg mit den Ungläubigen haben wir bereits zum Thema dieses Tagebuchs gemacht. Nördlich dieses Landes ist keines, das dem Islam zugehört, der größte Teil von Syrien befindet sich in den Händen der Franken. Gott in seiner Güte gab den Muslimen diesen Sultan, der sich nie an einen Ort der Ruhe zurückzieht, noch lange der Muße pflegt oder aufhört, seinen Sattel zu seinem Ratstuhl zu machen. Wir sind in dieser Stadt zwei Monate gewesen; als wir hier einzogen, war er schon abmarschiert zur Belagerung der Feste al-Karak, die wir schon erwähnten, und setzt sich immer noch dafür ein. Möge Gott ihm helfen, sie zu erobern!

Wir hörten einen Rechtsgelehrten und führenden Mann von Damaskus, der das Wohlverhalten dieses Sultans anerkannte und an seinen Audienzen teilnahm. In seinen Worten und seinem Handeln zeigte Saladin Großmut und Freigebigkeit sowie Weisheit. Möge Gott durch Seine Gunst gewähren, daß der Islam und die Muslime lange sein Wirken für sie genießen können.

Am Sonntag, dem 9. September, waren wir noch in Damaskus und standen im Begriff nach Akka abzureisen, um eine Seepassage mit einigen christlichen Kaufleuten zu suchen, in den Schiffen, die sie für das Herbstsegeln bereitstellen; sie nennen die Schiffe *»as-salibîja«*.

Von Damaskus nach Akka

13. September bis 9. Oktober 1184

Am Donnerstagabend, dem 13. September 1184, verließen wir Damaskus in einer großen Karawane von Kaufleuten, die mit ihren Waren nach Akka reiste. Eine der größten Eigentümlichkeiten in der Welt ist, daß muslimische Karawanen in die fränkischen Länder ziehen, während Franken als Gefangene die muslimischen Länder betreten. In dieser Hinsicht beobachteten wir bei unserem Aufbruch ein einmaliges Ereignis.

Als Saladin die Feste von al-Karak belagerte, waren die Franken von allen Seiten zusammengezogen worden und in großer Stärke gegen ihn marschiert und versuchten, vor ihm zum Wasserplatz zu kommen und ihn vom Nachschub abzuschneiden. Doch der Sultan führte, als er die Festung verließ, alle seine Leute gegen sie und traf vor ihnen an der Wasserstelle ein. Die Franken wichen ihm aus, folgten einem schwierigen Weg, auf dem die meisten ihrer Tiere verendeten, und wandten sich selbst zur Feste von al-Karak. Der Sultan hatte ihnen alle anderen Straßen verschlossen, die in ihr eigenes Land führten; so war für sie keine andere Straße zur Festung als die durch die Wüste begehbar. Nun mußten sie, da sie eingekreist waren, einen riesigen Umweg machen. Saladin nutzte diese Lage, nahm die Gelegenheit wahr, in ihr Land einzufallen, und begab sich auf direktem Wege dorthin. Unerwartet traf er bei Nâblûs ein, griff es mit seinen Soldaten an und nahm es ein. Alle Bewohner nahm er gefangen und besetzte befestigte Plätze und Höfe. Die Hände der Muslime waren mit unzähligen Gefangenen gefüllt, sowohl Franken als auch Anhängern einer jüdischen Sekte namens Samariter, die von as-Sâmirî abstammen.[67] Eine große Anzahl wurde einem schnellen Tode zugeführt. Die Muslime erzielten bei Plünderungen unermeßliche Beute, darunter viele Waren, Lebensmittel, Hausrat und Möbel, Weidevieh wie Schafe, Ziegen, Rinder, Hammel und vieles andere mehr. Der siegreiche Sultan erlaubte den Muslimen mitzunehmen, soviel sie konnten, und gestand ihnen die Beute zu. Jede Hand hielt fest, was sie erbeuten konnte, und wurde reich und blühend. Die Armee radierte alle Spuren der Frankenherrschaft aus, kehrte mit reicher Beute zurück, triumphierend über ihre Unversehrtheit, die Beute und die glückliche Heimkehr. Sie hatte auch viele muslimische Gefangene befreit. Es war ein Überfall, von dessengleichen man in diesem Land noch nicht gehört hatte. Die Gefangenen zählten in die Tausende; ihre Zahl konnten wir nicht nachprüfen. Der Sultan erreichte Damaskus am ersten Sonnabend nach unserer Abreise (= 15. September). Wir hörten, daß er seine Soldaten etwas ausruhen lassen und dann zu der Feste von al-Karak zurückkehren wird. Möge Gott ihm helfen und mit Seiner Macht die Festung für ihn fallen lassen! Wir selbst zogen in fränkische Länder zu einem Zeitpunkt, als fränkische Gefangene muslimische Länder betraten.

Die Nacht zum Freitag, dem 14. September, verbrachten wir in einem Dorf Dârajja, anderthalb farsach von Damaskus entfernt.

In der Morgendämmerung des Freitag zogen wir weiter zu einem Dorf namens Bait Dschann, das zwischen den Bergen liegt. Von hier brachen wir am Sonnabendmorgen nach der Stadt *Bânijâs* auf. Auf halber Wegstrecke trafen wir auf eine riesige Eiche mit weitausgestreckten Zweigen. Wir erfuhren, daß sie »Baum der Waage« (schadscharat al-mîzân) heißt. Bei unseren Nachforschungen wurde uns erzählt, daß dies die Grenze auf dem Weg zwischen Sicherheit und Gefahr sei – und das wegen einiger fränkischer Straßenräuber, die sich herumtreiben und Raubzüge unternehmen. Diejenigen, die sie auf muslimischer Seite ergreifen, sei es nun um Armes- oder Spannenlänge, die halten sie fest; diejenigen jedoch, die sie auf fränkischer Seite in entsprechender Entfernung ergreifen, lassen sie wieder frei. Dies ist eine Art Übereinkunft, die sie getreulich beachten; es ist eine der witzigsten und zugleich ungewöhnlichsten fränkischen Verpflichtungen.

Die Stadt Bânijâs liegt im Grenzbezirk des muslimischen Gebiets. Sie ist klein, doch sie hat eine Festung, unterhalb deren Mauern sich ein Fluß entlangschlängelt, der durch eins der Stadttore hinaus- und unterhalb der Mühlen weiterfließt. Die Stadt war in fremden Händen; aber Nûr ad-dîn eroberte sie zurück. In ihrer Nachbarschaft liegen große Ackerflächen, die von einer Festung der Franken mit dem Namen Hûnîn befehligt werden, sie liegt etwa drei farsach von Bânijâs entfernt. Die Bewirtschaftung des Tales ist zwischen Franken und Muslimen geteilt. Hierbei haben sie eine Regelung getroffen, die als »Teilungssatzung« (hadd al-muqâsama) bekannt ist. Beide teilen die Ernten gleichmäßig auf; ihre Tiere werden miteinander gemischt, dennoch gibt es deswegen keine Schwierigkeiten.

Wir brachen von Bânijâs am Abend desselben Sonnabends nach dem Dorf Masîja auf, das in der Nähe der zuvor erwähnten fränkischen Festung liegt. Dort verbrachten wir die Nacht und zogen am Sonntag bei Tagesanbruch weiter. Zwischen Hûnîn und Tibnîn reisten wir durch ein Tal, das reichlich mit Bäumen, größtenteils Lorbeer, bestanden war. Das Tal war sehr tief, wie eine Schlucht, deren Seiten sich nähern und deren Anhöhen den Horizont erreichen. Es heißt al-Astîl. Würden Soldaten dort eindringen, wären sie verloren; denn es gäbe keinen Fluchtweg für sie, wenn ihnen aufgelauert würde. Der Ab- und Aufstieg ist auf beiden Seiten mühselig. Wir reisten dicht daran vorbei und staunten über diesen Ort; dann wandten wir uns nach links und kamen zu einer der größten Festungen der Franken, Tibnîn. Hier werden Zölle auf Karawanen erhoben. Dieser Ort gehört der Sau (chinzîra), die Königin genannt wird; sie ist die Mutter des Königs, des Schweins (chinzîr), des Herrn von Akka – möge Gott sie vernichten!

Am Fuße dieser Festung schlugen wir unser Lager auf. Die auf Personen erhobene Steuer ist nicht übertrieben hoch. Sie beträgt einen syrischen Dinar und ein Qîrât eines Dinars. Auf die Waren wurde kein Zoll erhoben, denn sie waren für den Platz des verdammten Königs in Akka bestimmt, das ist der Ort, an dem der Zehnte erhoben wird. Die Steuer beträgt ein Qîrât auf jeden Dinar Warenwert, ein Dinar hat 24 Qîrât. Besteuert wurden nur die Maghribiner; die Bewohner aller anderen muslimischen Länder blieben unbehelligt. Dies geschieht, weil einige Maghribiner früher die Franken verärgert haben. Eine tapfere Kompanie von ihnen hatte eine fränkische Festung mit Nûr ad-dîn angegriffen, bei ihrer Einnahme waren die Soldaten durch die Beute reich und berühmt geworden. Die Franken bestrafen sie nun durch diese ungesetzliche Steuer. Deshalb muß jeder Maghribiner einen Dinar bezahlen. Die Franken erklären: »Die Maghribiner kamen und gingen in unser Land. Wir behandelten sie gut und nahmen ihnen nichts ab. Als sie aber in den Krieg eingriffen und sich mit ihren muslimischen Brüdern zusammenschlossen, waren wir gezwungen, ihnen diese Zahlung aufzuerlegen.« Da diese Steuer die Maghribiner an die Verärgerung des Feindes erinnert, wird die Zahlung erleichtert und die Härte erträglicher.

Von Tibnîn zogen wir am Montag bei Tagesanbruch weiter. Unser Weg führte dauernd durch bestellte Ländereien und geordnete Siedlungen, deren Bewohner alle Muslime waren und mit den Franken angenehm lebten. Möge Gott uns vor solchen Verführungen bewahren! Sie übergeben zur Erntezeit die Hälfte ihrer Erträge den Franken und zahlen darüber hinaus eine Kopfsteuer *(dschizja)* von einem Dinar und fünf Qîrât pro Person. Abgesehen davon mischt man sich nicht in ihre Angelegenheiten ein, außer einer geringen Besteuerung auf die Früchte an den Bäumen. Ihre Häuser und all ihre Güter bleiben in ihrem vollen Besitz. Alle Küstenstädte, die von den Franken besetzt worden sind, werden auf diese Weise verwaltet; ihre ländlichen Distrikte, die Dörfer und Höfe gehören den Muslimen. Ihre Herzen sind verführt worden, denn sie beobachten, wieviel mühseliger ihre Brüder in den muslimischen Regionen unter ihren eigenen Gouverneuren leben. Dies ist ein Unglücksfall für die Muslime! Die muslimische Gemeinschaft klagt über die Ungerechtigkeit eines Gutsherrn ihres eigenen Glaubens und spendet dem Verhalten seines Gegenübers und Feindes, dem fränkischen Gutsherrn, Beifall und gewöhnt sich an dessen Gerechtigkeit.

Am selben Montag hielten wir an einem Gehöft von Akka, ein farsach von der Stadt entfernt. Der Verwalter ist ein Muslim, der von den Franken ernannt wurde, um die muslimischen Arbeiter zu beaufsichtigen. Allen Mitgliedern der Karawane, groß und klein, gewährte er großzügige Gastfreundschaft in einem Saal des Hauses, verpflegte sie üppig und behandelte sie freizügig. Wir waren unter denen, die daran teilhatten, und verbrachten die Nacht dort. Am Dienstagmorgen, dem 18. September, kamen wir nach Akka – möge Gott es zerstören! Wir wurden zum Zollhaus gebracht, welches ein chân ist, der eine ganze Karawane beherbergen kann. Vor der Tür stehen Steinbänke, mit Teppichen bedeckt, wo die christlichen Bediensteten des Zolls sich mit ihrem goldverzierten Ebenholzschreibzeug niederlassen. Sie schreiben Arabisch und sprechen es auch. Ihr Vorgesetzter ist der sâhib ad-dîwân (Leiter des Zolls), der für den Zoll verantwortlich ist. Er heißt as-sâhib (Meister), ein Titel, der ihm wegen seines Amtes verliehen wurde und den sie allen Personen mit entsprechender Stellung gegenüber anwenden, abgesehen von Armee-Angehörigen. Alle Zahlungen fließen an diese Einrichtung, sie verfügt über ein riesiges Vermögen.

Die Kaufleute deponierten ihr Gepäck dort und übernachteten im Obergeschoß. Das Gepäck eines jeden, auch wenn er keine Handelsware bei sich hatte, wurde überprüft, ob es versteckte oder zollpflichtige Ware enthielt. Danach war dem Besitzer erlaubt, seines Weges zu ziehen und sich eine Unterkunft an einem beliebigen Ort zu suchen. Dies alles geschah mit Höflichkeit und Respekt, ohne Härte und Ungerechtigkeit.

Wir bezogen ein Quartier am Meer in einem Haus, das wir von einer Christin mieteten, und beteten zu Gott, daß Er uns von allen Gefahren erretten und Sicherheit gewähren möge.

Akka – möge Gott die Christen darin vernichten und es den Muslimen zurückgeben! – ist die Hauptstadt der fränkischen Städte in Syrien, ein Ort, wo die Schiffe wie Zeichen in den Meeren aufragen[68], ein Hafen für alle Schiffe. In seiner Größe ähnelt es Konstantinopel. Es ist ein Sammelpunkt für Schiffe und Karawanen, Treffpunkt für muslimische und christliche Kaufleute aus allen Himmelsrichtungen. Seine Wege und Straßen ersticken unter dem Gedränge der Menschen, so daß es schwer ist, einen Fuß auf den Boden zu setzen. Unglauben und Unfrömmigkeit herrschen dort, Schweine (Christen) und Kreuze gibt es im Überfluß. Es stinkt und ist dreckig, voller Abfälle und Exkremente. Die Franken raubten es aus muslimischen Händen im ersten Jahrzehnt des 6. Jahrhunderts d. H. [69], die Augen der Muslime waren vom Weinen darüber geschwollen; es war eines ihrer Kümmernisse. Moscheen wurden zu Kirchen, Minarette zu Glockentürmen. Doch Gott ließ einen Teil der Hauptmoschee unbeschmutzt; er verblieb als kleine Moschee in den Händen der Muslime. Dort können Fremde sich versammeln, um der Pflicht des Gebets nachzukommen. Bei der Gebetsnische befindet sich das Grab des Propheten Sâlih. Gott bewahrte diesen Teil der Moschee wegen des gütigen Einflusses des heiligen Grabes vor der Entweihung durch die Ungläubigen. Im Osten der Stadt befindet sich die Quelle der Kuh ('Ain al-baqar), an der Gott das Rind für Adam hervorbrachte. Der Abstieg zur Quelle erfolgt über eine steile Treppe. Darüber befindet sich eine Moschee, von der in ihrem ursprünglichen Zustand nur die Gebetsnische geblieben ist. Östlich davon haben die Franken ihren eigenen Gebetsort geschaffen; Muslime und Ungläubige versammeln sich hier, die einen wenden sich ihrem Gebetsplatz zu, die anderen dem ihren. Obwohl in den Händen der Christen, blieb die Erhabenheit des Ortes bewahrt; Gott hat darin einen Gebetsplatz für die Muslime erhalten.

Zwei Tage verweilten wir an diesem Ort, dann reisten wir auf dem Überlandweg weiter bis nach Tyros (Sûr), am Donnerstag, dem 20. September. Auf unserem Weg kamen wir an einer großen Feste namens az-Zâb vorbei, die einer Reihe von Dörfern und Gehöften Schutz gewährt. Dann ging es an einem Dorf mit dem Namen *Iskandarûna* vorbei, das von einer Mauer umschlossen ist. Wir suchten in Tyros ein Schiff, das – so hatten wir erfahren – nach *Bougie* (Bâja) in See stechen sollte. Am Donnerstagabend trafen wir in dieser Stadt ein, denn die Entfernung zwischen Akka und Tyros beträgt nur etwa 30 Meilen. Wir bezogen eine Karawanserei in der Stadt, die für die Aufnahme von Pilgern bereitsteht.

Die Stadt Tyros – möge Gott sie vernichten! – ist sprichwörtlich geworden für ihre Unbezwingbarkeit. Derjenige, der sie erobern möchte, wird weder auf Unterwürfigkeit noch auf Nachgiebigkeit stoßen. Die Franken haben sie zu einem Rückzugsort für den Fall einer unvorhersehbaren Notwendigkeit und zu einem zentralen Punkt für ihre Sicherheit gemacht. Ihre Wege und Straßen sind sauberer als die von Akka. Die Menschen sind von ihrer Veranlagung her milder in ihrem Unglauben und von Natur und Benehmen her freundlicher gegenüber den muslimischen Fremden. Ihr Verhalten, mit anderen Worten, ist sanfter. Ihre Häuser sind größer und geräumiger. Die Lebensbedingungen der Muslime in dieser Stadt sind einfacher und friedlicher. Akka ist eine Stadt, die größer und beharrlicher in der Ablehnung des Islams ist. Doch die Stärke und Uneinnehmbarkeit von Tyros sind noch wunderbarer als berichtet wird. Die Stadt hat nur zwei Tore, eines landwärts, das andere zum Meer, das die Stadt, abgesehen von einer Seite, umschließt. Das Landtor wird nach dem Passieren von drei oder vier Zwischentüren in der stark befestigten Außenmauer erreicht. Das seewärtige Tor ist von zwei hohen Türmen flankiert und führt zu einem Hafen, dessen erstaunliche Lage unter den Seestädten einzigartig ist. Mauern umgeben die Stadt auf drei Seiten, die vierte wird von einem Damm, der aus Gips (dschiss) errichtet wurde, abgegrenzt. Schiffe fahren unterhalb der Mauern hinein und gehen dort vor Anker. Zwischen den beiden Türmen hängt eine große Kette, die, wenn sie den Weg versperrt, jedes Herein- oder Hinausfahren verhindert; kein Schiff kann passieren, es sei denn, die Kette ist entfernt. Am Tor stehen Wachen und Beobachter; man kann nur unter ihren Augen herein- und hinausgelangen. Die Schönheit der Lage dieses Hafens ist wunderbar. Akka ähnelt ihm, kann aber große Schiffe nicht aufnehmen, die müssen draußen vor Anker gehen, nur kleine Schiffe können hineinfahren. Der Hafen von Tyros ist vollendeter, schöner und belebter. Elf Tage blieben wir in dieser Stadt, reisten am Donnerstag an und verließen sie am Sonntag, dem 30. September. Das Schiff, mit dem wir segeln wollten, war uns zu klein, so daß wir damit nicht reisen mochten.

Ein verlockendes weltliches Schauspiel war ein Hochzeitszug, den wir eines Tages nahe dem Hafen von Tyros beobachteten. Alle Christen, Männer und Frauen, hatten sich versammelt und in zwei Reihen vor der Tür der Braut aufgestellt. Trompeten, Flöten und andere Musikinstrumente wurden gespielt, bis sie stolz zwischen zwei Männern in wiegendem Gang heraustrat; die Männer hielten ihre Linke und Rechte, als seien sie ihre Verwandten. Sie war hochelegant in ein wunderschönes Kleid gehüllt, hinter dem sie, ihrem traditionellen Stil gemäß, eine lange Schleppe von goldener Seide hinter sich her zog. Auf ihrem Kopf trug sie ein goldenes Diadem, das von einem Netz aus gewebtem Gold bedeckt war; auf ihrer Brust war ein ähnliches Arrangement. Stolz war ihr Auftreten in ihren Schmuckgewändern. Mit kleinen Schritten von einer halben Spanne schritt sie wie eine Taube, wie ein Wölkchen daher. Möge Gott uns vor den Verführungen eines solchen Anblicks schützen! Vor ihr gingen christliche Notabeln in ihren feinsten und prächtigsten Gewändern, die Schleppe hinter ihnen fallend. Hinter ihnen schritten christliche Frauen, der Braut ähnlich; in ihrer reichsten Tracht paradierten und stolzierten sie. Allen voran zogen die Musikanten. Die Muslime und die anderen christlichen Zuschauer bildeten zwei Reihen entlang der Straße und starrten sie ohne jede Zurückhaltung an. So schritt der Zug vorbei, bis die Braut zum Hause ihres Bräutigams gelangt war; dann feierten sie den ganzen Tag. Uns wurde die Gelegenheit zu einem betörenden Anblick gegeben, vor dessen Verführung Gott uns bewahren möge!

Auf dem Seewege kehrten wir nach Akka zurück und landeten dort am Montagmorgen, dem 1. Oktober. Wir mieteten Passagen auf einem großen Schiff, das im Begriff stand, nach Messina auf der Insel Sizilien zu segeln.

Während unseres Aufenthalts in Tyros waren wir in einer der Moscheen gewesen, die in muslimischen Händen ist. Einer der muslimischen Scheichs von Tyros erzählte uns, daß sie ihnen im Jahre 518 (27. Juni 1124) entrissen worden sei, nachdem sie zwölf Jahre lang belagert und schließlich ausgehungert worden seien. Man sagte uns, daß sie so sehr in Not geraten seien, daß Schande sie dazu gebracht hätte, einen Weg zu wählen, vor dem Gott sie hätte bewahren sollen. Sie hatten beschlossen, ihre Frauen und Kinder in der großen Moschee zu versammeln und sie dort mit dem Schwert zu töten, damit sie nicht in die Hände der Christen fielen. Sie selbst wollten dann mit letzter Kraft einen Ausfall machen und bei einem heftigen Angriff gegen den Feind sterben. Doch Gott traf seinen unabänderlichen Ratschluß; und ihre Rechtsgelehrten und einige Gottesfürchtige hinderten sie daran. Daraufhin beschlossen sie, die Stadt aufzugeben und unversehrten Leibes auszuziehen. So geschah es; sie verteilten sich in den muslimischen Ländern. Aber darunter waren einige, deren Liebe zur Heimat sie zur Rückkehr trieb und sie veranlaßte, unter einer für sie geschriebenen Regelung unter den Ungläubigen zu leben.

In den Augen Gottes gibt es keine Entschuldigung für einen Muslim, in irgendeinem ungläubigen Lande zu bleiben, außer wenn er hindurchreist. Denn andernfalls wird er Pein und Schrecken erleiden, Demütigung und miserable Umstände. So wird er Äußerungen hören, die das Herz bedrücken, über ihn, dessen Namen Gott erhöht hat. Außerdem fehlt dort die Reinheit, man lebt inmitten von Schweinen und anderen ungesetzlichen Dingen, mehr als man aufzählen kann. Bewahre, bewahre uns vor dem Betreten ihrer Länder! Möge Gott reichlich Nachsicht für diese Sünde gewähren!

Zu dem Unglück, das ein Besucher ihrer Länder sehen wird, gehören die muslimischen Gefangenen, die in Fesseln laufen und wie Sklaven zu schmerzlichen Arbeiten eingesetzt werden. Unter ähnlichen Bedingungen leben die weiblichen Gefangenen, mit ihren Beinen in Eisenringen. Herzen brennen bei ihrem Anblick, aber Mitleid nützt ihnen nichts.

Eine der ruhmreichen Taten Gottes gegenüber den maghribinischen Gefangenen in diesen Ländern des fränkischen Syriens ist es, daß jeder Muslim dieses Bereichs oder anderswo, der ein Testament bezüglich seiner Besitztümer macht, dieses dem Loskaufen der Maghribiner widmet, besonders wegen ihrer weiten Entfernung von der Heimat und weil sie außer Gott niemanden haben, um sie zu befreien. Sie sind Fremde, abgeschnitten von der Heimat; die muslimischen Könige dieser Länder, die Prinzessinnen und Personen von Vermögen und Reichtum geben ihr Geld für diesen Zweck aus. Nûr ad-dîn schwor während einer Krankheit, die ihn befiel, 12 000 Dinar für die Auslösung von maghribinischen Gefangenen zu verteilen. Als er dann von seiner Krankheit geheilt war, sandte er das Lösegeld für sie. Aber statt dessen wurde eine andere Gruppe losgeschickt als die Maghribiner, vielmehr Leute aus Hamâ, einer seiner Provinzen. Er ordnete ihre Rückführung und die Freilassung der Maghribiner an ihrer Stelle an und sprach: »Diese Männer können von ihren Verwandten und Nachbarn freigekauft werden; aber die Maghribiner sind Fremde und haben hier keine Verwandten.«

Durch einen unglücklichen Zufall wurden wir auf unserem Wege von Damaskus nach Akka von einem Maghribiner aus Bûna im Distrikt von Bougie begleitet, der ein Gefangener gewesen, aber durch die Mitwirkung eines gewissen Abû d-Durr entlassen worden und einer von dessen Männern geworden war. In einer der Karawanen seines Gebieters war er nach Akka gekommen, wo er unter Christen geweilt und viel von ihrem Charakter angenommen hatte. Der Teufel verführte ihn fortwährend und brachte ihn dazu, den Glauben des Islams zu verlassen, zum Ungläubigen zu werden und sich in der Zeit unseres Aufenthalts in Tyros als Christ taufen zu lassen. Als wir nach Akka aufbrachen, erhielten wir Nachricht von ihm. Er war getauft worden, also unrein, und hatte den Mönchsgürtel umgelegt, wodurch er für sich die Flammen der Hölle anfacht und sich einem bitteren Gericht und einer weit entfernten Rückkehr aus der Hölle aussetzt. Wir bitten Gott, uns in dieser Welt und der nächsten in dem wahren Wort zu bestätigen, uns davor zu bewahren, vom wahren Glauben abzuweichen und uns in Seiner Gnade und Barmherzigkeit als Muslim sterben zu lassen.

Dieses Schwein, der Herr von Akka, den sie König nennen, lebt abgeschieden und ist nicht zu sehen, denn Gott hat ihn mit Aussatz heimgesucht. Gott brauchte nicht lange zur Rache, denn die Heimsuchung befiel ihn in seiner Jugend und schloß ihn von den Freuden dieser Welt aus. Er ist armselig hier, aber die Strafe danach ist noch härter und andauernder.[70] Sein Kanzler und der eigentliche Regent ist sein mütterlicher Onkel, der Graf, Schatzmeister, dem die Einkünfte zufließen und der alles mit Stärke und Autorität überwacht. Der Wichtigste unter den verfluchten Franken ist der verdammte Graf, der Herr von Tripolis (Tarablûs) und Tiberias (Tabarîja). Er hat unter ihnen Bedeutung und Rang. Befähigt, König zu sein, ist er in der Tat ein Kandidat für dieses Amt. Er wird als scharfsinnig und verschlagen beschrieben. Zwölf Jahre oder länger war er ein Gefangener Nûr ad-dîns, dann kaufte er sich selbst in der ersten Regierungszeit Saladins gegen eine große Summe los. Die Person Saladins ist für ihn gleichbedeutend mit Knechtschaft und Befreiung.

Die Karawanen von Damaskus reisen durch die Territorien von Tiberias, denn dieser Weg ist einfach. Maultierkarawanen ziehen jedoch durch Tibnîn über einen schwierigeren, gleichzeitig aber direkteren Weg. Der See von Tiberias ist berühmt, sein Wasser wohlschmeckend. Seine Breite beträgt drei oder vier farsach, die Länge etwa sechs. Behauptungen hinsichtlich seiner Länge schwanken, doch sechs farsach kommt der Wahrheit wohl am nächsten. Auch über seine Breite gibt es einen Disput. In Tiberias befinden sich Grabstätten vieler Propheten. In der Nähe ist der Berg Tabor (Dschabal at-tûr). Zwischen Akka und Jerusalem (Bait al-maqdis) liegen drei Tagesreisen; zwischen Damaskus und Jerusalem acht. Jerusalem liegt südwestlich von Akka in Richtung Alexandria. Möge Gott es den Muslimen zurückgeben!

Die Städte Akka und Tyros haben keine Gärten direkt um sich und liegen in einer weiten Ebene, die bis zu den Ufern des Meeres reicht. Früchte aus Obstgärten in der Nachbarschaft werden dorthin gebracht. Zu den Städten gehören große Ländereien, die nahegelegenen Berge sind mit Gehöften ausgestattet, von denen Früchte dorthin verfrachtet werden. Beides sind sehr reiche Städte. Am östlichen Rand von Akka ist ein Tal mit einem reißenden Strom, an dessen Ufern entlang sich bis zum Meer eine sandige Ebene erstreckt; einen hübscheren Anblick habe ich noch nicht gesehen. Es gibt keine vergleichbare Rennbahn für Pferde. Jeden Morgen und Abend reiten die Herren der Stadt auf diesem Weg; dort paradieren auch die Soldaten. Gott möge sie vernichten!

Neben dem landwärtigen Tor von Tyros ist eine Frischwasserquelle, zu der eine Treppe hinunterführt. Der Brunnen und Zisternen sind viele in der Stadt, es gibt kein Haus ohne einen solchen. Möge Gott in seiner Güte und Gunst das Wort des Islams an sie und ihre Schwester (Akka) zurückgeben!

Am Sonnabend, dem 6. Oktober 1184, bestiegen wir mit Gottes Gunst ein großes Schiff und nahmen Wasser und Verpflegung an Bord. Die Muslime auf dem Schiff suchten Plätze entfernt von den Franken. Einige Christen, die »bilghrîjûn« (Pilger) genannt werden, kamen an Bord. Sie waren auf Wallfahrt in Jerusalem gewesen, zum Zählen zu viele, aber es waren mehr als zweitausend. Möge

Gott uns bald von ihrer Gesellschaft befreien und uns in Sicherheit bringen; niemandem außer Ihm gebührt das Gebet.

So warteten wir mit Gottes Willen auf einen günstigen Wind und das Ende der Beladung des Schiffs.

Die Seereise nach Sizilien

9. Oktober bis 9. Dezember 1184

Am 9. Oktober 1184 waren wir noch im Hafen von Akka an Bord des Schiffes, warteten auf den Abschluß des Stauens, um darauf im Namen Gottes absegeln zu können. Unser Aufenthalt verlängerte sich wegen der fehlenden Winde um zwölf Tage. Ihr Wehen ist in diesen Gegenden ein einzigartiges Geheimnis: Der Ostwind bläst nur im Frühjahr und im Herbst. Abgesehen von diesen Jahreszeiten können keine Reisen unternommen werden, und Kaufleute kommen nicht mit Waren nach Akka. Die Frühlingsreisen beginnen Mitte April und dauern bis Ende Mai, Gottes Ratschluß gemäß länger oder kürzer. Die Herbstreisen finden von Mitte Oktober an statt, wenn der Ostwind wieder zu blasen beginnt. Er währt kürzer als der im Frühjahr, nämlich nur etwa fünfzehn Tage. Es gibt keine andere geeignete Reisezeit; denn dann wechseln die Winde, wobei der aus dem Westen vorherrschend ist. Reisende zum Maghrib, nach Sizilien oder in die Länder der Rûm erwarten den Ostwind in diesen beiden Jahreszeiten, so als würden sie auf die Erfüllung eines Versprechens von einem zuverlässigen Manne warten.

Während all dieser Zeit, die wir auf dem Schiff waren, verbrachten wir die Nächte am Ufer und mußten gelegentlich nach unserem Schiff suchen. Als nun im Morgengrauen des Donnerstags, des 18. Oktober, das Schiff die Segel setzte, waren wir unserer Gewohnheit entsprechend am Strand und hatten dort die Nacht verbracht. Denn der Tag war den Rûm nicht geeignet erschienen, um für die Seereise zu rüsten. So hatten wir unsere Klugheit eingebüßt und das Sprichwort bezüglich der Beschaffung von Wasser- und Lebensmittelvorräten vergessen: »Ein Mann sollte seinen Sattel nicht verlassen.« Als wir nun gegen Morgen kamen, konnten wir weder das Schiff noch irgendeine Spur davon sehen. Unverzüglich mieteten wir ein großes Boot mit vier Rudern und legten ab, um dem Schiff zu folgen. Es war höchst gefährlich, doch Gott bewahrte uns! Gegen Abend stiegen wir auf das Schiff um und priesen Gott für Seine Wohltaten. Jener erste Tag unserer langen Reise war ein unglückseliger, der letzte aber ein Tag der Erleichterung. Unter allen Umständen wollen wir Gott loben und Ihm danken.

Fünf Tage lang segelten wir unter einem günstigen Wind von wechselnder Stärke zügig weiter. Dann kam aus einem Hinterhalt ein Westwind auf und blies in den Bug des Schiffes. Der Kapitän und Kommandeur des Schiffes, ein genuesischer Rûm, der scharfsichtig in seiner Kunst und geübt in den Aufgaben eines Seekapitäns war, drehte bei, um durch Lavieren nach rechts und links diesem Wind zu entgehen. Er versuchte, nicht zurückzufahren. Das Meer war ruhig und mild. Doch in der Nacht zum Sonnabend, dem 27. Oktober, um Mitternacht oder nahe daran, fiel der Westwind über uns her, brach die Spiere eines Mastes, der *ardimûn* heißt, und schleuderte die Häfte davon mitsamt den daran befestigten Segeln ins Wasser. Gott schützte uns davor, daß sie auf das Schiff fiel, denn an Größe und Umfang war sie einem Mast ähnlich. Die Seeleute eilten dorthin, holten die Segel am Hauptmast ein und hielten das Weitergleiten des Schiffes auf. Durch Rufen holte man die Seeleute, die für die Beiboote am Schiff gebraucht werden. Sie zogen an der Halbspiere und seinen Segeln und brachten sie heraus. Dann begannen sie, das Hauptsegel zu hieven und auf den ardimûn-Mast ein Segel zu setzen, das *dullûn* heißt. Wir verbrachten eine graue Nacht, bis die Morgendämmerung leuchtete. Gott hatte uns Sicherheit gewährt. Die Seeleute fingen an, eine neue Spiere aus Holz zu schnitzen, das sie bereit hatten. Aber der Westwind war erst am Anfang seines launischen Handelns; wir schwebten zwischen Verzweiflung und Hoffnung. Dennoch triumphierte unser Glaube an die gnadenreichen Taten Gottes!

Am Mittwoch, dem 31. Oktober, blies sanft, träge und mild der Ostwind; unsere Gemüter jubilierten, denn wir hofften, er werde zunehmen und stärker werden – es war eine sterbende Brise. Dann verhüllte eine Dunstschicht das Meer, unter der sich die Wellen beruhigten, so daß das Meer »wie ein Palast, der mit Glas belegt wurde«[71], wirkte. Auf allen vier Seiten gab es kaum Luft zum Atmen. So blieben wir, auf der Wasseroberfläche schaukelnd, die dem Auge wie ein Silberbarren erschien; wir glaubten, zwischen zwei Himmeln zu wandern. Dies ist der »Wind«, den die Seeleute ghalînî (griech.: galene = Windstille) nennen.

Die Nacht zum Donnerstag, dem 1. November, war ein Fest für die Christen.[72] Sie feierten es mit angezündeten Kerzen. Kaum einer unter ihnen, ob groß oder klein, männlich oder weiblich, trug keine Kerze in der Hand. Ihre Priester führten sie in Gebeten an den Bug des Schiffs, dann erhoben sie sich einer nach dem anderen, um eine Predigt zu halten und die Bekenntnisse ihres Glaubens zu wiederholen. Das ganze Schiff war von oben bis unten von angezündeten Lampen erleuchtet. Auf diese Weise verbrachten wir den größten Teil der Nacht. Als der Morgen kam, herrschten immer noch dieselben Windverhältnisse, sie blieben bis zur Nacht zum Sonntag. Dann erhob sich ein Nordwind, das Schiff nahm seine Fahrt wieder auf, und unsere Gemüter waren getröstet. Seit unserer Abreise von Akka waren wir zweiundzwanzig Tage auf See, ermangelten daher der Fröhlichkeit und fühlten uns armselig und verzweifelt. Doch wir hofften auf die Gnade Gottes. Der Proviant der Reisenden wurde knapp, aber dank der göttlichen Gunst waren Vorräte auf diesem Schiff, als sei es eine mit allen Waren versorgte Stadt. Es gab alles zu kaufen: Brot, Wasser, alle Arten von Früchten und Lebensmitteln wie Granatäpfel, Quitten, Melonen aus Sind, Birnen, Kastanien, Walnüsse, Kichererbsen, Bohnen, roh und gekocht, Zwiebeln, Knoblauch, Feigen, Käse, Fisch und viele andere Dinge, die aufzuschreiben zu lange dauern würde. All dies wurde verkauft, wie wir sahen. Während dieser Tage hatten wir kein Land gesehen; zwei Muslime starben – Gott erbarme sich ihrer! Sie wurden ins Meer geworfen. Zwei der christlichen Pilger starben ebenfalls, ihnen folgten dann viele. Einer von ihnen fiel lebendig ins Meer, und die Wellen trugen ihn schneller fort als das Leuchten eines Blitzes. Der Kapitän des Schiffes erbte die Habseligkeiten der dahingeschiedenen Muslime und Christen, denn so ist ihre Gewohnheit bei allen, die auf See sterben. Es gibt keine Möglichkeit für den eigentlichen Erben, den Nachlaß zu erhalten; darüber waren wir sehr erstaunt.

Bei Tagesanbruch am Dienstag, dem 13. November, tauchten vor uns Berge aus dem Meer auf. Der Westwind hatte zugenommen und blies kräftig und ohne Pause; dann kam der Wind abwechselnd von Ost und West und trieb uns an einen jener Berge; wir gingen daneben vor Anker. Als wir uns nach dem Ort erkundigten, erfuhren wir, daß es eine der oströmischen Inseln war. Es gibt mehr als dreihundertfünfzig davon, sie stehen unter der Herrschaft des oströmischen Kaisers. Die Rûm sind den Bewohnern dieser Inseln gegenüber ebenso wachsam wie gegenüber den Muslimen, denn es gibt keinen Frieden unter ihnen. Wir blieben den ganzen Dienstag und den Anfang des Mittwochs vor Anker. Ein paar Leute von der Insel kamen, nachdem ihre Sicherheit garantiert worden war, zum Schiff und verkauften einige Stunden lang Brot und Fleisch an die Reisenden auf dem Schiff. Am Mittwoch stachen wir wieder in See; da waren wir achtundzwanzig Tage an Bord des Schiffes.

Am folgenden Donnerstag tauchte die Insel Kreta vor uns auf. Diese Insel steht auch unter oströmischer Herrschaft. Sie ist mehr als 300 Meilen lang, wir haben sie schon bei unserer Seereise nach Alexandria erwähnt. Während wir an ihrer Südseite entlangfuhren, war das Meer aufgewühlt und der Wind ungünstig. Wir hofften auf Gottes Erlösung.

Am Sonnabend, dem 17. November 1184, ließen wir Kretas Küste hinter uns zurück und kamen bei günstigem Nordwind schnell voran. Der Wind brüllte und blies so heftig, daß unser Schiff auf den Schwingen seiner Segel dahinflog. Das Meer war wie vom Teufel besessen und völlig aufgewühlt. Die Wogen brachen sich mit Schaumkronen, und die Wellenkämme erschienen wie schneebedeckte Berge. Dennoch empfanden unsere Herzen Freude: Die Hoffnung siegte über die Verzweiflung. – Es war unser einunddreißigster Tag auf See. Während der ganzen Zeit hatten wir keinen festen Boden unter den Füßen gehabt. Wir stellten Mutmaßungen über unser Schicksal an und kokettierten damit aus Angst, daß unsere Vorräte sich erschöpfen und wir den beiden Gefahren, dem Hunger und dem Durste, ausgesetzt sein könnten. Manche sagten, daß wir von unserem Kurs zur Westküste (barr al-gharb), d. h. nach Afrika, abgewichen seien. Andere meinten, wir seien von unserem Kurs in Richtung auf das große Land von Konstantinopel und seinen Nachbarländern abgekommen. Wieder andere glaubten, nach Latakija in Syrien, weitere, nach Damietta in Ägypten. Wir fürchteten, der Wind werde uns zu einer der verlassenen Inseln

Ostroms treiben, so daß wir dort überwintern müßten, oder daß uns das Schicksal gar auf eine der bewohnten Inseln verschlagen könnte. Unter all den zu erwartenden Entwicklungen gab es keine, die ein glückliches Los verhieß, solange Gott uns nicht Erleichterung bringen, unser Unglück und unsere Verzweiflung abwenden und in unseren Herzen die Zuversicht stärken würde, nach den Fährnissen, die wir hatten erdulden, und den beiden Heimsuchungen, die wir hatten erleiden müssen.

Möge doch durch Gottes Gnade unser Blick auf die Küste Siziliens fallen!

Um Mitternacht des Sonntags hatte der Wind auf Westen gedreht und brachte uns Unwetter von jener Seite. Der Wind blies heftig und trieb uns nach Norden. Am Sonntagmorgen hatte der Sturm zugenommen, das Meer tobte und ließ Wellen hoch wie Berge entstehen. Das Schiff trafen solche Böen, daß es trotz seiner Größe wie ein zarter Zweig hin- und hergeworfen wurde. Es war so hoch wie eine Mauer, dennoch bäumten sich die Wellen daran auf und warfen einen Wasserschauer wie von strömendem Regen mitten darauf. Mit der Dunkelheit der Nacht nahm das Stoßen zu, und nur das kleinere dullûn-Segel wurde auf Halbmast übriggelassen. Die Verzweiflung dieser Welt überkam uns, und wir baten dem Leben ein Lebewohl in Frieden. Wellen fielen von allen Seiten über uns her; wir dachten, wir kämen um.

Lang dauerte für uns die Nacht. Der Morgen war kaum angebrochen, als wir zu unserem Unglück die Küste Kretas auf unserer Linken sahen; wir, die wir gedacht hatten, wir hätten sie hinter uns gelassen, waren im Irrtum befangen. Wir waren vom geplanten und ersehnten Weg abgekommen. Wir ergaben uns in unser Schicksal und schluckten unser Erschrecken über unsere Lage hinunter.

Mittlerweile war die Sonne höher gestiegen, und die See hatte sich etwas beruhigt; wir wünschten, an der Küste vor Anker zu gehen, bis Gott seine Ratschlüsse vollfüllen und seine Entscheidung vollziehen würde. Alle Reisen haben ihre geeigneten Jahreszeiten; eine Reise zur See sollte im richtigen Moment und in der anerkannten Periode vorgenommen werden. Es sollte kein leichtfertiges Wagnis in den Wintermonaten geben, so wie wir es unternommen hatten. Vom Anfang bis zum Ende ist die Sache in Gottes Händen!

Als wir auf die Küste zutrieben, half der Wind uns ein wenig; so drehten wir ab und ließen sie zu unserer Rechten zurück. Wir kehrten fast auf unseren geplanten Kurs zurück und kamen in der Nacht zum Dienstag, dem 20. November, gut voran. Wir waren nun vierunddreißig Tage an Bord. Die Segel waren gekreuzt *(musallaba)* gesetzt, was die Rûm für die beste Methode halten, denn so können sie nur den Wind auffangen, der von achtern des Schiffs auf seine Route kommt. Am Dienstagmorgen fanden wir dieselben Bedingungen vor, mit dem Wind, der uns half, worüber wir uns freuten und wohlgestimmt wurden. Dann tauchten Schiffe auf, die in unserer Richtung segelten; wir waren erleichtert zu wissen, daß wir uns auf dem geplanten Kurs befanden. Dank sei Gott in allen Umständen! Der Wind drehte dann jedoch und blies mit Heftigkeit von Westen. Nachdem er uns einen Teil der Nacht zum Mittwoch und am Mittwoch dahingetrieben hatte, drängte er uns in einen Hafen an der Spitze einer oströmischen Insel. Eine Meerenge von etwa zwölf Meilen trennt sie vom Festland. An diesem Ort kamen wir am Donnerstagmorgen, dem 22. November, an. Dort folgten uns fünf Schiffe zum Hafen, zwei von ihnen waren von der Küste Alexandrias etwa fünfzig Tage zuvor losgesegelt, aber der Wind hatte sie in die Irre geführt. Vier Tage blieben wir in jenem Hafen; unsere Mitreisenden erneuerten ihre Wasser- und Lebensmittelvorräte, denn die Wohnstätten waren dicht dabei. Die Insulaner stiegen an Bord, um den Menschen auf dem Schiff Brot, Fleisch, Öl und was immer sie an Lebensmitteln besaßen zu verkaufen. Ihr Brot bestand nicht nur aus Weizen, sondern war mit Gerste gemischt und bis zur Schwärze gebacken. Die Leute drängten sich danach – trotz des hohen Preises. In der Tat gab es nichts Billiges zu erwerben. Sie dankten Gott für das, was Er ihnen gewährte. Als wir in diesem Hafen waren, ging der vierzigste Tag unserer Seereise zu Ende.

Während unseres Aufenthalts dort nahm der Wind überhaupt nicht ab, er blies heftiger als zuvor. Lob sei Gott, daß er uns nicht auf hoher See traf!

Am Montag, dem 26. November, verließen wir den Hafen unter einem guten und günstigen Wind, freuten uns darüber und dankten Gott. Unsere Reise konnten wir bis Donnerstag, den 29. November, fortsetzen, dann drehte der Wind und blies erneut von Westen. Eine Wolke erhob sich mit dröhnendem Donner, wurde von einem wilden Wind fortgetrieben, dem leuchtende Blitze vorangingen.

Auf uns auf dem Schiff ging ein andauernder Hagelschauer nieder, der unsere Gemüter bestürzte; doch bald war er vorbei und unsere Unruhe besänftigt. Die Nacht zum Freitag verbrachten wir im Elend; Verzweiflung in ihrem lauernden Loch wurde uns offenbart. Als die Morgendämmerung schien und das Tageslicht anbrach, sahen wir die Küste Siziliens vor uns. O glückliche Nachricht! In der Nacht zum 1. Dezember waren wir nur noch ein Drittel oder die Hälfte des Weges von der Küste entfernt. Doch jedes Ende ist bereits niedergeschrieben und hat seine Stunde! Wie viele Hoffnungen läßt das Unglück vorbeirinnen! Es verging nicht ein Augenblick, bevor ein Wind in unsere Gesichter schlug und uns zurücktrieb. Er hielt unsere Blicke von dem ersehnten Ziel fern und hörte nicht auf zu toben, fähig, alles zu zertrümmern und in Stücke zu schlagen. Die Segel wurden vom Mast geholt; indem wir unsere Seelen demütig in die Obhut ihres Schöpfers stellten, überließen wir das Schiff seiner Fahrt. Regenwolken jagten unablässig hinter uns her; sie und die Nacht und das Meer versetzten uns in eine dreifache Dunkelheit. Flutmassen schlugen ständig auf uns ein, die Wellenkronen ließen die Herzen zerspringen. Unsere Seelen warfen alle Wünsche weit fort und bereiteten sich vor, dem Schicksal entgegenzutreten. Jene finstere Nacht verbrachten wir im Kampf gegen die Gewalten, ertrugen Ängste und erlitten das Geschehen – welches Geschehen! Am Sonnabendmorgen begegneten wir einem stürmischen Tag, der die Sorgen der Nacht vervielfachte. Wind und Wellen warfen uns, wohin sie wollten; wir ergaben uns in unser Schicksal und griffen hartnäckig nach unseren Hoffnungen (auf das künftige Leben). Gegen Abend zeigte sich ein göttliches Eingreifen zu unseren Gunsten. Der Wind schwächte sich ab, das Meer beruhigte sich, das Gesicht des Himmels klärte sich auf. Am Sonntagmorgen, dem 2. Dezember, hatte unsere Furcht sich in Zuversicht gewandelt. Die Gesichter der Menschen sahen aus, als hätten sie sich aus dem Leichentuch erhoben. Der Wind wurde ein wenig günstiger; wir suchten wieder nach einem Stück Land und stellten Mußmaßungen über das Wann und Wo an. Gott ist wahrhaft gut zu denen, die zu Ihm beten.

Am Freitag, dem 7. Dezember, trieben wir vor dem italienischen Festland hin und her. Gott gewährte uns einen leichten Ostwind, durch den wir sanft reisten, bis wir an diesen Ort dem Festland gegenüber gelangten. Hier beobachteten wir viele Gehöfte und Wohnstätten und erfuhren, daß es ein Teil von Kalabrien war und dem Herrn von Sizilien gehörte; seine Territorien auf dem Festland erstrecken sich zwei Monatsreisen von dieser Stelle. Viele der christlichen Pilger gingen an Land, um dem Hunger zu entfliehen, der jene auf dem Schiff befallen hatte; denn der Proviant war aufgezehrt. Es genügt zu erzählen, daß wir mit einem ritl von getrocknetem Brot auskommen mußten, das wir unter vieren aufteilten und mit etwas Wasser aufweichten. Damit waren wir zufrieden. Jeder Pilger, der an Land ging, verkaufte, was er an Lebensmitteln übrig hatte; die Muslime kauften aus Mitleid mit den Reisegenossen, soviel sie konnten, trotz der hohen Preise, die einen Dirham von reinem Silber für ein Brot erreichten. Was denkst du über eine Zweimonatsreise an Bord eines Schiffes über eine Entfernung, die wir in zehn bis höchstens fünfzehn Tagen hatten zurücklegen wollen? Klug gewesen war der, der Vorräte für dreißig Tage dabei hatte, aber die anderen hatten nur für zwanzig oder fünfzehn Tage genug.

Ein besonderer Umstand unserer Reise war, daß wir an Bord die Neumonde von drei Monaten verfolgt hatten, des Radschab, Scha'bân und Ramadân, des gegenwärtigen Monats. Am Morgen des 1. Ramadân, des 7. Dezember, beobachteten wir vor uns den Berg des Feuers, den berühmten Vulkan von Sizilien (Ätna), und freuten uns darüber. Möge Gott uns für das Erduldete lohnen!

Ein günstiger Wind trieb uns weiter; aber am Sonnabendabend nahm seine Kraft zu, und das Schiff glitt mit solcher Geschwindigkeit dahin, daß es in einem einzigen Augenblick zur Mündung der Meeresstraße (Straße von Messina) kam. Die Nacht war herabgesunken. In dieser Straße ist das Meer auf eine Breite von sechs Meilen eingeengt, an der engsten Stelle auf drei. Das Meer in dieser Straße, die zwischen dem Festland und Sizilien verläuft, ergießt sich dort hindurch wie ein Dammbruch; durch die Heftigkeit der Widerstände und des Drucks brodelt es darin wie in einem großen Kessel. Die Passage für Schiffe ist in der Tat schwierig. Unser Schiff blieb auf seinem Kurs, von einem starken Wind von Süden getrieben, das Festland zu unserer Rechten und die Küste Siziliens zu der Linken.

Als es Mitternacht zum Sonntag wurde, befanden wir uns in Höhe der Stadt Messina; die plötzlichen Rufe der Seeleute gaben uns die ernste Kenntnis, daß das Schiff durch die Kraft des Windes gegen eine der beiden Küstenbefestigungen getrieben und dagegen geschlagen war. Sofort befahl der Kapitän, die Segel einzuholen, aber das auf dem ardimûn-Mast kam nicht herunter. Alle ihre Anstrengungen richteten sie darauf, konnten aber wegen des Drucks des Sturms nichts erreichen. Als sie sich vergeblich abgerakkert hatten, schnitt der Kapitän das Segel Stück für Stück mit einem Messer durch, in der Hoffnung, das Schiff retten zu können. Während dieses Manövers schlug das Schiff mit seinem Kiel auf Grund, berührte ihn mit seinen zwei Rudern, den zwei »Füßen«, mit denen das Schiff gesteuert wird. Auf dem Schiff wurden Entsetzensschreie laut. Die große Katastrophe war eingetreten, der Bruch, für den es keine Hilfe gab, das große Unheil, das keine Selbstbeherrschung zuläßt. Die Christen schlugen sich auf die Brust, die Muslime unterwarfen sich dem Ratschluß ihres Herrn und klammerten sich an die Hoffnung auf das kommende Leben. Wind und Wellen stießen das Schiff, bis das Ruder zerbrach. Der Kapitän warf dann einen Anker in der Hoffnung, damit Halt zu finden, doch ohne Erfolg. Er hieb die Leine durch und ließ den Anker im Meer. Als wir sicher waren, daß unsere Zeit gekommen sei, stärkten wir einander, um dem Tod zu begegnen.

Weinen und Schreien erhob sich unter den Frauen und Kindern der Rûm, alle ergaben sich dem Willen Gottes.

Wir richteten mittlerweile den Blick auf das nahe Ufer, zögernd, ob wir uns ins Meer werfen und schwimmen oder auf eine mögliche Erleichterung von Gott bei der Dämmerung warten sollten. Wir entschlossen uns zu bleiben.

Die Seeleute ließen das Beiboot zu Wasser, um die wichtigsten Männer, Frauen und Sachen an Land zu schaffen. Einmal gelang die Fahrt zum Ufer, sie waren aber nicht imstande zurückzukehren, denn die Wellen zerschmetterten das Boot am Ufer zu Stücken. Verzweiflung bemächtigte sich unser; doch während wir diese Widrigkeiten erlitten, dämmerte es, und Hilfe und Beistand kamen von Gott. Wir versicherten uns unserer Augen, dort lag weniger als eine halbe Meile vor uns die Stadt Messina. Wir staunten über die Macht Gottes. Die Sonne kam dann hervor, und kleine Boote glitten zu uns heran. Unsere Schreie waren bis in die Stadt vorgedrungen: Der König von Sizilien, *Wilhelm* (Ghiljâm), kam selbst mit einem Teil seines Gefolges, um die Angelegenheit zu überwachen. Wir beeilten uns, zu den Booten hinunterzusteigen, doch die Heftigkeit der Wellen erlaubte ihnen nicht, das Schiff zu erreichen. Schließlich fand der Schrecken ein Ende, und wir gelangten an das rettende Ufer.

Die Leute verloren einen Teil ihrer Habseligkeiten, aber die Rettung tröstete sie über den Verlust hinweg.

Das Merkwürdigste, was uns erzählt wurde, war, daß dieser König, als er einige bedürftige Muslime auf dem Schiff verharren sah, die keine Mittel hatten, um für die Landung zu zahlen – denn die Besitzer der Boote verlangten hohe Preise für die Rettung –, daß dieser König sich für sie einsetzte und befahl, ihnen 100 Viertel (rubâ'î) seiner Währung zu geben, damit sie gerettet würden.

Alle Muslime wurden auf diese Weise geborgen.

Die Christen holten alles aus dem Schiff, was sie darin hatten. Am nächsten Tag hatten die Wellen es zerschmettert und am Ufer in Stücke zerschlagen; eine Lehre für die, die es sahen und »ein Zeichen für die, die Obacht geben«[73]. Staunen befiel uns ob unserer Rettung; wir erneuerten den Dank an Gott, daß Er uns davor bewahrt hatte, daß dieses Schicksal uns auf dem Festland zustieß oder auf einer von Rûm bewohnten Insel, so daß wir für immer Sklaven geworden wären.

Ein anderes Zeichen der Gnade Gottes uns gegenüber in dieser Katastrophe war die Anwesenheit des Königs. Wäre er nicht gewesen, so wären alle auf dem Schiff völlig ausgeraubt und alle Muslime in Knechtschaft geführt worden; denn das ist ihre Sitte. Der König war wegen seiner Flotte nach Messina gekommen, wo sie gebaut worden war und sich als Rettung für uns erwies. Lob sei Gott für Seinen Schutz!

Sizilien

9. Dezember 1184 bis 13. März 1185

Die Stadt Messina – möge Gott sie dem Islam zurückgeben! – ist das Handelszentrum (mausim) der ungläubigen Kaufleute, Ziel von Schiffen aus aller Welt, immer vollgestopft mit Menschenmassen wegen der günstigen Lebensbedingungen. Doch ihre Horizonte sind finster wegen des Unglaubens; kein Muslim sollte sich hier niederlassen. Gefüllt mit Anbetern des Kreuzes erdrückt sie ihre Bewohner und quetscht sie bis zum Ersticken zusammen. Sie ist voller Fäulnis und Dreck und macht überdies beklommen, denn der Fremde wird dort keine Höflichkeit finden. Ihre Märkte sind lebhaft und wimmeln von Menschen; sie verfügt über reichliche Nahrungsmittel, um ein angenehmes Leben zu sichern. Deine Tage und Nächte wirst du in dieser Stadt in voller Sicherheit verbringen, auch wenn dein Gesicht, deine Hand und deine Sprache fremd sind.

Messina lehnt sich an ein Gebirge, dessen untere Hänge an die Gräben der Stadt heranreichen. Im Süden liegt das Meer. Der Hafen ist einer der erstaunlichsten Seehäfen, denn große Schiffe können vom Meer hineinfahren, bis sie die Stadt beinahe berühren. Zwischen die Schiffe und das Ufer wird eine Holzplanke geworfen, über die Männer kommen und gehen; Träger übernehmen die Lasten. Dadurch werden keine Boote für das Be- und Entladen benötigt, außer für die Schiffe, die weit außerhalb vor Anker gehen. Man wird Schiffe den ganzen Kai entlang beobachten wie Pferde, die an ihren Pflöcken oder in ihren Ställen angebunden sind. Dem ist so wegen der großen Tiefe des Meeres, das die etwa drei Meilen breite Straße bildet, die die Insel vom Festland trennt. An der Messina gegenüberliegenden Küste liegt die Stadt Reggio (Rajja), sie gehört zu einer großen Provinz.

Messina ist die bedeutendste Stadt auf Sizilien, einer Insel, auf der man viele Städte findet, Dörfer und Gehöfte, die zu nennen unmöglich ist. Sizilien ist sieben Tagesreisen lang und fünf breit. Auf ihr befindet sich der zuvor erwähnte Vulkan, der bis zu den Wolken reicht; er ist immer – sommers wie winters – mit Schnee bedeckt.

Die Fruchtbarkeit dieser Insel übersteigt jede Beschreibung: Genug zu sagen, daß sie wegen des Maßes ihrer Kultivierung, in dem

Reichtum ihrer Ernten und ihrem Wohlstand eine Schwester Spaniens ist. Sie verfügt über Produkte im Überfluß und eine Fülle von Früchten jeder Art und Sorte.

Doch sie ist voll von Anbetern des Kreuzes, die auf ihrem Boden lustwandeln und an ihren Rändern »grasen«. An ihrer Seite leben die Muslime mit ihrem Besitz und ihren Gehöften. Die Christen behandeln diese Muslime gut und haben »sie angenommen«[74]. Ihnen ist aber eine Steuer auferlegt, die sie zweimal im Jahr zahlen müssen. So nehmen sie ihnen die Fülle des Lebens, an die sie gewöhnt waren. Möge Gott ihr Los wenden!

Die Berge sind mit Obstgärten übersät, die Äpfel, Kastanien, Haselnüsse, Birnen und andere Fruchtsorten tragen. In Messina gibt es einige muslimische Handwerker; so wird der muslimische Fremde sich dort nicht verloren fühlen.

Die schönste Stadt auf Sizilien und der Sitz ihres Herrschers heißt bei den Muslimen »al-madîna« (die Stadt), bei den Christen Palermo (Balârma). Dort wohnen die städtischen Muslime; sie haben in den Vororten Moscheen und eigene Märkte. Andere Muslime leben auf Gehöften, in Dörfern und anderen Städten wie Syracus (Sarqûsa) und anderen. Palermo (al-madînat al-kabîra = die große Stadt), der Sitz ihres Königs Wilhelm, ist jedoch die größte und bevölkerungsreichste, darauf folgt Messina. In Palermo wollen wir auch bleiben und hoffen, von dort weiterzureisen, in welches westliche Land auch immer Gott für uns bestimmt hat.

Ihr König Wilhelm verdient Bewunderung wegen seines gerechten Verhaltens den Muslimen gegenüber; er setzt sie für seine Belange ein, wählt aus ihren Reihen seine engsten Bediensteten, die alle oder fast alle ihren Glauben verbergen und dabei fest im Islam verharren. Er setzt großes Vertrauen in die Muslime in all seinen Angelegenheiten und den wichtigsten Geschäften, sogar der Aufseher seiner Küche ist ein Muslim. Er hält eine Truppe von schwarzen muslimischen Sklaven, die von einem Kommandeur aus ihren Reihen befehligt wird. Seine Minister und Kammerherren sucht er unter seinen Eunuchen aus, von denen er eine große Zahl hat. Sie sind seine Verwaltungsbeamten (ahl ad-daula) und engsten Vertrauten. In ihnen spiegelt sich der Glanz seines Reiches durch kostbare Gewänder und feurige Pferde wider. Unter ihnen gibt es keinen, der nicht seinen Anhang, seine Dienerschaft und sein Gefolge hätte.

Dieser König besitzt wunderbare Paläste und fantastische Gärten, besonders in der Hauptstadt seines Königreiches Palermo. Auch in Messina hat er einen Palast, weiß wie eine Taube, der das Ufer überragt. Er umgibt sich mit einer großen Zahl von Pagen und Dienerinnen; kein anderer christlicher König gibt sich so wie er den Freuden seines Reiches, dem Komfort und Luxusleben hin.

In vieler Hinsicht ähnelt Wilhelm den muslimischen Königen: in der Art, wie er sich in die Annehmlichkeiten seines Reiches vertieft, in der Gesetzgebung, dem Erlaß von Verfahrensvorschriften, der Bestimmung der Ränge seiner Verwaltungsbeamten, der Darstellung seines königlichen Pomps und der Zurschaustellung seines Prunks. Sein Königreich ist sehr groß. An seinem Hof hat er Ärzte und Astrologen, um die er sich sehr sorgt. Sein Verlangen nach ihrem Rat geht so weit, daß er, wenn er erfährt, daß ein Mediziner oder Astrologe durch sein Land reist, anordnet, er möge warten. Dann versorgt er ihn reichlich mit allen Gütern, damit er seine Heimat vergessen möge. Möge Gott die Muslime vor dieser Verführung bewahren!

Der König ist ungefähr dreißig Jahre alt. Möge Gott die Muslime vor seiner Feindschaft und der Ausdehnung seiner Macht schützen!

Es berührt merkwürdig, wenn man über ihn berichtet, daß er Arabisch spricht und liest. Von einem seiner persönlichen Diener erfuhren wir, daß sein Leitspruch sei: »Lob sei Gott, Ihm gebührt das Lob!« Der seines Vaters war: »Lob sei Gott, Dank für Seine Wohltaten!«[75] Die Dienerinnen und Konkubinen in seinem Palast sind alle Musliminnen. Eigenartiges erzählte uns einer seiner Diener, der die Königskleider mit Gold bestickt. Wenn eine fränkische Christin in den Palast kommt, wird sie schnell durch die Dienerinnen zum Islam bekehrt. Das wird vor dem König streng geheimgehalten. Sie setzen sich sehr für gute Taten ein.

Man erzählte uns auch, daß – als ein schreckliches Erdbeben die Insel erschütterte – dieser Polytheist Wilhelm besorgt in seinem Palast umherwanderte und nur Anrufungen Gottes und seines Propheten von seinen Frauen und Pagen hörte. Sie nahmen seine Bestürzung an seinem Gesichtsausdruck wahr, da sagte er zu ihnen: »Möge jeder den Gott, den er anbetet, anrufen, denn jene, die glauben, werden Erleichterung finden.«

Seine Verwaltungsbeamten fasten ohne Ausnahme freiwillig im

heiligen Monat Ramadân für den himmlischen Lohn und geben Almosen, damit sie Gott näher sein mögen. Sie kaufen Gefangene los, kümmern sich um ihre Kinder, vermitteln ihre Heirat und tun alles, was ihnen möglich ist. So groß ist die Sorge Gottes um die Muslime auf dieser Insel!

In Messina trafen wir einen der führenden und ehrwürdigsten Beamten, der uns zu sehen wünschte. Er empfing uns mit Aufmerksamkeit und Freigebigkeit. Dann sprach er offen zu uns und enthüllte uns seine geheimsten Wünsche. Er hatte sich zuerst in seinem Empfangssaal umgesehen und dann vorsichtshalber jene Diener weggeschickt, denen er mißtraute. Nun befragte er uns über Mekka und seine gesegneten Schreine, jene Medinas und Syriens. Als wir ihm erzählten, schmolz er vor Sehnen und Verlangen dahin und bat uns, ihm irgendein gesegnetes Stück, das wir aus Mekka und Medina mitgebracht hätten, zu geben. Er flehte uns an, nicht damit zu sparen. »Ihr könnt kühn euren Glauben im Islam zeigen«, sagte er. »Ihr könnt das ersehnte Ziel erreichen, und euer Handeln gedeiht. Doch wir müssen unseren Glauben verbergen, und – aus Angst um unser Leben – müssen wir das Gebet zu Gott und die Erfüllung unserer religiösen Pflichten geheimhalten. Wir sind unter der Herrschaft eines Ungläubigen gebunden, der die Schlinge der Knechtschaft über unsere Nacken legte. Unser ganzes Ziel ist es deshalb, durch Treffen von Pilgern wie euch Segen zu erhalten, um ihre Gebete zu bitten und glücklich zu sein über die edlen Dinge, die sie uns vom heiligen Schrein geben können, damit sie uns als Instrumente des Glaubens dienen und als Schätze auf unserer Bahre (im Zeichen des kommenden Lebens).« Unsere Herzen schmolzen im Mitleid mit ihm; wir beteten, daß sein Ende glücklich sein möge, und gaben ihm einige unserer Dinge, wie er es wünschte. Verschwenderisch drückte er seinen Dank aus und erzählte uns im Vertrauen von seinen Brüdern, den anderen Beamten, die einen bemerkenswerten Ruf für gute Werke haben. Beim Loskaufen von Gefangenen erwerben sie in Gottes Augen die meisten Verdienste.

Diese Pagen verlassen, wenn sie bei ihrem Herrn sind und die Gebetsstunde naht, einer nach dem anderen den Raum, um ihre Gebete zu verrichten. Manchmal tun sie dies an einem Ort, wo der König ihnen folgen könnte, aber Gott beschützt sie. So setzen sie ihre Arbeit in diesem Sinne fort, insgeheim unterweisen sie die

Muslime in ihrem nicht endenden Kampf für den Glauben. Möge Gott, in Seiner Güte, ihnen Vorteil gewähren und sie zu einem glücklichen Ende gelangen lassen!

In Messina hat der König eine Schiffswerft, die Flotten mit unzähligen Schiffen beherbergt. Er hat eine ähnliche Werft in Palermo. Wir bezogen in Messina eine Herberge und blieben dort neun Tage. In der Nacht zum Dienstag, dem 18. Dezember, schifften wir uns in einem kleinen Schiff nach Palermo ein. Wir fuhren nahe dem Ufer, so daß wir es in Sichtweite behielten. Gott sandte uns eine leichte Brise von Osten, die uns aufs angenehmste auf unserem Wege weitertrieb. So konnten wir unseren Blick schweifen lassen über die durchgehend kultivierten Flächen und Dörfer und über Burgen und Festungen auf den Gipfeln der steilen Berge. Zu unserer Rechten entdeckten wir neun Inseln (die Liparischen Inseln), die sich nahe der Küste Siziliens wie Berge steil aus dem Meer erheben. Aus zweien von ihnen entströmt endlos das Feuer; wir konnten den Rauch aus ihnen aufsteigen sehen. Am Ende der Nacht erschien eine rote Flamme, die Zungen in die Luft warf. Es war der berühmte Vulkan. Uns wurde erzählt, daß ein feuriger Stoß von großer Heftigkeit aus Luftlöchern in den zwei Bergen heraustreibe und das Feuerleuchten verursache. Oftmals wird ein Stein durch diese Kraft hochgeschleudert und in die Luft gestoßen und daran gehindert, zu Boden zu fallen. Dies ist sehr eigenartig, aber wahr.

Der große Berg auf der Insel, der als Berg des Feuers bekannt ist, hat die Eigenart, daß in manchen Jahren ein Feuer wie ein Sturzbach daraus strömt. Dieses geht an nichts spurlos vorüber, brennt, bis es – wenn es zum Meer gelangt – auf seiner Oberfläche schwimmt und schließlich versinkt. Laßt uns den Schöpfer solcher Dinge loben!

Am Mittwochabend nach dem erwähnten Dienstag kamen wir in den Hafen Cefalù (Schaflûdî), zwischen ihm und Messina liegen anderthalb madschrâ.

Cefalù – möge Gott es dem Islam zurückgeben! – ist eine Küstenstadt mit hohen Erträgen und vielen Bequemlichkeiten; dort wachsen Wein und Obstbäume; sie hat wohlgeordnete Märkte. Eine muslimische Gemeinschaft lebt hier. Die Stadt wird von einem Berg überragt, auf dessen großem rundem Gipfel eine Zitadelle liegt. Eine überwältigendere als diese habe ich noch nicht gesehen. Die Christen halten sie stets bereit für den Fall eines Angriffs von See, den eine Flotte aus den muslimischen Ländern – Gott möge ihnen zum Siege verhelfen! – unerwartet unternehmen könnte.

Um Mitternacht segelten wir von Cefalù fort und kamen am frühen Donnerstagvormittag nach einer angenehmen Reise in die Stadt Termini (Thirma). Die beiden Städte sind 25 Meilen voneinander entfernt. In Termini wechselten wir auf ein anderes Schiff, das wir mieteten, denn die uns bis dorthin begleitenden Seeleute waren in Cefalù beheimatet.

Termini – möge Gott seiner Eroberung zustimmen! – ist günstiger gelegen als der eben beschriebene Ort. Es ist stark befestigt, überragt das Meer und türmt sich darüber. Die Muslime haben einen großen Vorort, wo sich ihre Moscheen befinden. Die Zitadelle ist hoch und uneinnehmbar. In den niedrigen Teilen der Stadt liegt eine Thermalquelle, die den Bewohnern als Bad dient. Termini ist sehr reich und verfügt über Nahrungsmittel im Überfluß. In der Tat ist die ganze Insel in dieser Hinsicht eine der bemerkenswertesten Schöpfungen Gottes. Wir verbrachten den Donnerstag vor Anker in einem Wasserlauf unterhalb der Stadt, in dem die Tide den Wasserspiegel steigen und fallen läßt. Hier verweilten wir auch in der Nacht zum Freitag. Der Wind drehte dann auf Westen, und wir hatten keinen passenden Wind zum Segeln. Zwischen uns und unserem Ziel, Palermo, lagen noch 25 Meilen. Wir fürchteten, daß wir lange in Termini festgehalten würden. Aber wir dankten Gott, daß Er uns in zwei Tagen über eine Passage gebracht hatte, für die andere Schiffe – wie uns gesagt wurde – zwanzig oder dreißig Tage benötigten.

Am Freitagmorgen, in der Mitte des Monats Ramadân, erhoben wir uns, entschlossen, über Land zu reisen. Wir erkundeten den Weg und marschierten mit ein paar Sachen auf dem Rücken los. Einige unserer Gefährten ließen wir an Bord zurück, damit sie unsere Habseligkeiten hüteten.

Wir zogen einen Weg entlang, der mit kommenden und gehenden Menschen so belebt wie ein Markt war. Gruppen von Christen, denen wir begegneten, grüßten von sich aus als erste und behandelten uns mit Höflichkeit. In ihrer Haltung und Anrede gegenüber den Muslimen entdeckten wir eine Art, die unwissende Seelen verleiten könnte. Möge Gott in Seiner Macht und Güte die Jünger Mohammeds vor Verführung bewahren!

Schließlich gelangten wir nach der Burg Solanto (Qasr Sa'd?), die ein farsach von Palermo entfernt liegt; von Müdigkeit überwältigt, wandten wir uns dorthin und verbrachten da die Nacht. Die Burg liegt am Meeresufer und ist stattlich und alt, denn sie wurde in der Zeit der muslimischen Herrschaft auf der Insel errichtet. Durch Gottes Güte wird sie noch wie früher von frommen Muslimen bewohnt. Rundherum befinden sich zahlreiche Gräber asketischer und frommer Muslime; berühmt für ihre Verdienste und Segnung wird sie von Menschen aus allen Ländern besucht. Gegenüber liegt eine Quelle mit dem Namen »Quelle der Verrückten« ('Ain almadschnûna). Die Burg hat ein starkes Eisentor. Innen ist der Wohnbereich, geräumige, hohe Säle, gut angelegte Räume. Der Platz verfügt in der Tat über alle Annehmlichkeiten. Im oberen Bereich liegt eine Moschee, eine der feinsten der Welt, ein längliches Gebäude mit Arkaden, bedeckt mit sauberen Matten, von einer Kunstfertigkeit, wie ich sie nie besser gesehen habe. Vierzig Lampen in verschiedenen Formen aus Glas und Kristall hängen darin. Rundherum führt eine breite Galerie. In dem tieferen Teil ist ein Brunnen mit Süßwasser. In dieser Moschee verbrachten wir eine angenehme und erfreuliche Nacht und hörten den Gebetsruf, den wir lange entbehrt hatten. Seitens der Bewohner wurde uns große Aufmerksamkeit zuteil; sie haben auch einen Imam, der sie bei den obligatorischen Gebeten anleitet und in diesem heiligen Monat die tarâwîh-Gebete mit ihnen spricht.

Nahe dieser Burg, etwa eine Meile in Richtung Palermo, ist eine ähnliche Festung, Qasr Dscha'far, mit einer Süßwasserquelle. Auf unserem Weg bemerkten wir Klöster, die für kranke Christen bereitstehen; in ihren Städten hatten wir sie in der Art von muslimischen Krankenhäusern gesehen. Ähnliches hatten wir schon in Akka und Tyros bemerkt und staunten über solche Vorsorge.

Nach dem Morgengebet brachen wir nach Palermo auf. Bei unserer Ankunft wollten wir die Stadt betreten, wurden aber angehalten und zu einem Tor nahe dem Palast des fränkischen Königs gebracht. – Möge Gott die Muslime von seiner Herrschaft befreien! – Dann wurden wir zu einem Verantwortlichen geführt, damit er uns über unsere Absichten befragen könne, wie es bei allen Fremden gehandhabt wird. Wir wurden über Esplanaden, durch Tore und über königliche Höfe geleitet und beobachteten edle Paläste, wohlgeordnete Plätze und Gärten und die von den Bediensteten eingenommenen Posten. All dies erstaunte und verwirrte uns. Darüber hinaus sahen wir einen Empfangssaal in einem großen Hof, umschlossen von einem Garten und Kolonnaden. Die Halle nahm die gesamte Länge des Hofes ein. Wir verstanden, daß es der Speiseraum des Königs und seiner Hofleute war und daß die Galerien und Vorzimmer die Räume sind, in denen die Magistrate, Offiziellen und Bediensteten sitzen. Der Beauftragte des Königs kam zu uns heraus, schritt hoheitsvoll zwischen zwei Dienern, die die Schleppe seines Gewandes trugen. Vor uns stand ein alter Mann mit einem langen weißen Bart, voller Würde. In fließendem Arabisch befragte er uns nach dem Ziel unserer Reise und nach unserem Land. Wir beantworteten seine Fragen, worauf er sein Interesse bekundete und uns erlaubte, uns zurückzuziehen, nachdem er uns gegenüber freundliche Grüße und Wünsche geäußert hatte. Er gab uns viel Anlaß zum Staunen. Seine erste Frage war die, ob wir Neuigkeiten aus Konstantinopel hätten; doch leider hatten wir nichts zu berichten. Später werden wir darauf noch eingehen.

Doch nichts verwunderte und beunruhigte uns mehr als das, was wir beim Verlassen des Palastes erlebt hatten. Ein Christ, der am Tor saß, sagte zu uns: »Seht zu, was ihr bei euch habt, ihr Pilger, daß die Zollbeamten nicht über euch herfallen.« Er dachte natürlich, daß wir zollpflichtige Waren dabei hätten. Doch ein anderer Christ erwiderte darauf: »Wie bist du eigenartig! Sie waren in den Räumen des Königs und sollten sich dann noch fürchten! Ich wünsche nichts, außer daß sie 1000 Viertel unseres Geldes bekommen hätten. Geht in Frieden, ihr braucht vor nichts Angst zu haben!«

Alles Gehörte und Gesehene verwirrte uns.

Dann wandten wir uns einer Herberge zu und ließen uns dort nieder. Das war am Sonnabend, dem 22. Dezember 1184. Beim Verlassen des Palastes waren wir lange durch eine überdachte Galerie gegangen und schließlich zu einer großen Kirche gelangt. Dort erfuhren wir, daß der König diesen Weg zur Kirche benutzt.

Palermo – möge Gott es den Muslimen zurückgeben! – ist die Wiege der Kultur auf dieser Insel, sie vereint in sich die Vorzüge von Reichtum und Anmut; sie verfügt über alles, was das Ohr und das Auge bezaubern kann, auch alles, was man für ein üppiges, blühendes Leben benötigt. Es ist eine alte, elegante Stadt, prächtig und graziös, verführerisch anzusehen. Mit ihren offenen Höfen und freien Plätzen wirkt sie wie ein einziger Garten. Die breiten Straßen und weitläufigen Alleen verwirren das Auge durch ihre Schönheit und Vollendung. Staunen erregen ihre im Stile Córdobas errichteten Bauten; alle Häuser sind aus weißem behauenem Kalkstein, der kadhdhân heißt. Ein Fluß teilt die Stadt, vier Quellen ergießen sich in den Vororten. Der König, dem sie seine Welt bedeutet, hat ihre Schönheit zur Vollendung geführt und sie zur Hauptstadt seines fränkischen Königreiches gemacht. – Möge Gott sie vernichten!

Die Paläste des Königs sind um den oberen Teil der Stadt herum verteilt wie Perlen, die den Hals einer jungen Frau umgeben. Der König wandelt durch die Gärten und Anlagen zur Unterhaltung und zum Vergnügen. Wie viele Paläste und Gebäude, Lustschlößchen und Aussichtstürmchen er sein eigen nennt, ohne sie zu bewohnen! Wie viele wunderschön ausgeschmückte Klöster er hat, deren Mönche er durch die Gewährung großer Lehen in Wohlstand versetzte, und wie viele Kirchen mit aus Gold und Silber geschmiedeten Kreuzen! Möge Gott bald die rechten Zeiten für die Insel wiederherstellen, sie zu einem Heim des Glaubens machen und durch Seine Macht aus der Angst zur Sicherheit führen!

Die Muslime dieser Stadt pflegen die verbliebenen Zeichen des Glaubens. Sie halten die große Zahl ihrer Moscheen in gutem Zustand und kommen dem Ruf des Muezzins zu den Gebeten nach. In ihren eigenen Vororten leben sie getrennt von den Christen. Die Märkte werden von ihnen gut besucht, sie sind die Kaufleute hier. Sie haben keine Versammlungsmöglichkeit zum Freitagsgebet, denn die Predigt ist verboten. An Festtagen halten sie die Predigt mit einer Anrufung des ʿabbâsidischen Kalifen. Sie haben einen Qadi, dem sie ihre Streitfälle vortragen; außerdem gibt es eine Hauptmoschee, wo sie sich zum Gebet versammeln und die sie in diesem Monat mit viel Sorgfalt mit Lichtern schmücken. Kleine Moscheen sind zahllos, die meisten werden als Unterrichtsräume von den Koranlehrern benutzt. Insgesamt betrachtet sind sie wie Fremde unter ihren gläubigen Brüdern, die unter dem Schutz (dhimma) der Ungläubigen leben dürfen: Sie genießen keine Sicherheit für ihren Besitz, ihre Frauen oder ihre Kinder.

Eine Ähnlichkeit zwischen dieser Stadt und Córdoba besteht darin, daß in der Mitte der Neustadt eine Altstadt, die al-qasr alqadîm (die alte Burg) heißt, steht, genau wie in Córdoba. Hier sind große Wohnhäuser zu finden, wie stattliche Burgen mit in den Himmel ragenden Türmen, die durch ihre Pracht den Blick verwirren.

Eines der erstaunlichsten Werke der Ungläubigen, das wir sahen, ist die als »Kirche des Antiochiers« (kanîsat al-antâkî) bekannte Kathedrale. Wir besichtigten sie am Weihnachtstage, der bei ihnen ein großes Fest ist; eine Menge Männer und Frauen waren dorthin gekommen. Was wir von dem Gebäude sahen, ist nicht zu beschreiben, denn es ist ohne jede Einschränkung das schönste Gebäude der Welt. Die Innenwände sind alle mit Gold überzogen. Es gibt Platten aus farbigem Marmor, wie ich ihn noch nie gesehen hatte, überall eingelegt mit Goldmosaiken und umgeben von Zweigen aus grünem Marmor. In ihrem oberen Teil liegen gut angeordnet Fenster aus vergoldetem Glas, die wegen des Glanzes ihrer Strahlen alle Blicke an sich ziehen und das Herz verzaubern. Möge Gott uns bewahren! Wir erfuhren, daß ihr Gründer, nach dem sie benannt ist, Zentner (qintâr) von Gold dafür ausgab. Er war Wesir des Großvaters dieses polytheistischen Königs. Die Kirche hat einen Glockenturm, der von Säulen aus farbigem Marmor getragen wird. Er erhebt sich Kuppel über Kuppel, jede mit eigenen Säulen, und ist deshalb als »Säulen-Glockenturm« bekannt – eine der wunderbarsten Konstruktionen. Möge Gott in Seiner Güte ihn bald durch den Gebetsruf der Muslime erhöhen!

Die christlichen Frauen in dieser Stadt folgen der Mode der Musliminnen, sind redegewandt, eingehüllt in Mäntel und verschleiert. An diesem Festtag gehen sie in Gewändern aus goldbestickter Seide aus, umhüllt von eleganten Mänteln und bunten Seidenschleiern, beschuht mit vergoldeten Pantoffeln. So paradieren sie in ihren Kirchen wie Gazellen, tragen all den Zierat der Musliminnen, einschließlich Juwelen, Henna auf den Fingern und Parfum. Wir erinnerten uns an die Worte eines Dichters: »Als er eines Tages in die Kirche ging, traf er auf Antilopen und Gazellen.«

Wir erbitten Gottes Schutz bei dieser Beschreibung, die die Tore zum Absurden öffnet und zu den Nichtigkeiten führt, und suchen auch Schutz vor der Bezauberung, die zu Gefasel verleitet. Sieben Tage verbrachten wir in dieser Stadt, lebten in einem Hospiz, das von Muslimen benutzt wird. Wir brachen am Freitagmorgen, dem

28. Dezember, mit dem Ziel Trapani (Atrâbanisch) auf; dort lagen zwei Schiffe, eines wartete, um nach Spanien zu segeln, das andere nach Ceuta. Wir waren in diesem nach Alexandria gesegelt; beide hatten Pilger und muslimische Kaufleute an Bord. Wir zogen durch eine ununterbrochene Kette von Dörfern und Höfen, betrachteten bestelltes und eingesätes Land, wie wir es an Güte, Fruchtbarkeit und Reichtum nie zuvor gesehen hatten. Wir verglichen es mit der Campagna von Córdoba (qanbânîja); doch sein Boden ist noch auserlesener und fruchtbarer.

Eine Nacht verbrachten wir an der Straße bei einem Ort Alcamo ('Alqama), einer großen, geräumigen Stadt mit einem Markt und Moscheen. Ihre Einwohner und jene der Gehöfte, an denen wir auf unserem Weg vorbeizogen, waren alle Muslime. Als wir Alcamo bei Tagesanbruch am Sonnabend, dem 29. Dezember, verließen, kamen wir nicht weit davon an der Burg Hisn al-hamma (Burg der Bäder) vorbei. Es handelt sich um eine große Anlage mit vielen Thermalquellen, die Gott aus dem Boden schießen läßt. Das Wasser ist mit besonderen Elementen versehen und so heiß, daß der Körper es kaum ertragen kann. An einer von ihnen kamen wir auf unserem Weg vorbei, stiegen von unseren Tieren und erfrischten unsere Körper durch ein Bad. Schließlich, am späten Nachmittag, kamen wir in Trapani an und bezogen ein Haus, das wir für unseren Zweck mieteten.

Trapani – möge Gott es den Muslimen zurückgeben! – ist eine kleine, von Mauern umschlossene Stadt, weiß wie eine Taube. Sie besitzt einen hervorragenden Hafen, sehr geeignet für die Schifffahrt, und wird deshalb von den Rûm viel genutzt, besonders von denen, die nach der Küste Afrikas (barr al-'adwa) segeln. Zwischen Trapani und Tunis liegt nur eine Tages- und Nachtreise; die Fahrten werden weder im Winter noch im Sommer eingestellt, außer wenn der Wind ungünstig ist. Andernfalls ist die Überquerung an dieser Stelle sehr kurz.

Trapani hat einen Markt, Bäder und alle in einer Stadt notwendigen Einrichtungen. Doch es liegt auf einer Meereszunge und wird von drei Seiten von Wasser umschlossen. Nur über einen schmalen Streifen ist es mit dem Land verbunden; die klaffende See wartet darauf, den Rest zu verschlingen. Seine Bewohner sagen, daß das Meer es mit Sicherheit verschlucken wird. Möge das Ende seiner

Tage verzögert werden! Doch die Zukunft ist allen außer Gott verborgen!

Die niedrigen Preise, die sich aus der üppigen Bestellung ergeben, machen das Leben in dieser Stadt leicht und bequem. Beide Gruppen, Muslime und Christen, haben hier jeder ihre Moscheen und ihre Kirchen. Nahe dem östlichen Eck, nach Norden hin aufsteigend, ist ein großer Berg von enormer Höhe. Auf seinem Gipfel befindet sich eine Anhöhe, auf der eine Festung der Rûm steht. Sie ist mit dem Berg über eine Brücke verbunden. Nahe daran auf dem Berg haben die Rûm eine große Stadt, deren Frauen – so sagt man – die schönsten der ganzen Insel seien. – Gott gewähre, daß sie von den Muslimen gefangengenommen werden! – Auf dem Berg sind Weingärten und Kornfelder. Wir erfuhren, daß er ungefähr vierhundert Quellen hat. Er heißt Monte San Guiliano (Dschabal Hâmid?); ihn zu besteigen ist auf der einen Seite recht einfach. Es heißt, daß durch ihn Sizilien erobert werden könne. Unter keinen Umständen werden sie einem Muslim den Aufstieg erlauben; deshalb haben sie diese starke Festung vorbereitet. Sollten sie von einer Gefahr Wind bekommen, würden sie ihre Frauen darin sammeln und die Brücke abbrechen und einen breiten Graben zwischen sich und den Feinden auf den Höhen des angrenzenden Bergs lassen.

Es ist eine eigenartige Tatsache, daß diese Stadt alle diese Quellen haben soll, während Trapani, in der Ebene liegend, über kein Wasser außer einem Brunnen in einiger Entfernung verfügt; abgesehen von den für die Leinen der Eimer zu tief abgesunkenen Brunnen der Häuser, in denen das Wasser brackig und ungenießbar ist.

Bei Trapani fanden wir zwei Schiffe, die darauf warteten, nach Westen zu segeln. Wir hoffen, so Gott will, uns in einem nach Spanien einschiffen zu können.

Im Westen von Trapani und etwa zwei farsach davon entfernt sind drei kleine, dicht beieinander liegende Inseln: Marettimo (Malîtima), Levanzo (Jâbisa?) und Favignana (ar-Râhib), die nach einem Mönch benannt ist. Er lebt auf ihrem Gipfel in einem festungsähnlichen Gebäude, das als ein Versteck vor dem Feind dienen könnte. Die anderen beiden Inseln sind unbewohnt, auf der letzteren lebt niemand außer diesem Mönch.

Für das Fest des Fastenbrechens am 5. Januar 1185 wählten wir eine Moschee in Trapani. Die Leute des Ortes zogen gemeinsam mit ihrem Magistrat mit Trommeln und Trompeten zum musallâ. Wir staunten darüber und über die Toleranz der Christen, die sie gewähren ließen.

Nachdem wir den Preis für unsere Passage in dem – so Gott will – nach Spanien fahrenden Schiff ausgehandelt hatten, beschäftigten wir uns mit der Beschaffung des Reiseproviants. Da aber kam ein Befehl vom sizilianischen König, daß alle Schiffe das Absegeln von den Küsten seiner Insel wegen der Flotte, die er hatte bauen und ausrüsten lassen, zu unterlassen hätten. Kein Schiff sollte lossegeln, bis sie ausgelaufen wäre. Möge Gott seine Ziele vereiteln! Die genuesischen Besitzer der beiden Schiffe eilten an Bord, um vor dem Gouverneur Zuflucht zu suchen; aber er war als Ergebnis einer Bestechung, die die Genueser ihm zukommen ließen, mild gestimmt, so daß sie in ihrem Schiff bleiben und einen geeigneten Wind zum Segeln abwarten konnten.

Zu diesem Zeitpunkt kamen aus dem Westen die traurigen Nachrichten, daß der Herr von Mallorca Bougie eingenommen habe. Möge Gott geben, daß dem nicht so ist!

Die Menschen von Trapani stellten bezüglich des Ziels der in Vorbereitung befindlichen Flotte dieses Tyrannen Vermutungen an. Einige sagen, es seien dreihundert Schiffe, andere meinen, es seien sogar noch mehr, allein hundert Schiffe sollten Lebensmittel transportieren und sie begleiten. Manche Leute sagen, ihr Ziel sei Alexandria, andere, Mallorca, und wieder andere, Afrika – trotz des Friedensvertrags, denn die schlechten Nachrichten aus dem Westen zwängen dazu. Doch dies ist die unwahrscheinlichste Vermutung, denn der König legt großen Wert auf seine Bündnistreue.

Es gibt andere, die die Truppenaushebung nur als für Konstantinopel beabsichtigt ansehen wegen der augenblicklich von dort kommenden Nachrichten; Neuigkeiten, die den Geist durch die Anzeichen eigentümlicher Ereignisse anregen und die von den Auserwählten überbrachten Traditionen unumstößlich beweisen.[76] Es wurde berichtet, daß der Kaiser von Konstantinopel *(Manuel Komnenos)* gestorben sei und das Königreich seiner Frau überlassen habe, die einen minderjährigen Sohn hat. Aber einer seiner Vettern habe den Thron an sich gerissen, die Witwe getötet und den Jungen festgenommen. Ein Verwandter des Rebellen sei dann gedungen worden, den Jungen zu töten, aber da dessen Herz von Mitleid bewegt wurde, habe er den Jugendlichen freigelassen, den das Schicksal nach vielen Gefahren auf diese Insel verschlagen habe. Der Junge traf in armseligem Zustand und als Knecht und Diener eines Mönches ein. Er verbarg seine königliche Gestalt in einem Lakaienmantel. Doch das Geheimnis seiner Herkunft wurde enthüllt, die Angelegenheit aufgeklärt; der Mantel war nutzlos. Als der Jugendliche auf Gebot Wilhelms, des Königs, vor diesen gebracht und befragt wurde, erklärte er, er sei der Leibeigene und Diener des Mönchs. Eine Gruppe von Genuesen, die nach Konstantinopel gereist war, bestätigte hingegen seine Identität und bewies, daß er es war. Darüber hinaus gab es Anzeichen und Hinweise auf seine königliche Abstammung. Darunter folgendes: Es geschah, daß König Wilhelm an einem seiner Festtage auszog und die Leute sich, um ihn zu grüßen, aufgestellt hatten; der in Frage stehende Jugendliche war in die Personalsuite eingereiht worden. Alle verbeugten sich tief in Demut und Ehrerbietung vor dem König, damit sein Blick auf sie fallen möge, alle, abgesehen von dem Jugendlichen, der sich nicht tief zum Gruße verneigte. Da wurde bekannt, daß seine königliche Würde ihn davon abhielt, einem Untertan Hochachtung zu erweisen. König Wilhelm sorgte sich sehr um ihn, wies ihm einen Wohnort an und hielt ihn unter größtem Schutze, aus Angst, daß sein Vetter, der Rebell, ihm unerwartet Übel tun werde. Er hatte eine Schwester, die wegen ihrer Schönheit berühmt war; in eben die hatte sich der auf den Thron gestiegene Vetter verliebt. Aber er konnte sie nicht heiraten, da die Rûm nicht mit Verwandten die Ehe schließen. Doch ungestüme Liebe, blind- und taubmachende Begierde und heftige Leidenschaft, die den Besessenen zu Wonne führen und ihn dann verlassen, trieben ihn dazu, sie zu nehmen und mit ihr zum Emir Mas'ûd, dem Prinzen von Konia und den nichtarabischen Nachbarländern Konstantinopels, zu gehen. Von der Begeisterung dieses Emirs für den Islam haben wir schon gesprochen. Es genügt zu sagen, daß der Fürst von Konstantinopel ihm immer noch Tribut zahlt und sich durch die Abtretung einiger benachbarter Territorien mit ihm versöhnte. In der Gegenwart des Emirs nahm er zusammen mit seiner geliebten Base den Glauben des Islams an; ein goldenes Kruzifix, das mit Feuer erhitzt worden war, trat er unter seinen Fuß. Dies ist nach ihrer Vorstellung der sicherste Weg, der christlichen Religion abzuschwören und den Glauben des

Islams anzuerkennen. Dann heiratete er seine Base und erhielt den Gegenstand seines Begehrens. Schließlich führte er die muslimischen Armeen nach Konstantinopel, betrat es mit ihnen und schlachtete einige fünfzigtausend Rûm unter seinen Bewohnern. Bei diesem Unterfangen wurde er von einer Sekte, den »Ighriqîjûn«, unterstützt. Sie sprechen arabisch und tragen für alle Sekten ihrer Art eine verborgene Feindschaft. Sie gestatten das Essen von Schweinefleisch nicht. Die Bürger schwächten sich durch ihre Uneinigkeit, und Gott warf Streitigkeiten zwischen sie, so daß die Muslime Konstantinopel besetzten.

Seine unzähligen Reichtümer wurden zu dem Emir Mas'ûd gebracht, der mehr als vierzigtausend muslimische Kavalleristen in der Stadt aufstellte, die nun den muslimischen Ländern zugeschlagen war. Diese Eroberung ist, wenn sie zutreffen sollte, eines der größten Vorzeichen der Tage (des Jüngsten Gerichts).

Wir fanden heraus, daß diese Geschichte auf der ganzen Insel auf den Zungen der Muslime und ebenso der Christen war, die ihr Glauben schenkten und keinen Zweifel daran hegten. Neuigkeiten darüber waren von einigen Rûm-Schiffen gekommen, die aus Konstantinopel eingetroffen waren. Die erste Frage des »Kommissionärs« des Königs war gewesen, ob wir Nachrichten aus Konstantinopel hätten, als wir damals zu ihm gebracht wurden. Wir wußten nichts und verstanden die Bedeutung der Frage erst später.

Dann stellte man Nachforschungen an bezüglich des Schicksals des Königs von Konstantinopel, dieses Jünglings, und seiner Verfolgung durch den Rebellen; denn dieser verfügt über Spione, die ihn zu töten suchen. Deswegen wird der Jugendliche nahe bei dem Herrscher von Sizilien gehalten, so gut bewacht, daß kaum ein Blick auf ihn fallen kann. Uns wurde gesagt, er sei ein zarter Schößling der Jugend, mit der rosigen Farbe eines jungen Burschen, schlank und mit königlichem Glanz. Er lernt mit Fleiß das Arabische und andere Sprachen, ist würdevoll durch sein königliches Gehabe und trotz seines jugendlichen Alters und seiner Unerfahrenheit scharfsinnig.

Nun plant der sizilianische König, die Flotte nach Konstantinopel zu entsenden, um der Schande des Jünglings und seines Schicksals willen. Doch wie auch immer seine Pläne sein mögen, Gott wird ihn mit Verlusten zurücktreiben und ihm die ungesegnete Natur seines Weges weisen und Stürme erheben, um ihn zu vernichten.

Diese Nachrichten aus Konstantinopel – Gott gebe, daß sie wahr sind! – sind eines der größten Wunder und erwarteten Entwicklungen in der Welt. Gott ist in der Tat allmächtig in seinen Beschlüssen und Taten! Am 3. Februar 1185 warteten wir noch in Trapani auf das Ende des Winters und das Absegeln des genuesischen Schiffs, in dem wir nach Andalusien zu reisen hofften.

Während unseres Aufenthalts in dieser Stadt erfuhren wir schmerzliche Dinge über den bejammernswerten Zustand der Muslime auf dieser Insel in ihren Beziehungen zu den Anbetern des Kreuzes, ihrer Erniedrigung und Demütigung, ihres Vasallentums unter den Christen und der Härte des Königs, der Unheil und das Unglück der Abtrünnigkeit auf jene ihrer Frauen und Kinder bringt, für die Gott solches Leid verfügt hat.

Der König benutzt gelegentlich Zwang als ein Mittel, um einige ihrer Scheichs dazu zu bringen, ihren Glauben aufzukündigen. Aus früheren Jahren kursiert die Geschichte, die einen Gelehrten im muslimischen Recht betrifft, der in Palermo weilte. Er wurde von den Beamten gedrängt, daß er sich vom Islam lossage und zur christlichen Religion übertrete. Sorgfältig lernte er das Evangelium auswendig, studierte die Gebräuche der Rûm und lernte ihren Gesetzeskanon, bis er in den Stand der Priester aufgenommen wurde, die in Rechtsfällen den Christen Ratschläge erteilen. Wenn sich ein muslimischer Fall erhob, sollte er dort aufgrund seiner Kenntnis des muslimischen Religionsrechts ebenfalls ein Urteil sprechen. So wurde in seinen Entscheidungen auf beide Codices Rücksicht genommen. Seinem Haus gegenüber besaß er eine Moschee, die er in eine Kirche umwandelte. Möge Gott uns vor dem Ergebnis der Abtrünnigkeit und falschen Wege schützen! Bei all dem hörten wir, daß er nur verbarg, was sein wirklicher Glaube war; es mag sein, daß er wirklich die Ausnahme nutzte, die Gott durch seine Worte ermöglicht: »Abgesehen von dem, der sich unter Zwang befindet, doch in seinem Herzen glaubt.«[77]

Während der letzten wenigen Tage traf in dieser Stadt der Führer und Herr der muslimischen Gemeinde auf der Insel ein. Er gehört zu dem edlen Haus der Insel, aus dem der älteste Sohn der Reihe nach die Führung der Muslime übernimmt. Uns wurde erzählt, daß er aufrichtig sei, das Gute liebe, voll von Akten der Nächstenliebe sei wie dem Loskaufen Gefangener, der Verteilung von Almosen an

Reisende und gestrandete Pilger und weiteren guten Taten und großzügigen Handlungen.

Die Stadt geriet durch seine Ankunft in große Erregung. Er hatte kürzlich die Gunst des Tyrannen eingebüßt, der ihn in seinem Haus hatte verhaften lassen aufgrund von Beschuldigungen, die von seinen Feinden gegen ihn vorgebracht worden waren. Sie verleumdeten ihn durch unwahre Geschichten, einschließlich der der Korrespondenz mit den Almohaden, die Gott stärken möge. Er wäre vernichtet worden, doch dank seines Schutzengels geschah es nicht; dann wurde er wiederholt ausgeraubt, man forderte von ihm mehr als 30 000 mu'mînî Dinar. Ihm wurden alle seine Häuser und Besitztümer, die er von seinen Vorfahren geerbt hatte, entrissen; zum Schluß war er unbegütert. Vor noch kürzerer Zeit hatte der Tyrann ihn wieder in seine Gunst aufgenommen und ihm einen Posten in seiner Regierung gewährt. Aber er führte seine Pflichten wie ein Sklave aus, denn seine Person und sein Besitz waren beschlagnahmt worden.

Als er in Trapani eintraf, äußerte er den Wunsch, uns zu treffen. Wir kamen zusammen, er offenbarte uns Dinge hinsichtlich seiner und seines Volkes Beziehungen mit den Feinden, daß uns Blutstränen in die Augen liefen und das Herz vor Leid schmolz. Er sagte zu mir zum Beispiel: »Ich habe gewünscht, als Sklave verkauft zu werden, ich und meine Familie, damit uns der Verkauf vielleicht aus dem Zustand, in dem wir uns befinden, befreien und zum Leben in muslimischen Ländern führen würde.« Bedenke, daß dieser Mann trotz seiner großen Autorität und des erhabenen Ranges, seines großen Haushalts, seiner Söhne und Töchter dazu gebracht wird, solch eine Wahl zu treffen. Für ihn und alle Muslime auf dieser Insel baten wir Gott um eine glückliche Rettung; jedem Muslim, der im Gebet vor Gott steht, obliegt die Pflicht, Gebete um ihretwillen zu sprechen. Selbst in Tränen, ließen wir ihn weinend zurück. Aber unser Geist war bereichert worden durch seine noblen Handlungen, seine seltenen Eigenschaften, die Richtigkeit seines Urteils, seine grenzenlose Mildtätigkeit und Edelmütigkeit, die Güte seines Charakters und seiner Natur.

Als wir in Palermo waren, hatten wir Häuser gesehen, die ihm, seinen Brüdern und Mitgliedern seines Hauses gehörten: Es waren stattliche, großartige Burgen. Der Umstand dieser Männer und seiner insbesondere war in einem Wort erhaben. Während seiner Zeit hier hat er viele gute Taten den Pilgern gegenüber vollbracht, die arm oder geplagt sind, ihre Angelegenheiten geklärt und ihnen Geld für Reisekosten und Proviant gegeben. Möge Gott ihn dafür belohnen!

Die Muslime auf dieser Insel erleiden eine sehr ernste Widerwärtigkeit. Sollte ein Mann Ärger über seinen Sohn oder seine Frau zeigen oder eine Frau über ihre Tochter, so kann derjenige, der Gegenstand des Mißvergnügens ist, sich in eine Kirche begeben, dort getauft und Christ werden. Dann wird es für den Vater keinen Weg geben, sich seinem Sohn zu nähern, noch für die Mutter der Tochter. Man bedenke den Zustand eines Menschen, der so in seiner Familie geschlagen wird oder gar durch seinen eigenen Sohn. Schon allein der Schrecken, in solche Verführung zu gelangen, verkürzt das Leben. Die Muslime auf Sizilien sind daher sehr behutsam im Umgang mit ihrer Familie und ihren Kindern. Die am klarsten Sehenden unter ihnen fürchten, daß es ihnen so ergehen könnte wie in früherer Zeit den muslimischen Bewohnern Kretas. Dort suchte eine christliche Gewaltherrschaft sie so lange mit schmerzlichen Plackereien heim, daß sie alle gezwungen waren, Christen zu werden; nur jene entflohen, denen Gott es so beschloß. Doch das Wort der Züchtigung möge auf diese Untreuen fallen!

Das Ansehen dieses Leiters der muslimischen Gemeinde auf der Insel ist so groß, daß sie erklären, wenn er Christ würde, gäbe es auf der Insel keinen Muslim, der ihm nicht folgen und den Akt nachvollziehen würde. Möge Gott sie alle schützen und aus ihrer erbärmlichen Lage erretten!

Wir trafen auf ein anderes treffendes Beispiel ihres Zustands, das das Herz vor Mitleid zerspringen und schmelzen läßt. Einer der Notablen der Stadt Trapani sandte seinen Sohn zu einem unserer Pilgergefährten und bat ihn, daß er von ihm eine Tochter, ein junges Mädchen, das sich dem Pubertätsalter näherte, annehmen möge. Sollte er mit ihr zufrieden sein, so könne er sie heiraten; wenn nicht, so möge er sie an irgendeinen Landsmann verheiraten, dem sie gefalle. Sie würde mit ihnen ziehen, zufrieden ihren Vater und ihre Brüder zurücklassend, in dem Wunsche, nur der Versuchung der Abtrünnigkeit zu entfliehen und in den Ländern der Muslime zu leben. Ihr Vater und ihr Bruder waren zu diesem Heiratsantrag bereit, damit sie selbst Zuflucht in muslimischen Ländern finden könnten, wenn sich die ihnen angelegten Fesseln lösen würden. Der Mann stimmte zu, um einen himmlischen Lohn zu verdienen, nahm das Angebot an, und wir halfen ihm, eine Gelegenheit zu ergreifen, die ihn zu den Freuden sowohl in dieser Welt als auch in der nächsten führen könnte. Wir staunten über eine Lage, die einen Vater dazu führt, so schnell sein im Herzen gebundenes Vertrauen aufzugeben und die Tochter einem Fremden zu übergeben, in Geduld ihren Wunsch zu ertragen und Sehnsucht und Einsamkeit ohne sie zu erleiden. Wir waren ebenso verwirrt über das Mädchen und seine Bereitschaft, seine Verwandten aus Liebe zum Islam zu verlassen. Als sein Vater es über das Vorhaben befragt hatte, hatte es geantwortet: »Wenn du mich zurückhältst, wird die Verantwortung (vor Gott) bei dir liegen.« Das Mädchen war mutterlos, hatte aber zwei Brüder und eine kleine Schwester von demselben Vater.

Am 6. März waren wir noch immer in Trapani, ungeduldig auf eine baldige Abreise und gute Nachrichten über günstigen Wind wartend.

Die Rückreise

13. März bis 25. April 1185

Am Mittwochnachmittag, dem 13. März 1185, am 'Arafât-Tag – möge Gott uns den Segen des Stehens auf der 'Arafât-Ebene zuteil werden lassen! – bestiegen wir das Schiff.

Wir verbrachten die Nacht in Bereitschaft zur Abreise; am Morgen des Opferfests waren wir auf Deck, zusammen mit mehr als fünfzig Muslimen. Ungeduldig warteten wir, aber der Wind war nicht günstig. Zwölf Tage lang kamen und gingen wir zwischen dem Schiff und dem Ufer hin und her, jede Nacht zum Absegeln bereit. Schließlich erlaubte uns Gott, in See zu stechen, am Montag, dem 25. März 1185.

Wir segelten in drei Schiffen der Rûm, die übereingekommen waren, zusammen den Kurs zu halten; das vorderste sollte mit dem letzten in Kontakt stehen. Wir kamen zu der Insel Favignana, die wir schon erwähnt haben. Sie liegt etwa 18 Meilen vor Trapani. Durch einen einzigartigen Zufall trafen wir auf das Schiff von Mârkûn (Marconi?), dem Genueser, das mit mehr als zweihundert unserer Gefährten, maghribinischen Pilgern, aus Alexandria gekommen war. Wir waren mit ihnen aus Mekka im Pilgerfahrtsmonat des Jahres 1184 aufgebrochen und hatten seither nichts mehr von ihnen gehört noch sie von uns. Darunter war eine Gruppe unserer Gefährten aus Granada, einschließlich des Rechtsgelehrten, der unser Gefährte und Gast war zur Zeit unseres Aufenthalts in Mekka. Als sie von uns erfuhren, schauten sie aus dem Schiff heraus, hängten sich über die Reling, erhoben ihre Stimmen, um die gute Nachricht über unsere Sicherheit und unser Zusammentreffen kundzutun, weinend vor Glück, verloren in Erstaunen, sich wundernd über das gute Los, das ihnen beschert war. Wir fühlten dasselbe wie sie; der Tag war in der Tat glücklich, dem großen Fest (Opferfest) folgend, nahmen wir ihn als einen neuen Festtag. Freunde besuchten einander; wir und sie verbrachten eine sehr glückliche und angenehme Nacht. Dieses Treffen sahen wir als ein glückliches Omen unserer Hoffnung auf das Wiedersehen mit unserer Heimat an.

Bei Dämmerung der Nacht zum Dienstag, dem 26. März, sandte Gott uns einen günstigen Wind, und wir segelten in vier Schiffen los, unter der Schicksalsfügung Gottes nach der Halbinsel Andalus (Spanien) strebend. Den ganzen Tag segelten wir dahin, unser Schiff wurde von einem leichten Wind vorangetrieben, aber unsere Sehnsucht nach Andalus nahm wegen der Ungeduld und Erregung beinahe die Stelle des Windes ein. Möge Gott uns helfen und die Reise beschleunigen! Doch nach einem Tag und zwei Nächten auf See wechselte der Wind und blies von Westen in unsere Gesichter, drehte uns zurück, so daß wir zu unserem Aufbruchshafen Favignana zurückkehrten. Wir kamen dort in der Nacht zum Donnerstag, dem 28. März, an. Am folgenden Freitag segelten wir allein, ohne die anderen Schiffe, ab und wurden durch einen heftigen Wind, der das Schiff mit einer beängstigenden Geschwindigkeit trieb, vorangedrängt, so daß wir am Sonntagmorgen zu einem Zipfel der Insel Sardinien gekommen waren, die wir schnell passierten. Sie ist mehr als 200 Meilen lang. Glücklich gaben wir die gute Nachricht untereinander weiter. In einem Tag und zwei Nächten waren wir in der Lage gewesen, mehr als 500 Meilen zurückzulegen, eine erstaunliche Leistung. Der günstige Wind legte sich dann, und ein anderer blies, trieb uns in der Nacht zum Montag, dem 1. April, auf die afrikanische Küste zu.

Am Montag gingen wir vor einer Insel namens Châlita vor Anker. Sie ist unbewohnt; aber es heißt, daß sie in alter Zeit bewohnt war. Nun ist sie eine Art Markierung für den Feind. Etwa 30 Meilen liegen zwischen ihr und dem Festland, das für das Auge sichtbar ist. Am Eingang des Hafens überstanden wir rauhe See, vor der Gott uns schützte. Da der Sturm andauerte, blieben wir im Hafen und erwarteten Erleichterung von Gott. Vier Tage verweilten wir dort, der letzte Tag war ein Donnerstag.

In der Nacht zum Freitag, dem 5. April, sandte Gott uns einen Ostwind, und darauf glitten wir aufs Meer hinaus. Es war ein leichter, sanfter Wind, doch er wurde bald heftig; eine frische Brise trieb das Schiff bei höchster Geschwindigkeit und glatter See weiter. Von der Zeit unserer Einschiffung in Trapani an hatten wir unaufhörlich nach Osten geschnüffelt in unserer Begierde nach Wind aus der Richtung; aber es kam nicht die kleinste Brise, so daß wir durch sein Fehlen ihn für eine geradezu märchenhafte Sache hielten, bis Gott uns nun in Seiner Mildtätigkeit übernahm und ihn im April sandte. Dieser Wind begleitete uns etwa zwei Tage lang, während derer wir mit großer Geschwindigkeit vorankamen. Wir fuhren an der Insel Sardinien, die zu unserer Rechten lag, vorbei. Wechselnde Winde trieben dann ihr Spiel mit uns, und wir blieben dort, in der See schaukelnd, nahmen kein Land wahr, bis unsere Gedanken uns zu der Annahme brachten, wir würden vor die Küste Barcelonas (Barschlûna) – möge Gott es zerstören! – getrieben. Dann aber brachte Gott uns Erleichterung, und wir erspähten in der Nacht zum Sonnabend die Küste der Insel Ibiza, obwohl sie auf die wolkenverhüllte Entfernung kaum zu erkennen war. Am Sonnabend erschien sie klar vor uns; nachdem wir Schwierigkeiten durch die wechselnden Winde beim Annähern überwunden hatten, segelten wir in den Hafen und gingen vor Anker. Die Stadt war vier Meilen entfernt. Unser Ankerplatz lag der Insel Formentera (Faramantîra) gegenüber, die vier oder fünf Meilen von Ibiza getrennt ist und viele bewohnte Dörfer hat. Wir blieben in dem Hafen nahe zwei rauhen

Bergen, die einander gegenüberliegen und »der alte Mann« (asch-schaich) und »die alte Frau« (al-'adschûz) heißen.

Jene Nacht, gegen Abend, entdeckten wir die Berge von Andalus, der nächste war der Berg von Dénia, Mongo (Qâ'ûn). Wir starrten das Land an, überglücklich es zu sehen, und jubilierten beim Näherkommen. Am Sonntagmorgen, dem 14. April, kamen wir zu dem Hafen von Dénia, aber der Wind kam von Westen; wir erwarteten die Erfüllung von Gottes gnädigen Werken durch die Sendung eines günstigen Windes, unter dem wir die Segel setzen könnten. Am Dienstagmorgen fuhren wir unter einem leichten Wind, den wir kaum spürten, und baten Gott, ihn zu beleben und zu stärken. Die Berge von Dénia waren nun vor uns sichtbar. Durch Gottes Güte dauerte der Wind an und wurde kräftiger, so daß wir am Abend des Donnerstags nach Cartagena (Qârtadschanna) kamen und ausstiegen. Wir dankten Gott für die Sicherheit und Gesundheit, die er uns gewährte! Lob sei Ihm, dem Herrn der Welten!

Nach dem Freitagsgebet brachen wir am 18. April von dort auf und verbrachten die Nacht in dem Gebiet von Cartagena in dem »Turm der drei Zisternen«; von hier aus reisten wir am Sonnabend nach Murcia, dann am selben Tag nach Lebrilla (Librâla), am Sonntag nach Lorca (Lûrqa), am Montag nach al-Mansûra, am Dienstag in die Ebene von Canilos di Basta (Qanâlisch Basta), am Mittwoch zum Tal Guadix (Âsch). Am Donnerstag, dem 25. April 1185, kamen wir in unser Haus in Granada.

»Sie warf all ihr Zeug weg, und da blieb sie,
wie der Reisende es am Ende seiner Reise tut.«

Lob sei Gott für Seine gütigen Werke und den Schutz, den Er uns gewährte!

Die Spanne unserer Reise, von der Zeit unseres Aufbruchs aus Granada bis zu unserer Rückkehr, betrug zwei volle Jahre, zwei Monate und zweiundzwanzig Tage.

PREIS SEI GOTT, DEM HERRN DES UNIVERSUMS!

1 Wenige Zeilen zuvor nennt Ibn Dschubair den 13. März als Abreisetag. Offenbar ist noch eine Verzögerung eingetreten.
2 Ibn Dschubair unterscheidet zwischen Misr und al-Qâhira. Die Bezeichnung Misr, heute meist al-Fustât, habe ich im allgemeinen mit Altstadt wiedergegeben. Al-Fustât entstand aus einem Heerlager (misr pl. amsâr) in der frühen Zeit der islamischen Eroberungen, wie Kûfa im Irak. Al-Qâhira (Kairo) wurde von den Fatimiden in der zweiten Hälfte des 10. Jahrhunderts gegründet.
3 vgl. auch 1. Mose 39, 20 und 1. Mose 41, 35
4 wohl eine Art Sonde
5 vgl. Koran 49, 12
Ihr Gläubigen! Haltet Euch von Mutmaßungen fern; denn Mutmaßungen anstellen ist manchmal Sünde. Und spioniert nicht und sprecht nicht hintenherum schlecht voneinander!...
6 Derjenige, der den Koran auswendig beherrscht, darf »hâfiz« als ehrenden Beinamen führen.
7 Hierbei dürfte es sich um den asclepius giganteus handeln.
8 Da Ibn Dschubair nicht im Pilgermonat eintrifft, wählt er die ʻumra als würdige Form des Einzugs in Mekka.
9 Der muslimische Tag beginnt bei Sonnenuntergang; hier ist der Morgen, vermutlich etwa 6 Uhr, gemeint.
10 Der Begriff Kaʻba wird im arabischen Text durch verschiedene Begriffe umschrieben, so »al-bait al-ʻatîq« (das alte Haus), »al-bait al-mukarram« (das ehrwürdige Haus), »al-bait al-karîm« (das edle Haus) oder nur »al-bait« (das Haus). Ich habe zugunsten der besseren Lesbarkeit Kaʻba eingesetzt.
Ebenso habe ich anstelle der umschreibenden Bezeichnungen der Moschee in Mekka und entsprechender Gebäude in anderen Orten den für uns eindeutigen Namen verwendet.
11 Ibn Dschubair verwendet hier für die Hülle der Kaʻba »sutûr« (sg. sitr = Schleier, Vorhang), noch nicht das übliche »kiswa«.
12 Ibn Dschubair zieht den Vergleich mit dem Hinweis darauf, daß Gott und göttliche Dinge von nichtgöttlichen oder von

menschlichen Attributen ferngehalten werden sollten (tanzîh).

13 Im Jahre 605 wurde die Ka'ba durch Feuer und anschließenden Wolkenbruch beschädigt. Der Tempel wurde bis auf das Fundament Abrahams abgetragen und von den Quraischiten wieder errichtet.
Vgl. dazu auch Ibn Ishâq, Bd. I der Bibliothek Arabischer Klassiker, S. 39 ff.

14 Die Qarmaten waren Anhänger einer schî'itischen Sekte und hatten in Bahrain eine Art kommunistischen Staat gegründet. Im Jahre 930 fielen sie in Mekka ein, plünderten die Schatzkammer der Ka'ba und entführten den Schwarzen Stein. Auf Geheiß des Kalifen al-Mansûr entschlossen sie sich 22 Jahre später, den zerbrochenen Stein zurückzusenden.

15 s. Anm. 12

16 vgl. Koran 2, 158

17 vgl. Koran 14, 37

18 Die Dschinn (von lat. genius) gelten als Mittelwesen zwischen Menschen und Engeln. Zur Zeit Mohammeds wurden sie als unbestimmte, unpersönliche Götter verehrt. Mohammeds Botschaft gilt auch ihnen.

19 vgl. Koran 2, 260
Als Abraham sagte: »Herr! Laß mich sehen, wie du die Toten lebendig machst!«, sprach Gott: »Glaubst du denn nicht (daß ich das kann)?« Er sagte: »Doch. Aber ich möchte eben ganz sicher sein.« Gott sprach: »So nimm vier Vögel und richte sie auf dich zu (und schlachte sie?). Hierauf tu auf jeden Berg ein Stück von ihnen. Dann ruf sie, worauf sie (eilends) zu dir gelaufen kommen! Du mußt wissen, daß Gott mächtig und weise ist.«

20 Am südlichen Abhang des Berges, ungefähr 175 Meter unterhalb des Gipfels, soll Mohammed in einer Felshöhle in der Dunkelheit die erste Vision gehabt haben.
vgl. dazu Ibn Ishâq, S. 43 ff.

21 vgl. Koran 9, 40

22 vgl. Koran 14, 37

23 vgl. Koran 28, 57

24 vgl. Koran 34, 39

25 Ibn Dschubair schildert hier das für ihn eigentümliche Verhal-

ten der persischen Gläubigen, die stark durch die Mystik beeinflußt waren. Durch die sufischen Lehrgedichte (mathnawî), z. B. von Sanâ'î (gest. 1131), wurden im Vorderen Orient im 11./12. Jahrhundert breitere Kreise erreicht, ebenso durch die Predigten, die mit Erzählungen und Beispielen eingängig gestaltet wurden.
Der Sufismus entwickelte sich in Spanien erst allmählich unter den Almohaden.

26 vgl. Koran 2, 187
... bis ihr in der Morgendämmerung einen weißen von einem schwarzen Faden unterscheiden könnt.

27 vgl. Koran 2, 197

28 Im Jahre 622 bekannten sich an dieser Stelle 71 Männer und Frauen aus Jathrib (später Medina) nicht nur zum Islam, sondern auch zur Verteidigung des Glaubens und gelobten sich dem »Bündnis Gottes«.
vgl. dazu Ibn Ishâq, S. 92 ff.

29 vgl. Koran 37, 107

30 s. Anm. 20

31 vgl. Koran 87, 1

32 vgl. Koran 9, 40

33 vgl. Koran 45, 19

34 Die Frage nach dem Monatsanfang nimmt in diesem Monat einen besonders breiten Raum ein. Das Sichtbarwerden der Mondsichel konnte wegen des verhangenen Himmels in Mekka nicht verfolgt werden. So war man auf die Aussage der Ankommenden angewiesen. Der Wunsch, den Freitag stehend in der Ebene von 'Arafât verbringen zu können, beeinflußte das Denken nach Meinung des Qadis, der deshalb seine Entscheidung so lange zurückstellte.
Auch heute gibt es gelegentlich noch ähnliche Schwierigkeiten. So wurde vor einigen Jahren in der türkischen muslimischen Gemeinde Berlin ein Bestechungsversuch unternommen, um den Fastenmonat um einen Tag zu verkürzen.

35 vgl. Koran 28, 76

36 vgl. Koran 2, 203

37 vgl. Koran 3, 96

38 vgl. Koran 4, 56

39 vgl. Koran 2, 255
Gott ist einzig. Es gibt keinen Gott außer ihm. Er ist der Lebendige und Beständige. Ihn überkommt weder Ermüdung noch Schlaf. Ihm gehört, was im Himmel und auf der Erde ist. Wer (von den himmlischen Wesen) könnte ohne Erlaubnis bei ihm (am jüngsten Tag) Fürsprache einlegen? Er weiß, was vor und was hinter ihnen liegt. Sie aber wissen nichts davon – außer was er will. Sein Thron reicht weit über Himmel und Erde. Und es fällt ihm nicht schwer, sie (vor Schaden) zu bewahren. Er ist der Erhabene und Gewaltige.

40 Im Frühjahr 624 fand im Tal von Badr eine bedeutende Schlacht zwischen Medinensern und Mekkanern statt. Der Sieg der Medinenser wurde als Sieg Mohammeds und Allahs gegen das ungläubige Mekka gefeiert.
vgl. auch Ibn Ishâq, S. 125 ff.

41 'Alî ibn abî Tâlib, Vetter und einer der ersten Anhänger Mohammeds, soll hier gegen die Dschinn gekämpft haben.

42 Im sechsten Jahr seines Kalifats soll 'Uthmân der Siegelring des Propheten, der ihm nach seinen beiden Vorgängern zugekommen war, ins Wasser gefallen sein. Trotz gründlicher Suche wurde er nicht gefunden.

43 Sure 48 al-fath = der Erfolg

44 Um das Jahr 800 herum wurde der etwa 600 Meilen lange Weg von Medina nach Kûfa mit den beschriebenen Einrichtungen versehen. Zubaida zu Ehren wurde er »darb Zubaida« (Zubaida-Weg) genannt. Mehr als tausend Jahre lang diente er dank der Wasserversorgung den Pilgern.

45 'Alî, dessen Kalifat von schweren Auseinandersetzungen geprägt war, wurde 661 von einem Châridschiten ermordet.

46 vgl. Koran 11, 40 und 23, 27
wörtlich: »Dies ist die Stelle, wo der Ofen kochte.«
Das Wasser soll siedend heiß aus dem Boden emporgeschossen sein.

47 vgl. Sure 83 al-mutaffifîn = die Betrüger

48 Dschirdschîs, St. Georg, gilt als Märtyrer und wird von den Muslimen in die Reihe der Propheten eingeordnet.

49 vgl. Koran 11, 44
...und das Schiff saß auf (dem Berg) al-Dschûdî auf...

50 Er legt keine Nahrungsmittelvorräte an, sondern lebt »von der Hand in den Mund«.

51 vgl. Koran 5, 33 und 64

52 Nach Broadhurst wird der Vers Ibn Râschiq al-Qairawânî (1070) zugeschrieben.

53 Name einer Quelle im Paradies

54 Harrân leitet sich von »harra« ab.
harr = Hitze, Wärme
harrân = durstig

55 Al-Harîrî (1054–1122), ein arabischer Dichter und Philologe aus der Gegend von Basra, wurde durch sein in Reimprosa gehaltenes Werk, die Maqâmen, über die Abenteuer des Abû Zaid aus Sarûdsch bekannt. Eine Übersetzung ins Deutsche wurde von Friedrich Rückert vorgelegt.

56 vgl. Koran 19, 40

57 Ibn Dschubair spricht hier von der ismâʿîlitischen Sekte der Assassinen. Diese hatten sich – ursprünglich in Nordpersien beheimatet – durch die aufgrund der Kreuzzüge entstandene politische Lage in Syrien festsetzen können. Das syrische Oberhaupt wurde in Europa als »Der Alte vom Berge« bekannt. Sie konnten erst durch den Mamlukensultan Baibars in der zweiten Hälfte des 13. Jahrhunderts vernichtet werden.

58 vgl. Koran 23, 50

59 vgl. Koran 38, 42

60 Broadhurst beziffert den Betrag mit mehr als fünfeinhalb Millionen Pfund Sterling, das würde etwa 60 Millionen Mark entsprechen.

61 Damaskus wurde 635/636 unter dem Kalifen ʿUmar erobert.

62 vgl. Sure 108 al-kauthar = die Fülle

63 vgl. Koran 6, 76–78

64 vgl. Koran 23, 50

65 Die futuwwa-Bünde (arab. »Burschentum«) vertraten die Tugenden des arabischen Ritters, äußerlich zeichneten sie sich durch das Tragen von Hosen aus. Ihre Ideale waren Gastfreundschaft, soziale Gerechtigkeit und eine ihrer sufischen Grundhaltung entsprechende Frömmigkeit. Unter dem Kalifen an-Nâsir hatten sie ein besonders hohes Ansehen.

66 vgl. Koran 110, 1

67 vgl. Koran 20, 85 ff.
68 vgl. Koran 55, 24
69 Akka wurde am 24. März 1104 erobert, d.h. im Jahre 497 d.H., also im letzten Jahrzehnt des 5. Jahrhunderts.
70 vgl. Koran 20, 127
König Balduin IV. (1174–1185), von dem hier die Rede ist, wurde schon im Kindesalter von Lepra befallen, die sein Aussehen entstellte und zu einer allmählichen Lähmung seiner Extremitäten führte.
71 vgl. Koran 27, 44
72 Der 1. November wird auch heute noch als »Allerheiligen« gefeiert.
73 vgl. Koran 15, 75
74 vgl. Koran 20, 41
75 Beide Leitsätze sollen die arabisch geprägte Einstellung der Könige zeigen.
76 Mohammed hat die Eroberung Konstantinopels versprochen. Die Einnahme der Stadt erfolgte aber erst im Jahre 1453 durch die Osmanen.
77 vgl. Koran 16, 106

Verzeichnis von Personen- und Ortsnamen

Hier sind die Namen erfaßt, die im Text durch Kursivdruck hervorgehoben wurden. Der Begriff »Personennamen« ist sehr weit gefaßt; er beinhaltet neben Dynastien auch islamische Gruppierungen, Rechtsschulen usw. Die Erläuterungen hierzu habe ich sehr knapp gehalten. Bei den Ortsnamen sind häufig nur die Varianten in anderen Sprachen angeführt.

'Abbâs, Onkel des Propheten, starb 652/3.

'Abbâsiden, Dynastie der 'Abbâsiden-Kalifen, regierte von 750–1258, meist in Bagdad. Von der Mitte des 10. Jahrhunderts an war ihre politische Macht stark zurückgegangen. Der Kalif → an-Nâsir konnte unter den Seldschuken die Macht des Hofes wieder ein wenig stärken. Mit dem Mongolensturm 1258 ging das 'Abbâsidenreich zu Ende.

'Abdullâh ibn az-Zubair, Enkelsohn → Abû Bakrs, das erste nach der Hidschra in Medina geborene Kind, begabter Dichter und Krieger, verteidigte Mekka und die Ka'ba gegen einen Angriff der Umajjaden und widmete sich dem Wiederaufbau des beschädigten »Hauses Gottes«.

Abraham, ar. Ibrâhîm, trägt den Beinamen »Freund Gottes«, soll der erste Muslim gewesen sein und gilt zusammen mit seinem Sohn → Ismâ'îl als Erbauer der Ka'ba.

Abû Bakr, engster Vertrauter Mohammeds, einer der ersten Muslime; nach dem Tode des Propheten von 632–634 »Stellvertreter« = erster Kalif für die Sunniten.

Abû Lahab ibn 'Abdalmuttalib, Halbbruder des Vaters des Propheten, entzog Mohammed seinen Schutz, was mit zur Hidschra führte.

Achmîm, oberägyptische Stadt am Nil im Ruinenfeld des alten Chemnis oder Panopolis, u. a. koptische Bevölkerung.

'Âd, legendärer, im Koran erwähnter Völkerstamm, wurde wegen seiner Götzendienste durch göttliche Heimsuchungen vollständig vernichtet.

Ahmad ibn Hassân, Arzt aus Granada und Reisegefährte Ibn Dschubairs

'Â'ischa, »Mutter der Gläubigen«, Tochter → Abû Bakrs, spätere Lieblingsfrau des Propheten, beim Tode Mohammeds etwa 18 Jahre alt; stellte sich in Opposition zum 3. Kalifen, → 'Uthmân, und auch zum 4., → 'Alî. Sie lebte später zurückgezogen in Medina, starb dort 678. Ihr werden große Frömmigkeit und dichterische Fähigkeiten nachgesagt. Zahlreiche Worte des Propheten und Begebenheiten aus seinem Leben gehen auf ihre Überlieferung zurück.

'Akka, auch Akkon, bedeutende Stadt nördlich von Haifa, geriet 1104 in die Hände der Kreuzfahrer, wurde 1187 von Saladin zurückerobert.

'Alî ibn abî Tâlib, Vetter des Propheten und einer der ersten Muslime. Er heiratete Mohammeds Tochter → Fâtima; mit ihr hatte er die beiden Söhne → Hasan und → Husain. 656 wurde er zum 4. Kalifen gewählt, sein Kalifat war jedoch geprägt durch Bürgerkrieg und Uneinigkeit; 661 wurde er ermordet. Er ist der 1. → Imam der Schî'iten.

'Alîden, Nachkommen und Anhänger des Hauses → 'Alî

Almohaden, Dynastie in Spanien und Nordafrika, löste in der Mitte des 12. Jahrhunderts die Almorawiden ab. Ihre Herrschaft endete in der zweiten Hälfte des 13. Jahrhunderts.

'Amr ibn al-'Âs, bedeutender Feldherr, trug u. a. zur Unterwerfung 'Omans bei. Bei der Eroberung Syriens und Ägyptens spielte er eine wesentliche Rolle. Er gründete al-Fustât (Alt-Kairo), starb 663.

Asjût, oberägyptische Stadt am Nil, bei den Griechen als Lykopolis bekannt

Baalbek, Ba'labakk, Ort im heutigen Libanon, altgriech. Heliopolis

Bânijâs, Belinas, griech. Paneas

Banû Schaiba, mit dem ererbten Wächteramt über die Ka'ba betraute Sippe

Banû Schu'ba, räuberischer Beduinenstamm, der die Pilger auf dem Weg nach 'Arafât überfiel

Baqî' al-Gharqad, Friedhof von Medina

Bilâd Bakr, Dijâr Bakr, wichtige Provinz am oberen Tigris

Bilâl, einer der ersten Muslime, erster Gebetsrufer, wurde wegen seines Glaubens verfolgt und gefoltert, starb 640.

Bougie, Bâja, Stadt an der algerischen Küste

Budschât, sudanesischer Stamm, der für die schlechte Behandlung der Pilger bekannt war.

Chadîdscha, erste Frau des Propheten, heiratete als 40jährige Witwe den 25jährigen Mohammed, bestärkte ihn in seinem Glauben, starb 619; ihre Tochter war → Fatima.

Châlid ibn al-Walîd, einer der bedeutendsten Feldherren der frühen Eroberungen. Bei Uhud stand er noch auf seiten der heidnischen Mekkaner. U. a. eroberte er Hîra im Irak und Damaskus, starb 641.

Dandara, Tentyras, bedeutende alte oberägyptische Stadt

Dhû n-Nûn al-Misrî, (796–861), einer der ersten bedeutenden Mystiker der islamischen Welt, Verfasser einiger Abhandlungen über Magie und Alchimie

Dscha'fariden, Nachkommen Dscha'fars, des älteren Bruders von → 'Alî

Dschamâl ad-dîn, Wesir in Mosul, Stifter zahlreicher Baudenkmäler in Mekka und Medina

Dschamîl und *Buthaina,* Figuren eines Volksromans: Dschamîl war ein bekannter Dichter, er litt unter seiner unerfüllten Liebe zu Buthaina.

Fâtima, Tochter des Propheten und → Chadîdschas, geb. zwischen 605 und 610, um 624 mit → 'Alî verheiratet; in ihren beiden Söhnen → Hasan und → Husain wurde das Blut des Propheten weitervererbt. Sie starb schon wenige Monate nach ihrem Vater.

Fâtimiden, ar. 'Ubaidîn, schî'itische Dynastie (909–1171), konnte sich in erster Linie in Ägypten behaupten, nur kurze Zeit in Syrien, stand im Gegensatz zum 'abbâsidischen Kalifat. Saladin beendete ihre Herrschaft und führte das Land zum sunnitischen Glauben zurück.

al-Furât, Euphrat. Das Wort wird gedeutet als: süß, salzarm, beschreibt folglich die hervorragende Wasserqualität.

al-Ghazzâlî, Abû Hamîd (1058–1111), lehrte Theologie an der Nizâmîja in Bagdad, wandte sich ab 1095 der Mystik zu und unternahm Reisen durch den Nahen Osten; Autor berühmter Werke.

Ghurâbiten, eine der zahlreichen schî'itischen Sekten, sprechen → 'Alî Ähnlichkeit mit dem Propheten zu.

al-Haddschâdsch, Statthalter der Umajjaden im Irak, Führer einer Streitmacht, die nach Mekka vordrang, starb 714. → 'Abdullâh ibn az-Zubair wurde von ihm ermordet.

Hagar, Mutter → Ismâ'îls

Hamâ, auch Hamât, Epiphania, Stadt in Syrien

Hamdâniden, Dynastie in Nordsyrien im 10. Jahrhundert; Aleppo war das Zentrum ihrer Herrschaft. Sie mußte sich der fâtimidischen Angriffe erwehren, ebenso des Drucks aus Konstantinopel. Um die Jahrtausendwende brach sie zusammen.

Hamza ibn 'Abdalmuttalib, ein Onkel des Propheten, der sich besonders für ihn einsetzte. In der Schlacht bei Uhud kam er ums Leben.

Hanafiten, eine der vier sunnitischen Rechtsschulen (madhhab), die sich unter Abû Hanîfa (699–767) und seinem Schüler asch-Schaibânî (731–798) in Kûfa entwickelte. Sie war für die 'Abbâsiden verbindlich.

Hanbaliten, Rechtsschule nach Ahmad ibn Hanbal (780–855), zahlenmäßig von geringer Bedeutung

Harûn ar-Raschîd, 'Abbâsiden-Kalif (786–809)

Hasan ibn 'Alî ibn abî Tâlib, → Sohn 'Alîs, wurde nach dem Tode seines Vaters als dessen älterer Sohn zum Kalifen ernannt, lehnte das Amt jedoch ab und überließ es seinem jüngeren Bruder → Husain; starb im Alter von 45 Jahren, nach schî'itischer Darstellung an einer Vergiftung.

Hasaniden, Nachkommen und Anhänger → Hasans

Hedschâz, Landstrich auf der Arabischen Halbinsel, der sich am Roten Meer entlang erstreckt.

Hims, auch Hums, Emessa, Stadt in Syrien

Hubal, Hauptgottheit im heidnischen Mekka, wurde nach der Eroberung der Stadt durch Mohammed zerstört.

Hûd, Prophet, wurde laut Koran 7, 65 zu den → 'Âd gesandt.

Husain ibn 'Alî ibn abî Tâlib, jüngerer Bruder → Hasans, trat das

Amt des Kalifen an, zog gegen die Umajjaden zu Felde, fiel 680 bei Kerbelâ.

Husainiden, Nachkommen und Anhänger → Husains

Ibn Tûlûn, Ahmad, türkischer Offizier, der sich als Gouverneur von Ägypten vom Kalifen weitgehend unabhängig machte.

Imâmiten, auch Zwölfer-Schî'iten genannt, da sie glauben, daß ihr 12. Imam im Verborgenen weiterlebt und am Ende der Tage wiederkehren wird.

Iskandarûna, Escandelion, Stadt in den von den Kreuzfahrern besetzten Gebieten

Ismâ'îl, Sohn → Abrahams und → Hagars, Stammvater der Araber, erbaute mit seinem Vater die Ka'ba.

Ismâ'îliten, schî'itische Sekte, sogenannte »Siebener-Schî'a«, die glaubt, daß der Sohn des 6. Imams Dscha'far as-Sâdiq, der bereits zu Lebzeiten seines Vaters starb, im Verborgenen weiterlebt und als »mahdî« (Heiland) wiederkehren wird.

Joseph, ar. Jûsuf, Beiname: der Rechtschaffene, wird auf der Reiseroute erwähnt. Der Name der Stadt dürfte Memphis sein.

Ka'b al-Achbâr, Rechtsgelehrter

Kûfa, Stadt in der Nähe von Hîra im Irak, ursprünglich Heerlager

al-Madâ'in, »die Doppelstadt« Ktesiphon – Seleukia

Majjâfâriqîn, Martyropolis, Stadt im Irak

Mâlikiten, Rechtsschule, begründet von Mâlik ibn Anas (715–795), vorwiegend im → Hedschâz verbreitet, später auch in Nordafrika und Spanien

Manbidsch, Stadt in Nordsyrien, Hierapolis

Manschât as-Sudân, oberägyptische Stadt am Nil, Ptolemais Hermiu

al-Mansûr, 'Abbâsiden-Kalif (754–775)

Manuel Komnenos, (1143–1180), oströmischer Kaiser, Gegner → Nûr ad-dîns und → Saladins

Maqâm, Stelle, an der Abraham beim Erbauen der Ka'ba stand.

al-Mas'ûdî, ar. Schriftsteller (gest. 956), »der Herodot der Araber«, Autor des Buches »Bis zu den Grenzen der Erde«, Bibliothek arabischer Klassiker, Band 3

Moses, ar. Mûsâ, Beiname: der von Gott einmal auf dem Sinai Angesprochene, gilt auch bei den Muslimen als Prophet.

Mosul, Stadt im Irak, gelegentlich auch Mossul, ar. Mausil

Mu'âwîja ibn abî Sufjân, Begründer des Kalifats der Umajjaden in Damaskus, bekleidete das Kalifenamt nach → 'Alî von 661–680.

Mukthir, Emir in Mekka zur Zeit von Ibn Dschubairs Aufenthalt

Munjat ibn al-Chasîb, Minja, oberägyptische Stadt am Nil

al-Mu'tadid, 'Abbâsiden-Kalif (892–902)

an-Na'am, bahr an-Na'am, Teil des Roten Meers

Nadschd, zentralarabisches Hochland im nordöstlichen Teil der arabischen Halbinsel

Nadschm ad-dîn al-Chabûschânî, Imam der Schule in Qarâfa

Nasîbîn, Nisibis, Stadt im Irak

an-Nâsir, 'abbâsidischer Kalif (1180–1225). Nach langer Zeit der politischen Bedeutungslosigkeit seiner Ahnen gelang es ihm, im Rahmen seines Amtes wieder eine gewisse Macht gegenüber den »Schahs« zu erringen.

Nilometer, Bauwerk, an dem der Wasserstand des Nils abgelesen werden konnte.

Nizâm al-Mulk, iranischer Wesir unter den Seldschuken Alp Arslan (1063–1071) und Malik-Schâh (1072–1092), als großer Organisator bekannt geworden, wurde 1092 ermordet.

Nizâmîja, von Nizâm al-Mulk gegründete Hochschule in Bagdad, 1065 errichtet, eine der berühmtesten Medresen überhaupt

an-Nubûwîja, schî'itische Sekte

Nûr ad-dîn, von 1146 an Herr von Aleppo, seit April 1154 auch von Damaskus; starb am 15. Mai 1174.

Nusairier, extremistische schî'itische Sekte, sprechen → 'Alî Göttlichkeit zu.

Oghuzen, ar. Ghuzz, bedeutender türkischer Volksstamm

al-Qâhira, Kairo, Gründung der Fâtimiden im 10. Jahrhundert

Qârûn, der biblische Korah vom Volk Moses, wird an drei Stellen im Koran erwähnt (z. B. Kor. 28, 76 ff.), soll legendäre Schätze besessen haben.

Quraisch(iten), der in Mekka z. Z. Mohammeds herrschende Stamm

Qûs, Stadt in Oberägypten am Ostufer des Nils, Apollinopolis Parva

Râfiditen, Untergruppe der Schî'iten in Kufa, die das Imamat →

Abû Bakrs und → ʻUmars ablehnte (abgeleitet von rafada = ablehnen).

Rûm, die Bewohner des Oströmischen Reiches, ihre Sprache wird »rûmî« genannt. Ibn Dschubair bezieht aber auch z. B. die Norditaliener mit in die Gruppe der Rûm ein.

as-Sabbâbûn, die »Lästerer«, schîʻitische Sekte, die aber nie große Bedeutung erlangte.

Saif ad-dîn, Abû Bakr – Bruder Saladins, als Thronfolger vorgesehen

Saladin, ar. salâh ad-dîn ibn Ajjûb, Begründer der Ajjûbiden-Dynastie, beseitigte in Ägypten die Herrschaft der schîʻitischen Fâtimiden und erzwang die Rückkehr zur Sunna; Gegner der Kreuzritter, eroberte 1187 Jerusalem zurück.

Saldschûqa, Name einer an der Pilgerfahrt teilnehmenden Prinzessin

Salmân, der erste zum Islam bekehrte Perser

Samarra, Stadt am Tigris, ar. surra man râ'a (erfreut war, wer sie sah)

Sarwa, jemenitischer Stamm, der für die Lebensmittelversorgung der Mekkaner eine wichtige Rolle spielte.

asch-Schâfiʻî, Begründer der nach ihm benannten Rechtsschule (767–820)

Schâfiʻiten, Rechtsschule, führend in Ägypten unter den Ajjûbiden

Schâhinschâh, Titel der iranischen Herrscher

Scharifen, die Noblen in Mekka und Medina

Sûfismus, die arabische Mystik

Tihâma, schmale, langgestreckte Tiefebene auf der arabischen Halbinsel

'Ubaid Allâh, Sohn des Kalifen → 'Umar

'Umar ibn Chattâb, 2. Kalif (634–644). Unter seiner Herrschaft erfolgten die großen Eroberungen des Irak, Syriens und Ägyptens; er wurde 644 ermordet.

'Uthmân ibn 'Affân, 3. Kalif, Mitglied der Umajjaden-Sippe. Nach seinem gewaltsamen Tod (656) brachen die Bürgerkriege aus.

Wilhelm II., 1166–1189, Normannenkönig auf Sizilien, das gegen Ende des 11. Jahrhunderts aus muslimischer Hand erobert worden war.

Zaid ibn Thâbit, Sekretär des Propheten, schrieb etwa 650 den Koran nieder.

Zaiditen, schî'itische Sekte, hält Zaid, den Sohn des 4. Imams, 'Alî ibn Husain, für den rechtmäßigen Imam. Die Zaiditen sind zerstritten.

Zamzam, Brunnen bei der Ka'ba. Hier soll das Wasser aus dem Boden gesprudelt sein, als → Hagar und ihr Sohn → Ismâ'îl dem Verdursten nahe waren.

Zubaida, Ehefrau und Base des Kalifen → Harûn ar-Raschîd

Verzeichnis arabischer Sachbegriffe mit kurzen Erläuterungen

adhân, Gebetsruf

al-ahzâb, die »Konföderierten« oder Verbündeten, Bezeichnung der Sure 33, in deren Vers 22 die »Verbündeten der Mekkaner« erwähnt werden. Diese Sure soll Mohammed zum Teil während des sogenannten »Grabenkriegs« (627) offenbart worden sein. Medina war durch einen Graben befestigt worden, eine für damalige Verhältnisse ungewöhnliche Verteidigungsmaßnahme. Die »Konföderierten« sahen sich nach wochenlanger Belagerung der Stadt gezwungen abzuziehen.

allâhu akbar, der Ruf: »Gott ist groß!«

al-ansâr, »Helfer«, die medinensischen Anhänger, die Mohammed nach seiner Übersiedlung (Hidschra) aus Mekka (622) aufnahmen.

ardimûn, ital. artimone, Schiffsmast

auba, Hohlmaß, entspricht 2 → sâ', also 8,42 l oder 6,48 kg

bâ', pl. abwâ', Längenmaß, Klafter, auch → qâma, 199,5 cm, also rund 2 m; bezeichnet die Spannweite der seitwärts ausgestreckten Arme.

al-bai'a, die Huldigung, die Anerkennung Mohammeds oder eines anderen Herrschers als Oberhaupt

barîd, entspricht 4 → farsach, also etwa 24 km

bâzâr, Basar, persische Bezeichnung für Markt (ar. sûq)

birbâ, pl. barâbî, altägyptischer Tempel, Tempelruine; hier allgemein für alte Bauten *burda,* Bezeichnung für Mohammeds Gewand; traditionell gestreiftes langes Bekleidungsstück, das vorwiegend von Geistlichen getragen wurde.

chân, pl. -ât, Karawanserei, Herberge

chânaqa, pl. chawâniq, von pers. »chângâh« abgeleitete arabische Schreibweise; Konvent oder Kloster für Sûfîs.

chatîb, pl. chutabâ', Prediger, Redner (Freitagspredigt)

chatma, Rezitation des ganzen Korans, besonders bei feierlichen Gelegenheiten

châtûn, pl. chawâtîn, Dame, Frau, auch heute noch im Persischen üblich

chutba, pl. chutab, Freitagspredigt, Ansprache

chutwa, Längenmaß, Schritt, nach Ibn Dschubair Länge von drei Spannen (→ schibr)

dâr an-nadwa, Versammlungshaus in der Moschee in Mekka

dhirâ', pl. adhru', Elle, stark schwankendes Längenmaß, zwischen 48 und 55 cm

Dinar (ar. dînâr, pl. danânîr), alte Goldmünze. Der klassische Golddinar wog 4,233 g, nach Hinz bei den Almohaden 4,722 g.

Dirham (dirham, pl. darâhim), Silbermünze, wog ca. 2,9 g

dschalba, besonderer Bootstyp, der im Roten Meer verkehrte.

dschizja, Kopfsteuer der freien Nicht-Muslime (Christen und Juden) unter muslimischer Herrschaft

dullûn, griech. dollōn, Segel

farsach, Längenmaß, Parasage, 3 Meilen (→ mîl) zu je 1000 Klafter (→ bâ'), etwa 6 km

haddsch, Verpflichtung für jeden Muslim, soweit es in seinen Möglichkeiten steht, einmal im Leben die Pilgerfahrt nach Mekka zu unternehmen. Diese Zeremonie findet im Monat Dhû l-hiddscha statt. Der Pilger muß dabei die Bedingungen des → ihrâm erfüllen. Nach dem Anhören der Predigt am 7. Dhû l-hiddscha ziehen die Pilger am 8. in die Ebene von 'Arafât (etwa 25 km östlich von Mekka), wo sie vom Mittag des 9. bis zum Sonnenuntergang stehend verharren (waqfa). Dann folgt der Aufbruch nach Minâ mit einer Unterbrechung in Muzdalifa. In Minâ werfen die Pilger sieben Steine auf einen Haufen und schlachten dann die Opfertiere (→ 'îd an-nahr). Anschließend wird der Zustand des → ihrâm zum Teil beendet. An den folgenden Tagen werfen die Pilger weitere Steine auf die vorgesehenen Haufen und kehren nach Mekka zurück. Dort vollziehen sie den → tawâf und gelegentlich auch noch einmal den → sa'j. Die Bräuche stammen zum Teil aus vorislamischer Zeit und sind von Mohammed in ihrem zeitlichen Ablauf genau festgelegt worden. Gelegentliche Abweichungen sind möglich.

Haram, geheiligter, geweihter Bereich

harrâba, mit Speeren bewaffnete »Leibgarde« des Emirs von Mekka

hatîm, Pavillon für Prediger, der in der Moschee von Mekka für bestimmte Festlichkeiten errichtet wird.

haudadsch, pl. hawâdîdsch, (Kamel-)Sänfte

Hidschra, Übersiedlung Mohammeds aus Mekka nach Medina im September 622

hill, neutraler Bereich

'îd an-nahr, jaum an-nahr, Tag des Opferfestes am 10. Dhû l-hiddscha. Das Schlachten der Opfertiere (meist ein Schaf) erfolgt im Rahmen des → haddsch in Minâ. Einen Teil des Fleisches verzehren

die Pilger selbst, der Rest wird den Armen gespendet (auch ʿîd al-adhâ genannt).

ʿifrît, Dämon, Teufel

ihrâm, ein besonderer Weihezustand, in den der Pilger für den → haddsch oder die → ʿumra tritt. In dieser Zeit darf er sich nicht rasieren, kämmen, Haare und Nägel schneiden. Ebenso muß er sich der Jagd, des Geschlechtsverkehrs und des Gebrauchs von Duftstoffen enthalten. Die Kleidung (ihrâm-Tracht) besteht aus zwei ungenähten weißen Tüchern, die um Hüfte und Schultern geschlungen werden. Eine Kopfbedeckung ist nicht erlaubt, jedoch ein Sonnenschirm, es dürfen auch Sandalen getragen werden. Nach der Darbringung des Opfers am 10. Dhû l-hiddscha wird der ihrâm partiell beendet, der Gebrauch von Parfüms und der Geschlechtsverkehr sind jedoch bis zum Abschluß aller Zeremonien nicht erlaubt.

Imam (imâm, pl. a'imma), Vorbeter bei einem Gemeinschaftsgebet; geistiges Oberhaupt, z. B. einer Rechtsschule; oberster Leiter der muslimischen Gemeinde (Kalif)

iqâma, zweite Aufforderung zum Pflichtgebet in der Moschee, die den unmittelbaren Beginn des Gebets anzeigt.

irdabb, pl. arâdib, Hohlmaß für Getreide, vermutlich z. Z. des Verfassers etwa 90 l oder 70 kg Weizen

isbaʿ, pl. asâbiʿ, Finger, als Längenmaß = Fingerbreite, zwischen 2,5 und 3,1 cm

kautharîja, Lesung der Sure »kauthar« (108)

kiswa, Hülle der Kaʿba, die alljährlich erneuert wird.

kuhl, Kollyrium, eine aus pulverisiertem Antimon bereitete Salbe zum Schwarzfärben der Augenlider, daher »Alkohol«.

kurzîja, eine Art Turban

labbaika, Ruf der Pilger: »Dir zu Diensten!«

madschrâ, Längenmaß nach Ibn Dschubair = 100 → mîl, ca. 200 km

mahrasa, pl. mahâris, eine Art Internat, früher wohl bewachtes Heerlager (harasa), bei Ibn Dschubair Häuser und Herbergen, die wohl auch als Bildungsstätten dienten.

Medrese (madrasa, pl. madâris), öffentliche Schule, in der in erster Linie islamisches Recht gelehrt wurde, aber auch Theologie, Mathematik, Medizin und Literatur. Nach etwa vier Jahren hatte der Schüler seine Studien abgeschlossen. Studenten und zum Teil Lehrer wohnten gemeinsam in der Medrese, jeder in einer Zelle.

maqsûra, Loge, abgetrennter Teil einer Moschee

mardscha', (maghribinisches) Flächenmaß von 40 Ellen im Quadrat (à 54,04 cm) = 467,4 qm

mas'â, Ort des rituellen Laufs zwischen as-Safâ und al-Marwa

mauqif, Stelle, an der der Pilger am 'Arafât-Tag stehend bis zum Sonnenuntergang verharrt.

mausim, allgem. Jahreszeit, Festzeit, z. B. Wallfahrtsfest, Messe; mausim al-haddsch = Zeit der Pilgerfahrt, daher Monsun

mihrâb, Nische in der Moschee, die die Gebetsrichtung anzeigt.

mîl, Längenmaß, Meile, 1,99 km

mîzâb, Regenrinne an der Ka'ba

mudschâwir, pl. -ûn, »Nachbar Gottes«. Gemeint sind die Pilger, die sich lange Zeit in Mekka, oftmals über Jahre hinweg, aufhalten und dort im Dienste Gottes leben.

Muezzin, ar. mu'adhdhin, Gebetsrufer

muhâdschir, pl. -ûn, Fluchtgefährten Mohammeds, die mit ihm gemeinsam Mekka verließen.

mu'minî dînâr, Bezeichnung der almohadischen Währung, → Dinar

muql-Baum, Palmenart, aus deren Blättern Segel gefertigt werden.

musallâ, Gebetsplatz (z. B. der Mohammeds)

musallaba, abzuleiten von dem Wort »Kreuz«, offenbar kreuzförmige Anordnung der Segel

qadah, Hohlmaß. Wenn man Ibn Dschubairs eigene Angabe: 4 → sâ' = 2 → auba = 2½ qadah zugrunde legt, kommt man auf ein Gewicht von 5,18 kg bzw. 6,74 l. Der bei Hinz errechnete ägyptische qadah weicht damit völlig von dem maghribinischen Maß ab.

Qadi, ar. qâdî, pl. qudât, Richter

qafîz, Hohlmaß, nach Dschubairs Angaben ca. 170 kg bzw. 220 l

qâma, Längenmaß, entspricht dem bâ' = 1,99 m

qaschâwa, pers. kadschâwe, Kamel- oder Maultiersänfte

qibla, Gebetsrichtung

qintâr, Zentner = 100 ratl, z. Z. der Fâtimiden ca. 43,75 kg

rak'a, eine bestimmte Reihenfolge von Körperhaltungen und Gebetssätzen; Rumpfbeugung mit dem vorausgehenden Aufrechtstehen und den zwei folgenden Niederwerfungen beim rituellen Gebet.

rauda, wörtl. Garten, Wiese; Umgebung eines Schreins, z. B. in Medina *ribât*, Hospiz

ritl, ratl, pl. arṭâl, Gewicht mit starken Abweichungen; in Mekka = 1,5 kg, in Damaskus 1,8 kg, im Maghrib = 437,5 g

sâ', pl. aswâ, Hohlmaß von 4,2125 l oder 3,24 kg (Weizen)

sa'j, ritueller Lauf von as-Safâ nach al-Marwa im Rahmen der 'umra oder des haddsch. Die Strecke wird siebenmal zurückgelegt, dreimal von as-Safâ nach al-Marwa und zurück, dann noch einmal von as-Safâ nach al-Marwa.

salât, das rituelle Gebet der Muslime. Es muß obligatorisch fünfmal am Tag verrichtet werden: das Morgengebet vor Sonnenaufgang, das Mittagsgebet, das Nachmittagsgebet, das Frühabendsgebet (bei Beginn des Sonnenuntergangs) und das Spätabendsgebet. Das »richtige« Gebet setzt bestimmte Körperhaltungen, Texte und Zeiten, vorherige rituelle Waschung, Reinheit des Körpers, Bedeckung des Körpers usw. voraus. Ebenso ist der Gebetsablauf vorgeschrieben; er beinhaltet u. a. eine festgesetzte Zahl von → rak'a's, je nach Tageszeit.

salibîja, Schiffstyp von erheblicher Größe

samûm, heißer Sandsturm

sawaladschân, pers. souladschân, eine Art Polospiel. Die Bedeutung des persischen Wortes besagt lediglich »Polohammer bzw. -schläger«.

schahâda, → taschahhud

schaut, eine Runde bei der Umschreitung der Ka'ba

schibr, pl. aschbâr, Spanne (Entfernung zwischen der Spitze des Daumens und des kleinen Fingers bei ausgespreizter Hand)

schuqdhuf, pl. schaqâdhif, eine Art Sänfte

sûq, pl. aswâq, ar. Bezeichnung für Markt, Basar

tahlîl, Lobpreisung: »Es gibt keinen Gott außer dem einen!« (»Halleluja!«)

tailasân, Schal, der über den Turban geworfen wird, wobei ein Ende unter dem Kinn, das andere über der linken Schulter liegt; wird fast ausschließlich von Theologen und Qadis getragen.

takbîr, der Ruf: »allâhu akbar (Gott ist groß)!«

tanzîl, Offenbarung, Inspiration

tarâwîh (salât at-tarâwîh), besonderes Gebet, das man während der Ramadân-Nächte verrichtet, zwischen der ersten Mahlzeit nach Sonnenuntergang und der Nachtmahlzeit vor Tagesanbruch.

taschahhud, Glaubensbekenntnis des Muslims, daß es keinen Gott außer dem einen gibt und daß Mohammed sein Gesandter ist.

taslîm, Segensspruch am Ende des gewöhnlichen Gebets: »Der Friede und die Barmherzigkeit Gottes sei über dir.«

tawâf, siebenmalige Umschreitung der Ka'ba

'umra, die sogenannte »kleine Pilgerfahrt«. Sie beinhaltet den Einzug nach Mekka im Zustand des → ihrâm, die Umschreitung der Ka'ba (tawâf) und den rituellen Lauf (sa'j).

utruddsch-Baum, große Zitronenzedernart

waqfa, → haddsch

wâlî, Statthalter, Gouverneur

zakât, Almosensteuer, deren Entrichtung eine der fünf Pflichten des Muslims ist. Die Steuer wird auf Nahrungsmittel, Vieh, Edelmetalle und Kaufmannswaren erhoben. Während auf Edelmetalle und Kaufmannswaren meist nur zweieinhalb Prozent des Warenwertes zu entrichten waren, fiel auf die übrigen Artikel der Zehnte an. Die zakât al-'ain war die auf Edelmetalle erhobene Steuer.

zâwîja, Ecke, Winkel; kleiner abgeteilter (Bet-)Raum

zimâm ad-dâr, Aufseher des Hauses bzw. Palastes

Die arabischen Monate und ihre christlichen Entsprechungen

Das wesentliche Hilfsmittel zur Umrechnung der Hidschra-Daten auf unsere Zeitrechnung sind die Wüstenfeld-Mahler'schen Vergleichungstabellen (s. Bibliographie). Die Monatslänge beträgt jeweils 29–30 Tage, wobei Verschiebungen möglich sind; die aus den »Vergleichungstabellen« ersichtlichen Monatsanfänge sind also nicht für jeden geographischen Raum unbedingt verbindlich. So läßt sich das exakte Anfangsdatum des Dhû l-hiddscha 579 erst im Verlauf des Berichtes entnehmen. Bei meiner folgenden Aufstellung habe ich versucht, den tatsächlichen Beginn zugrunde zu legen.

Das muslimische Jahr kennt ebenfalls ein »Schaltjahr«.

Vorab noch eine Formel zur Umrechnung der Hidschra-Jahre auf unserer Zeitrechnung:

$$H - \frac{3\,H}{100} + 622 = C$$

H = Hidschra-Jahr
C = Christliches Jahr

Beispiel: $$580 - \frac{3 \cdot 580}{100} + 622 = C$$

$$580 - \frac{1740}{100} + 622 = C$$

(Bruchzahlen unter 0,5 werden ab-, sonst aufgerundet.)

$$580 - 17 + 622 = 1185$$

Diese Rechnung berücksichtigt nicht den Anfang des Jahres, ist also immer nur ein ungefährer Anhaltspunkt.

Abreisetag: 8. Schawwâl 578 = 3. Februar 1183
1. Dhû l-qa'da 578 = 26. Februar 1183
1. Dhû l-hiddscha 578 = 28. März 1183
1. Muharram 579 = 26. April 1183
1. Safar 579 = 26. Mai 1183
1. Rabî' al-awwal 579 = 24. Juni 1183
1. Rabî' al-âchir 579 = 24. Juli 1183
1. Dschumâdâ l-ûlâ 579 = 22. August 1183
1. Dschumâdâ l-âchira 579 = 21. September 1183
1. Radschab 579 = 20. Oktober 1183
1. Scha'bân 579 = 19. November 1183
1. Ramadân 579 = 18. Dezember 1183
1. Schawwâl 579 = 16. Januar 1184
1. Dhû l-qa'da 579 = 15. Februar 1184
1. Dhû l-hiddscha 579 = 15. März 1184
1. Muharram 580 = 14. April 1184
1. Safar 580 = 14. Mai 1184
1. Rabî' al-awwal 580 = 12. Juni 1184
1. Rabî' al-âchir 580 = 12. Juli 1184
1. Dschumâdâ l-ûlâ 580 = 10. August 1184
1. Dschumâdâ l-âchira 580 = 9. September 1184
1. Radschab 580 = 8. Oktober 1184
1. Scha'bân 580 = 7. November 1184
1. Ramadân 580 = 6. Dezember 1184
1. Schawwâl 580 = 5. Januar 1185
1. Dhû l-qa'da 580 = 3. Februar 1185
1. Dhû l-hiddscha 580 = 5. März 1185
1. Muharram 581 = 4. April 1185
Tag der Rückkehr:
22. Muharram 581 = 25. April 1185

Bibliographische Hinweise

Ich möchte an dieser Stelle auf einige wenige Titel verweisen, die im Zusammenhang mit der Lektüre des Buches von Interesse und relativ leicht zugänglich sind. Auf eine Kommentierung der bereits mehrfach in dieser Reihe angeführten Bücher habe ich verzichtet.

Allgemeines

Enzyklopädie des Islam, 4 Bde., Leipzig 1913–1934; ein Auszug daraus: Handwörterbuch des Islams, Leiden 1941. Seit 1954 erscheint in englischer Sprache die »Encyclopaedia of Islam« in neuer Auflage, sie ist mittlerweile bis zum Buchstaben M gelangt.

Lexikon der Arabischen Welt, hrsg. v. St. und N. Ronart, Zürich-München 1972

Lexikon der Islamischen Welt, hrsg. v. Kreiser, Diem, Majer, 3 Bde., Stuttgart 1974 (Urban-Taschenbuch)

Das Vermächtnis des Islams, hrsg. v. Schacht und Bosworth, München 1983 (dtv) – eine Aufsatzsammlung zu zahlreichen Themen

Geschichte

Cahen, Claude: Der Islam I, Frankfurt 1968 (Fischer-Weltgeschichte Bd. 14)

The Cambridge History of Islam, 2 Bde., London 1971

Lewis, B.: The Arabs in History, 4. Aufl., London 1968

Spuler, B.: Geschichte der Islamischen Länder (Handbuch der Orientalistik, Abt. 1, Bd. 6, 1.2.) Köln 1952/3

Taeschner, Franz: Geschichte der arabischen Welt, Stuttgart 1964

Literaturgeschichte

Brockelmann, Carl: Geschichte der Arabischen Literatur, 5 Bde., 2. Aufl., Leiden 1937–49

Sezgin, Fuad: Geschichte des Arabischen Schrifttums, seit 1967

Gibb, H. A. R.: Arabic Literature, An Introduction, Oxford 1963

Gibb, H. A. R. und Landau, J. M.: Arabische Literaturgeschichte, Artemis-Verlag, Die Bibliothek des Morgenlandes, Zürich 1968
Goldziher, I.: A Short History of Classical Arabic Literature, Nachdruck Hildesheim 1966

Religion

Hartmann, R.: Die Religion des Islam, Berlin 1944
Watt, M.: What is Islam? London 1968
Goldziher, I.: Vorlesungen über den Islam, Heidelberg 1963 (Nachdruck)
Einführung in die Grundlagen des Islams, hrsg. v. Khoury, Köln 1981 (2. Aufl.)
Fremde Welt Islam. Einblicke in eine Weltreligion. hrsg. v. Schall, Mainz 1982
Esin, Emel: Mekka und Medina, Frankfurt 1963 – hervorragend zum Verständnis der Vorgeschichte des Islams und der Mohammed umrankenden Legenden; beide Städte sind Nicht-Muslimen nicht zugänglich.
Hashmi, Y. A.: Hajj & Umra, Pakistan International Airlines 1972 (?) –, ein »Handbuch« für Pilger mit genauer Darstellung der zu sprechenden Gebete

Umrechnungshilfen

Wüstenfeld-Mahler'sche Vergleichstabellen, neu bearbeitet von Bertold Spuler, Wiesbaden 1961 (zur Umrechnung der Hidschra-Daten)
Hinz, Walther: Islamische Maße und Gewichte, Handbuch der Orientalistik, Abt. 1, Ergänzungsbd. 1, Heft 1, Leiden/Köln 1970 (2. Aufl.) (zur Umrechnung der Maße in das metrische System)

Ibn Dschubair

Textausgabe:
The Travels of Ibn Jubayr, ed. William Wright, rev. by M.J. de Goeje, Leiden 1907

Übersetzungen:
SCHIAPARELLI, C.: Viaggio in Ispagna, Sicilia etc., Rom 1906
GAUDEFROY-DEMOMBYNES, MAURICE: Ibn Jobair, Voyages, 4 Bde., Paris 1949–65
BROADHURST, R. J. C.: The Travels of Ibn Jubayr, London 1952
Zum Autor:
PELLAT, CH.: Ibn Djubayr, in E. I., Bd. 3, 1971, S. 755

Reiseberichte

IBN BATTUTA: Reisen ans Ende der Welt, 1325–1353, hrsg. v. Hans D. Leicht, Tübingen 1974, Neuauflage 1985 bei Edition Erdmann in K. Thienemanns Verlag
Johann Ludwig Burckhardt's Reisen in Arabien, enthaltend eine Beschreibung derjenigen Gebiete in Hedjaz, welche die Mohammedaner für heilig achten. Aus dem Englischen übers., Weimar 1830, Neudruck Brockhaus Stuttgart 1963 – Burckhardt hielt sich vier Monate lang in den Jahren 1814/15 in Dschidda und Mekka auf und gibt eine anschauliche Beschreibung aus europäischer Sicht.
DOUGHTY, CHARLES M.: Reisen in Arabia Deserta. Hrsg. u. übers. von Hans-Thomas Gosciniak, Köln 1979 – Reisebericht aus dem 8. Jahrzehnt des letzten Jahrhunderts

Islamische Kunst

ETTINGHAUSEN, RICHARD: Arabische Malerei, Genf 1962 (mit vielen vorzüglichen Abbildungen)
STIERLEIN, HENRI: Architektur des Islam, Zürich/Freiburg 1979
SOURDEL-THOMINE, JANINE u. BERTOLD SPULER: Die Kunst des Islam (Propyläen Kunstgeschichte), Berlin 1973

Bibliothek arabischer Erzähler

Ibn Ishâq
Das Leben des Propheten
8773

Abu l-Faradsch
Und der Kalif beschenkte
ihn reichlich 8774

Al-Hamadhânî
Vernunft ist nichts
als Narretei 8777

Al-Mas'ûdî
Bis zu den Grenzen
der Erde 8775

Usâma ibn Munqidh
Ein Leben im Kampf gegen
Kreuzritter-Heere 8776

GOLDMANN